Antonio Terzo

ASMODEO

I MISTERI DI HALLOWBRIDGE

Volume 2

PROLOGO

Un singolo messaggio. Una notifica innocente su una vecchia e dimenticata chat di WhatsApp, eppure era bastato a scatenare un'esplosione di ricordi, paure e segreti sepolti da anni.

"Ragazzi, dobbiamo rivederci. È successo di nuovo. Appuntamento al The White Queen, domani sera alle otto. È importante. David."

Quelle parole, che a prima vista potevano sembrare banali, si erano caricate di un significato inaspettato, abbattendo il fragile muro di silenzio che Mark aveva costruito intorno a sé. La sua vita, che finalmente sembrava essersi stabilizzata, fatta di routine quotidiane, relazioni superficiali e una tranquillità apparente, si era frantumata in mille pezzi. La sua città natale, Hallowbridge, non lasciava mai andare nessuno. Non ti permetteva di dimenticare.

Era lì che tutto era cominciato. Vent'anni prima, Lisa, la ragazza che aveva amato, era scomparsa senza lasciare traccia. La sua sparizione, come un'ombra ineluttabile, aveva oscurato per sempre la sua esistenza.

Lei non era stata la prima, ma neanche l'ultima.

Dieci anni dopo, Camila era scomparsa nella stessa oscurità. E ora, come se un vecchio ciclo maledetto si fosse riavviato, qualcosa si muoveva nelle tenebre, pronto a riaprire le vecchie ferite.

Hallowbridge non era una cittadina qualunque. Agli occhi del mondo, era solo un angolo sperduto, insignificante. Ma per chi ci viveva, per chi ne aveva respirato l'aria gelida e umida, era un luogo che ti divorava lentamente. Il bosco che la circondava sembrava essere vivo, pulsante, con alberi contorti che sussurravano segreti al vento, una sinistra melodia che evocava antichi timori. Era un luogo che incuteva paura, anche nei cuori dei più coraggiosi. E tra quelle ombre si diceva vivesse il *"Sussurratore"*, una presenza misteriosa che si nutriva delle paure più oscure, una leggenda che i vecchi del paese raccontavano a bassa voce.

Thomas, il guardiano del bosco, ne parlava sempre con un'inquietudine palpabile:

«Ci sono cose che non sono fatte per essere spiegate, solo temute.»

Ma a Hallowbridge, il confine tra mito e realtà non era mai stato così sfocato. Mark e i suoi amici lo avevano imparato a loro spese: il male non aveva bisogno di leggende per esistere. Le antiche storie che si tramandavano, infatti, non erano abbastanza per spiegare tutto. La verità, se mai si poteva chiamarla tale, era molto più terribile.

Durante le indagini, i legami tra il potere che governava la città e i misteri del bosco cominciavano a rivelarsi inquietanti. Il sindaco, lo sceriffo, persino il preside della scuola, figure di autorità rispettate dalla gente, nascondevano una verità ben più oscura di quanto avrebbero mai immaginato. Nessuno si sarebbe mai aspettato che l'intera città fosse stata intrappolata in una rete di corruzione, bugie e omertà. Una rete che li legava a una presenza maligna, invisibile ma onnipresente: i *Figli di Asmodeo.*

Un culto che si celava dietro rituali esoterici e leggende macabre, un'organizzazione criminale internazionale che aveva scelto Hallowbridge come il proprio santuario. Le sparizioni non erano un caso. Erano il loro marchio. Omicidi, sacrifici, rituali nel bosco. Ogni morte, ogni sparizione, non era mai casuale: era il mezzo per alimentare l'oscurità che li controllava.

Mark non sarebbe stato mai in grado di affrontare tutto questo da solo. Sarah, David e Steve, i suoi compagni di un passato che non avevano mai davvero superato, erano stati al suo fianco, spinti dalla gravità di un destino che non li avrebbe mai lasciati in pace.

Ma la verità non era celata solo nelle storie delle sparizioni. Il passato non era fatto solo di segreti e di colpe taciute, ma di un male che li consumava lentamente, che li costringeva a tornare, sempre indietro, sempre al punto di partenza.

Eppure, non erano davvero soli.

Bill Evans, il vice sceriffo, da ragazzo vittima del loro bullismo, ora era diventato un alleato indispensabile quanto inaspettato. La sua amarezza e il rancore verso i suoi vecchi compagni non si sarebbero mai rimarginati, ma il suo desiderio di scoprire la verità sulla scomparsa di Lisa lo aveva portato a unirsi alla lotta.

Luca, il vecchio proprietario del pub "The Sea Mood", ora diventato sotto la nuova gestione il più moderno "The White Queen", era tornato a Hallowbridge per affrontare i suoi demoni e cercare di espiare le sue colpe.

E infine, Claire. Rientrata da un lungo esilio in Europa, aveva gettato nuova luce sui misteri di Hallowbridge. Era stata l'alleata, la confidente e l'amante di Bill. Nessuno avrebbe potuto immaginare che in realtà fosse ai vertici dell'organizzazione che aveva distrutto le loro vite. Un tradimento che li avrebbe segnati per sempre.

Con il passare dei giorni, la linea tra leggenda e realtà si dissolveva sempre di più. Il culto dei Figli di Asmodeo e i segreti sepolti per generazioni, emergevano in tutta la loro inquietante potenza. Mark e i suoi amici si rendevano conto che non erano più spettatori di una storia scritta da altri. Erano pedine di un gioco molto più grande, un gioco pericoloso e mortale, dove il passato che pensavano di aver sepolto non era altro che una trappola che li avrebbe consumati.

Le ombre di Hallowbridge, quelle ombre che li avevano inseguiti da giovani, ora li minacciavano ancora. Ma fermare la macchina infernale dei Figli di Asmodeo non sarebbe stato senza conseguenze.

La perdita di Luca, il tradimento di Claire, la vana ricerca della verità sulla scomparsa di Lisa li avevano segnati per sempre.

Quando, alla fine, tutto sembrava perduto, l'FBI era intervenuta in loro soccorso, infliggendo il primo vero colpo a quella terribile organizzazione.

Ma il cuore oscuro di Hallowbridge non era mai stato davvero distrutto. Aveva tremato, ma non era morto. Il male non si arrendeva, si nascondeva solo nell'ombra, pronto a tornare.

Mark e gli altri avevano cercato di tornare alle loro vite, portando con sé il peso di ciò che avevano scoperto e l'incompiutezza dell'assenza di verità sulla loro amica, Lisa.

Vent'anni non erano bastati a cancellare le cicatrici e a scoprire la verità ed ognuno di loro continuava a nascondere qualcosa.

Le ombre di Hallowbridge non li avevano mai davvero lasciati. Non li avrebbero mai abbandonati. I Figli di Asmodeo stavano solo aspettando.

Asmodeo stava arrivando.

CAPITOLO 1

BUIO

Le luci al neon del Velvet Nightclub proiettavano ombre distorte sulla strada deserta. Dentro, la musica batteva ancora forte, intrecciandosi con risate e frammenti di conversazioni che si dissolvevano nel fluire dei drink.

Steve si appoggiò con disinvoltura al bancone, facendo roteare nel bicchiere un costoso whisky single malt. Aveva insistito per ordinare il meglio, ovviamente.

«Perché accontentarsi di qualcosa di mediocre?» domandò con il suo solito sorriso sfrontato.

David, invece, si stava godendo lo spettacolo. Una ballerina, alta e statuaria, si muoveva con grazia ipnotica davanti a lui.

«Quando mi hai detto che volevi consigli per il catering, onestamente non pensavo a questo,» disse Steve, alzando il bicchiere con fare teatrale.

David ridacchiò con le guance già arrossate dall'alcol.

«Oh, questa è una ricerca sul campo, mio caro amico. Bisogna ampliare gli orizzonti.»

Steve scosse la testa con una risata.

«Ampliare gli orizzonti? Sei proprio sicuro?»

David fece spallucce e le sue guance, già colorate dall'alcol, si infiammarono per l'imbarazzo.

«Beh, tecnicamente, anche questa è un'esperienza culinaria.»

Steve lo osservò divertito cercando di capire come il suo amico intendesse uscire da quel vicolo cieco in cui si era infilato.

«Ehm... Guarda quel bel ragazzo là in fondo, sta letteralmente mangiando le mance che ho lanciato!» disse all'improvviso David cercando di cambiare discorso.

Steve scoppiò a ridere, quasi sputando il whisky.

«Sei un idiota, lo sai?»

«E tu un moralista. Lo so, lo so,» replicò David, alzando il bicchiere per un brindisi. «Alla serata perfetta!»

«Alla tua strana e perversa idea di perfezione!» rispose Steve, brindando con un sorriso malizioso.

Continuarono così, battute veloci e bicchieri che si svuotavano, fino a quando il bar cominciò a perdere il suo fascino. La musica era diventata un ronzio monotono e anche le ballerine e i ballerini sembravano meno scintillanti. Steve guardò il suo orologio di lusso e annuì, soddisfatto.

«È tardi, maestro di catering. Si torna a casa.»

David protestò, ma senza successo, dato che le sue frasi risultavano spesso sconclusionate e pronunciate con una voce impastata dall'alcol. «Un altro giro! Uno solo, dai...»

Steve lo tirò via con una mano ferma sulla spalla. «No, la mia Aston Martin non accetta ritardi. Andiamo.»

Fuori, l'aria era tagliente, una lama fredda che sembrava voler cancellare la confusione del locale. L'Aston Martin DB11 di Steve, nera come la notte, era parcheggiata sotto un lampione tremolante, l'unica luce in una strada ormai deserta.

David si afflosciò sul sedile del passeggero con un sospiro esagerato, mentre Steve accarezzava con orgoglio il volante in pelle.

«Questa macchina è un'opera d'arte,» borbottò David. «Non capisco come fai a lasciarla parcheggiata qui, tra... tra i comuni mortali.»

Steve sorrise, avviando il motore che ruggì come un animale selvaggio. «Perché nessuno oserebbe toccarla. È troppo perfetta per loro.»

Si avviarono lungo la strada vuota. La città sembrava dormire, ma l'aria aveva qualcosa di strano. Troppo calma. Immobile.

Steve accese la radio con un gesto distratto, girò la manopola del volume e lasciò che la chitarra iniziasse a vibrare nell'abitacolo, riempiendo lo spazio con il sound inconfondibile di una canzone che conosceva bene: *"Have You Ever Seen the Rain?"*

Un ritmo familiare, quasi ipnotico. Il basso pulsava leggero nelle portiere, il rullante scandiva un battito regolare e la voce ruvida di John Fogerty sembrava attraversare il tempo.

David sbuffò, inclinando il sedile all'indietro con fare teatrale. «Steve...» disse con un tono esasperato. «La tua playlist è una vera tragedia. Davvero, mi fa venire voglia di smontarti le casse dell'auto.»

Steve rise, tamburellando le dita sul volante, il pollice che batteva sul cuoio consumato a tempo con la batteria.

«Tu non capisci niente di musica, David.»

Ma qualcosa lo distraeva. Le parole della canzone gli si infilavano sotto pelle, insinuandosi nella sua mente come un presagio che non riusciva a scrollarsi di dosso.

Lentamente, il suo sguardo scivolò verso lo specchietto retrovisore. Un bagliore lontano. Un'auto che si avvicinava. Troppo in fretta.

Il respiro di Steve si fece più corto. Le luci abbaglianti si riflettevano sul vetro posteriore, danzavano sulle superfici lucide della plancia.

Le mani di Steve si strinsero sul volante. Il pedale dell'acceleratore sembrava vibrare sotto il piede. Il basso rimbombava nei battiti del suo cuore.

L'auto dietro di loro non rallentava.

Era troppo vicina.

I fari esplosero dietro di loro come due occhi ardenti. Era certo: li stava seguendo. Poi accelerò di colpo, affiancandoli.

Steve strinse il volante, il suo sorriso era svanito.

«Che diavolo...»

L'auto si mosse di scatto, tagliando loro la strada. Era un SUV blu con i finestrini oscurati. Si piantò davanti all'Aston Martin, costringendo Steve a frenare bruscamente. Le gomme stridettero sull'asfalto, un urlo acuto che spezzò la quiete della notte.

«Cosa cazzo sta succedendo? Ora vomito!» Il tono della voce di David era pieno di allarme.

«Non lo so,» rispose Steve, ma il cuore gli batteva furiosamente contro il petto. Provò a mettere la retromarcia, ma fu troppo lento.

Le portiere del SUV si spalancarono. Due uomini mascherati scesero in fretta. Non camminavano, correvano verso di loro.

«Chiuditi dentro!» gridò Steve, cercando di bloccare le portiere, ma uno dei due uomini colpì il finestrino con un

oggetto metallico e il vetro esplose in mille frammenti, sparpagliandosi sul sedile e sul pavimento dell'auto.

David gridò, cercando di coprirsi il viso.

«Chi cazzo siete?!»

L'altro uomo infilò una bomboletta nel finestrino rotto e premette il grilletto. Un getto di gas grigiastro, denso e soffocante, invase l'abitacolo,

«Esci! David, esci subito!» tossì Steve, cercando di aprire la portiera, ma i suoi movimenti erano lenti mentre il corpo sembrava spegnersi.

Il gas bruciava nei polmoni, portando una nebbia opprimente che avvolse ogni cosa. Steve cercò di alzare lo sguardo, di reagire, ma le sue mani non rispondevano più. Vide solo l'ombra di uno degli uomini che si chinava su di lui, come un predatore sopra la preda.

Poi, il buio totale.

CAPITOLO 2
UN NUOVO INIZIO

Mark appoggiò la scatola sull'ultimo scaffale, sistemando con cura le nuove scarpe da trekking nel suo negozio di articoli sportivi. Era una giornata limpida a Penky Grove, una cittadina tranquilla del Minnesota, un luogo tanto lontano dalla frenesia di New York quanto il giorno lo è dalla notte. Era passato ormai un anno da quando aveva lasciato la sua vita precedente, i suoi amici e un mondo che gli aveva portato solo angoscia e amarezza. Nonostante le promesse di rimanere in contatto, il desiderio di cancellare tutto quel passato era stato più forte. Aveva deciso di cambiare anche il numero di telefono, per evitare di essere riportato in contatto con qualcosa che ora voleva solo dimenticare, come a voler segnare un confine netto tra ciò che era stato e ciò che era diventato.

La sua nuova vita era semplice, ma appagante. Aveva investito i suoi risparmi nella ristrutturazione della vecchia casa dei nonni materni che aveva ereditato molto tempo prima. Una casetta accogliente vicino al lago della città, dove si concedeva lunghe ore di pesca. Il resto del denaro lo aveva usato per aprire questo piccolo negozio.

La finanza, lo stress incessante di Wall Street, non gli mancavano affatto. Qui, nella pace di Penky Grove, aveva ritrovato un equilibrio che credeva perduto per sempre.

All'inizio, non era stato facile farsi accettare. Uno straniero da New York che si trasferisce in una cittadina anonima del Minnesota... Mark stesso avrebbe sospettato di sé. Tuttavia, col tempo, grazie al negozio e alla natura conviviale della comunità, era riuscito a farsi conoscere e accettare. Non che desiderasse diventare una figura centrale della vita sociale di Penky Grove; dopotutto, aveva cercato un rifugio per fuggire dal passato e dalle persone che, con le loro malvagità, l'avevano deluso. Ma come spesso accade, fu una donna a fargli cambiare idea.

Isabel, la madre di Dylan, un ragazzino di dieci anni, era una cliente abituale del suo negozio. Il figlio, dal carattere difficile, forse a causa della separazione dei genitori, sembrava sfogare la sua rabbia su ogni cosa. La donna, nel disperato tentativo di trovare uno sport che potesse catturare l'interesse di Dylan e aiutarlo a incanalare quella rabbia, tornava nel negozio ogni due settimane, alla ricerca di abbigliamento e attrezzatura per un nuovo sport.

Mark, divertito ma anche toccato da quella situazione, iniziò a parlare con il piccolo Dylan, intravedendo in quel bambino il riflesso del proprio passato.

Anche lui aveva vissuto il trauma della separazione dei genitori e aveva reagito con iperattività e atteggiamenti da bullo, sentimenti che si erano aggravati fino a quella terribile notte nei boschi di Hallowbridge quando scomparve Lisa Smith.

Tuttavia, il football era stato il suo rifugio, la sua via di fuga. Indossare un'armatura e nascondere il suo viso sotto un casco lo faceva sentire diverso, come se per un'ora tutti i suoi problemi potessero svanire, celati al mondo insieme ai suoi occhi tristi. Persino le botte che prendeva sul campo lo facevano sentire vivo.

Con la pazienza e la passione che solo chi ha sofferto sa trasmettere, Mark si prodigò a spiegare a Dylan le regole del football e le sue virtù. Il rispetto per gli altri, l'importanza della squadra.

«È come una famiglia,» gli disse. «Tutti insieme. Non si vince mai da soli.»

Fu come accendere una scintilla. Per la prima volta da quando il padre se n'era andato, Isabel vide un barlume di interesse negli occhi di suo figlio.

Qualche tempo dopo, Isabel tornò al negozio, ma non per cercare materiale per un altro sport: era lì per ringraziarlo. Suo figlio non solo si era appassionato al football, ma aveva finalmente trovato un modo positivo per incanalare la sua rabbia.

«Mark,» disse Isabel con il volto illuminato da un sorriso sincero, «non so come ringraziarti. Dylan finalmente sembra felice. Non era mai successo da quando suo padre è andato via.»

«Non ho fatto nulla di speciale,» rispose con un sorriso modesto. «Ho solo raccontato la verità.» concluse con un sorriso.

Lei lo guardò intensamente, come se cercasse di leggere qualcosa di più profondo in lui. Poi, quasi timidamente, disse: «Per favore, lasciami almeno sdebitare. Ti andrebbe di venire a cena da noi questa sera?»

Mark esitò per un momento, il pensiero di un coinvolgimento che non voleva lo fece riflettere. Alla fine, rispose con un sorriso cortese: «Grazie, magari un'altra volta.»

Non cercava legami. Non ancora.

Poi, come spesso accade quando meno te lo aspetti, gli ingranaggi del destino si misero in moto. Un pomeriggio

qualunque, mentre passeggiava vicino al campo di allenamento della cittadina, si fermò a osservare i ragazzini che giocavano. Sedette sugli spalti, lasciando che i ricordi lo travolgessero.

Era come tornare a quei giorni in cui giocava a football: l'odore dell'erba, il suono secco delle scarpe sul terreno, il peso del casco che gli comprimeva la testa. Ogni placcaggio, ogni corsa, ogni caduta lo facevano sentire vivo, come se i suoi problemi svanissero, anche solo per un attimo.

«Forza, usa le spalle! Non tirare indietro!» gridò d'istinto, senza accorgersi di aver parlato ad alta voce.

Un uomo anziano con un cappello logoro si voltò verso di lui e si avvicinò.

«Giovanotto, ehi, giovanotto!»

Mark alzò gli occhi, sorpreso. «Dice a me?»

«Sì, proprio a te,» rispose l'uomo, avvicinandosi con passo deciso. «Mi chiamo Daniel Cramble e sono, ahimè, l'allenatore di questi ragazzi.» Fece una pausa, lasciando che Mark capisse chi fosse.

«Ti ho sentito. Sei piuttosto bravo. Che ne dici di dare una mano? Ho bisogno di qualcuno che sappia gestire questi ragazzi. Da come parli, sembra che tu ci sappia davvero fare.»

Mark lo guardò, colto di sorpresa, cercando di capire se lo stesse prendendo in giro o se fosse un modo per rimproverarlo per aver incitato i ragazzi e dato loro consigli a voce alta.

«Non volevo essere invadente, stavo solo...»

Cramble lo interruppe con un sorriso. «Non c'è problema. Ti aspetto domani alle cinque, qui al campo. Che ne dici?»

Lo fissò con un misto di stupore e di felicità negli occhi. Il football gli aveva dato tanto da ragazzo. Forse adesso poteva dare qualcosa a qualcun altro. «Va bene, perché no?! Proviamoci...»

«Ottimo, figliolo,» rispose l'uomo con un sorriso soddisfatto.

E così, Mark iniziò ad allenare quel gruppetto di ragazzini, un'esperienza che si rivelò sorprendentemente piacevole. Era un gruppo misto di maschi e femmine dagli otto ai dieci anni. Amava vedere come, a quell'età, le differenze fisiche non contavano e le ragazzine spesso umiliavano i loro coetanei maschi con destrezza e astuzia. Dylan era il più entusiasta del gruppo, felice di avere il suo eroe personale come allenatore.

Un pomeriggio, dopo l'allenamento, mentre salutava i ragazzi e si avviava verso il pick-up, notò Isabel che aiutava il figlio a salire in macchina, parcheggiata proprio accanto alla sua. Si scambiarono un rapido saluto, ma prima di entrare, si fermò e si voltò verso di lei.

«Scusa, ma... l'invito a cena è ancora valido?» chiese, quasi senza pensarci.

Isabel lo fissò, sorpresa per un istante, poi il suo volto si aprì in un sorriso luminoso.

«Certo! Con piacere! Dylan ne sarà felicissimo. Non fa altro che ripetere quanto è contento che sia tu ad allenarlo.»

«Addirittura?» ribatté Mark, con un sorriso divertito.

«Assolutamente... E prima che cambi idea, ti blocco subito. Oggi stesso.»

«Oggi?» ripeté, quasi preso alla sprovvista.

«Ovviamente.» Isabel sorrise ancora, sicura. «Ti aspettiamo alle sette e mezza da noi. Abitiamo ad Abbey Road, al numero 8. Mi raccomando. A dopo!»

Non sapeva neanche lui perché aveva fatto quel gesto, ma in quel periodo della sua vita si sentiva felice, leggero, come non si ricordava di essere mai stato. Forse si meritava un po' di felicità.

CAPITOLO 3
ADX FLORENCE

Claire Barrow era lì, in piedi, nella fossa di cemento che chiamavano *"area di esercizio"*, ma che somigliava più a una tomba a cielo aperto. Quel quadrato di cemento era abbastanza grande solo per consentire a un prigioniero di camminare dieci passi in linea retta o trentuno passi in cerchio, ma dopo ventitré ore di isolamento, sembrava un labirinto infinito. Ogni passo, ogni piccolo movimento in quello spazio angusto, era un trionfo e una tortura insieme, un'incessante lotta contro la follia che minacciava di inghiottirla.

Come tutti gli altri detenuti, Claire indossava una tuta bianca, priva di lacci, elastici o cerniere, scarpe grigie di tela con chiusura in velcro e suole in morbida gomma. Abiti che si fondevano perfettamente con il grigiore asettico delle mura intorno a lei, cancellando ogni traccia di individualità, ogni barlume di colore o vita.

L'ADX Florence, in Colorado, luogo della sua detenzione, era stato costruito nel 1994 per ospitare i criminali più pericolosi e a rischio di fuga degli Stati Uniti, ed era conosciuta come "Supermax" o "Alcatraz delle Montagne Rocciose".

Quella prigione era progettata per schiacciare l'anima, per soffocare ogni speranza anche nei cuori più indomabili.

Claire avvertiva il peso delle mura che la circondavano, delle finestre che non mostravano altro che un frammento di cielo, come se fosse stata condannata a una perpetua oscurità. Ogni dettaglio della sua cella, i mobili di cemento, la doccia controllata a distanza, le ricordava costantemente la sua impotenza, la realtà ineluttabile che la sua vita, il suo corpo, non le appartenevano più.

L'aria era densa dentro quella struttura, immobile, quasi irrespirabile. Ogni sospiro era un morso doloroso, un promemoria della sua prigionia, della sua umanità negata. Ora il volto di Claire era scavato dalla privazione, incorniciato da ombre scure che si allungavano come abissi sotto i suoi occhi.

Le sue labbra, un tempo piene e morbide, portavano i segni del tempo e della sofferenza. Nonostante la durezza della sua condizione, mantenevano ancora una sensualità intrinseca che resisteva nonostante il freddo cemento cercasse di sottrarle l'ultima traccia di calore umano. La loro forma naturale era perfettamente disegnata, con un arco di Cupido ben definito che sembrava invitare a essere sfiorato.

Attorno a lei, il controllo era totale. Telecamere piazzate in ogni angolo monitoravano ogni suo respiro, ogni battito di ciglia. Le guardie, silenziose e invisibili dietro le maschere antisommossa, osservavano con occhi imperscrutabili, pronte a intervenire alla minima deviazione dalla norma. Claire sapeva di essere costantemente sorvegliata, ma non vedeva mai un volto, non udiva mai una voce che non fosse quella del suo stesso tormento interiore.

Il suo corpo, un tempo vigoroso e armonioso nelle sue forme, era ora una sagoma spettrale, segnata dalla mancanza di sole, aria e libertà. Le sue braccia esili e avvizzite erano sfinite dall'assenza di movimento. Ogni linea sul suo volto, ogni piega

sui suoi abiti, raccontava una storia di sofferenza e isolamento. Non c'era vita, non c'era colore, solo il grigio delle mura e il bianco della tuta che la avvolgeva come un sudario.

Oggi, però, era diverso.

Oggi le avrebbero permesso di comunicare con l'esterno per la prima volta dopo un anno. Non era qualcosa che veniva concesso frequentemente, anzi, la comunicazione con l'esterno era quasi sempre vietata. Sospettava che qualcuno della sua famiglia si fosse mosso a compassione oppure, più probabilmente, che le indagini dell'FBI non stessero dando frutti e sperassero in qualche confessione o nuovo indizio.

Era consapevole che i Figli di Asmodeo erano così crudeli che se avessero potuto ucciderla lo avrebbero fatto. Lei non era stata degna del suo ruolo e Bill Evans era stata la sua debolezza.

Ethan Smith e Carl Harrington durante la prima settimana di detenzione, quando erano ancora reclusi nelle celle di isolamento dello Utah State Prison, erano morti. Aveva sentito parlare di suicidio ma sapeva benissimo che qualcuno li aveva fatti tacere per sempre.

A seguito della morte degli altri due membri dell'organizzazione lei fu trasferita rapidamente all' ADX Florence. Carcere di massima sicurezza dal quale sicuramente lei non sarebbe potuta scappare ma con ogni probabilità neanche i Figli di Asmodeo raggiungerla.

Nell'isolamento della sua cella, Claire si rifugiava nei ricordi. Parlare da sola era l'unico modo per sentirsi viva, per non annegare nella solitudine. La sua voce, flebile e rauca, riempiva il silenzio ovattato, evocando immagini di un passato lontano. Ricordava le risate di Bill, il calore del suo abbraccio, i viaggi insieme. Sapeva che nessuno la stava ascoltando davvero, ma in

quei momenti, era come se una parte di lui fosse ancora lì con lei.

Poi come un mantra, prima di addormentarsi, fissava la telecamera di sicurezza puntata su di lei e ripeteva ogni sera: «Bill, mi spiace. So che non mi puoi sentire, ma mi piace immaginare che tu sia qui. È l'unica cosa che mi dà forza e mi fa andare avanti. Spero che un giorno tu possa capire e perdonarmi.»

Ma oggi era diverso. Oggi avrebbe potuto dare sfogo ai suoi pensieri e metterli per iscritto su un pezzo di carta. Quando la avevano informata che avrebbe potuto brevemente comunicare con l'esterno, aveva sperato di poter parlare con un essere umano, vedere qualcuno negli occhi, sentire il calore di una voce e sentirsi ancora viva. Sapere che le sarebbe stato concesso di scrivere solo una breve lettera di non più di trenta righe l'aveva inizialmente frustrata, ma poi, nella monotonia grigia delle giornate trascorse in quella prigione, che sembrava un girone infernale dantesco, solo più pulito e freddo, scrivere quella lettera aveva assunto un significato disperato. Era l'unico contatto con il mondo esterno, un gesto semplice che le avrebbe concesso per un breve momento di fuggire dalla sua disperazione.

Ogni parola che avrebbe tracciato su quella carta, pur sapendo che sarebbe stata analizzata e studiata dall'FBI, sarebbe stato con molta probabilità un grido soffocato, una richiesta d'aiuto che non sarebbe mai stata ascoltata. Ma era tutto ciò che le rimaneva e non ci avrebbe rinunciato per nulla al mondo.

All'improvviso fu distolta dai suoi pensieri dal richiamo della guardia che l'aveva accompagnata alla "area di esercizio".

Interruppe la sua camminata con un gesto e si preparò a seguirla nella stanza adiacente, predisposta per l'occasione. Era una stanza non dissimile alla sua cella, con al centro un tavolo di calcestruzzo su cui era appoggiato un singolo foglio di carta e una penna a sfera blu. Sul muro di fronte, un timer segnava con un rosso vivido trenta minuti.

Claire fu condotta a una panca di metallo, fredda e dura come una pietra tombale. La guardia la spinse con brutalità, costringendola a sedersi. Poi agganciò le catene delle sue manette al tavolo. Controllò la tenuta delle stesse e, in religioso silenzio, si recò all'ingresso della sala, chiuse la porta e attivò il timer, che iniziò il suo lento e inesorabile conto alla rovescia.

Le mani di Claire, pallide e screpolate, stringevano ora la penna come se fosse una reliquia antica e preziosa. Le dita si muovevano lentamente, quasi incerte, come se avessero dimenticato come si scriveva. Ma nella sua mente, sapeva già cosa scrivere e a chi scrivere. Quelle parole le aveva ripetute centinaia di volte, preparandosi a questo momento, il suo unico legame con il mondo che si era lasciata alle spalle.

Bill,

non so sei sopravvissuto o se per colpa mia questo mondo ha dovuto perdere una delle anime più dolci e sensibili che lo abbiano mai abitato. Nella mia testa, forse per sopravvivere e non farmi sopraffare dalla follia, sei vivo e arrabbiato con me. Mi piace immaginarti con quel tuo broncio che poi si apre improvvisamente in un sorriso che mi ha sempre illuminato le giornate e dato nuova fiducia. Ovunque tu sia non merito il tuo perdono né il tempo che ti ruberò con queste poche righe, ma avevo la necessità di scrivere quello che provo per renderlo più reale:

Dal primo giorno in quella biblioteca,
Ti ho sempre amato e ti amerò per sempre,
Non scordarlo mai.

Anche nei nostri ultimi giorni ad Hallowbridge ho provato in ogni
modo ad allontanarti da quella follia che invece tu ardentemente
volevi combattere.
Fidati quando ti dico che sapevo che saresti riuscito a scoprire la
verità ma sapevo anche che era una verità pericolosa e che saresti
stato in grave pericolo.
Credimi, ho cercato di sviarti non per me, ma per salvare te, perché
io purtroppo era già stata condannata.
Un po' mi piace fantasticare e pensare che io e te siamo ancora
giovani e innocenti.

Quanto era bello quando bastava poco per chiederci scusa ed
andare avanti.

Addio, Bill.
Claire

CAPITOLO 4

LA CENA

Mark arrivò puntuale alle sette e mezza al numero 8 di Abbey Road e parcheggiò davanti alla casa di Isabel. Prese il bouquet di fiori freschi dal sedile del passeggero e la scatola contenente una torta al cioccolato, proveniente dalla miglior pasticceria della città. Aveva passato l'ultima ora a pensare a come rendere speciale quella serata e la torta al cioccolato gli era sembrata una scelta perfetta.

Mentre si avvicinava alla porta d'ingresso, un leggero nervosismo cominciò a farsi strada dentro di lui, ma cercò di restare calmo, ripetendosi che non era nulla di più di una semplice cena tra amici.

Quando Isabel aprì la porta, il suo cuore ebbe un sussulto. Aveva sempre trovato Isabel affascinante, ma quella sera, in piedi sul ciglio della porta, con quel sorriso luminoso e gli occhi nocciola con venature verdi che brillavano alla luce della veranda, sembrava ancora più bella di quanto ricordasse. I suoi capelli lunghi e leggermente ondulati cadevano con grazia sulle spalle, incorniciando il suo volto perfetto. Non era vestita in modo appariscente ma riusciva lo stesso ad ammaliare con la sua bellezza; la semplicità, pensò, era la sua arma più potente.

Mark trattenne il respiro per un istante mentre la osservava. Isabel appariva così perfetta, così seducente nella sua semplicità

sofisticata, che i suoi occhi non poterono fare a meno di seguirne ogni linea, ogni dettaglio. Quel sorriso e quello sguardo, accompagnati da un abbigliamento che esaltava la sua figura senza mai eccedere, lo stregarono completamente. Era affascinato da quell'eleganza che mescolava candore e attrazione in un mix irresistibile.

«Che bello vederti,» disse lei con una dolcezza che sembrava avvolgerlo come un abbraccio, riportandolo alla realtà.

Mark sorrise, cercando di nascondere il tumulto interiore che quelle poche parole avevano suscitato. «Anche per me è un piacere,» rispose, sentendo che il semplice incontro casuale si stava trasformando in qualcosa di più.

«Sono per te,» disse, porgendole il bouquet con un sorriso sincero.

Isabel prese i fiori, un po' imbarazzata, arrossendo leggermente. «Sono bellissimi, grazie. Non dovevi davvero.»

«Lo so,» replicò, guardandola negli occhi. «Ma volevo farlo. E ho pensato che una torta al cioccolato fosse l'idea perfetta per il dessert.» Mentre parlava, fece un occhiolino a Dylan, che nel frattempo era corso alla porta, osservandolo con occhi curiosi e pieni di gioia.

«Mark! Sei venuto davvero!» esclamò il ragazzino, l'entusiasmo che brillava nei suoi occhi fece sorridere il cuore dell'uomo.

«Certo, campione,» rispose, accarezzandogli la testa. «Non potevo perdermi una cena in così buona compagnia.»

Lei li osservò per un momento, colpita da quanto quell'uomo fosse riuscito a entrare nella vita del figlio in così poco tempo.

Entrando in casa fu accolto dal calore di un ambiente semplice ma curato, con un'atmosfera familiare che gli

ricordava i momenti di serenità vissuti con sua madre, tanto tempo prima. Il profumo di qualcosa di delizioso proveniva dalla cucina, mischiandosi con l'aroma dolce delle candele accese sul tavolo del soggiorno. Dylan era già seduto a tavola, immerso nel suo tablet.

«Dylan, per favore, lavati le mani. La cena è quasi pronta,» disse Isabel con un tono dolce ma fermo, che non lasciava spazio a obiezioni. Il ragazzo annuì e corse in bagno.

Si avvicinò a Mark, indicando la tavola apparecchiata con cura. «Spero ti piaccia la pasta al forno. È la ricetta di mia nonna, e Dylan la adora.»

«Chi non adora la pasta al forno?» rispose lui, sorridendo. «Sono sicuro che sarà deliziosa.»

«Bene, allora accomodiamoci e fammi sapere cosa ne pensi,» disse lei, servendogli un piatto generoso.

Si sedettero tutti e tre intorno al tavolo, mentre il sole tramontava lentamente, tingendo la stanza di un caldo arancione. Dylan, come sempre, divorò la sua porzione in pochi minuti, mentre Mark assaporava ogni boccone, non solo per il gusto del cibo, ma per l'intimità e la serenità che aleggiavano nell'aria.

«È davvero ottima,» disse infine, guardandola con gratitudine e affetto.

«Davvero? O lo dici solo per galanteria?» chiese la donna incuriosita.

«Davvero! Fidati. Mi ricorda i sapori della mia infanzia.»

Lei arrossì leggermente, compiaciuta del complimento. «Sono contenta che ti piaccia. Non capita spesso di cucinare per qualcuno che apprezza davvero il cibo» e guardò divertita suo figlio intento a mangiare dalla dispensa un pacchetto di patatine.

Dopo cena, Isabel li invitò a spostarsi nel soggiorno, dove li attendeva il dolce che Mark aveva portato per l'occasione.

Dylan, con il suo entusiasmo contagioso, insistette perché Mark partecipasse a una partita di un gioco da tavolo che gli avevano regalato recentemente. Isabel, seduta sul divano con una tazza di tè tra le mani, li osservava con un sorriso, godendosi quella serata che sembrava scivolare via con una leggerezza che non provava da tempo.

«Posso farti una domanda?» chiese il ragazzino, mentre piazzava una pedina sul tabellone.

«Certo, spara,» rispose con il tono giocoso di chi è pronto a tutto.

«Perché ti sei trasferito qui? Voglio dire, eri a New York, il posto più figo del mondo!» chiese il ragazzino, con un tono allegro ma carico di curiosità. Era sempre stato affascinato da quella città che vedeva nei film e nelle sue serie TV preferite.

Mark si fermò per un istante. Non si aspettava una domanda così diretta, ma sapeva che non poteva sfuggirgli. Isabel, che sorseggiava il suo tè, lo guardò con interesse, anch'essa curiosa di conoscere la risposta.

«Beh,» iniziò, cercando le parole giuste, «diciamo che avevo bisogno di un cambiamento. La vita a New York può essere... un po' frenetica e a un certo punto ho sentito il bisogno di rallentare. Penky Grove è un posto tranquillo, con gente gentile... è, insomma, esattamente quello che cercavo.»

Dylan sembrò soddisfatto della risposta e tornò a concentrarsi sul gioco, ma Isabel colse un'ombra di malinconia nella voce dell'ospite. Era qualcosa che lui cercava di nascondere, ma che lei non poteva ignorare. Decise, tuttavia, di rispettare i suoi silenzi, lasciandogli lo spazio di cui aveva ancora bisogno.

La partita durò poco e il ragazzo, esultante per la vittoria, corse a vedere la sua serie preferita. Si sdraiò sul divano, il tablet saldo in mano, pronto a immergersi in nuove avventure.

«Prima di andare a letto, prendi la medicina e lavati i denti,» gli ricordò la madre. Poi, rivolta all'ospite con un sorriso divertito, aggiunse: «Scusami, ma se non avesse la testa attaccata al collo, l'avrebbe già persa. Devo ricordargli tutto, altrimenti si perde tra tablet e videogiochi.»

Lui le restituì il sorriso, pensando che, in fondo, era una scena tipica a quell'età e che stare dietro ai ragazzi doveva essere davvero stancante.

I due continuarono a chiacchierare serenamente, scambiandosi opinioni sugli argomenti più disparati, tra risate e conversazioni leggere. Quando la serata volgeva al termine, l'uomo si accorse che il piccolo si era addormentato sul divano, con il tablet ancora stretto tra le mani.

«Credo che sia ora che vada. Mi sa che qualcuno deve alzarsi presto domani mattina,» sussurrò con un tono complice.

«Oh mio Dio, che madre terribile che sono,» si affrettò a dire Isabel, notando il figlio addormentato. Mark sorrise e si offrì di portarlo di sopra, nella sua stanza. Con delicatezza, prese in braccio il piccolo Dylan e lo adagiò nel letto, poi uscì dalla stanza lasciando che la madre lo sistemasse per la notte.

Quando tornò, lei lo ringraziò con uno sguardo che valeva più di mille parole. Era stato un gesto semplice, ma pieno di significato.

«Grazie di tutto. Questa serata è stata davvero... bella.»

«Anche per me,» rispose lui, con un sorriso sincero.

Si scambiarono uno sguardo che durò più a lungo del solito. C'era una tensione dolce, un'incredibile attrazione che sembrava crescere ad ogni secondo che passava. Isabel si

avvicinò a lui, i suoi occhi profondi e pieni di emozioni che Mark non riusciva a decifrare del tutto.

«Isabel...» iniziò, ma non riuscì a terminare la frase.

Lei lo interruppe avvicinandosi ancora di più, fino a sentire il calore del suo corpo contro il proprio. Le loro labbra si incontrarono in un bacio lento, delicato, ma carico di tutto il desiderio che avevano trattenuto fino a quel momento. Lui la strinse a sé, sentendo ogni respiro, ogni battito del cuore di lei fondersi con il proprio.

Il bacio si intensificò e senza quasi accorgersene, si ritrovarono a spostarsi verso la camera da letto. Isabel prese la sua mano, guidandolo attraverso il corridoio. Entrarono nella sua stanza e la porta si chiuse alle loro spalle, isolandoli dal resto del mondo.

Lentamente, come se stessero cercando di prolungare quel momento il più possibile, si spogliarono. Le mani di Mark si muovevano con dolcezza sul corpo di lei, esplorando ogni curva con una venerazione che lui stesso non aveva mai provato prima. Isabel, con la stessa delicatezza, accarezzava la sua pelle, tracciando una mappa del desiderio.

Fecero l'amore con una passione che sembrava aver atteso a lungo per emergere. Lei si sentiva viva, risvegliata in un modo che non provava da anni. Lui, d'altra parte, percepiva che qualcosa in sé stava cambiando, come se quel momento fosse una svolta, un punto di non ritorno.

Dopo, rimasero sdraiati l'uno accanto all'altra, in silenzio. Con un gesto istintivo la strinse a sé, sentendo il calore del suo corpo accanto al proprio.

«Non mi aspettavo che... che succedesse,» disse lei, con un tono che non era di pentimento, ma piuttosto di meraviglia.

«Nemmeno io,» rispose lui, baciandole la fronte.

Restarono così per un po', ma alla fine, Mark si alzò con riluttanza. «Devo andare,» disse, con voce rauca. «Non credo sia opportuno che Dylan mi trovi qui al suo risveglio.»

Lei annuì, comprendendo. «Lo so. È stato... è stato bellissimo.»

«Lo è stato davvero,» confermò, mentre si vestiva. Prima di uscire, si voltò a guardarla ancora una volta, quella donna che stava iniziando a significare così tanto per lui. Le sorrise, un sorriso carico di emozione e di promesse.

«Buonanotte, Isabel» mormorò, lasciando la stanza con un'ultima occhiata piena di sentimento.

«Buonanotte, Mark.»

Quelle ultime parole gli risuonavano ancora nella testa mentre usciva dalla casa, un turbine di emozioni nel cuore. Si sedette per un attimo nel pick-up, il volto rivolto alla luna che brillava alta nel cielo, come un faro silenzioso nella notte.

Guidò verso casa, avvolto dal calore della serata appena trascorsa. Isabel era diversa da chiunque altro avesse incontrato. La sua semplicità e dolcezza erano come un balsamo per l'anima, una forza alla quale non poteva resistere. In lei c'era qualcosa che lo riportava indietro, a quei ricordi lontani, a Lisa, la ragazza che non aveva mai smesso di amare.

Arrivato a casa, si sedette sul portico, lasciando che lo sguardo si perdesse nel riflesso della luna sul lago. Sapeva che qualcosa era cambiato quella notte. Quando era arrivato a Penky Grove, cercava solo un rifugio, un posto dove nascondersi dal passato.

Ma ora, sentiva di aver trovato molto di più.

La tranquillità che aveva desiderato così intensamente non era solo nei paesaggi sereni o nelle strade silenziose, ma nelle persone che lo avevano accolto.

E forse, senza nemmeno rendersene conto, aveva trovato anche un motivo per restare.

CAPITOLO 5

FIDUCIA

Il sole di mezzogiorno filtrava attraverso le persiane dell'ufficio di Bill Evans, creando un gioco di luci sui documenti sparsi sulla sua scrivania. Il nuovo sceriffo di Hallowbridge, immerso tra rapporti e fascicoli, sentiva il peso della responsabilità gravare sulle sue spalle. Quel posto era cambiato, trasformandosi in un luogo carico di diffidenza e dolore. Dopo gli eventi tragici legati ai Figli di Asmodeo, la cittadina che un tempo era viva e prospera si era trasformata in una terra spettrale, dove la speranza sembrava essersi estinta.

La città stessa portava le cicatrici di quel periodo oscuro e nessuno meglio di James Foster poteva comprenderlo.

Foster, ora sindaco, aveva visto crescere Hallowbridge e, con essa, tutte le sue contraddizioni. Nato e cresciuto tra le strade polverose della cittadina, Foster aveva passato la maggior parte della sua vita a lavorare come muratore. Era un uomo semplice, ma dotato di una grande etica del lavoro. Nel corso degli anni, si era fatto conoscere e rispettare da tutti. Con il sudore della fronte e la forza delle mani, era riuscito ad aprire una piccola impresa edile, che col tempo era diventata il punto di riferimento per chiunque avesse bisogno di costruire o riparare qualcosa.

25

Era stato il muratore che aveva costruito case per molte famiglie di Hallowbridge e quasi tutti in città avevano affidato a lui o ai suoi operai la costruzione o la riparazione di qualcosa nelle loro abitazioni. La sua presenza era rassicurante e la sua integrità, mai messa in dubbio. Quando i segni dell'età cominciarono a farsi sentire, con i dolori alle ossa e ai muscoli che diventavano sempre più persistenti, decise di lasciare la gestione operativa dell'azienda al figlio Jason. Ma l'idea di ritirarsi del tutto non lo convinceva.

Il giorno che furono indette le nuove elezioni, Foster sentì che forse poteva fare ancora qualcosa di utile per la sua comunità. All'inizio, la sua candidatura sembrava quasi una formalità, un gesto di buona volontà senza reali ambizioni. Ma giorno dopo giorno, il supporto dei cittadini cresceva. Ogni persona che incontrava lo ringraziava per essersi candidato, assicurandogli il suo voto. Quell'ondata di sostegno lo sorprese e lo incoraggiò, portandolo a credere di poter davvero fare la differenza.

Le elezioni furono un trionfo. Foster vinse con l'80% dei voti, un risultato schiacciante che rispecchiava il desiderio della comunità di avere una guida onesta e vicina al popolo. I suoi avversari, Terence Highlaw e Christopher Notton, due imprenditori ricchi e potenti, pagarono il prezzo della diffidenza che in quel momento la città nutriva verso le famiglie benestanti.

Hallowbridge, ferita e tradita, cercava qualcuno che comprendesse le sue paure e le sue speranze. E Foster era esattamente quella persona.

Anche la scuola, cuore pulsante della comunità, aveva vissuto un cambiamento radicale. Il vecchio preside, Henry Greenwood, un uomo un tempo rispettato, si era tolto la vita in

circostanze tragiche. Quando l'FBI era entrata nella casa del vecchio Thomas per procedere al suo arresto, lo trovarono disteso a terra con i polsi tagliati. Nonostante fosse legato, Greenwood era riuscito a rompere una bottiglia di vetro e a usarne i frammenti per compiere l'atto finale. La scena era stata macabra, ma ciò che aveva lasciato una cicatrice profonda nella città fu la mancanza di una vera indagine. Le autorità avevano chiuso il caso come suicidio, senza mai approfondire se ci fosse stato altro dietro quel gesto disperato. Bill aveva scoperto solo dopo essere stato dimesso dall'ospedale la scelta sul caso Greenwood. Una decisione che aveva alimentato i sospetti e le paure in una comunità già sull'orlo del collasso.

Per cercare di ripristinare un senso di normalità, la comunità nominò la professoressa Judith Grant come nuova preside della scuola. Judith era una figura conosciuta e rispettata: insegnante di storia da decenni, aveva cresciuto con dolcezza e ferrea disciplina più della metà della popolazione di Hallowbridge. La sua nomina fu accolta con sollievo, poiché la sua presenza alla guida della scuola infondeva stabilità in un periodo in cui tutto sembrava vacillare. Inoltre, portava serenità alle famiglie, che si trovavano a dover affidare i propri figli a un istituto ormai nell'immaginario collettivo associato ad una folle organizzazione criminale.

Ma mentre la città cercava di risollevarsi, Bill si trovava a combattere la sua battaglia personale. La ferita alla schiena, che aveva subito durante l'assalto finale contro i Figli di Asmodeo, lo aveva lasciato debilitato per mesi. Era stata una lotta lunga e dolorosa, una battaglia contro il suo stesso corpo per riprendere le forze e la mobilità. La riabilitazione era stata un processo lento e frustrante. Ogni movimento era una sfida, ogni passo avanti sembrava accompagnato da due indietro. La sua forza,

una volta invidiabile, sembrava svanita. E con essa, anche la sua fiducia.

Quando James Foster gli offrì la carica di sceriffo, Bill aveva esitato. Il senso di debolezza che lo aveva accompagnato durante la convalescenza lo aveva reso incerto. Si sentiva come un'ombra di ciò che era stato e la paura di non essere all'altezza del compito lo aveva tormentato. Ma il suo senso del dovere, radicato profondamente nel suo essere, lo spinse a superare quei dubbi. Hallowbridge aveva bisogno di una guida forte e determinata e, nonostante le sue paure, sapeva di poter essere quella guida.

Voleva esserlo.

La prima decisione che prese come nuovo sceriffo fu di nominare Anna Taylor come vice sceriffo. Nonostante Robert Jones meritasse altrettanto quella posizione, Bill sentiva che nominare lei avrebbe mandato un messaggio forte alla comunità. In una città dove le donne erano state vittime di tanto orrore, era importante dimostrare che non erano più semplici spettatrici della loro vita, ma protagoniste forti e capaci. La scelta di Anna come vice sceriffo non era solo una decisione pragmatica, ma anche simbolica. Era un segno che Hallowbridge stava cambiando, che le donne non avrebbero più dovuto vedersi come vittime, ma come artefici del proprio destino.

Mentre Bill rifletteva su tutto questo, provava a scrivere il discorso che avrebbe tenuto, solo pochi giorni dopo, per l'inizio del nuovo anno scolastico. Voleva trasmettere un messaggio di speranza, non solo agli studenti, ma a tutta la città.

Mentre si concentrava sul testo, cercando le parole giuste, il telefono squillò improvvisamente, spezzando il suo flusso di pensieri.

«Sceriffo Evans, sono Johnson. Le devo parlare. L'aspetto al punto di incontro fra un'ora. Confido nella tua riservatezza. A dopo.»

La voce all'altro capo era inconfondibile. Richard Johnson, l'agente dell'FBI che, dopo gli eventi sconvolgenti dell'anno precedente, era stato promosso a Direttore di Divisione. In questo nuovo ruolo, Johnson non solo aveva acquisito un'autorità molto più ampia, ma aveva anche un'influenza che si estendeva ben oltre la sua precedente posizione. La sua chiamata non era qualcosa da prendere alla leggera.

Bill rimase in silenzio per un momento, sentendo il cuore accelerare. Johnson? Perché lo cercava? Le ombre del passato, che aveva faticosamente tentato di seppellire, sembravano riemergere proprio ora che stava iniziando a lasciarsele alle spalle. Quella chiamata non prometteva nulla di buono.

Sospirando, Bill si alzò dalla sedia, raccolse il cappello dal gancio vicino alla porta e uscì dall'ufficio. Salutò il vice sceriffo Taylor e l'agente Jones, cercando di nascondere l'inquietudine che provava e si diresse verso la sua auto.

Il cielo sopra Hallowbridge era di un azzurro limpido, ma nella mente di Bill, nuvole scure iniziavano ad addensarsi.

Mentre si avvicinava al punto di incontro, non poté fare a meno di essere travolto dai ricordi degli interrogatori che aveva subito in ospedale. Le pareti bianche e sterili della stanza, il ronzio continuo delle macchine mediche e, soprattutto, lo sguardo penetrante di Johnson che lo scrutava come se potesse vedere attraverso la sua anima. Quei giorni erano stati un inferno. Lui costretto su un letto di ospedale incapace di reagire e Johnson li, a fissarlo come se gli stesse nascondendo qualcosa di importante. Ogni domanda, ogni insistenza sull'idea che

potesse essere coinvolto a causa della sua relazione con Claire, lo aveva prosciugato mentalmente.

«Signor Evans,» aveva detto Johnson durante uno di quegli interrogatori, «lei deve capire che il suo legame con Claire Barrow ci costringe a non escludere ogni possibilità. Lei non è solo un amico, non lo è mai stato. La vostra storia... potrebbe averla portata a fare scelte che noi dobbiamo esplorare. Non è il tempo dei segreti ma della verità.»

Bill si ricordava di come aveva lottato per mantenere la calma, per non cedere alla rabbia. Aveva ripetuto più volte di non essere coinvolto, che non aveva nulla a che fare con i Figli di Asmodeo, ma ogni volta che lo diceva, la convinzione di Johnson sul suo coinvolgimento sembrava crescere.

In quel momento voleva solo dimenticare ma non gli era permesso e lo scetticismo dell'agente dell'FBI alimentava un fuoco oscuro dentro di lui.

Quando finalmente fu dimesso dall'ospedale, decise di affrontare Johnson, di andare da lui non per rispondere ad accuse infondate che ormai sperava fossero state abbandonate, ma per cercare la verità. Voleva sapere di Claire, voleva sapere cosa ne era stato di lei, se fosse ancora viva.

Quell'incontro lo ricordava come fosse stato ieri. Johnson lo aveva ricevuto nel suo ufficio, un luogo freddo e impersonale, con fascicoli accatastati ovunque e l'odore pungente di caffè stantio.

«Non posso dirti molto,» aveva detto Johnson, con un'espressione imperscrutabile. «Claire Barrow è viva, ma la situazione è complicata. Più di questo non posso rivelare.»

«Ma che vuol dire?» aveva insistito Bill con la voce spezzata dalla frustrazione e dalla paura. «Cosa le è successo?»

Johnson si era limitato a scuotere la testa. «Se ci sarà qualcosa che potrai fare, te lo farò sapere. Per ora ti consiglio di tornare alla tua vita e dimenticare tutto questo. Fidati di me.»

Johnson aveva poi stretto la mano a Bill e, durante quel gesto, gli aveva fatto scivolare con discrezione un piccolo biglietto nel palmo della mano. Sopra, c'era un indirizzo scarabocchiato in fretta. «In caso di necessità, questo sarà il luogo di incontro. Confido nella tua riservatezza,» aveva aggiunto, prima di invitarlo, con un sorriso, ad abbandonare l'edificio.

Bill tornò a casa con più domande che risposte.

CAPITOLO 6

JOHNSON

La voce meccanica del navigatore sul quale aveva impostato l'indirizzo lo strappò a quei ricordi e si rese conto che la sua destinazione era stata raggiunta. Rimase qualche secondo a riflettere, poi si fece forza ed entrò nel vecchio magazzino. Il legno del pavimento scricchiolava sotto i suoi stivali, il rumore si propagava nell'aria densa e polverosa. La luce fioca di una lampadina al neon, oscillante al soffitto, illuminava la figura di Johnson, che sembrava essere un'ombra viva tra le ombre. Il suo volto era una maschera di serietà e preoccupazione, i lineamenti tesi come corde di violino pronte a spezzarsi.

«Siediti, Bill,» disse Johnson, con un tono che lasciava intendere che non era una richiesta.

Bill si avvicinò lentamente al tavolo di metallo al centro della stanza mantenendo lo sguardo fisso su Johnson. Si sedette, sentendo il freddo metallo della sedia attraverso i pantaloni, un contrasto con il calore opprimente che sembrava saturare l'aria.

«Cosa c'è di così importante da richiedere un incontro qui, in questo posto dimenticato da Dio?» chiese, cercando di mantenere la calma. Ma il battito del suo cuore, come un tamburo in lontananza, tradiva la sua apparente compostezza.

Johnson appoggiò una mano ferma sul tavolo, il dito tamburellava leggermente, un tic che mostrava chiaramente la

sua impazienza. Tirò fuori una busta da un cassetto ed estrasse un singolo foglio sul quale erano scritte a penna alcune righe.

Sembrava una lettera.

Bill vide il suo nome scritto sulla stessa e riconobbe subito la calligrafia. Era una lettera di Claire.

Il sangue gli si gelò nelle vene.

«È stata scritta due mesi fa,» iniziò Johnson con il suo solito tono calmo, ma carico di sottointesi. «Abbiamo fatto di tutto per decifrarla, per trovare un messaggio nascosto. Abbiamo esaminato la carta, l'inchiostro, ogni singola parola. Ma niente. È come se fosse una semplice lettera di scuse, ma noi non ci crediamo.»

Bill strinse le labbra, sentendo l'agitazione crescere dentro di lui. «E cosa pensi che possa trovare io che tu e i tuoi esperti dell'FBI non avete trovato?»

Johnson lo fissò negli occhi, cercando di leggere qualcosa di nascosto nel suo sguardo. «Conosci Claire da sempre. C'è qualcosa in quella lettera che solo tu puoi capire. Qualcosa che noi non riusciamo a vedere. Ecco perché sei qui.»

L'agente porse il foglio a Bill. Lui prese la lettera con un'espressione impenetrabile, celando ogni traccia delle emozioni che ribollivano sotto la superficie. Le parole di Claire scorrevano davanti ai suoi occhi, familiari eppure cariche di un peso insostenibile. Ogni frase sembrava risuonare di disperazione, di colpa. Poi le lesse ancora e ancora finché non gli furono impresse nella mente in modo indelebile. Ma non trovava nulla di strano. Nulla che potesse far pensare a un messaggio nascosto. Era solo Claire, con tutto il suo dolore, tutto il suo amore e con il suo triste tentativo di chiedere perdono.

«Non c'è niente qui,» disse infine, posando la lettera sul tavolo. «Solo la sofferenza di una donna malata che ha perso tutto.»

Johnson si irrigidì sulla sedia, le mani incrociate sul tavolo. La sua voce rimase fredda, ma nel suo sguardo si leggeva una determinazione glaciale.

«Non può essere tutto qui. C'è qualcosa di più, Bill. E tu devi trovarlo.»

Bill si lasciò sfuggire un sospiro e scosse la testa. «Vorrei poterti aiutare, ma non vedo nulla. Davvero, non saprei.»

Per un momento, ci fu solo silenzio, rotto dal ronzio monotono della lampadina sopra di loro. Poi Johnson si alzò di scatto, afferrando la lettera dal tavolo. «Non ci credo, cazzo! Non posso credere che sia tutto qui. Stai nascondendo qualcosa vero?»

Il tono di Johnson era accusatorio, il suo sguardo si era fatto duro, quasi minaccioso. Bill lo guardò negli occhi, senza battere ciglio. «Non sto nascondendo proprio nulla. E sono davvero stanco di essere sempre sotto accusa. Se ci fosse qualcosa, te lo direi.»

L'agente lo fissò ancora per un momento, poi sospirò, lasciando cadere la tensione dalle spalle. Si passò una mano sul volto, visibilmente esasperato e accese una sigaretta.

«Forse hai ragione. Forse sto cercando qualcosa che non esiste.» Lo sguardo ora era perso nei suoi pensieri.

«Vedi Bill, dopo oltre un anno non abbiamo fatto un solo passo in avanti e i segnali che l'organizzazione è ancora in attività sono chiari in diverse parti del mondo.» Johnson fissava un punto a terra, incapace di reagire all'ennesima frustrazione ricevuta in questa indagine. «Arriviamo sempre tardi e non

possiamo più permetterci che loro si prendano gioco di noi e soprattutto che giochino con la vita dei nostri figli.»

«Lo capisco perfettamente» rispose Bill. «Hanno uomini e donne infiltrati ovunque e non è una battaglia semplice. Ma io ora voglio solo dimenticare e andare avanti e onestamente non trovo in questa lettera indizi o messaggi nascosti.»

«Ok, per ora ti credo, ma se ti viene in mente qualcosa, qualsiasi cosa, voglio saperlo immediatamente.»

Bill annuì lentamente, sentendo il peso delle parole di Johnson. Poi si alzò per andarsene, salutò e uscì dal vecchio magazzino.

Johnson lo osservò uscire scrutandone ogni movimento, poi si avvicinò a un vecchio telefono fisso sulla scrivania e, con un'espressione che non prometteva nulla di buono, compose un numero.

«Seguitelo. Non fatevi vedere.»

Uscendo dal magazzino Bill sentì l'aria fresca colpirgli il viso, ma l'ansia lo perseguitava. Salì sulla sua Nissan, con la mente che girava a mille e si diresse verso la centrale di polizia.

Lesse e rilesse mentalmente la lettera di Claire, cercando tra le righe un significato nascosto, un dettaglio che gli fosse sfuggito. Ma nulla. Ogni parola sembrava dire esattamente quello che diceva, senza alcun doppio fondo. Finché, all'improvviso, come un fulmine a ciel sereno, un'intuizione gli esplose nella mente.

«Come ho fatto a non capire subito?» esclamò, la voce incrinata dall'urgenza. Le sue labbra si mossero quasi da sole, mentre nella sua testa le frasi della lettera si riassemblavano come pezzi di un puzzle. Una verità inaspettata e terribile si faceva strada, scavando tra i suoi pensieri.

Non c'era tempo da perdere. Doveva informare Johnson. Subito.

Afferrò il telefono, le dita già pronte a comporre il numero dell'agente. Ma proprio in quell'istante, un movimento nello specchietto retrovisore lo costrinse a fermarsi. Un'auto scura, anonima, lo seguiva a distanza. L'aveva notata già prima, un puntino costante nel flusso caotico del traffico. E ora, dopo tutto quel tempo, era ancora lì.

Un brivido gli strinse lo stomaco. Provò a cambiare strada, una, due, tre volte. Fece svolte improvvise, prese vicoli secondari, ma l'auto rimaneva sempre dietro di lui, discreta ma presente, come un'ombra che non si stacca mai.

La tensione gli annebbiava i pensieri. Chiunque fosse al volante, non poteva essere lì per caso. Inspirò profondamente, imponendosi di mantenere la calma. Rallentò dolcemente, poi improvvisamente premette sull'acceleratore, osservando nello specchietto retrovisore la reazione dell'altra vettura. Il gioco del gatto e del topo si protrasse per diversi minuti, ogni curva un test, ogni semaforo un'occasione per smascherare l'inseguitore.

Ora non aveva più dubbi.

Johnson non si fidava di lui.

Stringeva il telefono come un'ancora, ma il pollice restava immobile sul tasto di chiamata. Se avesse chiamato Johnson e fosse stato lui a orchestrare tutto? Se quella macchina fosse un avvertimento, una minaccia velata?

La realtà si sgretolava intorno a lui, come un vetro incrinato che stava per frantumarsi del tutto. Doveva agire, ma senza farsi prendere dal panico. Doveva pensare lucidamente. E soprattutto, doveva elaborare un piano.

In fondo, neanche lui si era mai fidato completamente di Johnson. Avrebbe davvero usato le informazioni nel modo

giusto? Lo avrebbe tenuto informato degli sviluppi? E soprattutto, avrebbe protetto Claire da quei fanatici?

No. Non poteva correre quel rischio. Aveva bisogno di tempo per riflettere, per verificare la sua intuizione prima di coinvolgere qualcuno. Ora, più che mai, doveva muoversi con prudenza.

La sua mente lavorava febbrilmente. Doveva seminarli. Doveva pensare a qualcosa di efficace.

Continuò a guidare con apparente calma fino alla città. L'auto era sempre lì, una berlina nera con i vetri oscurati che si manteneva disciplinatamente a distanza.

Sapeva riconoscere un pedinamento quando ne vedeva uno e questo lo era sicuramente.

CAPITOLO 7

WILLIAMSON'S GROCERY

Decise di accostare e lo fece improvvisamente.

L'auto dietro di lui rallentò appena, come se il guidatore stesse decidendo cosa fare, poi proseguì. Bill la vide svoltare al primo incrocio a destra, ma non si fece ingannare. Sapeva che sarebbe tornata presto. Non era una ritirata, ma un giro dell'isolato per non destare sospetti.

Una goccia di sudore gli scese lungo la tempia, ma non fece nulla per asciugarla. Aveva bisogno di giocare d'anticipo, di trasformarsi da preda a cacciatore. La partita era appena iniziata, e lui non aveva alcuna intenzione di perdere.

Scese subito dalla macchina con un movimento fluido e attraversò la strada con passo deciso. L'asfalto caldo rifletteva il sole di mezzogiorno mentre si dirigeva verso il vecchio Williamson's Grocery, il negozio di alimentari con la sua insegna sbiadita dal tempo e le finestre che lasciavano intravedere scaffali ordinati. Da sempre, quel negozio era stato un punto di riferimento per molte famiglie di Hallowbridge. Ma pochi conoscevano il segreto che si celava dietro quelle mura di mattoni rossi.

Malcom Williamson, un afroamericano di 65 anni dai capelli bianchi e dagli occhi saggi, aveva vissuto tutta la sua vita nella cittadina. Conosceva i nomi e le storie di ogni cliente che

varcava la soglia del suo negozio. I suoi modi erano affabili, la sua voce profonda e rassicurante, ma dietro quel sorriso gentile si nascondeva un uomo che custodiva segreti che avrebbero fatto tremare chiunque.

Bill entrò con passo svelto mentre il tintinnio della campanella sopra la porta annunciava il suo ingresso. I loro occhi si incrociarono per un istante e un semplice, rapido cenno del capo fu tutto ciò che si scambiarono. Malcom, senza dire una parola, tornò a sistemare una pila di lattine sul bancone, ma i suoi movimenti erano troppo controllati per essere casuali. Bill proseguì verso il retro del negozio, sentendo il peso dell'adrenalina accumulata durante la breve corsa.

Davanti a lui c'era una porta anonima, apparentemente insignificante, che separava il negozio dallo scantinato. Il legno era consumato, le cerniere cigolanti, ma sapeva che dietro quella facciata si nascondeva un mondo completamente diverso. Senza esitare, aprì la porta e scese le scale strette e ripide, sentendo sotto i piedi il freddo del cemento che sembrava risalire fino alle ossa. Il buio si faceva più fitto man mano che si addentrava nel sottosuolo e il suono dei suoi passi rimbombava nelle pareti, creando un'eco che amplificava la tensione nell'aria.

A un certo punto, le scale si biforcarono in due direzioni. Senza indugiare, prese la scala a chiocciola sulla sinistra, con i gradini in ferro che scricchiolavano sotto il suo peso. La spirale sembrava non finire mai, nonostante non fosse in realtà così lunga. Finalmente, giunse davanti a una porta di metallo, fredda al tatto e pesante come il fardello che si portava dentro. Bussò tre volte, seguendo il vecchio codice e dopo un attimo di silenzio inquietante, lo sportello in alto si aprì con un cigolio stridente.

Un uomo sulla cinquantina, con il volto segnato da anni di vita dura, lo scrutò attraverso lo spioncino. Gli occhi dell'uomo erano sospettosi, ma quando lo riconobbe, una comprensione muta passò tra loro. L'uomo sbloccò la porta che si aprì con un rumore metallico, pesante e denso. Bill annuì in segno di ringraziamento, sentendo l'odore familiare di tabacco e whisky che lo accolse mentre varcava la soglia. Era come entrare in un'altra epoca, un luogo dove il tempo sembrava essersi fermato.

L'interno dello speakeasy era avvolto da una penombra rilassante, le luci soffuse creavano un'atmosfera intima e riservata. Il legno scuro dei mobili e le pareti rivestite di vecchie fotografie e manifesti del proibizionismo raccontavano storie di un'epoca passata. Ancora oggi, quel locale manteneva intatto il fascino dei tempi in cui era nato, quando era un rifugio per chi cercava di sfuggire alla legge e trovare conforto in un bicchiere di whisky proibito.

Gli speakeasy, nascosti dietro facciate insospettabili come barbershop o negozi di alimentari, erano stati il cuore pulsante della vita notturna illegale negli anni '20 e '30 del Novecento. Il locale di Malcom non faceva eccezione. Sebbene oggi la sua funzione si fosse evoluta, il suo spirito ribelle restava intatto.

Ora, era un rifugio esclusivo per coloro che cercavano un luogo dove ascoltare buona musica, discutere di affari lontano da occhi indiscreti, o semplicemente rivivere un pezzo della storia americana.

Bill ricordava ancora la prima volta che aveva messo piede in quel luogo, a 18 anni, come se fosse ieri. Era stato un regalo dei suoi genitori, un rito di passaggio che gli aveva permesso di entrare a far parte di un mondo segreto e affascinante. Gli Evans vivevano a Hallowbridge da generazioni ed erano clienti

affezionati di Malcom. Bill, una volta entrato in polizia, aveva sempre chiuso un occhio su quel locale, sapendo che ormai era più un ritrovo per nostalgici che un covo di criminali. Ma ora, c'era un altro motivo per cui si trovava lì.

Sotto il negozio di Malcom, c'era una rete di tunnel sotterranei che attraversavano la città come vene pulsanti. Bill li conosceva bene. Molti di quei passaggi erano stati sigillati, ma alcuni, sebbene in disuso, erano ancora agibili. In passato, quei tunnel erano stati usati per il traffico illecito di alcolici e come via di fuga nel caso di incursioni della polizia. Ora, a Bill servivano solo per un motivo: allontanarsi senza essere seguito.

Mentre si inoltrava in uno dei tunnel, l'odore di muffa e umidità riempì le sue narici, richiamando alla mente ricordi lontani di notti trascorse a sognare un futuro migliore, lontano dai problemi della città. Ma ora, quel luogo sotterraneo rappresentava molto più di una semplice via di fuga. Rappresentava una concreta possibilità di scoprire la verità sul messaggio di Claire.

CAPITOLO 8

BASTAVA POCO
PER CHIEDERCI SCUSA

Bill era sicuro di ricordare la strada, ma più volte aveva rischiato di perdersi. Le gallerie sotto Hallowbridge erano un labirinto di passaggi intricati e aveva sottovalutato quanto fosse difficile orientarsi senza il GPS del suo smartphone, che aveva deciso di lasciare in macchina per evitare di essere rintracciato.

La luce che filtrava dalle rare grate sovrastanti offriva un momentaneo sollievo, portando una boccata di aria fresca, ma allo stesso tempo non permetteva alla sua vista di adattarsi velocemente al buio che avvolgeva buona parte delle gallerie. L'agitazione lo permeava e il suo cuore non cessava di rimbombare come un tamburo nel suo petto. Dopo l'esperienza vissuta l'anno prima, l'oscurità ora lo rendeva nervoso, una sensazione che detestava. Era sempre stato impavido, ma adesso si sentiva vulnerabile.

Dopo minuti che sembrarono eterni, Bill arrivò finalmente all'uscita. La grata che bloccava il passaggio era nascosta da uno spesso strato di vegetazione. Le radici degli alberi si erano intrecciate tra le sbarre di ferro arrugginito, facendo sembrare la grata parte integrante della natura circostante, invisibile a occhi non allenati.

Stringendo i denti afferrò la afferrò con entrambe le mani. Le sbarre arrugginite scricchiolarono sotto la pressione delle sue dita e un odore metallico si mescolò a quello della terra umida. Spinse con tutta la forza che aveva, ma la grata rimase ostinatamente al suo posto. Poi, come se si aspettasse di vedere qualcuno emergere dall'ombra, lanciò un'occhiata nervosa alle sue spalle, anche se era certo di non essere stato seguito.

O, almeno, così sperava.

Fece un respiro profondo e raccolse le energie per un altro sforzo. La grata questa volta si sollevò di qualche centimetro, emettendo un gemito sinistro. Bill sentì una fitta acuta attraversargli la schiena. La cicatrice, eterno ricordo di quel maledetto giorno di un anno prima, era lì a ricordargli quanto la sua vita fosse cambiata. Serrò i denti per soffocare un gemito. Una parte di lui sapeva che quel dolore non sarebbe mai del tutto scomparso.

Finalmente riuscì a sollevarla quel tanto che bastava per passare. Il cuore gli batteva così forte che sentiva il sangue pulsare nelle orecchie e il respiro gli usciva in piccoli sbuffi affannati. Una volta fuori, abbassò la struttura con cautela, trattenendo il fiato per evitare il minimo rumore. Si prese un momento per riprendersi, restando a carponi, il viso rivolto a terra. Il sudore gli colava lungo la fronte e la vista era offuscata dallo sforzo.

Ma più di tutto, era quel senso di debolezza a tormentarlo. Ogni fibra del suo corpo gli ricordava che non era più quello di una volta. La sua mente provava a negarlo, a ribellarsi a quella sensazione, ma il corpo non mentiva.

Ripensò alla promessa che si era fatto da ragazzo: contare solo su sé stesso, non permettere a nessuno di umiliarlo di

nuovo. Eppure, in quel momento, quella promessa gli sembrava lontana, quasi irraggiungibile.

Raccolte le forze, si sollevò a fatica e si guardò intorno. La vegetazione circostante era così fitta che sembrava di essere in una giungla, nonostante si trovasse a pochi passi dal centro della città. Il silenzio era rotto solo dal fruscio delle foglie, mosse da una brezza leggera e dal lontano cinguettio degli uccelli.

Con cautela, Bill controllò i dintorni. Non c'era traccia di nessuno. Tirò un sospiro di sollievo, ma la tensione non lo abbandonava. Con passo deciso, ma misurato, si inoltrò nel sentiero che attraversava il parco. Ogni suono, ogni movimento della vegetazione lo faceva sobbalzare, come se un'ombra invisibile lo seguisse. Questo parco, che un tempo era stato un rifugio di spensieratezza, ora sembrava carico di presagi.

Molti anni fa, il parco era vivo. I ragazzi vi si riunivano, riempiendolo di risate, voci e vita. Le panchine erano occupate da coppie che si scambiavano baci furtivi, mentre i bambini correvano felici tra le giostre colorate. Ora, però, il parco era cambiato. Era un luogo desolato, un'ombra del suo passato. Gli anziani camminavano lentamente con i loro cani, gli unici che sembravano apprezzare ancora la quiete malinconica del luogo. Le altalene, una volta spinte vigorosamente da mani giovanili, ora pendevano inerti, cigolando al vento. I ragazzi che un tempo si riunivano qui preferivano ora la solitudine delle loro stanze, persi nei mondi virtuali dei loro smartphone. Bill si sentì invadere da una tristezza profonda, quasi un rimpianto per un'era che sapeva non sarebbe mai tornata.

Dopo alcuni minuti di cammino si allontanò dal sentiero principale, addentrandosi nuovamente nella vegetazione. L'oscurità era più profonda lì e i rumori del parco sembravano svanire, assorbiti dalla fitta boscaglia. Si fermò di colpo e

trattenne il respiro, quando finalmente lo vide: un albero massiccio, dalle radici robuste e dalla corteccia screpolata. I suoi occhi si fissarono su un punto preciso del tronco, dove qualcosa di antico e familiare lo attendeva.

La corteccia, sebbene consumata dal tempo, conservava ancora le tracce di un'incisione: "BC".

Due semplici lettere che raccontavano un'intera storia.

«È lui. Eccolo,» mormorò mentre l'agitazione cresceva in lui. Il passato riaffiorò come un'onda improvvisa, portando con sé ricordi di un tempo in cui tutto era più semplice, quando quelle lettere incise significavano un legame profondo e indissolubile tra lui e Claire.

Fissò l'albero, scrutando ogni dettaglio del tronco, come alla ricerca di un segno, di un messaggio nascosto tra le venature del legno. Sapeva che non avrebbe trovato nulla a prima vista; non era mai stato così facile con Claire. Ma quel ricordo, quella cassetta postale segreta che avevano usato da giovani per scambiarsi messaggi dopo ogni litigio, lo spingeva a cercare. Con l'agitazione che cresceva ad ogni istante, si arrampicò, spingendo il corpo oltre il limite del dolore.

I rami erano fitti, coperti da foglie verdi che ancora non avevano ceduto al richiamo dell'autunno. L'albero era cresciuto, ma non aveva alterato la sua essenza. Raggiunse un incavo nascosto tra i rami più alti, un piccolo spazio segreto che loro avevano trasformato in una cassetta postale privata.

Da ragazzi, quando le parole dette a voce erano troppo difficili da pronunciare, lasciavano lì i loro pensieri. Un biglietto scritto in fretta, una scusa, una promessa, un ricordo. Era il loro modo di risolvere ogni incomprensione, ogni discussione.

Mentre esplorava l'incavo con le dita, sentì un misto di ansia e speranza. Claire poteva aver lasciato qualcosa lì per lui? Era

possibile che avesse nascosto un messaggio, come facevano una volta? Le parole scritte nella lettera all'inizio non le aveva capite, ma ora gli sembravano così chiare:

"Quanto era bello quando bastava poco per chiederci scusa ed andare avanti."

Una sensazione di nostalgia, mescolata alla tensione, lo invase. Forse lei voleva farlo tornare qui per un motivo. Forse, tra quelle foglie, si nascondeva una risposta. Doveva scoprirlo.

Infilò la mano nella fessura dell'albero, setacciando ogni angolo con dita nervose. Ma non trovò nulla. Nessun biglietto, nessuna lettera.

Un'ondata di sconforto lo travolse.

«Dannazione,» mormorò tra sé, appoggiando la fronte al tronco. Aveva davvero sperato di trovare qualcosa, un segno, un messaggio da Claire. Ma era solo un'altra illusione.

Stava per scendere dall'albero, sconfitto, quando un bagliore catturò la sua attenzione. Un raggio di sole aveva colpito un punto nascosto nella fessura, creando un piccolo scintillio.

«Aspetta... forse...» Inserì di nuovo la mano, stavolta cercando con più attenzione. Sentì qualcosa, duro e freddo, incastrato tra la resina e le foglie morte. Tirò con forza e finalmente riuscì a liberarlo. Quando guardò cosa teneva in mano, il cuore gli saltò in gola.

Era una chiave. Semplice, metallica, senza alcun segno distintivo.

"Cosa diavolo ci fa una chiave qui?" pensò, rigirandola tra le dita. Forse Claire l'aveva nascosta con uno scopo, forse un indizio per un luogo che solo loro conoscevano. Doveva scoprirlo. Scuotendo la testa, decise di infilarla in tasca e dirigersi a piedi verso la centrale.

«Robert, ho bisogno di te.» La voce di Bill era tesa mentre attraversava la sala principale della centrale. Sapeva che, soprattutto dopo la nomina di Anna a vice sceriffo, Robert sentiva il bisogno di dimostrare il proprio valore. Affidargli un incarico riservato era la scelta migliore in quel momento.

L'agente alzò lo sguardo, si alzò dalla scrivania e seguì Bill senza una parola. Lo sceriffo camminava spedito verso il proprio ufficio e lui capì subito che la questione era seria.

«Entra e chiudi la porta.»

L'agente obbedì senza esitazione.

«Non posso dilungarmi nei dettagli, ma oggi credo di essere stato pedinato dall'FBI,» sospirò Bill. «Non so di preciso cosa vogliono ancora da noi, ma visto che non sono riusciti a combinare nulla di buono l'anno scorso, non permetterò che ci trattino come se fossimo noi i criminali.»

Mentì con naturalezza, costruendo la sua storia con abilità.

«Ascolta, ho dovuto lasciare la mia auto davanti al Williamson's Grocery. Vai a recuperarla e controlla se quella maledetta berlina nera è ancora in zona. È una Toyota Prius.»

«Capito, capo.» L'agente annuì deciso.

«Guarda se c'è qualcuno dentro e, se riesci, prendi la targa o scatta qualche foto senza farti notare.»

«Assolutamente, vado immediatamente!» rispose con prontezza mentre si avviava verso l'uscita.

«Un ultima cosa... prendi le chiavi.» Con un sorriso, Bill lanciò il mazzo di chiavi a Robert, che arrossì leggermente per non averci pensato.

Senza perdere tempo, si cambiò rapidamente, togliendo la divisa per passare inosservato. Si incamminò a piedi verso il punto indicato dallo sceriffo, mantenendo un'andatura rilassata per non attirare l'attenzione.

Arrivato nei pressi del Williamson's Grocery, notò subito una Prius nera parcheggiata poco distante.

Si avvicinò con cautela, cercando di muoversi con naturalezza. L'auto era vuota.

Robert si fermò per un attimo, studiando la situazione. Di fronte a lui c'era il Bob's Tavern, un locale all'angolo della strada. *"Perfetto per osservare,"* pensò, *"Non altrettanto per vedere cosa succede alla loro auto."*

Con una decisione fulminea decise di rischiare. Si chinò accanto alla Prius e, con un rapido movimento, bucò entrambe le gomme posteriori. Si rialzò con un sorriso soddisfatto e si diresse verso l'ingresso del locale.

Una volta dentro, scrutò l'ambiente alla ricerca di chi potesse essere il proprietario della macchina.

«Di chi è la Prius nera qui fuori?» gridò, catturando l'attenzione di tutti. «Qualcuno la sta vandalizzando!»

Immediatamente, due uomini si alzarono dai loro posti. Uno era basso e calvo, l'altro alto e magro, con una lunga barba incolta. Robert li fissò, memorizzando i loro volti. *"FBI, eh? Messi proprio male,"* pensò sarcasticamente. I due uscirono in fretta, senza nemmeno degnarlo di uno sguardo.

Mentre correvano verso la Prius, estrasse lo smartphone e scattò rapidamente alcune foto dei loro volti. I due, arrivati di fronte all'auto e vedendo le ruote a terra, iniziarono a imprecare.

Approfittando del trambusto, il giovane agente si allontanò velocemente e salì sulla Nissan Rogue di Bill. Avviò il motore e si mise in marcia, controllando costantemente lo specchietto retrovisore.

Vide i due al telefono, probabilmente intenti a chiamare rinforzi. *"Devono essere dannatamente incazzati,"* pensò,

mentre una scarica di adrenalina gli attraversava il corpo. Svoltando l'angolo, sentiva il cuore battere forte. Sapeva di aver attirato l'attenzione su di sé, ma sperava di aver guadagnato abbastanza tempo per tornare alla centrale e riportare tutto allo sceriffo.

Nel frattempo Bill all'interno dell'ufficio teneva nella mano la chiave trovata poco tempo prima. Sapeva che c'era qualcosa di grosso sotto e non vedeva l'ora di scoprire cosa.

CAPITOLO 9
VIA COL VENTO

Claire camminava in cerchio nell'angusta "area di esercizio" della prigione ADX Florence, uno spazio che aveva ribattezzato sarcasticamente la sua "beauty farm".

Un luogo dove il cielo era un lontano ricordo e il sole un'illusione che si rifletteva sulle fredde pareti di cemento. Continuava a muoversi, forzandosi di fare quei passi necessari per mantenere in vita le sue gambe, evitando che si atrofizzassero e la costringessero su una sedia a rotelle. Ogni passo era una lotta, non solo contro il decadimento fisico, ma anche contro la disperazione che minacciava di consumarla.

Era passato ormai troppo tempo da quando aveva scritto quella lettera. Due mesi di silenzio totale. Nessuna risposta, nessun riscontro, silenzio assoluto. Ogni giorno sperava di ricevere notizie, anche solo un accenno che le confermasse che il suo messaggio era stato almeno ricevuto. Ma nulla era arrivato. Le sue domande, i suoi dubbi, rimanevano sospesi nell'aria come una nube che non si disperde mai. E così Claire si trascinava avanti, aggrappandosi a una routine che era più una condanna che un sollievo.

Come sempre, la guardia era lì, immobile, a osservarla in silenzio. Completamente coperta da un'armatura nera, il viso nascosto dietro un casco che la rendeva anonima, inumana. Era

una presenza costante, che non le permetteva di dimenticare neanche per un attimo la sua condizione.

Eppure, quel giorno, Claire notò qualcosa di diverso. La guardia sembrava diversa. Non era la stessa figura a cui, nel tempo, si era abituata. Non che avesse mai scambiato una parola con lei, ma la familiarità della fisionomia, il modo in cui si muoveva, le dava un senso di routine, quasi di sicurezza. Ma ora, quella piccola differenza la disturbava.

Forse la guardia precedente era stata trasferita o, semplicemente, era il suo giorno di riposo. Claire sapeva che era un pensiero irrazionale, ma non poteva fare a meno di sentirsi turbata. Anche un cambiamento così insignificante le ricordava quanto fosse fragile il suo equilibrio mentale. Le faceva capire quanto si fosse aggrappata a quella routine, a quel piccolo frammento di umanità che aveva attribuito a una figura che, in realtà, non aveva nulla di umano.

Il segnale per la fine del suo tempo di esercizio arrivò come sempre, un suono metallico dall'altoparlante sul soffitto, a cinque o sei metri di altezza, un'altra parte di quel mondo inaccessibile.

Conosceva bene la procedura.

Risalì i gradini, si girò di spalle e mise le mani dietro la schiena. Poi sentì il familiare scatto delle manette ai polsi. Era il suono che segnava la fine della sua breve parentesi di "libertà".

Mentre veniva condotta lungo il corridoio, si fermò davanti alla biblioteca, o almeno a quella che chiamavano così. Per lei non era altro che una cella leggermente più grande, dove i libri erano custoditi come tesori inaccessibili. Le permettevano di richiedere un libro al mese per ingannare il tempo, un lusso raro in un luogo progettato per annientare ogni traccia di

umanità. Aveva scelto di prendere in prestito *"Via col vento"*, un classico che aveva sempre desiderato leggere.

Da ragazzina, aveva visto il film, ma i dettagli della trama le sfuggivano e ora, con tutto il tempo del mondo a disposizione, voleva immergersi in quelle pagine. Ricordava solo frammenti: la bellezza di Vivien Leigh nei panni di Scarlett O'Hara, l'eleganza di Clark Gable come Rhett Butler e quella frase iconica:

"Domani è un altro giorno".

Ma ora, la storia scritta le sembrava un rifugio, un modo per evadere, almeno con la mente, dalla prigione che la teneva incatenata.

Il libro le venne consegnato, come sempre, solo dopo un controllo accurato da parte della guardia. Nessun foglio nascosto, nessun messaggio scritto, niente che potesse infrangere le rigide regole della prigione. Una volta verificato, il libro passò nelle sue mani, fredde e stanche. La guardia la scortò fino alla sua cella, dove finalmente le vennero tolte le manette.

Claire si sedette sul letto, stringendo il libro tra le mani. Il semplice atto di possedere qualcosa di così normale come un libro le dava un'illusione di normalità, di controllo. Inspirò profondamente, lasciando che il profumo della carta la trasportasse per un istante lontano da quella prigione.

Decise di iniziare subito la lettura e, con un gesto quasi solenne, aprì la copertina del libro. Appena il suo sguardo si posò sulla prima pagina, qualcosa la bloccò. Restò immobile per qualche secondo, gli occhi fissi sulla pagina, come se il tempo si fosse fermato.

Chiuse il libro con calma con il volto impassibile e lo posò con cura sulla scrivania accanto al letto.

Senza dire una parola, Claire si distese, lasciando che la stanchezza del corpo e della mente la trascinassero verso un sonno inquieto.

CAPITOLO 10

IL SIMBOLO

La relazione tra Mark e Isabel era discreta, quasi clandestina. Nonostante la loro storia fosse un segreto ben custodito continuava a prosperare in quei piccoli momenti che riuscivano a ritagliarsi nella routine quotidiana. Si incontravano spesso al pub per bere un drink insieme, immergendosi nella luce soffusa e nell'atmosfera accogliente del loro ritrovo preferito. Il locale dove si incontravano era un vecchio edificio, con le pareti interne rivestite di legno scuro che aveva assorbito il fumo di migliaia di sigarette nel corso degli anni. Le luci soffuse e i lampadari appesi a catene di ferro proiettavano ombre irregolari sui tavoli, creando un'atmosfera di intimità e mistero. Il bancone, consumato dal tempo, emanava l'odore di birra versata e di legno invecchiato. Non era il classico posto che Mark avrebbe frequentato qualche anno prima o nel quale avrebbe portato una donna ma ora sembrava perfetto.

Mark e Isabel si sedettero, come sempre, allo stesso tavolo nell'angolo più nascosto del locale. Sorseggiavano i loro drink, parlando a bassa voce, mentre le loro mani si sfioravano appena sotto il tavolo.

L'odore di alcool e tabacco impregnava l'aria, mescolandosi ai suoni soffusi delle conversazioni circostanti. La sensazione

54

era quella di un rifugio, un posto dove il tempo sembrava rallentare e il mondo esterno diventava irrilevante.

Ogni tanto andavano al cinema, un edificio dallo stile art déco, con un'insegna al neon che lampeggiava debolmente nella notte. L'interno era accogliente, con poltrone in velluto rosso e il pavimento ricoperto da un tappeto scuro, consumato dal passaggio di generazioni di spettatori. Il profumo di popcorn e burro riempiva l'aria, avvolgendo i visitatori in un abbraccio confortante. Nella penombra della sala, Mark e Isabel si sedevano vicini, trovando conforto nella presenza l'uno dell'altra. La luce dello schermo illuminava i loro volti per brevi istanti, ma erano i loro occhi a parlare, condividendo un'intesa che non aveva bisogno di parole.

Ma erano le serate trascorse a casa di Isabel che rivelavano appieno la loro complicità. Dopo aver cucinato insieme, si lasciavano andare a risate e battute, concludendo la serata con improbabili partite ai giochi in scatola più stravaganti che Dylan riusciva a trovare.

Quel giorno, però, tutto cambiò.

Mark era al lavoro, occupato a servire il signor Edward Nickelson, un cliente abituale del negozio, noto per la sua meticolosa attenzione ai dettagli e la sua riluttanza a spendere denaro. Quell'uomo amava esaminare decine di articoli, sempre con lo stesso rituale: «Ci devo pensare. Tornerò con la signora Nickelson. Lei sa riconoscere se un articolo è di qualità!»

Mark, come al solito, sorrideva educatamente, consapevole che quell'uomo non sarebbe mai tornato con la moglie né tantomeno per acquistare qualcosa.

Mentre Edward Nickelson era assorto nell'osservare l'ennesimo oggetto inutile, Mark sentì una vibrazione familiare nella tasca. Una strana sensazione lo pervase.

"Chi mi cerca a quest'ora?" si chiese, sapendo che solo poche persone avevano il suo numero. Estrasse il telefono e il nome di Isabel comparve sul display. Il suo cuore ebbe un sussulto. *"Isabel? Cosa c'è di tanto urgente?"* pensò e rispose immediatamente, ma la voce che sentì dall'altra parte lo fece gelare.

«Mark... aiutami... Dylan...» La voce di Isabel era strozzata, soffocata dal terrore. Poi, il silenzio.

Restò immobile per un istante, il cuore che batteva furiosamente nel petto.

«Isabel, cos'è successo? Isabel!» urlò al telefono, ma la chiamata era già caduta. Sentì il panico salire, avvolgerlo come un manto scuro. «Dio mio...» mormorò, mentre il sangue gli si gelava nelle vene.

Non ci pensò due volte. Abbandonò tutto e corse fuori dal negozio, incurante degli sguardi stupiti dei clienti.

Il signor Nickelson lo fissò, sbalordito, mentre spingeva la porta con una forza quasi sovrumana.

«Beh... allora io torno più tardi con mia moglie,» disse, ma Mark era già uscito. Le parole continuavano a rimbombargli in testa come un tamburo assordante: *"Aiutami... Dylan..."*

Salì sul suo pickup con le mani che tremavano mentre girava la chiave nel quadro. Il motore ruggì e partì a tutta velocità verso casa di Isabel. Il mondo fuori scorreva sfocato, le immagini si mescolavano alla paura che lo consumava dall'interno. Il suo respiro era affannoso, il cuore martellava e nella sua mente un'unica preghiera: *"Ti prego, Isabel, resisti..."*

Quando arrivò davanti alla casa di Isabel, la vista della porta socchiusa lo fece vacillare. Il suo cuore si fermò per un istante, poi iniziò a battere più forte, più rapido, come un animale in trappola. Spinse la porta che si aprì con un cigolio sinistro che riempì il silenzio della casa. L'oscurità all'interno sembrava più densa, più pesante, quasi palpabile.

Poi, non appena la sua vista si abituò all'oscurità, la vide.

Isabel era lì, distesa a terra. Indossava uno dei suoi abitini floreali, quello che aveva sempre fatto impazzire Mark, ma ora era macchiato di sangue. Il suo corpo era riverso contro il muro, le gambe divaricate in un'angolazione innaturale e la testa china sul petto. Nella mano destra teneva ancora il suo smartphone. Il sangue si era già coagulato attorno a lei, formando una macchia scura e vischiosa sul pavimento.

Mark si avvicinò a lei, il terrore gli stringeva il petto come una morsa implacabile.

«Isabel...» sussurrò, mentre un gelo profondo gli penetrava nelle ossa. Si inginocchiò e, con le mani tremanti, le sollevò delicatamente il viso. Ma quando i suoi occhi incontrarono quelli della donna, la realtà lo travolse con la forza brutale di un treno in corsa.

Isabel aveva lo sguardo vitreo, le labbra quasi grigie e sulla fronte spiccava, tracciato con il sangue, un triangolo equilatero. Era lo stesso simbolo che lo aveva tormentato in passato, il marchio che credeva di aver seppellito insieme agli incubi di Hallowbridge. Un urlo muto gli esplose dentro, un'ondata di terrore puro che lo fece balzare indietro, come se un pugno invisibile gli avesse colpito il petto con violenza.

Il suo sguardo corse febbrilmente su tutto ciò che lo circondava, quella casa che di solito emanava calore e speranza ora sembrava volerlo inghiottire. Sulle pareti e sul pavimento

era presente sangue e caos. Cercava di capire, di trovare un senso a tutto quello ma non ci riusciva.

Poi le vide.

Le macchie di sangue sulla parete non erano casuali, erano lettere, disposte in modo ordinato, freddo, calcolato: "H B S" Le lettere coronavano i punti del triangolo impresso sulla fronte di Isabel, come un macabro sigillo.

Mark si sentì mancare il respiro. Le sue mani, ormai fuori controllo come la sua mente, cercavano disperatamente il telefono. Anche dopo averlo afferrato con fatica, le dita scivolavano sullo schermo, incapaci di comporre correttamente il 911. La sua voce uscì spezzata, frammenti di parole rotte dall'agitazione, incomprensibili.

Dall'altra parte, una voce calma e quasi irreale rispose, una serenità che strideva con il caos che gli ruggiva nella testa: «911, come posso aiutarla?»

«Aiutatemi... Isabel... è morta... Dylan... aiuto! Vi prego...» balbettò, con il terrore che gli serrava la gola, trasformando ogni parola in un rantolo soffocato.

«Non si preoccupi, respiri... la stiamo localizzando. Non si muova. Serve un'ambulanza?» chiese l'operatore, mantenendo un tono piatto e rassicurante.

Mark fissò il corpo senza vita davanti a lui. Lo sguardo si perdeva nel sangue che colava lento sul pavimento, disegnando macabre spirali. Il mondo intorno sembrava restringersi, ogni respiro un peso che gli schiacciava il petto, intrappolandolo in un incubo dal quale non riusciva a svegliarsi.

«Non lo so,» riuscì infine a dire, con un filo di voce. Le parole gli uscivano a fatica, come se dovesse lottare per ogni singola sillaba. E mentre rimaneva inginocchiato accanto al

corpo di Isabel, sentì l'oscurità calare su di lui, fredda e inesorabile, inghiottendolo in un abisso senza fondo.

Qualcosa in lui, che si era incrinato irreversibilmente con la scomparsa di Lisa, sentiva che si era rotto per sempre.

CAPITOLO 11

RIFLESSO

Claire sentiva il respiro farsi pesante: quel simbolo sulla prima pagina non lasciava spazio a interpretazioni. Conosceva bene il sigillo di Asmodeo, un intricato intreccio di linee e cerchi, la cui complessa geometria rifletteva la natura ingannevole e manipolativa del demone. Non era solo il marchio dei membri dell'organizzazione, ma anche uno strumento di evocazione e un avvertimento per chi osava sfidare le sue forze oscure.

La sua presenza sul libro le confermava, nel peggior modo possibile, che quella notte qualcosa sarebbe accaduto. Sapeva che stava per succedere, anche se non riusciva a capire come. Pensava di essere al sicuro in una fortezza inespugnabile, ma in cuor suo sapeva di aver sottovalutato la propria famiglia. Non era mai stato messo in dubbio *se* sarebbe accaduto, ma solo *quando*.

Forse non era pronta, ma vivere così o morire quella sera non faceva più differenza. Aveva perso tutto e ormai che senso aveva continuare? Ma, più di ogni altra cosa, sapeva di aver perso Bill.

Il suo Bill Evans. Come avrebbe mai potuto dimenticarlo? Lui aveva visto qualcosa in lei che nemmeno lei stessa riusciva

a scorgere. Lei, che conosceva il suo destino, che aveva taciuto, e per questo lo aveva perso per sempre.

Poi, all'improvviso, qualcosa cambiò dentro Claire. Si accese una speranza, la speranza di rivederlo. Quella piccola scintilla le diede un nuovo impulso: avrebbe lottato. Anche se la possibilità di riuscita fosse stata una su un milione, Claire sperava di essere quell'uno.

Era tarda sera e il silenzio opprimente del carcere era rotto solo dal ronzio delle telecamere di sorveglianza. La monotonia era diventata una compagna costante per Claire, un martello che le batteva incessantemente in testa. Stesa sul letto, sentiva la pressione della vita che le stava sfuggendo tra le dita, finché all'improvviso accadde qualcosa di diverso. Il ronzio delle telecamere si interruppe bruscamente e la luce rossa si spense. Un'ondata di terrore la travolse: sapeva che sarebbe accaduto, ma il futuro era un vuoto di incertezza che la inghiottiva.

Il buio calò sulla sua sezione e la tensione era quasi palpabile. Pochi secondi dopo, il silenzio fu spezzato da un rumore metallico. La porta della sua cella, solitamente ermeticamente chiusa, si aprì con un cigolio sinistro. Balzò in piedi, ogni suo muscolo teso e i sensi all'erta. Una figura in uniforme nera antisommossa entrò nella sua cella. La visiera del casco rifletteva l'oscurità, impedendole di vedere il volto dell'intruso.

Ma non l'aggredì, non la prese con la forza, non fece nulla di ciò che si sarebbe aspettata.

Con movimenti lenti e precisi, la figura si tolse il casco e Claire restò senza fiato. Davanti a lei c'era una donna che sembrava il suo riflesso. Il volto, i tratti, persino i capelli: tutto era identico. Era come guardarsi allo specchio. La guardia, ancora muta, iniziò a spogliarsi dell'uniforme, lasciandola

cadere a terra, pezzo dopo pezzo, finché non rimase in piedi con addosso solo una tuta sottile che riconobbe subito: la divisa dei carcerati. Le porse la sua uniforme e i loro sguardi si incrociarono in un lungo istante carico di tensione e comprensione reciproca.

«Indossala,» sussurrò la donna, con un tono autoritario ma carico di urgenza. «Abbiamo meno di 90 secondi. Segui esattamente le istruzioni.»

Claire, ancora incredula, indossò l'uniforme antisommossa sopra la sua tuta. Sentiva la corazza pesante stringerle il petto, il casco chiuso che le opprimeva la testa. Era una nuova prigione, ma questa volta poteva essere anche la sua unica via di fuga. La guardia si chiuse nella cella, assumendo la sua posizione con una precisione inquietante. Claire, ora mascherata da guardia, trovò nella tasca dell'uniforme un piccolo foglio di carta piegato: le istruzioni erano brevi e concise.

Improvvisamente la luce tornò e le telecamere ripresero a funzionare così come le comunicazioni radio che Claire ricevette dall'auricolare, presente all'interno del casco. L'ordine di riunirsi immediatamente nella sala centrale era perentorio. Per non destare sospetti si unì a un gruppo di altre guardie, mantenendo il passo e la testa bassa, cercando di confondersi tra loro. L'atmosfera era tesa, tutti sembravano confusi e nervosi. Si era appena verificato qualcosa di straordinario: una violazione del sistema di sicurezza, cosa mai successa prima.

Ma mentre attraversavano i corridoi, le luci si spensero di nuovo. Un blackout totale avvolse il carcere. Il suono delle sirene rimbombava, coprendo a malapena le grida e i rumori delle porte delle celle che si aprivano una ad una. I detenuti, confusi e disorientati, si riversavano nei corridoi, dando inizio al caos. Le guardie tentarono di reagire, ma l'ordine era

spezzato. Molti prigionieri, in preda alla disperazione, si lanciarono contro le guardie, ma furono brutalmente pestati e ammanettati. Il carcere, un tempo un luogo di rigida disciplina, si era trasformato in un inferno.

Nel caos, Claire seguì le istruzioni del foglio, dirigendosi verso un'uscita di servizio nascosta che portava a un cortile secondario. Le porte che la separavano dall'esterno erano tutte incredibilmente sbloccate. Non sapeva se fosse merito del blackout o di un hackeraggio, ma poco importava. Finalmente qualcosa sembrava andare per il verso giusto, e non era certo il momento di farsi troppe domande.

Appena uscì all'esterno, l'aria fredda la colpì, pungente e viva. Dopo più di un anno di reclusione, quello spazio aperto la stordì per un attimo, ricordandole quanto fosse vicina alla libertà.

Ma il suono di esplosioni in lontananza la riportò immediatamente alla realtà: il tempo era contro di lei. Il fragore delle detonazioni era probabilmente un diversivo creato per permetterle di allontanarsi.

Il caos all'interno del carcere raggiunse il culmine mentre Claire correva verso la recinzione esterna. Le sirene ululavano, ma il loro suono arrivava ovattato, soffocato dalla confusione dilagante. Raggiunse il punto indicato sul foglietto ricevuto, dove la recinzione era stata tagliata. Senza esitare, si gettò attraverso l'apertura, puntando lo sguardo su una luce intermittente che lampeggiava in lontananza.

Provava a correre, ma il suo corpo non reggeva. Già debilitata in condizioni normali, ora lo stress, l'ansia, la tuta pesante e il casco opprimente la soffocavano. Ogni respiro era un'impresa, i polmoni bruciavano e la testa le girava. Si sentiva sopraffatta, sull'orlo di crollare.

Quando arrivò al punto di incontro, Claire vide un uomo vestito di scuro, seduto su una moto da cross. Non disse una parola. Scese dalla moto e le porse un casco e una tuta da motociclista. Claire si liberò rapidamente dell'uniforme pesante e indossò gli abiti e il casco che le erano stati offerti.

L'uomo raccolse la tuta da guardia e il casco abbandonati, li gettò in una buca lì vicino e versò sopra un liquido dall'odore pungente, una miscela che sapeva di acido muriatico e acqua ossigenata. Attese qualche istante, osservando la reazione chimica, poi gettò nella buca anche la tanica di plastica.

Con movimenti rapidi e precisi, richiuse la buca utilizzando una piccola pala che aveva montato al momento. Una volta finito, smontò la pala, la ripose in uno zainetto che si rimise sulle spalle e risalì sulla moto. Fece un cenno a Claire, che non esitò: montò dietro di lui e si aggrappò saldamente al pilota, pronta a fuggire.

La moto accelerò con un impeto che stava per sbalzare Claire dalla sella. La sua muscolatura si era indebolita e faceva fatica a reggere a tutte quelle sollecitazioni. L'uomo alla guida non disse mai una parola, spense i fari per evitare di essere individuati facilmente ed accelerò ancora di più. La moto era lanciata nel buio della notte, lasciandosi alle spalle l'inferno. Le esplosioni e le sirene si fecero sempre più lontane, mentre percorrevano le lande desolate che circondavano il carcere. Claire sapeva che il tempo era contro di loro: l'esercito, la polizia, l'FBI sarebbero arrivati presto e l'inseguimento sarebbe stato implacabile.

Ma ora, fuori da quelle mura, sentiva per la prima volta che la libertà era più di un miraggio: era una possibilità concreta. Non sapeva chi l'avesse liberata o perché, anche se un'idea balenava nella sua mente. Poco importava. Se l'avessero voluta

morta, a quest'ora lo sarebbe stata. Essere viva significava avere un'opportunità, e non era il momento di perdersi in domande.

La strada davanti a loro era lunga e la notte prometteva di esserlo ancora di più. Ma lei, finalmente, stringeva tra le mani qualcosa di raro e prezioso: una speranza.

CAPITOLO 12
FESTA DI COMPLEANNO

Bill era nel suo ufficio, immerso nei pensieri mentre rigirava tra le dita la chiave misteriosa.

«Cosa aprirà?» sussurrò, osservando quell'oggetto metallico. Poi decise di mettere via la chiave, almeno per il momento. Aveva bisogno di tempo per riflettere, per capire cosa fare. Si alzò dalla scrivania e la ripose nella cassetta di sicurezza, ma non prima di aver annotato ogni parola della lettera che aveva letto quella mattina.

"Dovrei aver ricordato tutto," pensò, fissando il foglio e cercando di imprimere ogni dettaglio nella memoria.

Dopo aver chiuso la cassetta, scattò una foto della lettera e alla chiave con il suo smartphone. Un atto di prudenza o forse un presagio di ciò che sarebbe potuto accadere. La sua mente analitica aveva bisogno di quel backup, di una prova tangibile da poter ricontrollare nei momenti di dubbio.

Il clic della serratura appena chiusa risuonò nell'aria, ma fu subito sovrastato da una voce che lo fece sobbalzare.

«Buongiorno, Robert! Buongiorno, Anna.... Cavoli, complimenti! Non sapevo della promozione!»

Bill si immobilizzò. Quella voce era impossibile da non riconoscere.

«Buongiorno, signora...» rispose Robert, con una cortesia che celava la sorpresa.

«Oh, dammi del tu! Dov'è quell'orso di Bill?» La voce si avvicinava, ogni parola scandita con precisione, come se cercasse di imprimersi nelle pareti fredde dell'ufficio. Anna, senza dire una parola, indicò con la mano l'ufficio dello sceriffo e Bill un attimo dopo sentì i passi avvicinarsi.

Il suono dei tacchi sul pavimento risuonava come il ticchettio di un orologio, ogni passo un battito che scandiva il conto alla rovescia verso un momento che aveva sperato non arrivasse mai. La sua mente si attivò in modalità difensiva: *"Perché è tornata? Cosa vuole da me?"*

Desiderò ardentemente di poter scomparire, di essere altrove, lontano da quell'ombra del passato che stava per materializzarsi. Ma non poteva. Doveva affrontarla. Con un respiro profondo, si costrinse a dipingere un sorriso finto sulle labbra, preparandosi all'imminente incontro.

La porta si aprì lentamente e la figura che apparve era esattamente quella che temeva: Sarah Spencer.

Sarah era una delle pochissime persone che Bill avrebbe volentieri evitato per il resto della sua vita. Non che fosse un tipo solitario, anzi, amava la compagnia, ma lei apparteneva a quella categoria di persone che preferiva tenere a distanza.

«Buongiorno, Sarah!» La voce gli uscì forzata, tesa. Il tentativo di suonare allegro si trasformò in un suono strozzato, quasi un lamento.

Lei lo guardò con quel sorriso enigmatico e un'ombra di divertimento nei suoi occhi che lo fece rabbrividire.

«Come mai qui? E... perché non hai chiamato prima?» chiese, cercando di mantenere un tono neutrale, ma la tensione era palpabile.

«Oh, ma è un piacere immenso anche per me rivederti,» replicò Sarah, gustando ogni istante di quel disagio. Sapeva bene di non essere la benvenuta e proprio per questo non aveva dato alcun preavviso.

«Posso accomodarmi? Sai, ho fatto un lungo viaggio.» Senza attendere una risposta, si sedette di fronte a lui, accavallò le gambe come era solita fare e lo osservò con uno sguardo compiaciuto. La sua presenza era un'invasione silenziosa e implacabile.

Bill la osservò con la rassegnazione di chi sa di essere intrappolato in un gioco di cui non conosce le regole. Era passato un anno dall'ultima volta che l'aveva vista, ma per lei il tempo sembrava scorrere in modo diverso. Non c'erano segni di stanchezza o invecchiamento; al contrario, sembrava quasi più giovane, bella e magnetica.

«Sarah, davvero, perché sei qui? Non sei certo venuta perché ti mancavo,» tagliò corto con la sua proverbiale pazienza già ridotta ai minimi termini.

«Mi piaci, sai? Sei sempre stato così onesto e schietto che fai sembrare tutti noi delle brutte persone, anche quando abbiamo buone intenzioni,» rispose lei, con un tono ora più serio, quasi triste. «Ma hai ragione, purtroppo non sono qui perché mi mancavi.»

Lo fissò negli occhi per qualche secondo. «Non fraintendere, non è che io non ti voglia bene. È solo che sei così dannatamente testardo da essere rimasto in questa maledetta città, e io, come puoi immaginare, odio Hallowbridge!»

Bill incrociò le braccia, cercando di mascherare la tensione crescente. «Bene, saltiamo i convenevoli. Dimmi cosa vuoi. Non ho molto tempo da perdere.»

Lei gli sorrise, ma i suoi occhi rivelavano stanchezza e tristezza. «Sono preoccupata,» ammise, e il suo volto, finalmente, lasciò trasparire l'ansia che aveva cercato di nascondere. «E tu sei l'unico che può capire... oltre ad essere l'unico che sono riuscita a trovare.»

Lui la fissò, cercando di decifrare il senso di quelle parole.

«In che senso?» chiese, il tono ora meno rigido.

«Mark è sparito da un anno. Ha venduto casa, lasciato il lavoro e si è trasferito chissà dove. Quel testone ha persino cambiato numero... Ma questo è normale per lui, o almeno, me lo potevo aspettare,» spiegò Sarah, lo sguardo che si faceva sfuggente, come se cercasse risposte invisibili nell'aria.

«In realtà, la mia preoccupazione riguarda David e Steve.»

Ora aveva catturato l'attenzione di Bill che aveva abbandonato la sua postura con le braccia incrociate e si era proteso verso di lei per non perdere nessun dettaglio di ciò che stava per dirgli.

«Dovevamo vederci due settimane fa per festeggiare il compleanno di David. Stavamo organizzando la festa da mesi. Era l'occasione perfetta per rivederci tutti e, soprattutto, per cercare di tirare su Steve dopo la scomparsa di suo padre, Arthur Harrington. Anche se ha sempre detto di odiarlo, alla fine era comunque suo padre.»

«Ah sì, la festa... credo di aver ricevuto qualcosa anch'io...» borbottò Bill, distogliendo lo sguardo. Cercava di evitare l'argomento, consapevole che aveva deliberatamente ignorato quell'invito.

Sarah lo guardò senza sorpresa, come se avesse già previsto la sua risposta evasiva. Poi riprese, la voce più bassa, quasi un sussurro.

«Ma qualche giorno prima della festa, sono letteralmente spariti. Pensavo fosse uno scherzo, così sono andata a Miami, nella villa di David, convinta di trovarli lì. Ma la casa era vuota. Ho provato a chiamarli, ma i loro telefoni sono sempre spenti. Sono andata anche a casa di Steve, sul lago di Washington a Medina. Nulla. È come se si fossero volatilizzati.»

Un brivido gelido attraversò la schiena di Bill. La situazione stava prendendo una piega inaspettata, e quella sensazione di inquietudine cominciava a scavargli dentro, lenta ma inesorabile.

«Ho chiesto anche al personale che cura la villa di Steve, ma non sanno dove sia. Non sono preoccupati, dicono che sparisce spesso. Ma non è normale che sia sparito in concomitanza del compleanno di David. E soprattutto, che David non abbia dato sue notizie a nessuno.»

Bill rimase in silenzio per un attimo, pesando le informazioni. «Hai già avvisato la polizia di Miami?» chiese, cercando di mantenere la calma.

«Sì, certo. Una volta appurato che non erano a casa e non rispondevano alle chiamate, è stata la prima cosa che ho fatto, ma loro non hanno idea di cosa abbiamo passato e non credo che stiano dispiegando le forze opportune per la loro ricerca. Pensano di sicuro che siano da qualche parte a divertirsi.»

«Beh... non puoi dargli torto, conoscendoli.»

«Bill, ti giuro che ci ho pensato anche io,» disse Sarah, con un tono che ora aveva assunto delle sfumature di paura. «Ma temo che sia successo qualcosa di collegato a quanto accaduto qui lo scorso anno.» La sua voce tremava leggermente, come se ogni parola portasse con sé un peso insopportabile.

Bill aggrottò le sopracciglia. «E perché mai ora? Perché proprio Steve e David?» Il suo tono era scettico, ma un'inquietudine sottile continuava a serpeggiargli dentro.

«Non lo so,» ammise, e questa volta il suo sguardo era diretto, carico di una paura che non riusciva più a mascherare. «Ma da qualche giorno ho la sensazione di essere osservata, seguita. È come se qualcosa si stesse avvicinando, lentamente. Per questo sono scappata dal mio appartamento di Manhattan e sono venuta qui.»

Le parole di Sarah rimasero sospese nell'aria, riempiendo la stanza di un freddo improvviso. Bill restò in silenzio, cercando di dare un senso a quel groviglio di sensazioni e intuizioni.

«Mi dispiace portarti i miei problemi,» continuò lei, la voce un miscuglio di disperazione e speranza. «Ma credimi, non saprei a chi altro rivolgermi se non a te.»

Bill sospirò, il peso della situazione che finalmente gli cadeva addosso. Non poteva più ignorare ciò che aveva appena sentito. Se c'era una minima possibilità che Sarah avesse ragione, era ora di agire.

«Hai fatto bene a venire qui. Perdona la mia diffidenza iniziale. Ma onestamente non so se sono la persona migliore per aiutarti a indagare su Steve e David.»

La donna lo guardò intensamente, di sicuro non erano quelle le parole che sperava di sentire, ma conosceva Bill da troppo tempo per non aspettarsele.

«Forse hai ragione... non voglio crearti problemi, ma ho davvero paura e avevo bisogno di un volto familiare, qualcuno che capisse cosa sto provando ora.» I suoi occhi si riempirono di lacrime. «Scusami, è... è che pensavo di averla superata... ma non ci sono riuscita.»

Bill fissò la sua vecchia amica e cercò, a modo suo, di rincuorarla. «Non scusarti. Non fraintendere le mie parole. Non sono bravo in questo. Affronteremo insieme il problema, ma non da soli. Abbiamo bisogno di aiuto.»

Bill prese il telefono e chiamò l'uomo che, probabilmente in quel momento, avrebbe voluto prendere a pugni.

«Direttore Johnson, sono Bill Evans...»

CAPITOLO 13
LA SCATOLA DI SCARPE

Era seduto sul marciapiede, con lo sguardo perso, mentre la vita, come la conosceva, si sgretolava davanti ai suoi occhi. Gli agenti lo avevano allontanato dal corpo di Isabel, affidandolo ai paramedici. La casa che un tempo era stata un rifugio sicuro ora era un luogo di orrore. Le sirene della polizia ululavano come lupi affamati, il suono penetrava nella notte, un richiamo di morte che sembrava infestare l'intera città. Sentiva il freddo insinuarsi nella sua pelle, ma era come se il suo corpo fosse diventato insensibile. C'era solo un vuoto, un abisso di tristezza e rabbia lo abitava.

Le luci rosse e blu delle auto della polizia lampeggiavano, proiettando ombre inquietanti sul viso di Mark. I paramedici si muovevano rapidi intorno a lui, figure sfocate in un mondo che sembrava girare al rallentatore. Uno di loro si avvicinò, chinandosi accanto a lui, gli occhi attenti e la voce bassa.

«Sta bene? Ha bisogno di assistenza?» La voce era calma, ma priva di empatia, come se la scena fosse solo un'altra tragica routine.

Annuì meccanicamente, incapace di articolare qualsiasi parola. Nella sua mente, pensieri confusi si inseguivano senza tregua. Isabel, il triangolo, il sangue... e Dylan. Perché non riuscivano a trovarlo? Dove diavolo era Dylan?

L'arrivo di una seconda ambulanza lo fece sobbalzare, riportandolo brutalmente alla realtà. Gli uomini in tute bianche, che sembravano più fantasmi che esseri umani, sollevarono la barella con una cura morbosa. Isabel giaceva lì, immobile, il viso scolpito in un'espressione di tormento. Per un istante sperò che stesse solo dormendo. Ma poi il telo bianco coprì il suo corpo e la verità lo colpì come un pugno allo stomaco. Isabel era morta.

Le sue mani tremavano mentre osservava la barella scomparire nell'oscurità dell'ambulanza. Gli investigatori intorno a lui erano figure spettrali, avvolte nelle loro tute e maschere. Come automi programmati per assolvere un compito, scattavano foto, raccoglievano prove e le archiviavano in silenzio. Eppure, lo sconcerto e la paura nei loro occhi non riuscivano a nasconderli completamente, tradendoli e rendendoli umani. Anche loro percepivano il peso di quella scena, il significato inquietante di quel simbolo che Mark, purtroppo, conosceva fin troppo bene. Era il marchio di un rituale, il segno distintivo di un'organizzazione criminale segreta, qualcosa di antico e oscuro che aveva sperato invano di aver lasciato a Hallowbridge, insieme a tutto il dolore e ai ricordi che quel luogo continuava a evocare nella sua mente.

Non riusciva a smettere di pensare. *"Chi poteva essere così malvagio da fare una cosa del genere a una donna innocente?"*

Si sentiva in qualche modo colpevole.

"Isabel, è stata coinvolta per una vendetta contro di me?"

Poi il pensiero corse al bambino... *"Dove è finito?"*

All'improvviso un brivido gelido gli attraversò la schiena. Qualcosa non andava. Si sentiva osservato, come se occhi nascosti lo scrutassero dalle tenebre. Si girò di scatto, cercando di vedere oltre gli alberi avvolti nell'oscurità, ma non vide nulla.

Eppure, quella sensazione era così intensa da fargli accapponare la pelle.

Alla centrale di polizia di Penky Grove, l'atmosfera era fredda e opprimente. Le luci al neon gettavano una luce spietata sulle pareti grigie di cemento, amplificando l'impersonalità del luogo. Mark sedeva su una sedia di metallo, le mani appoggiate sul tavolo. Tremavano leggermente, un tremore sottile e costante che non lo aveva mai abbandonato da quel momento.

Forse era il primo segno tangibile del suo stato mentale. Sapeva che dentro di lui qualcosa era cambiato, che la sua mente stava riorganizzando i pezzi frantumati della realtà. Cercava di compartimentare il dolore e la rabbia, spingendoli nel punto più remoto e inaccessibile della sua coscienza.

Voleva seppellirli abbastanza in profondità da lasciare intatta solo la fredda lucidità della vendetta. Una parte di lui sapeva che quel processo era pericoloso, ma ormai non gli importava più.

Di fronte a lui, due detective lo fissavano con sguardi freddi, distaccati e impenetrabili. Uno dei due, George Grant, un uomo di mezza età con capelli grigi e una cicatrice lungo la mascella, si sporse in avanti.

«Mark Bennet, deve capire che siamo qui per aiutarla,» disse con voce calma ma carica di sottile minaccia. «Ma abbiamo bisogno che lei collabori.»

Lui annuì, ma era come se le parole gli fossero rimaste bloccate in gola. Continuava a vedere quel triangolo perfetto nella sua mente, un simbolo che non riusciva a cancellare.

«Isabel... era... era... perché è successo!? Perché?» balbettò, ancora incapace di mettere ordine nei suoi pensieri in modo lucido e razionale.

Grant lo osservò con attenzione, come un predatore in agguato. «Capirà che quanto accaduto è così grave che non possiamo scartare nessuna ipotesi. Lei è stato il primo ad arrivare sul posto.» Il tono dell'agente era gelido, lasciando intendere sospetti non detti. «Abbiamo bisogno di più informazioni da parte sua».

Jennifer Waisse, l'altro detective, una donna giovane con occhi acuti e penetranti, entrò subito in gioco, cercando di costruire un legame personale. «Cosa sai di questo simbolo, Mark? Questo triangolo?» domandò con voce morbida, ma decisa, come una lama affilata.

Lui deglutì, cercando disperatamente di mettere a fuoco i suoi pensieri. «L'ho visto... l'ho già visto a Hallowbridge... stavamo indagando su un caso... un caso irrisolto...»

Grant si scambiò uno sguardo carico di significato con la collega. «Hallowbridge, eh?» ripeté con tono leggermente sprezzante, come se sapesse più di quanto volesse far credere.

Mark si rese conto in quel momento che gli stavano nascondendo qualcosa. «Non è stata una coincidenza, vero?» chiese con la voce incrinata dalla paura e dal sospetto. «Questa è.... è una vendetta? Per quello che è successo a Hallowbridge? Pensate che sia collegato a me?»

Il silenzio cadde nella stanza per un istante che sembrò eterno. Poi, Jennifer Waisse, dopo un cenno di intesa con il suo collega, riprese la parola, con il suo tono sempre calmo, ma carico di tensione controllata. «Mark, per il momento, le chiediamo di non lasciare la città. Le indagini sono in corso e abbiamo bisogno che lei resti disponibile per ulteriori domande.»

Lui annuì, ma dentro di sé sapeva che non avrebbe trovato pace finché non avesse scoperto la verità. Dylan era ancora

disperso e Isabel... il solo pensiero di ciò che le era accaduto gli stringeva lo stomaco in una morsa insopportabile.

Quando fu rilasciato, l'unico pensiero di Mark fu tornare a casa e isolarsi dal mondo per qualche giorno. Il sole cominciava appena a illuminare l'orizzonte e, nonostante la stanchezza e il turbamento, decise di passare prima dal suo negozio. Lo aveva lasciato aperto la sera precedente, quando era corso via per raggiungere Isabel.

Entrando, fu quasi sorpreso di trovare tutto apparentemente in ordine. *"A New York non avrei trovato più nulla,"* pensò con amarezza.

Si diresse verso il bancone per chiudere il registratore di cassa e spegnere le luci. Sapeva che non avrebbe avuto la forza di tornare lì per un po' di tempo.

Fu allora che la vide.

Una scatola, apparentemente anonima, era appoggiata sul bancone. A prima vista sembrava una normale scatola di scarpe, identica a quelle che vendeva ogni giorno, ma c'era qualcosa di strano. Non ricordava di averla mai vista prima.

La aprì lentamente, mentre la tensione lo avvolgeva così intensamente da annebbiargli la vista. All'interno trovò vecchie foto e documenti ingialliti. Rimase per qualche secondo a osservare immobile quelle immagini. Di sicuro non si aspettava di trovare nulla del genere sopra il bancone del suo negozio. Ad ogni foto che vedeva, il respiro si faceva più corto. Persone sconosciute, ragazzi e ragazze, luoghi desolati... e in una delle immagini, un triangolo perfetto tracciato sul terreno.

Sotto la pila di foto, c'era un foglio di carta bianco, con una scritta in rosso.

Charles Barrow ?

Il nome era scritto con un tratto deciso, quasi minaccioso, accompagnato da un punto di domanda. Mark lo rilesse più volte, come se ogni volta sperasse di trovare scritto qualcosa di diverso. Il nome non gli diceva molto, ma il cognome lo colpì come una frustata.

Barrow.

Avrebbe voluto dimenticarlo, cancellarlo insieme a tutto il resto. Era scappato da quell'incubo, ma ora si rendeva conto che non era servito a nulla. L'incubo non era mai davvero svanito. Era ancora lì, in agguato, pronto a tendergli una mano gelida per risucchiarlo di nuovo nel caos e nella disperazione che lo avevano accompagnato dalla scomparsa di Lisa, vent'anni prima.

Il respiro gli si fece affannato mentre fissava quelle lettere. Barrow... era coinvolto... di nuovo?

Doveva scoprire la verità. Non importava quanto fosse pericoloso. L'incubo di Hallowbridge era tornato a perseguitarlo e questa volta non sarebbe fuggito. Questa volta avrebbe combattuto.

Nella sua mente affiorò un ricordo lontano, uno dei pochi consigli che suo padre gli aveva dato quando era piccolo:

"Le tenebre non arretrano mai. Puoi nasconderti, puoi scappare... ma prima o poi dovrai combattere".

Quelle parole, un tempo relegate a un'infanzia tormentata, ora risuonavano con una chiarezza spietata. Mark sapeva che il momento di combattere era arrivato.

Alla centrale di polizia, George e Jennifer discutevano animatamente di quanto accaduto.

«Come puoi pensare che non sia collegato all'omicidio?» sbottò George, con un tono irritato.

Jennifer distolse lo sguardo dall'alba che stava osservando attraverso la finestra dell'ufficio e lo fissò con calma.

«Non è questione di pensare. Mi baso sui fatti e sulle prove raccolte finora,» ribatté con fermezza.

«Quindi vuoi farmi credere che sia solo una coincidenza? Cristo! Sei proprio una novellina! Se dipendesse da me, quel tizio sarebbe ancora incatenato a quel tavolo, a prendere schiaffi finché non confessava,» sbottò George, il disprezzo evidente in ogni parola.

Jennifer non batté ciglio. La sua voce rimase fredda e tagliente: «Ed è per questo che io sono al comando dell'indagine, George, e tu no. Non dimenticarlo.»

Sapeva di aver toccato un nervo scoperto, ma non poteva permettere che le sfuriate del suo collega compromettessero l'indagine o la facessero deviare su piste già scartate.

George sbuffò e imprecò a bassa voce. Poi, con un gesto brusco, si accomodò alla scrivania e aprì i tre fascicoli che giacevano sul tavolo: Isabel Patterson, Mark Bennet e Charles Barrow.

CAPITOLO 14

AMICI

La villa di Beverly Hills si ergeva imponente contro il cielo crepuscolare, un capolavoro di architettura contemporanea con la sua facciata bianca e luminosa che rifletteva gli ultimi raggi del sole. La piscina, lunga e rettangolare, sembrava un'enorme lastra di vetro liquido che scintillava nell'aria calda della sera. Intorno alla villa, un parco lussureggiante si estendeva in ogni direzione, curato meticolosamente con fiori colorati che esplodevano in mille sfumature.

Chiunque avrebbe potuto pensare che fosse un luogo di pace e serenità, ma un occhio attento avrebbe notato altro: telecamere di sorveglianza erano discretamente nascoste in ogni angolo e uomini in abiti scuri si muovevano con disinvoltura, osservando ogni angolo del parco e della casa, pronti a intervenire al minimo segnale di pericolo.

All'interno, la villa non era meno impressionante. I pavimenti di marmo lucido riflettevano le luci soffuse, creando un gioco di ombre e riflessi che amplificava la sensazione di trovarsi in un luogo che sembrava sfidare le dimensioni e la realtà stessa. Moderne sculture astratte erano sparse con gusto per tutto l'atrio, incutendo un sottile senso di inquietudine a chiunque le osservasse troppo a lungo.

Al piano superiore, in un ufficio ampio e arredato con gusto, una donna stava in piedi davanti a una grande finestra che si affacciava sul parco. I suoi occhi verdi e penetranti osservavano la figura di una bambina che giocava tra i fiori nel parco sottostante. Il suo volto era impassibile, ma le sue mani, strette dietro la schiena, tradivano una tensione latente.

Un bussare deciso alla porta interruppe il silenzio.

«Avanti,» disse la donna, senza distogliere lo sguardo dalla finestra.

Il maggiordomo, James, entrò con un leggero inchino. «Madame, il suo ospite è arrivato.»

Lei annuì, avendo già visto l'uomo avvicinarsi sui monitor della sicurezza del suo ufficio. «Fallo entrare.»

James si inchinò di nuovo e si ritirò senza fare rumore. Pochi istanti dopo, riaprì la porta ed entrò con un uomo sulla quarantina, elegante ma con un'aria visibilmente provata.

I suoi occhi nocciola, normalmente vivaci, erano ora spenti, opachi come vetro appannato. Il viso, di solito liscio e curato, appariva pallido e segnato da una barba di qualche giorno. Anche i capelli nero corvino, sempre impeccabili, mostravano ora qualche ciuffo ribelle, un dettaglio che tradiva il caos interiore.

«Grazie, James. Puoi lasciarci soli. Se ho bisogno di te, ti chiamerò.»

«Come desidera, signora.» Il maggiordomo si ritirò silenziosamente, chiudendo la porta alle sue spalle.

La donna osservò l'uomo con i suoi occhi di smeraldo, penetranti come lame. Nonostante la sicurezza con cui era entrato, ora l'uomo sembrava esitare, incerto sotto quello sguardo che non perdonava.

«Ti prego, Charles. Credo che tu abbia fatto molta strada per arrivare fin qui. Accomodati.» disse la donna indicando la sedia di fronte alla sua scrivania.

«Posso offrirti qualcosa da bere?» Il tono era gentile, ma c'era un accenno di pericolo sotto la superficie.

«Grazie,» rispose Charles, cercando di mantenere la voce ferma. «Un whisky è sempre ben accetto.»

Lei si alzò, un accenno di sorriso sulle labbra e attraversò la stanza con una grazia predatrice. Aprì una vetrina e prese una bottiglia di whisky insieme a due bicchieri. Tornò alla scrivania, versò il liquore in entrambi i bicchieri e ne porse uno al suo ospite, tenendo l'altro per sé.

«Ora,» disse, sedendosi nuovamente. «Spero che tu ti senta più a tuo agio e mi possa spiegare come mai sei qui.»

L'uomo prese un sorso di whisky, cercando di calmare i nervi. «Vede... credo di aver combinato un casino...»

«Continua, Charles e dammi pure del tu, cos'è questo formalismo?» lo incalzò lei, senza traccia di emozione.

«Non potevo più sopportare l'idea che mio figlio stesse con quella donna, soprattutto ora che frequentava un altro uomo... Non volevo... ero andato lì per discutere, ma lei non capiva.»

La donna inclinò leggermente la testa non distogliendo mai lo sguardo da lui.

«Ora calmati,» disse con una voce che sembrava un ordine. «Cosa hai fatto? Vai dritto al punto.»

«L'ho uccisa,» confessò con la voce ridotta a un sussurro tremante. «Poi, per evitare che la maledizione ci colpisse, ho effettuato il rituale, ma da solo... so che non dovevo, ma ero nel panico.»

«E il bambino dov'è?» lo interruppe la donna, ignorando il resto del racconto.

«È... è con me, è qui. Ma lui non ha visto nulla... lui non sa...»

«Bene. Vedi che sei riuscito a fare una cosa giusta, dopotutto?» Il tono era ambiguo, lasciando Charles incerto su cosa intendesse davvero.

«Intendi il rituale o mio figlio?» chiese con la confusione evidente nel suo tono e nel suo sguardo.

«Charles, Charles...» sospirò lei, scuotendo la testa come si farebbe con un bambino capriccioso. «A volte mi chiedo se tu sia davvero parte della famiglia Barrow.» Un leggero sorriso le incurvò le labbra. «Intendo tuo figlio, ovviamente. Il resto è sicuramente un problema. Un problema che hai creato e che ora dovremo risolvere. E sai bene come noi risolviamo i problemi, vero?»

Il volto dell'uomo si fece più pallido di com'era e il panico iniziava a farsi strada nei suoi occhi.

«No, no... lo so... ma io pensavo che se chiedevo scusa... sono un Barrow... ti prego!»

«Mi spiace davvero. Scoccia più a me, fidati,» disse la donna con un sorriso glaciale. Poi prese un piccolo campanello d'argento sulla sua scrivania e lo agitò per due secondi. La porta si aprì immediatamente e quattro uomini armati entrarono nella stanza.

Charles balzò in piedi, ma era troppo tardi. Gli uomini lo afferrarono e lo trascinarono via mentre urlava.

«Ti prego... ti prego... perdonami!»

La donna restituì uno sguardo sereno, quasi divertito. Ma non rispose.

«Agata, ti prego! Eravamo amici!» gridò Charles, la voce rauca e spezzata dalla disperazione mentre veniva trascinato via. Non ebbe il tempo di aggiungere altro. Quelle furono le sue

ultime parole prima che un colpo violento lo facesse sprofondare nell'oscurità.

La donna si voltò lentamente verso la finestra, ignorando del tutto la scena alle sue spalle. Fu l'ultima volta che vide il suo vecchio amico Charles Barrow.

CAPITOLO 15

ESTATE 1995

L'Emerald, lo yacht della famiglia Smith, solcava silenziosamente le acque cristalline del Mediterraneo. Era una mattina limpida e il sole si rifletteva sullo scafo nero dell'imbarcazione, rendendola quasi invisibile all'orizzonte. Lo yacht non era solo un mezzo di trasporto, ma un simbolo del controllo assoluto che Bryan Smith esercitava su ogni aspetto della sua vita e di coloro che lo circondavano. Le linee aggressive, i materiali all'avanguardia e l'atmosfera opulenta ma fredda degli interni rispecchiavano perfettamente la complessa personalità di Bryan.

Il nome dell'imbarcazione era un tributo al colore ipnotico degli occhi delle sue adorate figlie, le gemelle Lisa e Agata.

Sul ponte, oltre all'equipaggio che lavorava nell'ombra, c'erano Bryan e sua moglie Margaret Barrow. I due si erano conosciuti diciassette anni prima, durante una delle noiose riunioni annuali dei *Figli di Asmodeo*, un antico e potente culto a cui le loro famiglie appartenevano da generazioni. All'epoca entrambi avevano sedici anni e, sebbene fossero stati invitati a partecipare per familiarizzare con le logiche dell'organizzazione, nessuno dei due era interessato.

Durante quella riunione, mentre gli adulti si perdevo in discussioni su riti antichi e potere, Bryan e Margaret si

ritrovavano a condividere una noia soffocante e il desiderio di fuggire da quell'atmosfera densa e opprimente. Fu in quei brevi momenti di fuga, lontano dagli occhi vigili delle loro famiglie, che qualcosa tra loro si accese. Non fu un colpo di fulmine, ma un legame silenzioso che crebbe giorno dopo giorno, alimentato da telefonate e lettere segrete. Ogni anno, durante quei noiosi incontri, si cercavano come due anime in cerca di un attimo di libertà, bramando quei pochi istanti rubati.

Quando finalmente decisero di rivelare il loro amore alle rispettive famiglie, il timore era palpabile. Avevano paura che le loro origini potessero trasformarsi in un ostacolo insormontabile. In quel mondo, discendenze e potere erano fondamentali, pilastri intoccabili di un sistema governato da antiche regole e rituali oscuri.

Ma, con loro sorpresa, i genitori di entrambi non solo accolsero la loro unione, ma la benedissero. Forse era una mossa strategica, ma anche un segno di fiducia nelle nuove generazioni.

Lui era destinato a diventare il leader della famiglia più influente dei Figli di Asmodeo, gli Smith. Lei, pur non avendo lo stesso coinvolgimento nei rituali oscuri del fratello Elias, ricopriva comunque un ruolo importante all'interno della famiglia Barrow e dell'organizzazione. Insieme rappresentavano un'alleanza capace di cambiare gli equilibri di potere all'interno del culto.

Dopo il matrimonio e la morte prematura del padre, Bryan assunse il controllo dell'intera organizzazione, come erede designato. Sua moglie, nonostante non desiderasse quella vita, non riuscì a staccarsi da lui. Rimase al suo fianco, condividendo il peso e il terrore di un destino che li legava indissolubilmente.

Si dimostrò non solo un leader carismatico, ma anche un uomo abile nel circondarsi delle persone giuste. Tra queste, una figura cruciale era Adam.

All'apparenza, l'amico sembrava la persona meno adatta al mondo degli Smith, un estraneo nel regno oscuro in cui Bryan era destinato a regnare. Ma la verità era ben diversa: Adam non era solo un compagno d'infanzia, ma l'unico che conosceva le sfumature più profonde del suo carattere, l'alleato più fidato.

Senza esitazione, avrebbe affidato a lui la propria vita, consapevole che tra loro esisteva un legame indistruttibile, un filo invisibile che andava oltre il sangue e le parole.

Nato in una delle famiglie più potenti del culto, Bryan viveva rinchiuso nella villa di famiglia, circondato da protezioni invisibili e occhi vigili che monitoravano ogni suo passo. Ogni tanto, però, riusciva a sfuggire alla sua prigione dorata e, nei pochi momenti di libertà, si rifugiava nel parco giochi della città. Lì, tra gli alberi e il silenzio di un pomeriggio qualunque, incontrava sempre lo stesso ragazzino, un bambino con il pallone e le scarpe bucate. Quel ragazzo, apparentemente insignificante, aveva qualcosa che lo rendeva impossibile da ignorare e tra i due nacque un'amicizia sincera e profonda, un legame che sarebbe sopravvissuto al tempo e alle differenze sociali.

Una sera, mentre l'Emerald si trovava al largo delle coste italiane, Margaret rivelò a Bryan i suoi crescenti dubbi riguardo al loro coinvolgimento con i Figli di Asmodeo.

«Abbiamo tutto, Bryan. Perché continuare? Qual è l'obiettivo?» chiese con tono preoccupato.

«Avere più potere?» aggiunse, inquieta.

«Non dire questo... sai a cosa servono...» rispose bisbigliando Bryan.

«Io non credo più che i riti servano davvero a tenere a bada le ombre,» disse lei sconfortata.

L'uomo le si avvicinò, sussurrando con preoccupazione: «Margaret, ti prego, non dire una cosa del genere. Anche i muri hanno orecchie. Se qualcuno dovesse sospettare della tua poca fede... se Asmodeo dovesse scoprirlo... Non voglio nemmeno pensare cosa potrebbe accadere.»

Proprio in quel momento, Bryan percepì un rumore proveniere dall'esterno della cabina. Si alzò di scatto e corse verso la porta, ma fuori non c'era nessuno. L'ansia gli serrò il petto in una morsa gelida.

Senza esitare, si precipitò verso la stanza delle figlie. Un brutto presentimento gli martellava la mente, ma, con un sollievo quasi doloroso, le trovò serene, avvolte nei loro sogni, i volti distesi nel sonno.

Davanti alla porta, Adam era al suo posto, immobile e vigile, la figura familiare di sempre. Il suo sguardo attento tradiva una dedizione incrollabile, fedele al ruolo di guardia.

Bryan si avvicinò all'amico d'infanzia, il terrore ancora vivo nei suoi occhi.

«Proteggi sempre Lisa e Agata. Ti prego», sussurrò, la voce spezzata dall'angoscia.

L'uomo lo guardò negli occhi e, con determinazione, rispose: «A costo della mia vita. È una promessa.»

Mentre fissava Adam, la mente tornò a quando tutto era iniziato.

Da bambino, stanco delle rigide regole e della solitudine dorata imposta dalla sua posizione, si era rifugiato nel piccolo parco di fronte alla scuola pubblica. Lì aveva notato un ragazzino dai lunghi capelli neri, una pettinatura disordinata che gli copriva quasi del tutto il viso. Lo aveva colpito subito:

stringeva un pallone tra le braccia, ma nessuno sembrava disposto a giocare con lui.

Gli ci volle poco per capire il motivo. Adam portava una cicatrice che gli attraversava il viso, dall'occhio alla bocca, una linea profonda e inquietante che sembrava tracciare un confine invisibile tra lui e il resto del mondo.

Si diceva che da piccolo fosse stato coinvolto in un terribile incidente stradale insieme ai suoi genitori, durante il quale sua madre aveva perso la vita. Altri, con cattiveria, insinuavano che fosse segnato dalla sfortuna.

Ma quella cicatrice non era solo un segno fisico. Era il simbolo del dolore e della perdita che Adam si portava dietro ogni giorno, un marchio indelebile che raccontava una storia di sofferenza senza bisogno di parole.

Bryan non aveva mai avuto paura di quella cicatrice. A differenza degli altri bambini, non si lasciava intimidire dal volto segnato di Adam né dall'aura di solitudine che lo circondava. Anzi, ne era incuriosito.

Una mattina, senza esitazione, si avvicinò con un sorriso sincero e chiese: «Vuoi giocare insieme?»

Gli occhi del ragazzino, di un grigio perlaceo, spenti fino a quel momento, si illuminarono di una luce nuova, quasi sorprendente. Senza dire una parola, annuì e gli passò il pallone.

Da quel giorno, ogni volta che riusciva a sfuggire alle rigide regole della sua vita, Bryan correva nel parchetto, certo di trovare il suo nuovo amico lì ad aspettarlo. Non importava il tempo o l'orario: pioggia, vento o sole, Adam era sempre presente, una costante in un mondo altrimenti incerto.

Per entrambi, quel piccolo campo da gioco divenne un rifugio. Era l'unico luogo dove potevano essere semplicemente

se stessi, lontani dalle aspettative soffocanti e dalle domande incessanti degli adulti.

Non avevano bisogno di parole per capire cosa stesse accadendo nelle loro vite. In qualche modo, entrambi sapevano che le loro famiglie erano mondi di cui non valeva la pena parlare. Preferivano il silenzio, rotto solo dal suono del pallone che rimbalzava sull'erba e dai loro respiri affannati mentre correvano su e giù per il campo. Era una fuga per entrambi, un tacito accordo di lasciarsi alle spalle i demoni delle loro case e vivere per qualche momento nel mondo semplice e libero del gioco.

Con il passare degli anni, Bryan fece di tutto per aiutare l'amico a trovare un posto in un mondo che sembrava rifiutarlo. Quando ebbe abbastanza potere per influenzare le decisioni, convinse suo padre a offrirgli un lavoro. All'inizio Adam lavorò come giardiniere, ma Bryan sapeva che meritava di più.

Lo incoraggiò a migliorarsi, a fare esperienza e ad acquisire nuove competenze, fino a diventare un tuttofare fidato. E quando arrivò il momento giusto, lo nominò sua guardia del corpo personale.

Adam aveva sempre protetto l'amico, sin dal loro primo incontro nel parco. E ora, mentre si trovavano nella cabina con le bambine addormentate e una minaccia sconosciuta fuori, Bryan era consapevole che la lealtà di Adam era più forte di qualsiasi pericolo.

«Proteggerò sempre Lisa e Agata,» disse l'uomo, la voce salda come una roccia. E Bryan non aveva dubbi: lo avrebbe fatto davvero, fino all'ultimo respiro.

I giorni successivi trascorsero in un'apparente tranquillità. L'Emerald solcava le acque con una calma quasi irreale, ma

sotto la superficie si agitava un'inquietudine strisciante. L'aria sembrava più densa, carica di elettricità.

Poi, come un fulmine a ciel sereno, arrivò la notizia di una visita inattesa.

«Signor Smith, mi scusi il disturbo.» La voce apparteneva ad Anne, una giovane hostess dell'equipaggio. Di solito la si vedeva solo quando c'era da accogliere gli ospiti a bordo, sempre con un sorriso rassicurante.

«Dimmi pure, Anne.» L'uomo non distolse lo sguardo dalle figlie, sedute al tavolo della sala riunioni. Le osservava fare i compiti con la madre, un quadro domestico che contrastava con la tensione che gli ribolliva dentro.

«Il comandante ha ricevuto un avviso via radio. Ha trascritto il messaggio.» La ragazza porse un vassoio d'argento, al centro del quale c'era una busta sigillata.

«Grazie.» Bryan accennò un sorriso, gentile ma distratto, mentre prendeva la busta. L'altra mano rimaneva salda sul bordo della sedia, quasi a cercare un appiglio.

La giovane si allontanò in silenzio, lasciando dietro di sé solo il lieve fruscio delle scarpe sul pavimento.

Appena aperta la lettera, il tempo sembrò fermarsi. Le parole erano poche, ma bastarono a togliergli l'ossigeno. Il cuore perse un colpo, la gola si serrò come se una mano invisibile gli stringesse il collo. Le risate delle bambine arrivarono ovattate, come se un velo lo separasse dal mondo reale e un solo pensiero attraversò la sua mente: proteggere la famiglia, a qualunque costo.

Il "dio Asmodeo" stava per arrivare.

Al di sopra delle tre famiglie a capo dell'organizzazione c'era lui: il grande burattinaio, colui che muoveva i fili.

Le sue apparizioni erano rare e non interveniva quasi mai nelle attività dell'organizzazione, ma una sua singola parola poteva decretare la fine di un'intera dinastia.

Bryan e Margaret si precipitavano verso il ponte mentre un elicottero si avvicinava alla nave, pronto ad atterrare. Il rumore delle pale che tagliavano l'aria, con un ritmo inquietante, era assordante. Quando l'elicottero toccò terra, ne scese un uomo anziano, sorretto da alcuni membri dell'organizzazione. Indossava un abito bianco immacolato e occhiali neri che celavano il suo sguardo. Avvicinandosi a Bryan e Margaret, parlò con un filo di voce, ma con un'autorità che gelava il sangue: «Dobbiamo parlare. Portate anche le bambine.»

Nel giro di pochi minuti, l'intero equipaggio si era messo in moto per trasformare la visita di quell'uomo nell'evento più solenne mai avvenuto sull'Emerald. Il silenzio era irreale, persino il mare sembrava aver smorzato il suono delle onde.

Il comandante, con passo misurato e sguardo attento, accompagnò i coniugi Smith e i loro ospiti nella sala riunioni, assicurandosi che nessuno potesse disturbarli. L'atmosfera, già densa di tensione, si fece sempre più opprimente, come se l'aria stessa fosse diventata pesante.

Da un lato del tavolo sedevano Bryan, Margaret e le loro gemelle. Dall'altro, Asmodeo, circondato dai suoi custodi, figure silenziose e immobili come statue.

Il vecchio parlò brevemente, ma ogni parola sembrava scolpire il destino della famiglia. «Miei cari, stiamo attraversando un periodo difficile. I miscredenti all'interno della nostra confraternita aumentano e abbiamo bisogno di rafforzare il credo.»

«Considerateci a vostra disposizione,» rispose Bryan, la voce controllata, ma con una nota di riverenza che a stento nascondeva l'angoscia. «Come possiamo aiutare?»

L'anziano si tolse gli occhiali, rivelando occhi verde smeraldo, così intensi da catturare lo sguardo di chiunque lo guardasse. «Devo scegliere il prossimo erede. È una decisione cruciale per guidare i miei figli nella nuova era.»

I due coniugi si scambiarono uno sguardo rapido, cercando di intuire dove volesse arrivare. Le loro mani, nascoste sotto il tavolo, si strinsero forte, mentre la stanza sembrava restringersi intorno a loro.

Sapevano che la successione al ruolo di Asmodeo avveniva per suo stesso volere e l'erede veniva scelto senza seguire regole precise. La scelta poteva ricadere su chiunque, basandosi su un segno premonitore, un tratto somatico, o un'inspiegabile intuizione divina. Solo la morte poteva frapporsi al destino assegnato al prescelto.

«Non ci girerò molto attorno alla mia scelta. Come sapete, è definitiva e irrevocabile.»

Margaret sentì un leggero capogiro, ma questa volta non era colpa del mare o della stanchezza. Un presentimento oscuro le serrava la gola, un senso di oppressione che le toglieva il respiro. Ogni parola di quell'uomo sembrava scolpire un destino inevitabile.

«La scelta è ricaduta sulle gemelle. Entrambe portano il segno: gli occhi smeraldo.»

Il volto di Margaret si contrasse in un'espressione di puro terrore. «Ma sono solo delle bambine...» Le parole le uscirono quasi strozzate, ma il gelo nello sguardo di Asmodeo la fece tacere immediatamente.

L'uomo proseguì, imperturbabile: «E sono, inoltre, discendenti di due delle famiglie più importanti. Famiglie che, fino ad ora, non mi hanno mai deluso. E spero che non inizieranno proprio ora...»

L'ultima frase cadde nella stanza come una sentenza. Bryan e Margaret percepirono la minaccia concreta, inevitabile, che si nascondeva dietro quelle parole. Come spinti da una forza invisibile, abbassarono lo sguardo, un gesto di sottomissione e rassegnazione.

«Così è deciso. E nessuno ostacolerà il mio volere,» decretò il vecchio Asmodeo, la voce ferma come una lama.

Ci fu un attimo di silenzio, poi continuò con una calma che nascondeva una crudeltà inesorabile: «Sono venuto di persona a comunicarvelo perché sarà vostra la scelta di chi, tra le due, prenderà il mio posto. Consideratela una grazia concessa per la vostra dedizione al credo.»

Un silenzio sconvolgente avvolse la stanza. A Bryan e Margaret era stata appena imposta una decisione che non avrebbero mai potuto perdonarsi: scegliere quale delle loro figlie condannare a una vita di follia e potere oscuro. Bryan sapeva bene che non si trattava di una grazia, ma di una sottile vendetta.

«Bene, attendo il nome entro sera,» dichiarò Asmodeo, con un tono che non ammetteva repliche.

«Lisa, sarà Lisa,» rispose all'improvviso Margaret, con una voce ferma ma carica di dolore. Il marito la guardò sorpreso, ma sapeva che quelle parole erano state pronunciate con la morte nel cuore. Asmodeo non avrebbe accettato esitazioni o scuse. Voleva un nome e lei glielo diede.

«Bene, è deciso,» disse il vecchio soddisfatto. Fece un cenno ai suoi custodi, si rimise gli occhiali neri e si allontanò con la stessa freddezza con cui era arrivato.

Quella sera, Bryan parlò in segreto con Adam. Dovevano fuggire e dovevano farlo in fretta.

Nei giorni successivi, i coniugi Smith simularono una calma che non possedevano, annunciando con naturalezza che presto avrebbero lasciato l'Italia per tornare negli Stati Uniti. Il loro piano prevedeva una sosta a Barcellona, dove l'Emerald sarebbe stato messo in rimessaggio. Da lì, avrebbero continuato il viaggio con il loro aereo privato.

A ogni passo, tutto sembrava procedere senza intoppi. La routine quotidiana si consolidava, quasi riuscendo a creare un'illusione di normalità. Ma proprio quando il peggio sembrava evitato, accadde l'impensabile.

Era notte fonda quando l'Emerald iniziò improvvisamente a imbarcare acqua. Il panico si diffuse tra l'equipaggio come un'onda impazzita, ma Adam mantenne la calma. Con la freddezza che lo contraddistingueva, afferrò le gemelle e le trascinò verso la scialuppa di emergenza. Ogni movimento era rapido e preciso: sapeva che ogni secondo contava e che, probabilmente, il destino del resto dell'equipaggio e dei passeggeri era già segnato.

Mentre calava la scialuppa in mare, le bambine strette al suo fianco, le grida disperate risuonavano sul ponte. Voci intrise di terrore e rassegnazione, un'eco che si perdeva nell'oscurità della notte.

L'Emerald affondò in pochi minuti, inghiottito dalle acque nere. Solo Adam e le gemelle si salvarono, lasciando dietro di sé una scia di mistero e distruzione.

Ufficialmente, si parlò di un'onda anomala. Ma per chi conosceva la verità, il messaggio era chiaro: non era stata la natura a decidere il loro destino, ma una mano invisibile e spietata.

Dopo il naufragio dell'Emerald, l'organizzazione non perse tempo. La morte di Bryan e Margaret Smith lasciava un vuoto pericoloso, e Asmodeo, con la sua autorità indiscussa, agì subito per riorganizzare le sue pedine. Ogni decisione era calcolata, ogni mossa studiata per mantenere il controllo assoluto.

Lisa venne affidata allo zio Elias Barrow e trasferita a Hallowbridge, un luogo che non era solo un centro di potere, ma un vero e proprio fortino dell'organizzazione. In quella città tanto isolata quanto importante per il culto, la ragazza avrebbe ricevuto la formazione necessaria per diventare l'erede designata.

Agata, invece, fu spedita lontano, in un collegio isolato nel cuore dell'Europa. Un posto in cui il tempo sembrava sospeso, dove la neve cadeva silenziosa sulle guglie gotiche e le giornate si perdevano tra le pagine dei libri e le ombre nei corridoi. Lontana dalla famiglia e da tutto ciò che conosceva, imparò presto a contare solo su se stessa.

Ma il destino non seguiva i piani di Asmodeo. Anni dopo, quando Lisa scomparve senza lasciare traccia, l'intera struttura dell'organizzazione tremò. Le voci correvano rapide come serpenti tra i membri del culto. Alcuni sussurravano di un tradimento, altri di una punizione divina. Ma la verità era sepolta così profondamente che nessuno osava davvero cercarla.

Con una freddezza che gelava il sangue, Asmodeo prese la sua decisione. «Agata sarà la mia erede», dichiarò senza ripensamenti.

Tutti sapevano che la ragazza non era come la sorella. Se Lisa era stata educata per obbedire, Agata era cresciuta nell'ombra, alimentando la sua rabbia come un fuoco sotto la cenere. Aveva visto la sua famiglia distrutta, era stata privata dell'unica persona che potesse chiamare "famiglia" e ora il vecchio le chiedeva di prendere il posto della sorella perduta.

Lei non disse nulla. Ogni emozione si frantumava contro la maschera che aveva imparato a indossare. Ma dentro di lei, ogni lezione, ogni regola imposta dall'organizzazione si scontrava con il suo desiderio di vendetta.

Nel collegio europeo, lontana dagli occhi attenti dei Barrow, divorò ogni libro, ogni insegnamento. Il suo approccio era feroce, quasi rabbioso. Le sue mani erano sempre sporche di inchiostro, le notti trascorse a leggere alla luce fioca di una lampada. Sapeva che la conoscenza era potere e che, per affrontare il suo destino, avrebbe dovuto essere migliore di chiunque altro.

Quando Asmodeo morì, ormai consumato dall'età e forse dai suoi stessi segreti, Agata era pronta. Nessuno osò mettersi tra lei e il trono dell'organizzazione. Non ci fu bisogno di proclami. La giovane donna si insediò al vertice con la naturalezza di chi ha sempre saputo che quel momento sarebbe arrivato.

Il suo regno iniziò in silenzio, ma l'ombra che portava con sé si allargò rapidamente. Il suo nome divenne un sussurro temuto e ciò che prima era solo una setta segreta, ora assunse i tratti di un impero oscuro.

Nessuno avrebbe potuto immaginare quanto devastante sarebbe stata l'era di Agata Smith e quanto devastanti sarebbero state le sue conseguenze.

CAPITOLO 16
UNA PAUSA NECESSARIA

Claire e l'uomo alla guida della moto si erano allontanati abbastanza da sentirsi momentaneamente al sicuro, ma non abbastanza da abbassare la guardia. La strada dietro di loro era ormai solo un ricordo sbiadito, inghiottita dal buio della notte, mentre il vento tagliente sferzava i loro corpi. Le luci della città erano lontane, nascoste oltre le colline e il ronzio della moto era l'unico suono a rompere il silenzio inquietante del paesaggio desolato.

Dopo ore di fuga frenetica, l'uomo notò qualcosa e rallentò, accostando in una radura isolata circondata da alberi alti e scuri, non lontano da un piccolo lago.

«Dobbiamo fermarci qui,» disse con voce decisa, ovattata dal casco, spegnendo il motore e scrutando l'oscurità.

Claire annuì, ancora scossa dagli eventi recenti. Il suo corpo era attraversato da leggeri tremori, segno della debolezza e dello stress accumulato. Mentre scendeva dalla moto, il suo sguardo rimaneva vigile, scrutando ogni ombra con un'attenzione quasi istintiva.

«Quanto tempo abbiamo prima che ci trovino?» fu la prima domanda che riuscì a far uscire, tra tutte le mille preoccupazioni che le frullavano in testa.

«Abbastanza per riprendere fiato e aspettare il supporto per il trasferimento,» rispose l'uomo, con il casco ancora saldamente sulla testa, nascondendo ogni traccia della sua espressione.

Senza aggiungere altro, si diresse verso la radura, esplorando il terreno in cerca di un punto sicuro dove nascondersi.

Non troppo lontano da lì, una coppia di ragazzi francesi, Louise e Hugo, si stava finalmente rilassando nella loro tenda, immersi nella tranquillità della natura. Il montaggio della tenda aveva richiesto quasi un'ora di lavoro, ma il risultato ripagava ogni minuto speso. Ora, sotto il sole del pomeriggio, brillava con un'energia giovane e spensierata. Spaziosa e scelta con cura per accompagnarli nel loro viaggio coast to coast attraverso l'America, emanava ancora il fresco odore della tela nuova.

Il tessuto verde brillante risaltava contro il cielo limpido e i riflessi argentati del lago poco distante, creando un contrasto pittoresco, quasi surreale, come un'immagine rubata a una cartolina d'altri tempi.

Le pareti della tenda erano tese alla perfezione, ogni picchetto piantato saldamente nel terreno, i tiranti regolati con precisione. Si percepiva l'attenzione che la giovane coppia aveva dedicato al montaggio, quasi fosse un rituale d'iniziazione per l'avventura che li attendeva.

I pali robusti sostenevano la struttura con eleganza, dando un senso di stabilità e accoglienza. Una piccola veranda anteriore offriva uno spazio perfetto per sedersi al tramonto, sorseggiando una tazza di caffè caldo e godendo del panorama.

Le cerniere dorate brillavano sotto i raggi del sole, ancora intatte, senza graffi né segni di usura. Le ampie finestre a rete garantivano una ventilazione ideale, lasciando entrare una

brezza leggera che portava con sé il profumo dell'erba e dell'acqua.

L'ingresso principale era spalancato, un invito aperto. Un lembo di tela era sollevato, rivelando l'interno spazioso e ordinato. I sacchi a pelo nuovi erano distesi con cura su un tappetino isolante, pronti ad accogliere i loro ospiti per una notte sotto le stelle.

C'era qualcosa di magico in quella scena, una promessa di avventura e libertà, sospesa nell'aria come una melodia dolce e malinconica.

L'erba intorno alla tenda era ancora verde e fresca, solo lievemente appiattita dal recente montaggio. Louise ed Hugo si aggiravano intorno, ridendo e scambiandosi scherzi mentre sistemavano l'ultimo angolo, ogni loro movimento pieno di complicità e leggerezza.

La tenda, nuova e robusta, era la promessa di molte notti sotto le stelle e albe indimenticabili, un nido sicuro per le avventure che avrebbero vissuto insieme, con il mondo intero ai loro piedi e l'orizzonte a chiamarli verso l'ignoto.

Dopo tutta la fatica della giornata in giro per le meraviglie locali e il tempo passato a montare la tenda, si erano abbandonati al calar della sera al meritato riposo.

Louise, in verità, avrebbe preferito la comodità di un caravan e i servizi di un campeggio attrezzato, ma Hugo, con il suo amore per la natura e l'avventura, l'aveva convinta a viaggiare su un vecchio furgone preso a noleggio e a dormire in tenda, lontani dal caos delle città.

«Così potremo davvero raccontare di aver visto la vera America!» continuava a ripetere alla sua ragazza.

«Se lo dici tu,» rispondeva sempre con un sorriso lei.

Ora, nel silenzio della notte, Louise faceva fatica ad addormentarsi. Il posto era sicuramente meraviglioso, ma il timore di vedere qualche animale selvatico comparire all'improvviso la metteva in ansia.

Era notte fonda ormai e ad un certo punto, sentì un rumore distante, come il motore di una moto.

«Pensavo che la strada più vicina fosse a qualche miglio,» disse preoccupata a Hugo che invece stava dormendo profondamente.

Con gli occhi ancora chiusi, borbottò verso la ragazza. «Stai tranquilla. Forse è solo il vento che ha portato il suono fin qui,» rispose cercando di rassicurarla, ma nel suo tono c'era un'ombra di dubbio. Poi si rigirò nel sacco a pelo, tentando di ritrovare il sonno, ma non riuscì a scrollarsi di dosso un senso di inquietudine.

Pochi istanti dopo, due ombre si stagliarono contro la tenda. Il tempo sembrò rallentare mentre la paura si insinuava nei loro cuori. Prima che potessero reagire, due colpi secchi di pistola con silenziatore spezzarono il silenzio. Louise sentì il terrore avvolgerla mentre la sua vista si oscurava.

L'ultimo pensiero che attraversò la sua mente fu un amaro rimpianto: il caravan che non aveva scelto e quella maledetta tenda che li aveva condotti lì.

«Ma perché cazzo lo hai fatto?» sbraitò Claire, furiosa.

L'uomo, ancora con il casco sul volto, non rispose. Entrò nella tenda e frugò rapidamente tra gli oggetti personali della giovane coppia, uscendo con le chiavi del furgone. Senza dire una parola, spinse la sua moto verso il lago vicino, osservandola mentre sprofondava lentamente nell'acqua scura, inghiottita senza lasciare traccia. Poi fece cenno a Claire di salire nel retro del furgone.

Il mezzo era parcheggiato vicino alla riva del lago, aveva un aspetto robusto e pratico, perfetto per il viaggio coast to coast che Louise e Hugo avevano pianificato. La carrozzeria era di un bianco brillante, appena macchiata da qualche schizzo di fango raccolto lungo le strade sterrate che avevano percorso per arrivare in quella radura appartata.

Sul tetto, una barra di carico portava con sé qualche attrezzatura extra: un paio di sedie pieghevoli, una canoa leggera e alcune borse impermeabili, tutte assicurate saldamente con cinghie.

Claire esitò, combattuta tra la paura e la consapevolezza che non aveva scelta se voleva fuggire. Alla fine, cedette. Salì sul retro del furgone mentre l'uomo chiudeva la portiera con un colpo secco. La donna non poté fare a meno di notare come l'interno fosse stato trasformato in un piccolo rifugio. Una fila di contenitori di plastica trasparente teneva in ordine il cibo e gli utensili da campeggio, mentre un materasso sottile, ma confortevole, copriva il pavimento posteriore, pronto per le notti in cui probabilmente quella giovane coppia avrebbe deciso di dormire al chiuso. Poi l'occhio le cadde su una mappa degli Stati Uniti, su cui avevano tracciato con un pennarello rosso l'itinerario che sognavano di percorrere e li capì finalmente dove si trovava.

Durante tutto il trambusto dell'evasione e della fuga non aveva avuto modo di avere punti di riferimento. Il carcere era in mezzo al nulla e la fuga era avvenuta per lo più su strade sterrate e fuori dai percorsi convenzionali. La mappa segnava come riferimento il piccolo lago di Ridgway. Ma la cosa che la fece rabbrividire era che si trovava non troppo distante da Hallowbridge.

Nel frattempo, il suo compagno di viaggio si era sistemato sui sedili anteriori, separati dal resto del furgone da una paratia metallica. Si tolse il casco e fece un respiro profondo, come se solo in quel momento l'aria riempisse davvero i suoi polmoni. I suoi occhi grigi ora erano fissi sulla strada. Sciolse i lunghi capelli neri, poi accese il motore. Sempre senza pronunciare una parola, si diresse verso la strada principale.

Il furgone si allontanò, inghiottito dall'oscurità della notte, lasciandosi dietro solo il silenzio e il peso di un sogno infranto.

CAPITOLO 17

HOTEL LUX

«Direttore Johnson, sono Bill Evans...»

«Evans, che diavolo stai combinando?!» La voce di Johnson arrivò tagliente come una lama. Niente saluti, solo rabbia cruda. Un tono rasposo, come se avesse passato la notte a masticare vetri.

Bill inspirò a fondo, lasciando che l'aria gli riempisse i polmoni e calmasse il battito.

«La sto contattando per un'informazione importante,» disse, mantenendo un'apparente calma. La sua voce era piatta, controllata, una maschera indossata con maestria. Sapeva esattamente a cosa alludesse Johnson, ma non cedette alla provocazione. L'argomento del pedinamento restava un fantasma nell'ombra, ignorato deliberatamente. C'era altro, qualcosa di più urgente, che lo spingeva a mantenere la rotta.

Dall'altra parte della linea, solo un silenzio denso.

«Ho appena parlato con Sarah Spencer. È qui, nel mio ufficio.» Le parole uscirono lente, misurate. «Mi ha detto che David e Steve sono scomparsi. E che qualcuno la sta seguendo.»

Johnson sbuffò, un suono che pareva un ringhio sommesso, mescolato al fruscio della linea telefonica.

«Evans, non è il momento di giocare.»

C'era qualcosa in quella risposta, una crepa nel tono di Johnson, un'incrinatura quasi impercettibile. Bill sentì un brivido gelido risalirgli la schiena, un segnale d'allarme che non poteva ignorare.

«Lo so che ci sei tu dietro alla bravata di oggi: seminare i miei uomini e poi far bucare le gomme alla mia squadra? Vuoi farmi passare per un idiota?» La sua voce era così carica di furia che sembrava non avesse minimamente preso in considerazione quello che Bill aveva appena detto.

Bill lasciò passare un istante di silenzio, permettendo alla tensione di salire. Fece finta di essere sorpreso, ma dentro di sé sorrise.

«Ma di cosa parli? Pensavo che quelli fossero membri dei Figli di Asmodeo... Perché cazzo mi stavi facendo pedinare? Ti diverti a giocare con me?»

Johnson rimase senza parole per un attimo, colto alla sprovvista dalla malizia sottile nella voce di Bill. Poi cercò di riprendere il controllo, ma il suo tono tradiva un'immediata incertezza.

«Ascolta, non... non è come pensi. Volevo solo assicurarmi che nessuno ti stesse seguendo.»

Bill percepì che aveva colpito nel segno. Una piccola vittoria. «Bene, allora forse è meglio parlarne di persona. Certe cose è meglio discuterle faccia a faccia.»

Johnson annuì, anche se Bill non poteva vederlo. L'agitazione nell'aria era palpabile, quasi tangibile, anche attraverso il telefono.

«Sì, forse hai ragione.» La voce di Johnson si fece improvvisamente più calma, quasi troppo. «Domani, al solito posto, alle quattro del pomeriggio. Porta anche Sarah Spencer

con te. Vedrò di raccogliere informazioni su David e Steve. Ci aggiorneremo lì.»

Bill mantenne il silenzio per un istante, giusto il tempo necessario a pesare ogni parola. «Perfetto,» rispose infine. La sua voce era neutra, ma una leggera tensione tradiva la calma apparente. Un filo sottile, appena percettibile. «A domani.»

Johnson chiuse la chiamata con un gesto brusco.

Il Direttore sapeva di avere più di un grosso problema tra le mani, ma non poteva dire nulla.

Gli avvenimenti recenti all'ADX Florence e quanto successo a Steve e David richiedevano la massima discrezione.

Bill rimase immobile, il telefono ancora stretto nella mano. Nella stanza, l'aria si era fatta densa, quasi palpabile, come se ogni molecola trattenesse un segreto. Un silenzio pesante, che pareva sospeso tra le pareti.

Qualcosa, in quella conversazione, non quadrava. E Bill lo sapeva bene.

Ripose lentamente il telefono sulla scrivania, ma la sua mente era già altrove. L'enigma della chiave ritrovata poche ore prima continuava a tormentarlo, un pensiero che scavava nella sua testa come un tarlo.

Si voltò verso Sarah. Lei sembrava un animale in trappola, gli occhi che si muovevano nervosamente nella stanza, come se ogni ombra potesse nascondere un pericolo.

«Sarah, vai a riposarti in hotel.» La sua voce era ferma, ma non dura. «Non serve che tu resti sveglia tutta la notte a preoccuparti.»

Lei esitò. Il suo volto era pallido, le labbra appena screpolate dall'ansia. «E se... e se qualcuno mi stesse davvero seguendo?»

Bill annuì lentamente. Cercava di mantenere un tono rassicurante, anche se dentro di sé sentiva lo stesso freddo che vedeva negli occhi di lei.

«Posso farti scortare e sorvegliare da uno dei miei agenti,» propose, la voce bassa, quasi un sussurro. «Se ti fa sentire più sicura.»

Sarah scosse la testa, un gesto piccolo ma deciso.

«No, no... non voglio attirare più attenzioni del necessario. Preferisco stare da sola.»

Bill la osservò per un momento, poi cedette. «Va bene, ma fai attenzione. Ci vediamo domani.»

Sarah uscì dall'ufficio e la porta si chiuse con un lieve clic che riecheggiò nel silenzio del corridoio.

Mentre si dirigeva verso l'hotel, le strade deserte sembravano più scure e minacciose del solito. Il peso di ciò che aveva tenuto nascosto a Bill iniziò a schiacciarla come un macigno sul petto. Avrebbe dovuto dirgli di più, ma non poteva rischiare. Non ancora.

Varcò la soglia dell'Hotel LUX con passo deciso, ma dentro di sé un'inquietudine sottile la accompagnava. La hall era lussuosa, illuminata da lampadari scintillanti e decorata con piante esotiche, ma nulla di tutto ciò riusciva a dissipare l'ansia che la tormentava. Si avvicinò alla reception ed effettuò il check-in.

Dopo aver ricevuto la chiave della sua suite, fu avvicinata dal concierge, un uomo elegante e curato che la accolse con un sorriso affabile, quasi troppo impeccabile.

«Benvenuta, signorina. È un piacere averla qui,» disse con il tono della voce pieno di cortesia e un accenno di malizia. I suoi occhi azzurri, quasi ipnotici, si fermarono su di lei, con uno sguardo che andava oltre la semplice professionalità.

«Se ha bisogno di qualcosa, non esiti a chiedere,» aggiunse, mantenendo il sorriso.

Sarah rispose con un sorriso di circostanza, sentendo un leggero fastidio crescere in lei, ma non volle darlo a vedere. Si voltò per dirigersi verso l'ascensore, sentendo il peso dello sguardo del concierge ancora su di lei e per un attimo pensò che fosse lui la fonte di quella sgradevole sensazione di essere osservata. Ma, mentre si allontanava, si rese conto che c'era qualcosa di più inquietante.

La sensazione di essere seguita, controllata, non era nuova. L'aveva avvertita fin da quando aveva lasciato la centrale di polizia. Un brivido le percorse la schiena, ma quando si girò, nel corridoio non c'era nessuno. Solo il concierge che la salutava con un sorriso, che però non riusciva a spiegare quel disagio che si portava dietro.

«Forse è solo lo stress,» pensò, cercando di convincersi che fosse tutto frutto della sua immaginazione.

Quando finalmente raggiunse la suite, Sarah si sentì leggermente più al sicuro. La stanza era spaziosa e raffinata, arredata con gusto: un grande letto a baldacchino dominava il centro, avvolto da tende di seta che scivolavano fino a toccare il pavimento e un enorme tappeto soffice attutiva ogni suo passo. Le finestre offrivano una vista mozzafiato sulla città illuminata, ma non riusciva a scrollarsi di dosso quella sensazione di ansia che continuava a crescere dentro di lei.

Decisa a liberarsi di quella tensione, Sarah cominciò a spogliarsi lentamente. Ogni bottone che si apriva, ogni cerniera che scivolava giù, sembrava alleggerirla, come se potesse sbarazzarsi finalmente di un peso insopportabile. I vestiti cadevano a terra uno dopo l'altro e con loro la paura e il senso di colpa sembravano allontanarsi un po' di più. Quando si tolse

l'ultimo capo, un'ondata di liberazione le attraversò il corpo, come se stesse lasciando andare una parte di sé che non voleva più tenere.

Si diresse verso il bagno e si immerse nella vasca, lasciando che l'acqua calda avvolgesse il suo corpo teso. I muscoli si rilassarono e il calore lenì il freddo che sentiva radicato nella parte bassa della schiena. Provò a concentrarsi sul piacere di quel momento, ma la sua mente tornava, inesorabile, a quelle immagini che la perseguitavano: David e Steve, i loro volti terrorizzati, lampeggiavano nei suoi pensieri come incubi che non riusciva a scacciare.

Afferrò il bicchiere di vino rosso che aveva portato con sé e ne bevve un sorso, sperando che l'alcol potesse allentare la morsa dei suoi pensieri. Ma la tensione non svaniva, continuava a serrare il suo stomaco come una presa d'acciaio.

Improvvisamente, il suo telefono vibrò sul bordo del lavandino, interrompendo il silenzio della stanza e facendola sobbalzare. A fatica, allungò il braccio per prenderlo, cercando di non uscire completamente dalla vasca.

Quando finalmente lo afferrò, con la mano ancora umida, percepì il vetro freddo e scivoloso sotto le dita. Sotto la patina di umidità che si era creata sullo schermo, vide un numero sconosciuto. L'ansia la colpì come una scarica elettrica. Si sentiva combattuta: da un lato, il timore di chi potesse esserci dall'altra parte, dall'altro, l'irrefrenabile bisogno di sapere.

Fece un lungo respiro, come se si stesse preparando a un salto nel vuoto, poi rispose. Dall'altra parte una voce familiare e inaspettata.

«Ciao Sarah, sono Mark.»

Le parole la colpirono come un fulmine. Il bicchiere di vino le scivolò quasi dalle dita, mentre la voce di Mark rimbombava

nella sua testa come il suono di un tuono, portando con sé una valanga di emozioni. Non riuscì a rispondere subito, paralizzata, con un groppo in gola. Il passato e il presente si mescolavano, confusi e urgenti.

Eppure, al di là dello shock, quelle parole le portarono una strana sensazione di conforto, come se quella voce fosse esattamente ciò di cui aveva bisogno in quel momento.

Mark Bennet: l'unica persona che sperava di sentire era finalmente lì, dall'altra parte del telefono.

CAPITOLO 18

GLI INDIZI

Bill fissava la chiave, sentendo l'impazienza crescere dentro di sé. Quel piccolo oggetto metallico sembrava insignificante, ma sapeva che dietro di esso si nascondeva una verità che doveva scoprire. Si sedette alla scrivania, accese il laptop e iniziò a digitare freneticamente nel motore di ricerca:

'*Chiavi piccole in metallo*'

'*Chiavi di cassette di sicurezza*'

'*Modelli di chiavi per casseforti*'

Le immagini che apparivano erano un caos: cassette di sicurezza bancarie, casseforti domestiche, addirittura lucchetti per biciclette. Nulla che lo avvicinasse a una risposta concreta.

Il suo pensiero si spostò automaticamente al negozio di Claire e all'appartamento che avevano condiviso. Ma sapeva che l'FBI aveva già setacciato ogni angolo, ogni cassetto. Se ci fosse stato qualcosa, lo avrebbero trovato. E questo lo lasciava senza punti di riferimento. Il suo sguardo tornò alla copia della lettera di Claire, appoggiata accanto al computer. Era la sua unica pista, ma c'erano ancora troppe incognite.

Rilesse la lettera più volte, cercando di scoprire il non detto, di decifrare quelle parole apparentemente semplici che forse nascondevano qualcosa.

Sapeva che Claire era un'abile scrittrice, capace di nascondere indizi nelle pieghe delle sue frasi. Quella lettera, che sembrava così chiara all'apparenza, ora gli sembrava piena di sottintesi, di significati nascosti.

Si soffermò su un passaggio:

Anche nei nostri ultimi giorni ad Hallowbridge ho provato in ogni modo ad allontanarti da quella follia che invece tu ardentemente volevi combattere.
Fidati quando ti dico che sapevo che saresti riuscito a scoprire la verità, ma sapevo anche che era una verità pericolosa e che saresti stato in grave pericolo.
Credimi, ho cercato di sviarti non per me, ma per salvare te. Io purtroppo ero già stata condannata.
Un po' mi piace fantasticare e pensare che io e te siamo ancora giovani e innocenti.

Bill fissava le parole, lasciandole scorrere nella mente come un nastro che si riavvolgeva all'infinito. Cercava di afferrarne ogni sfumatura, di leggere tra le righe. Ma c'era qualcosa che continuava a sfuggirgli, un dettaglio sottile come un filo di fumo.

L'ultima frase stonava. Non si incastrava con il resto. Le ripetizioni — "Fidati", "Credimi" — sembravano fuori posto, quasi innaturali. Non era da Claire. Lei non era mai stata una persona che sprecava le parole. Ogni frase, ogni sillaba, era sempre stata misurata, precisa, come il colpo secco di un bisturi.

Eppure, quelle parole erano lì. In bella vista. Come un messaggio nascosto sotto una vernice troppo fresca.

Bill sentì un brivido lungo la schiena. Claire stava cercando di dirgli qualcosa. Qualcosa che non poteva comunicare apertamente. E ora toccava a lui decifrarlo, trovare il codice tra

quelle frasi ripetute, tra quelle parole che sembravano un eco troppo insistente per essere casuale.

Poi, come un flash, ripensò a quella sera. Quella sera in cui trovarono nel diario di Thomas gli appunti scritti con la tecnica dell'inchiostro invisibile. Il gioco da bambini in cui si scrivono parole su un foglio e queste emergono solo se il foglio viene avvicinato a una fonte di calore. E ripensò a cosa si erano detti con Claire:

"Era così semplice... eppure non ci è venuto in mente. Questo vecchio trucco... era un classico, uno di quei giochi che facevamo da bambini."

«Così semplice... un gioco da bambini!» borbottò fra sé e sé.

«Ma certo... vediamo qui...» continuò, mentre con il dito tracciava le iniziali di ogni frase, che formavano "AFCU".

Un brivido gli percorse la schiena.

AFCU: **A**merican **F**irst **C**redit **U**nion.

Non era solo una banca. Era un rifugio per chi aveva bisogno di nascondere qualcosa. Le sue cassette di sicurezza, accessibili solo ai membri, erano il cuore oscuro di quella cooperativa.

Claire non gli avrebbe mai lasciato un indizio così evidente, a meno che... a meno che non volesse che lo trovasse.

Senza perdere tempo cercò su internet la filiale più vicina.

Ce n'era una appena fuori Hallowbridge. Prese la chiave, la infilò in tasca e si diresse rapidamente verso la sua auto.

Mentre guidava, il crepuscolo calava lentamente, tingendo il cielo di un rosso cupo. Le ombre si allungavano sui campi, protendendosi verso la strada come se volessero afferrarlo e la tensione cresceva con ogni chilometro che percorreva.

Arrivato davanti alla filiale della American First Credit Union, Bill scese dall'auto e si fermò un momento a fissare l'edificio. Le luci interne erano accese e la guardia di sicurezza

si aggirava distrattamente nell'attesa dell'orario di chiusura. Fece un respiro profondo e si avviò con passo deciso verso l'ingresso, cercando di sembrare calmo, ma ormai la serenità che lo aveva sempre caratterizzato sembrava un ricordo lontano.

L'uomo della sicurezza lo accolse con un cenno della testa.

«Buonasera, signore. Posso aiutarla?»

Bill non aveva intenzione di improvvisare. Doveva trovare un modo per verificare se quella chiave apparteneva davvero a una delle loro cassette di sicurezza, senza destare sospetti.

«Mi perdoni,» disse Bill con voce ferma, calibrando ogni parola, «ho due cassette di sicurezza: una presso di voi e una all'ufficio postale in fondo alla strada. Non le apro da oltre un anno e, purtroppo, ho perso la targhetta che indicava quale chiave appartiene a quale struttura. Potrebbe dirmi se questa chiave è delle vostre? Mi eviterebbe di fare confusione.»

L'uomo lo scrutò con un misto di sospetto e curiosità. Se non fosse stato per l'uniforme da sceriffo di Bill, probabilmente avrebbe già indicato la porta con un cenno sbrigativo. Ma il distintivo aveva ancora un certo peso, anche lì.

Dopo un attimo di esitazione, la guardia prese la chiave dalle mani di Bill. La osservò, girandola tra le dita callose, come se quella piccola sagoma metallica potesse rivelargli più di quanto non fosse visibile.

«Sì, signore. È una delle nostre.»

Le parole lo colpirono con la forza di una verità improvvisa. Un battito mancato.

«Anche se...» L'uomo piegò leggermente il capo, gli occhi che brillarono di una luce dubbiosa. «Non è un modello esclusivo della nostra filiale.»

Bill si costrinse a mantenere un'espressione neutra. «Oh, nessun problema. Sono certo che nell'altra struttura usano un

modello diverso.» Improvvisò, sperando di non essere contraddetto.

La guardia annuì lentamente, quasi distrattamente. «Sì, può essere. L'altra sede è più recente. Avranno sicuramente cassette diverse.»

Restituì la chiave a Bill, e il freddo metallo gli parve più pesante di prima.

«Può prelevare la sua cassetta e usare una delle stanze riservate per aprirla.»

«Perfetto.» Un sorriso che gli tese le labbra, ma sotto, la sua mente lavorava febbrilmente.

Un problema sostituiva l'altro. Ora che sapeva dove usare la chiave, rimaneva il nodo più difficile da sciogliere: quale cassetta?

Non c'erano nomi, solo numeri. Decine, forse centinaia di numeri incisi su piccole targhette metalliche.

E lui doveva indovinare quello giusto.

"Cazzo, che stupido che sono..." pensò.

«Bene, bene. Passo dopo con calma, grazie ancora,» disse, congedandosi.

Uscì con passo tranquillo e si diresse verso la sua auto. Si sedette dietro al volante, ma non accese il motore. I suoi pensieri correvano veloci, ma i dubbi lo attanagliavano.

"Su, Bill, pensa. Claire ha seguito uno schema."

Sapeva che la prima indicazione sull'ubicazione della chiave l'aveva trovata nell'ultima parte della lettera. Forse il numero della cassetta era nascosto più sopra nel testo.

Riprese il foglio dove aveva trascritto quanto aveva letto da Johnson, cercando la parte che poteva essere utile. Si soffermò sulla sezione precedente:

Dal primo giorno in quella biblioteca io ti ho sempre amato e ti amerò per sempre. Non scordarlo mai.

Studiò le parole attentamente, cercando di trovare un codice, ma nulla.

Ripensò alla biblioteca, al giorno in cui si erano conosciuti, al significato che lei gli aveva attribuito, ma non riusciva a trovare collegamenti logici con un numero identificativo della cassetta di sicurezza.

Chiuse gli occhi, sbuffando e lasciando la testa cadere all'indietro.

«Maledetta Claire... anche da dietro le sbarre ti prendi gioco di me,» disse a voce alta, in uno sfogo di frustrazione.

«Pensa, Bill... pensa... pensa...» iniziò a bisbigliare, mantenendo gli occhi chiusi, sperando che la sua mente elaborasse una risposta. Continuava a ripercorrere la lettera nella sua testa.

«Cosa mi sfugge?» si chiese.

Poi, all'improvviso, un dubbio lo colse. Riaprì gli occhi e fissò il foglio.

«Non era scritto così... che stupido!»

Prese una penna, cancellò e riscrisse.

Dal primo giorno in quella biblioteca.
Ti ho sempre amato e ti amerò per sempre.
Non scordarlo mai.

«Sì... era così,» disse soddisfatto. Le prime lettere formavano "DTN".

"Bene, ma non benissimo... lettere... DTN... forse i numeri associati?" Pensò.

"D potrebbe essere un 4, T... 20? e N... 14?".

«Mi sembrano troppi numeri. Maledizione,» sbraitò. Quello che aveva trovato non sembrava avere alcun senso. Poi, come una folgorazione, un pensiero lo attraversò. Claire era sempre stata, senza ombra di dubbio, la più acuta tra di loro.

«Insieme siamo perfetti. Io sono la parte intelligente e tu quella determinata e forte,» gli diceva spesso.

Un sorriso apparve sulle labbra di Bill. Claire non avrebbe mai fatto qualcosa di troppo complicato per lui. Doveva esserci uno schema più semplice.

La prima frase aveva sei parole, la seconda nove, la terza tre. «693,» mormorò tra sé, mentre un lampo di intuizione lo pervase.

«Semplice e banale... devo provare.»

Con una nuova ondata di adrenalina, rientrò nella filiale.

«Buonasera, ha cambiato idea?» chiese la guardia con un'espressione dubbiosa.

«Sì... ehm... poi non farei in tempo. Tanto vale, visto che sono qui,» rispose, cercando di sembrare naturale e sforzandosi di sorridere.

La guardia lo fissò un attimo, poi riprese a osservare l'esterno, distratta da qualche pensiero che probabilmente la teneva impegnata fino a fine turno.

Bill si diresse a passo spedito verso la cassetta numero 693. Impugnava la chiave con la mano destra, sudata per l'ansia che lo aveva pervaso. Quando inserì la chiave, un piccolo clic metallico risuonò nell'aria. Quel suono, seppur discreto, gli arrivò come un tuono, tanto era inaspettato. Un brivido lo percorse mentre la serratura si sbloccava. Il momento che aveva temuto e atteso era finalmente arrivato.

Prese la cassetta, cercando di non lasciare trasparire l'agitazione che lo pervadeva e si avviò verso la stanza riservata. Una volta dentro, chiuse la porta alle sue spalle. Il silenzio era totale, interrotto solo dal ronzio lieve dell'illuminazione al neon. Cercò di mantenere la calma mentre apriva il contenitore metallico.

Dentro, il vuoto assoluto.

Il suo cuore si fermò per un attimo. Non era possibile. Non poteva essere vuota. Il respiro gli si fece irregolare mentre cercava di capire cosa stesse succedendo. Esaminò l'interno, cercando un doppio fondo, un compartimento nascosto, ma non trovò nulla.

Si lasciò cadere sulla sedia, sconfortato. La cassetta, aperta davanti a lui, sembrava prenderlo in giro.

Poi notò qualcosa. Sulla parte interna del coperchio c'erano dei piccoli graffi, appena visibili alla luce. Si avvicinò, socchiudendo gli occhi per mettere meglio a fuoco. Non erano semplici graffi. Erano numeri e lettere, incisi nel metallo, un codice che sembrava essere stato scolpito apposta:

40.7584 N - 111.8882 W

Il cuore di Bill riprese a battere forte. Quelle coordinate non potevano essere casuali. Erano un nuovo indizio, un altro passo nella direzione giusta. La frustrazione che l'aveva invaso pochi attimi prima si stava trasformando in determinazione. Una determinazione che non provava da tempo e che ora sembrava necessaria. Claire lo aveva portato fin lì e ora gli stava indicando la prossima tappa.

Provò a fotografare il codice con il cellulare, ma la messa a fuoco era impossibile. Non aveva con sé un foglio. Frugò nelle tasche e trovò un fazzoletto di carta.

«Meglio di niente,» sbuffò. Prese la penna e trascrisse i numeri e le lettere. Sapeva che stava entrando in una nuova fase della caccia. Ogni passo, ogni azione, comportava un rischio, ma non si sarebbe fermato. Non ora. Ne aveva bisogno. Voleva sentirsi nuovamente vivo.

Bill chiuse la cassetta, uscì dalla stanza e la ripose nel suo alloggio. Poi lasciò la filiale lasciandosi alle spalle quel silenzio opprimente che lo aveva accompagnato. Il crepuscolo si era ormai trasformato in notte e le ombre erano diventate ancora più lunghe, più minacciose. Salì in auto, accese il motore e si mise in viaggio, con la mente rivolta al prossimo enigma.

Non lontano, un uomo di circa trentacinque anni sedeva in una tavola calda, il viso parzialmente nascosto dalla tesa del suo cappello. Attraverso la vetrata appannata, i suoi occhi erano fissi su un edificio dall'altra parte della strada. La cameriera gli versò del caffè caldo e appoggiò una fetta di torta di mele sul tavolo. Lui la ringraziò con un veloce cenno della mano, senza mai distogliere lo sguardo.

Poi, con un gesto calcolato, prese il telefono e compose un numero che le sue dita avevano ormai memorizzato come un riflesso automatico. Ogni secondo che passava aumentava la tensione, finché dall'altro capo della linea non giunse una voce familiare.

«Pronto, qui Johnson.»

«Direttore, sono l'agente Sullivan. Il nostro uomo ha trovato ciò che cercava. Siamo pronti per la fase due.»

Ci fu un breve silenzio, carico di significato, prima che la risposta giungesse, lenta e ponderata.

«Ottimo lavoro, agente. Procedete con estrema cautela e mi tenga informato ad ogni passo.»

Sullivan abbassò il telefono, i suoi occhi ancora fissi sull'edificio. Quel momento, apparentemente insignificante, era il preludio a qualcosa di molto più grande. Tutto procedeva come pianificato.

CAPITOLO 19

TRACCE SBIADITE

«Mark... sei tu? Sei davvero tu?» Sarah rispose alla chiamata quasi balbettando. «Che fine hai fatto? Non sai cosa è successo...» La sua voce si spezzò e le lacrime iniziarono a scendere copiose lungo le sue guance. Sentì il peso di settimane di paura e angoscia sciogliersi in un momento, ma il sollievo di sentire la sua voce era oscurato dalla disperazione.

Dall'altra parte del telefono, il suo amico rimase in silenzio per un attimo. L'immagine di Isabel, distesa fredda e senza vita, lampeggiava ancora nei suoi pensieri. La sua morte era un peso che lo soffocava ogni giorno, ma ora non c'era tempo per il dolore. Doveva scoprire chi aveva lasciato quegli indizi misteriosi. Doveva trovare il colpevole.

«Sarah, ascoltami,» disse, cercando di mantenere la voce ferma. «So che sono sparito e non sono stato di nessun supporto, ma siete le uniche persone che possono capire quello che è successo e che mi possono aiutare. Ho bisogno di aiuto. Ho bisogno di voi, di tutti quanti.»

Fece una pausa per riprendere il controllo. «Ho provato a chiamare sia Steve che David ma non rispondono. Credimi, non avrei voluto coinvolgervi, ma devo farvi vedere una cosa.»

Sarah sentì una stretta al cuore. La sua mente era un turbinio di emozioni contrastanti: rabbia, preoccupazione e una flebile speranza.

«Io... io sono a Hallowbridge,» rispose con la voce ancora strozzata dalle emozioni. «Sono venuta qui per cercare aiuto. Tu non c'eri, eri sparito e... e anche gli altri... Steve, David... tutti scomparsi.»

«In che senso tutti scomparsi?» chiese l'uomo preoccupato.

«Io mi sento in pericolo. Ho provato a cercarti, ma tu non c'eri... e l'unica persona di cui posso fidarmi è Bill.» continuò Sarah senza rispondere alla domanda.

«Lo so, hai ragione... mi dispiace. Ma cos'è successo?» chiese Mark con la voce che diventata più ferma ma allo stesso tempo carica di un'urgenza palpabile.

«Ti prego, devi dirmelo. Adesso.»

Sarah chiuse gli occhi, lasciando che il buio dietro le palpebre la avvolgesse per un istante. Il tremore dentro di lei cresceva come un'onda pronta a travolgerla. un'energia incontrollabile che le tendeva i muscoli e le bloccava il respiro.

Con un movimento rapido e deciso, scivolò fuori dalla vasca. L'acqua schizzò leggermente sul pavimento di piastrelle, ma lei non se ne accorse nemmeno. Posò il bicchiere di vino sul bordo del lavandino con un gesto automatico e afferrò l'accappatoio appeso al muro.

Il suo corpo tremava visibilmente mentre stringeva il tessuto morbido attorno a sé, quasi volesse nascondersi dentro di esso. Il calore del bagno era già svanito, sostituito da un freddo denso, quello dell'ansia che le si infilava sotto la pelle.

Gocce d'acqua continuavano a scivolarle dai capelli, tracciando rivoli sottili lungo il collo e le spalle. Ogni goccia

sembrava gelida, amplificando quella sensazione di vulnerabilità che non riusciva a scrollarsi di dosso.

Restò immobile, le mani strette attorno alla stoffa, il respiro breve e affannoso. Come se il mondo intorno a lei fosse diventato troppo stretto, troppo soffocante.

«Non posso dirti troppo al telefono. Dove ti trovi esattamente?» chiese, cercando di non cedere alla paura che minacciava di sopraffarla. Nel frattempo, si era diretta nel salottino, prendendo una penna e un foglietto di carta, pronta a scrivere velocemente ogni informazione utile.

«Penky Grove,» rispose rapidamente. La sua voce sembrava un'ombra di quella che era un tempo.

«Vivo in una baita sul lago, a Carnaby Street 7.»

Lei prese un respiro profondo, cercando di reprimere il panico che le serrava la gola come una morsa.

«Va bene.» La voce di Sarah uscì ferma, ma solo grazie a una determinazione forzata. Ogni parola era un piccolo passo su un terreno friabile e sotto di lei sentiva il vuoto, quella sensazione inquietante di essere a un soffio dal crollare.

«Ti raggiungerò,» aggiunse. «Ti aiuterò, te lo prometto.»

Annotò rapidamente l'indirizzo sul foglietto di carta. Poi si salutarono, consapevoli che le loro preoccupazioni non erano affatto diminuite, al contrario, erano diventate ancora più pressanti. Ma una cosa era certa: qualunque cosa li aspettasse, finalmente l'avrebbero affrontata insieme.

Infine si lasciò cadere sulla poltrona, sentendo per la prima volta da giorni il desiderio di rilassarsi, anche solo per un momento. Si riempì un altro bicchiere di vino, afferrò il telecomando e accese la TV, sperando che un po' di rumore di fondo potesse distrarla. Mentre la schermata nera del suo

QLED da 65 pollici si illuminava, notò qualcosa di strano nel riflesso del monitor. Un movimento. Qualcuno dietro di lei.

Il suo cuore saltò un battito, cercò di girarsi, ma era troppo tardi. Una mano forte e callosa le tappò la bocca e sentì un panno umido premuto contro il naso. Un odore chimico le invase i sensi, bruciante e nauseante. Sarah cercò di resistere, lottando con tutte le sue forze, ma la stanza iniziò a girare e la sua visione si annebbiò. Il bicchiere di vino che teneva in mano scivolò e si schiantò sul pavimento, il liquido rosso scuro schizzò ovunque mentre il mondo si oscurava.

Bill tornò a casa con la mente che correva freneticamente, piena di preoccupazioni e domande senza risposta. Si sedette alla sua vecchia scrivania, accendendo il laptop con un gesto stanco. Le coordinate che aveva trovato si aprirono sullo schermo: Salt Lake City, un incrocio tra la statale 500 e la State Street.

«Che diavolo significa?» si chiese, scrutando lo schermo con occhi appesantiti dalla stanchezza. Prese nota di tutto ciò che poteva mentre un misto di frustrazione e determinazione lo attraversò. Doveva investigare su quel posto. Lo avrebbe fatto subito dopo l'incontro con Johnson, il giorno seguente.

La mattina successiva, con la testa ancora piena di domande, provò a chiamare Sarah. Il telefono era staccato e l'unica risposta era quella preimpostata della segreteria.

«Che diamine sta facendo quella donna?», borbottò Bill tra sé, sospettando che stesse beatamente dormendo. Decise quindi di passare dal suo hotel per svegliarla. Non aveva dubbi su dove alloggiasse: l'unico hotel di lusso e al suo livello della zona: l'Hotel LUX.

All'arrivo, Bill si avvicinò alla reception e chiese di Sarah Spencer. La receptionist, una giovane donna dai capelli raccolti e l'aria assonnata, controllò il registro e compose il numero della stanza. Attese qualche secondo, poi scosse la testa.

«Non risponde,» disse, il telefono ancora all'orecchio. «Non l'abbiamo vista a colazione, e la chiave non è stata lasciata in reception. Quindi dovrebbe essere in camera, immagino.»

Bill annuì, mantenendo un'espressione impassibile. «Mi dia il numero della stanza,» disse, sfoderando il distintivo da sceriffo con un gesto pratico. L'autorità nella sua voce non lasciava spazio a obiezioni.

Prese l'ascensore fino all'ultimo piano. Mentre le porte si chiudevano, il riflesso opaco dell'acciaio gli restituì un'immagine che non riconosceva del tutto. C'era una tensione nei suoi occhi che andava oltre la preoccupazione.

"Non poteva che prendere una suite," pensò, avanzando lungo il corridoio silenzioso, dove i suoi passi sembravano risuonare troppo forti.

Quando raggiunse la porta della stanza di Sarah e bussò, un dettaglio attirò la sua attenzione. Sul legno pregiato del telaio, proprio all'altezza della serratura, c'era un piccolo segno, una scheggiatura netta.

Il suo stomaco si contrasse. Quel segno non era un caso. Qualcuno aveva forzato la porta dall'esterno.

«Apri con il passe-partout,» ordinò al concierge che lo aveva seguito, un uomo anziano con le mani tremanti. L'uomo obbedì, inserendo la chiave universale nella serratura. La porta si aprì con un leggero click che parve echeggiare nel silenzio.

La stanza era vuota, ma qualcosa non quadrava.

Bill scrutò l'ambiente con rapidità, ogni dettaglio analizzato in un istante. Sul pavimento, un bicchiere di vino rovesciato, il liquido rosso che si era seccato in una piccola pozzanghera scura.

Si affrettò verso il bagno. I vestiti di Sarah erano sparsi sul pavimento come tracce di una fuga interrotta. La vasca era ancora piena d'acqua, il vapore che si era ormai dissolto lasciando solo un freddo silenzio.

«Cazzo, è successo qualcosa,» sibilò, il cuore che gli martellava nel petto.

Stava per uscire per verificare se ci fossero telecamere di sorveglianza su quel piano, quando notò un foglietto sul tavolo. Un indirizzo, scritto a mano, le parole macchiate da gocce d'acqua.

Lo prese e si voltò verso il concierge. «Nessuno deve entrare qui,» disse, la voce dura come acciaio. «Questo è probabilmente il luogo di un reato. Dobbiamo fare dei rilievi.»

Uscì dalla stanza senza attendere risposta. Prese il telefono e chiamò Anna. «Hanno rapito Sarah Spencer,» annunciò, saltando i convenevoli. «Manda una squadra subito all'Hotel LUX e dirama un allarme.»

Riattaccò, sentendo il peso della situazione calargli addosso come un pugno allo stomaco. Se le era accaduto qualcosa, era legato a tutto ciò che gli aveva raccontato. E lui non aveva fatto abbastanza per proteggerla.

Tornato alla centrale di polizia, si chiuse nel suo ufficio. Seduto alla scrivania, fissava il biglietto sgualcito trovato nella stanza d'albergo di Sarah.

Le lettere sbiadite dall'acqua sembravano danzare davanti ai suoi occhi, confondendo la sua mente. Cercava di decifrare

l'indirizzo, ma ogni tentativo si scontrava con un muro di nebbia.

"P   ove C   aby St 8".

L'indirizzo era incompleto e la frustrazione cresceva dentro di lui. *"Devo capire cosa significa"* pensò.

Chiamò a rapporto Anna e Robert, i suoi due migliori agenti. «Dobbiamo trovare Sarah,» disse con determinazione. «Questo foglio potrebbe essere la nostra unica pista, ma l'indirizzo è parziale. È necessario decifrarlo e scoprire dove conduce. Potrebbe essere collegato a chi l'ha rapita.»

Anna annuì. Il suo viso era teso e concentrato.

«Non avviseremo l'FBI per ora,» continuò Bill. «Se non avremo notizie entro sera, sarò io stesso a contattare il Direttore Johnson. Ma per ora, dobbiamo agire in fretta.»

Anna si chinò sul biglietto, osservandolo attentamente. «Le lettere sono state lavate via dall'acqua. Forse possiamo utilizzare un software di ricostruzione digitale per recuperare ciò che è stato cancellato,» suggerì, mostrando una determinazione inaspettata.

Bill scosse la testa. «Non c'è tempo per il software. In circostanze normali la tua idea sarebbe perfetta, ma ora, se lo utilizziamo, lasceremo tracce per l'FBI e non voglio coinvolgerli ancora. C'è qualcosa nel loro comportamento che non mi torna.»

Si voltò verso Robert, che era già in piedi, pronto all'azione. «Tu e un tecnico informatico lavorate insieme per analizzare tutte le possibili combinazioni di lettere e numeri,» ordinò Bill, la voce bassa ma decisa. «Ma fatelo fuori dai sistemi ufficiali. Non possiamo permetterci che qualcuno intercetti i nostri movimenti. Ogni possibilità va vagliata.»

Robert annuì con decisione e uscì dall'ufficio senza perdere tempo. In pochi minuti tornò con Bobby, il ragazzo che li aiutava in tutte le operazioni informatiche. Bobby era giovane, forse vent'anni, ma le sue dita si muovevano sulla tastiera con la sicurezza di un veterano.

Seduti uno accanto all'altro, i due iniziarono a digitare furiosamente, monitorando codici e mappe digitali. Gli schermi riflettevano una danza di numeri e lettere che si rincorrevano senza sosta.

Bill si girò verso Anna, il volto segnato dalla stanchezza e dalla preoccupazione. «Il telefono di Sarah è stato trovato?»

La giovane scosse la testa e una lieve ruga le solcò la fronte. «No. È spento. L'ultimo segnale che abbiamo rilevato era all'Hotel LUX ieri sera. Poi, il vuoto.»

Bill strinse la mascella. Ogni secondo che passava era un pezzo di speranza che scivolava via. «Allora dobbiamo trovare un'altra pista. Torna all'hotel e assicurati che la scena non venga compromessa. Controlla che le nuove reclute seguano le procedure alla lettera.»

Anna non attese altre istruzioni. Si alzò e uscì, i suoi passi decisi che risuonavano nel corridoio.

Bill restò immobile per un istante, il silenzio dell'ufficio rotto solo dal ticchettio delle tastiere di Robert e Bobby. Guardò i due ragazzi al lavoro, sperando che da quegli schermi potesse emergere una traccia, un indizio, qualcosa che li guidasse verso Sarah.

Si avvicinò a loro, osservando il flusso di dati che scorreva veloce. Numeri, lettere, indirizzi che cambiavano forma e si trasformavano in coordinate.

«Se trovate qualcosa, anche solo un'indicazione vaga, fatemelo sapere subito,» disse, la voce che non ammetteva repliche.

Bobby non distolse lo sguardo dal monitor, ma annuì. «Ci stiamo lavorando, capo. Se c'è qualcosa da trovare, la troveremo.»

Bill tornò alla sua scrivania, ogni passo un fardello che sembrava aumentare il peso sulle sue spalle. Si appoggiò al bordo del tavolo, il legno freddo sotto le dita, mentre il caos nella sua mente ronzava come un alveare impazzito.

L'immagine di Sarah non gli dava tregua. I suoi occhi spaventati, la voce tremante mentre gli raccontava delle sue paure, delle sparizioni dei loro amici. Era venuta da lui in cerca di sicurezza, e lui l'aveva lasciata cadere nel vuoto.

Doveva trovarla. E doveva farlo in fretta.

Ma dietro quella preoccupazione c'era un'altra ombra che lo tormentava. La lettera di Claire. Continuava a risuonargli in testa, un enigma che si intrecciava con tutto il resto, come un filo avvelenato in una trama già intricata.

Le parole criptiche di Claire, le ripetizioni insolite, gli indizi disseminati tra le righe. La chiave trovata per caso, la cassetta di sicurezza che sembrava essere al centro di un gioco più grande di lui. E poi il pedinamento dell'FBI, quell'incrocio deserto a Salt Lake City, dove ogni pista era svanita nel nulla, lasciandolo a fissare un altro vicolo cieco.

Era come se ogni evento si fosse annodato in una matassa stretta intorno al suo collo, soffocandolo lentamente.

Il senso di colpa lo divorava dall'interno. Aveva permesso che i dettagli lo distraessero, aveva inseguito ombre mentre Sarah scivolava nell'oscurità.

«Non sono mai coincidenze...» mormorò, la voce un sussurro rauco che si perse nella stanza vuota.

I pezzi del puzzle iniziavano a combaciare, anche se in modo imperfetto. Ma era sufficiente per sentire che la direzione era quella giusta.

«Quei maledetti Figli di Asmodeo...» Il nome gli uscì dalle labbra come un veleno. «Devono essere loro. Ma perché proprio adesso?»

La domanda restò sospesa nell'aria, un'eco senza risposta che rimbalzava sulle pareti del suo ufficio.

Bill sollevò lo sguardo, i suoi occhi bruciavano di determinazione. Se quei fanatici avevano davvero a che fare con la scomparsa di Sarah, allora non avrebbe più perso tempo.

Qualunque fosse il prezzo, qualunque fosse il buio in cui avrebbe dovuto immergersi, avrebbe affondato le mani nella tenebra e strappato fuori la verità.

E questa volta, nessuno lo avrebbe fermato.

Dopo circa un'ora, Robert entrò di corsa nell'ufficio di Bill, con un'espressione eccitata.

«Sceriffo, abbiamo qualcosa!» disse senza fiato.

«Abbiamo analizzato una serie di possibili indirizzi che potrebbero combaciare con quello parziale. Stiamo cercando di restringere il campo. Finora, ne abbiamo trovati circa cinquanta in tutto il paese.»

Bill si raddrizzò sulla sedia.

«E ce n'è qualcuno che si distingue?»

Robert annuì, gli occhi incollati al tablet mentre scorreva rapidamente i dati. Le sue dita si muovevano veloci sullo schermo, in un balletto frenetico tra indirizzi e nomi.

«C'è un indirizzo che sembra particolarmente interessante,» disse. «Appartiene a un certo Mark Bennet. Non siamo sicuri che sia lui. Potrebbe essere una coincidenza, ma...»

«Mark Bennet?» Bill lo interruppe, il sangue che sembrava gelarsi nelle vene. «Sarah aveva detto che era scomparso senza lasciare un indirizzo. E ora questo?»

Robert annuì di nuovo, il viso teso e concentrato.

«Bene, bravi!» Il tono di Bill era deciso, quasi tagliente. «Dove si trova questo indirizzo?»

«Penky Grove, Minnesota,» rispose l'agente senza neanche prendere fiato, come se la risposta fosse stata lì, in attesa di essere liberata.

Bill rimase in silenzio per un istante. Nella sua mente, i pezzi del puzzle sembravano muoversi, cercando di trovare il loro posto. Poi, con la stessa rapidità con cui erano arrivati i dubbi, prese una decisione.

«Cambio di programma. Dobbiamo trovare Mark e parlargli subito. Non possiamo coinvolgere l'FBI fino a quando non avremo più informazioni. Non voglio che arrivino prima di noi.»

Robert non esitò. Lo sguardo deciso, comprese immediatamente la gravità della situazione.

«E Johnson?» chiese, abbassando la voce, quasi temendo che anche i muri potessero sentire.

«Ci penso io.» Bill si alzò dalla sedia, la postura di chi ha appena scelto di varcare una soglia senza possibilità di ritorno. «Lo avviserò all'ultimo minuto. Ora non dobbiamo destare sospetti. Abbiamo bisogno di tempo.»

Fece una pausa, mentre i suoi occhi trapassavano Robert con un'intensità che non ammetteva repliche. «Mi raccomando, che questa informazione non esca da qui.»

L'agente si raddrizzò, il petto gonfio d'orgoglio per aver trovato l'informazione e, soprattutto, per l'incarico di custodirla. «Assolutamente. Conti su di me, sceriffo!»

Bill annuì, un gesto breve ma carico di fiducia. Poi si voltò, lo sguardo già proiettato verso Penky Grove, verso Mark Bennet e verso quella verità che sapeva essere nascosta proprio dietro l'angolo, nel buio che non si era mai veramente diradato.

Si alzò, afferrò la giacca e uscì dall'ufficio a passo svelto. Si diresse verso la sua macchina mentre cercava di pensare al piano migliore. Doveva raggiungere l'aeroporto più vicino e trovare un volo per il Minnesota. Mark poteva essere la chiave per trovare Sarah o il suo rapitore. In ogni caso, doveva scoprirlo al più presto.

Salì in macchina e partì a tutta velocità, con la mente concentrata sull'obiettivo: Penky Grove, Carnaby Street 7, Mark Bennet. Doveva trovarlo, prima che fosse troppo tardi.

Mentre accelerava lungo la strada verso l'aeroporto, un SUV nero sbucò dall'ombra e si inserì dietro di lui, mantenendo una distanza prudente ma costante. Bill notò subito l'auto nello specchietto retrovisore.

Qualcuno lo stava seguendo.

CAPITOLO 20

IL SALTO

Il furgone avanzava lentamente lungo la strada deserta, il motore emetteva un rumore sordo e ritmico, l'unico suono che riempiva l'oscurità densa e opprimente del retro del veicolo. Claire sedeva sola, avvolta nella penombra, il corpo rannicchiato contro la parete metallica. Attorno a lei, solo ombre e il silenzio.

Non vedeva nulla. Non c'era alcun punto di riferimento, nessuna finestra, niente che potesse dirle dove si trovava o dove la stessero portando. Le sue uniche distrazioni erano i pensieri che si accavallavano caotici nella mente e l'odore metallico che impregnava l'aria, un retrogusto di ruggine e paura.

Il veicolo, pur sembrando una trappola di ferro che si chiudeva sempre più stretta su di lei, le dava una paradossale sensazione di libertà. Dopo mesi nella cella angusta, con pareti che sembravano avanzare ogni giorno di un millimetro, il furgone era quasi un respiro d'aria fresca. Un'illusione, forse, ma sufficiente a farle sentire che esisteva ancora un "fuori".

Solo ora, dopo un anno di prigionia, Claire iniziava a comprendere davvero cosa significasse essere libera. Ogni respiro, ogni battito di ciglia era un piccolo atto di ribellione, un ricordo tangibile di ciò che aveva perduto.

Davanti a lei, la paratia metallica separava la cabina di guida dall'area in cui era rinchiusa. Una barriera impenetrabile, un muro di metallo che la isolava dal mondo esterno. Non c'era modo di vedere chi fosse alla guida, di capire dove stessero andando o, peggio ancora, di trovare una via di fuga.

Claire si avvicinò alla paratia, il respiro rapido e corto. Bussò con forza, le nocche che sbattevano contro il metallo freddo. Il rumore esplose nel silenzio, un colpo secco che rimbalzò contro le pareti e tornò indietro come un'eco beffardo.

Ma l'uomo alla guida non rispose. Non ci fu neanche un accenno di reazione.

Il panico iniziò a serpeggiare dentro di lei, un brivido sottile che le correva lungo la schiena. Non era più il luogo, ma la situazione a stringerle lo stomaco in una morsa.

L'assenza di informazioni, le morti dei due giovani ragazzi nella tenda, il caos della prigione, quella donna identica a lei... Tutto sembrava fondersi in un'unica massa informe di terrore e confusione.

Ora che l'adrenalina della fuga si era dissolta, i pensieri si mischiavano nella sua mente come una reazione chimica esplosiva. Ogni ricordo, ogni dettaglio, si incastrava con il prossimo creando un puzzle fatto di ombre e angoli taglienti.

Chiuse gli occhi, cercando di regolare il respiro. Doveva mantenere la calma, doveva restare lucida. Ma la morsa allo stomaco non si allentava, e il buio attorno a lei sembrava farsi più fitto, più denso, quasi vivo.

Claire sentì il furgone rallentare, un leggero sobbalzo che la fece trasalire. Aprì gli occhi, aggrappandosi al pavimento rugoso. Qualcosa stava per accadere. E lei doveva essere pronta, qualunque cosa fosse.

«Dove mi stai portando?» chiese, facendo trasparire la tensione che la stava pervadendo.

Nessuna risposta. Il silenzio che seguì fu più pesante di qualsiasi parola. Claire si sentì soffocare, era intrappolata in una scatola di metallo senza possibilità di comunicare, senza sapere cosa l'aspettava. Bussò di nuovo, questa volta con più forza, quasi disperata.

«Stiamo andando a Hallowbridge?» urlò, sperando in una reazione, un segnale, qualsiasi cosa.

Ma ancora, solo il rombo del motore e il suono delle ruote sulla strada dissestata. Sentiva ogni vibrazione attraverso il pavimento metallico, ogni piccola scossa le faceva salire il panico. Si lasciò scivolare contro la paratia, il respiro affannoso e irregolare. Sentiva il gelo del metallo attraverso i vestiti, ma l'adrenalina e la paura la rendevano insensibile a qualsiasi cosa che non fosse la minaccia incombente.

Il furgone rallentò ancora di più, quasi fermandosi. Ogni scossone sembrava più intenso, come se il veicolo avanzasse con estrema cautela. Claire, i sensi tesi come corde di violino, si avvicinò alla parete laterale del furgone, le mani che scivolavano sul metallo freddo alla ricerca di un meccanismo, una leva, qualsiasi cosa che potesse aprire quella trappola di ferro.

Le sue dita esploravano ogni fessura, seguendo i contorni irregolari della carrozzeria, ma non trovavano nulla. Poi notò una piccola apertura, una fessura sottile tra il portellone e la carrozzeria. Probabilmente un difetto del vecchio modello del furgone, forse dovuto all'assenza di guarnizioni o a un cattivo allineamento delle porte.

Avvicinò il viso alla fessura, premendo l'occhio contro quello spiraglio nella speranza di intravedere il mondo esterno. Prima,

tutto ciò che vedeva erano ombre di alberi e il bagliore di un piccolo lago tra le radure. Ma ora il paesaggio era cambiato.

Sotto di loro scorreva un fiume. Il furgone stava attraversando un piccolo ponte di legno, le assi scricchiolavano sotto il peso del veicolo, emettendo suoni sinistri che le fecero gelare il sangue. Il ponte sembrava instabile, ogni passo delle ruote produceva un lamento di legno e ferro, un suono che si mescolava al gorgoglio dell'acqua scura sotto di lei.

Poi capì. Era il momento. Ora o mai più.

Un pensiero folle attraversò la sua mente. Doveva scappare. Non c'era tempo per riflettere, solo per agire.

Con un movimento deciso, si precipitò verso il fondo del furgone e afferrò la maniglia del portellone posteriore. Il veicolo era ancora in movimento, ma lei non poteva più aspettare. L'istinto prese il sopravvento, annullando la paura e trasformando ogni esitazione in azione.

Con uno scatto improvviso, aprì il portellone.

L'aria fredda la colpì in pieno volto, facendola sussultare. Il vento sibilava tra le sue orecchie, portando con sé l'odore umido del fiume. Il rumore dell'acqua che scorreva sotto di lei sembrava chiamarla, una voce che mescolava promessa e pericolo.

Non pensò più a niente. Si lanciò nel vuoto, fuori dal furgone, con il cuore che le martellava nel petto.

Atterrò duramente sulle assi di legno del ponte. Il colpo le fece vedere lampi di luce dietro gli occhi, un'esplosione di dolore che si irradiò lungo la schiena e nelle braccia. Le schegge del legno grezzo le graffiarono la pelle, ma non si fermò.

Rotolò su un fianco, cercando disperatamente di mettersi in piedi. Le ginocchia cedevano sotto di lei, ma la paura era più forte del dolore.

Dietro di lei, il furgone si fermò bruscamente. Il suono delle gomme che stridevano sulle assi di legno si propagò nell'aria come un colpo di frusta.

Sentì la portiera del conducente che si apriva e la voce dell'uomo, piena di frustrazione e rabbia.

«Merda!» urlò, il suono che si mescolava al crepitio del legno e al mormorio minaccioso del fiume.

Claire non si fermò a pensare, si alzò a fatica e corse verso il bordo del ponte. Senza esitazione, si lanciò nel fiume sottostante. L'acqua era gelida, uno shock che le tolse il respiro non appena vi entrò. La corrente era forte, molto più di quanto avesse immaginato e la trascinò subito via, tirandola sott'acqua.

Il terrore la avvolse come una coperta bagnata, soffocandola. Lottava contro la corrente, cercando disperatamente di tenere la testa fuori dall'acqua, ma il suo corpo, debilitato dalla prigionia, non rispondeva come avrebbe voluto. Le braccia si muovevano freneticamente, ma erano deboli, quasi inutili. Sentiva le sue forze abbandonarla e la corrente che la trascinava giù, sempre più giù.

"Non posso... Non posso farcela..." pensò mentre il panico la travolgeva e l'acqua le entrava in bocca, soffocandola. Ma doveva resistere, doveva sopravvivere, almeno un altro minuto.

Improvvisamente, le sue mani toccarono qualcosa di solido. Un pezzo di legno galleggiava vicino a lei, forse un ramo spezzato. Si aggrappò disperatamente. Le sue dita si stringevano attorno al legno ruvido con tutta la forza che le rimaneva. La corrente la trascinava ancora, ma ora aveva qualcosa a cui aggrapparsi, qualcosa che poteva tenerla a galla.

Il suo corpo era stremato, ogni muscolo urlava per lo sforzo e le palpebre si chiudevano da sole, pesanti come il piombo.

Sentiva il sonno che la reclamava, come un dolce richiamo alla resa.

"*Solo un minuto... solo un minuto di riposo...*" pensò.

Il suono del fiume che scorreva, il cinguettio lontano degli uccelli e il calore del sole sul suo viso. Tutto sembrava così strano, così surreale, come se fosse in un sogno. Poi sentì qualcosa cambiare sotto di lei, non c'era più l'acqua, ma qualcosa di duro, come delle pietre.

L'agitazione la colpì come una scossa elettrica.

"*Dove sono?*" si chiese, cercando di aprire gli occhi, ma il suo corpo sembrava troppo stanco, troppo debole per reagire. Con uno sforzo immenso, riuscì a sollevare le palpebre, ma subito un conato di vomito la travolse. Rigettò solo acqua, tossendo violentemente, mentre cercava di mettere a fuoco ciò che la circondava.

«Hey, hey... stai buona.»

La voce arrivò come un'eco ovattata, attraversando il velo di incoscienza che avvolgeva Claire. Un suono rauco, basso, ma intriso di una strana nota familiare.

Si mosse appena, il corpo rigido e pesante come se fosse fatto di piombo. L'acqua del fiume sembrava ancora avvolgerla, il freddo che le si era incollato alla pelle come una seconda pelle umida e gelida.

«È già un miracolo che tu sia viva e che non ci abbiano scoperto.»

Claire riconobbe subito quella voce, la voce dell'uomo del furgone, ma ora era chiara, priva della distorsione del casco. Sollevò lo sguardo e lo vide. Era seduto su un tronco vicino a lei, con il volto parzialmente nascosto dai lunghi capelli neri striati di grigio. Aveva un'aria calma, quasi indifferente, come se

tutto ciò che era successo fosse solo una normale giornata di lavoro.

Claire notò la cicatrice che gli solcava il volto dall'occhio alla bocca. Un brivido di terrore le percorse la schiena quando realizzò chi aveva davanti.

Lui... lui era l'*Angelo della Morte*.

Era una leggenda vivente tra i Figli di Asmodeo, un esecutore spietato che appariva solo quando il destino di qualcuno era già segnato. Poche persone lo avevano visto in volto e ancora meno ne erano uscite vive.

«Perché... perché mi hai salvato?» balbettò Claire con la paura che le attanagliava la gola. «Sei qui per uccidermi?»

L'uomo la fissò con occhi grigi e penetranti e un sorriso freddo. «Ucciderti? E perché mai dovrei farlo? Tutto questo baccano per poi farti fuori?» rispose con la sua voce piena di sarcasmo e crudeltà.

«Ti manda Asmodeo?» incalzò Claire, cercando di trovare un senso in quello che stava accadendo.

«Ovvio,» rispose l'uomo, con un tono che rendeva la risposta scontata e inevitabile. «E ritieniti fortunata. Altrimenti, saresti ancora a marcire in quella prigione.»

Claire era confusa, il terrore le impediva di ragionare chiaramente.

«Continuo a non capire,» mormorò.

«Capirai al momento giusto, Claire Barrow,» disse l'uomo questa volta con un tono fermo e autoritario, come se stesse dettando una sentenza.

«Ora, se non ti dispiace, vorrei evitare di doverti inseguire come una bambina. Al posto tuo mi atterrei alle indicazioni che ti darò. In caso contrario, mi troverò costretto a sedarti. A te la scelta.»

Claire lo fissò, sapendo di non avere alternative. Il suo corpo era debole, stremato e la sua mente era troppo affollata di paura e confusione per poter resistere. Annuì lentamente, rassegnata. L'uomo si alzò, proiettando un'ombra minacciosa su di lei e, con una forza sorprendente, la sollevò tra le braccia riportandola sul furgone.

Il viaggio riprese, ma questa volta durò solo pochi minuti prima che si fermassero davanti a un motel isolato, immerso nell'oscurità della notte.

L'Angelo della Morte si diresse alla reception, una piccola stanza spoglia con un'aria di abbandono che trasudava dalle pareti scrostate e dai mobili coperti da un velo di polvere. Il ragazzo seduto dietro al bancone non fece domande. Non ci fu neanche uno scambio di sguardi. Prese i contanti che gli venivano offerti e, con un gesto meccanico, consegnò una chiave arrugginita.

Senza dire una parola, l'uomo la guidò lungo un corridoio stretto e male illuminato. Ogni passo faceva scricchiolare il pavimento, come se l'edificio stesso lamentasse la loro presenza. Quando la porta della camera si aprì, un odore umido e stagnante li avvolse immediatamente, rendendo l'aria pesante e difficile da respirare.

Claire si lasciò cadere sul letto. Le molle cigolarono sotto il suo peso, un lamento metallico che risuonò nel silenzio opprimente. Il suo corpo era troppo stanco per opporsi, troppo debole per ribellarsi alla gravità.

Poco dopo, la figura dall'ombra lunga tornò. Tra le braccia portava abiti puliti e un sacchetto di carta unto con del cibo. Li appoggiò sul tavolino malridotto accanto al letto, senza aggiungere altro.

«Appena ti senti meglio, cambiati e mangia qualcosa.» Il tono era freddo, distaccato, come se stesse impartendo ordini a una sconosciuta. «Il viaggio è ancora lungo. Non stiamo andando a Hallowbridge. La prossima tappa è in Messico. Confido che non ci saranno più problemi.»

Fece una pausa, un respiro che sembrò più un peso che una necessità. «Il vantaggio che avevamo lo abbiamo azzerato. Abbiamo poco tempo a disposizione.»

Non c'era traccia di emozione nella sua voce. Solo una calma glaciale che lasciava spazio alla disperazione. Poi uscì dalla stanza, chiudendo la porta dietro di sé con un clic secco.

La donna rimase immobile, avvolta da un silenzio che sembrava vivo, quasi respirasse con lei. Era esausta, ma anche se il suo corpo chiedeva riposo, la mente non si concedeva tregua.

Si costrinse a mangiare qualche boccone, il sapore insipido del cibo che si mescolava alla nausea. Ogni morso era un atto di volontà, un promemoria che doveva restare forte.

Quando finalmente si alzò per farsi una doccia calda, il contatto dell'acqua sulla pelle le provocò un brivido. La sensazione la riportò indietro, al fiume gelido, alla corrente che la trascinava via. Chiuse gli occhi, lasciando che l'acqua scorresse, cercando di lavare via non solo il sudore e la sporcizia, ma anche i ricordi.

Indossò gli abiti puliti e si avvicinò allo specchio appannato. Il volto che le restituiva il riflesso non era il suo. Una sconosciuta dagli occhi infossati, la pelle pallida e segnata dalla stanchezza, i capelli arruffati come fili spezzati.

Si sentiva vuota. Come se una parte di sé fosse rimasta nel fiume, intrappolata in quella corrente che aveva cercato di inghiottirla.

Eppure, anche in quel vuoto, trovò una scintilla. Un ricordo lontano, una promessa fatta a se stessa: andare avanti. Sopravvivere.

Non sapeva cosa l'aspettasse oltre quella porta, oltre quel viaggio verso il Messico. Ma una cosa era certa: non avrebbe abbassato la guardia.

La sua lotta non era finita. Anzi, forse stava appena per cominciare.

CAPITOLO 21
LA STRANA ALLEANZA

Bill guidava attraverso le strade di Salt Lake City, mentre le luci della città scorrevano come ombre sfocate ai lati del percorso. I neon colorati dei negozi si riflettevano sui vetri bagnati dalla pioggia, creando un mosaico di luci e ombre che sembrava danzare sul parabrezza.

Di tanto in tanto, lanciava uno sguardo al retrovisore, cercando di individuare l'auto che lo seguiva fin dalla periferia. Quella berlina nera con i vetri oscurati era comparsa all'improvviso nel traffico e da allora non si era più staccata dalla sua scia.

Non sapeva chi ci fosse a bordo. Forse agenti dell'FBI, pronti a bloccare i suoi piani, o peggio ancora, membri dei Figli di Asmodeo, con intenzioni ben più letali. Ma una cosa era certa: non poteva rischiare di andare in Minnesota con qualcuno alle calcagna.

La tensione cresceva con ogni chilometro che lo avvicinava all'aeroporto. Le sue mani stringevano il volante con tale forza che le nocche erano diventate bianche, il tessuto del volante che scricchiolava sotto la pressione delle sue dita.

Ogni movimento doveva essere calcolato al millimetro, ogni svolta un passo in una partita a scacchi in cui un errore poteva costargli la vita.

La città attorno a lui continuava a scorrere, indifferente alla sua paura. Le auto andavano e venivano, i pedoni attraversavano le strisce bagnate senza alzare lo sguardo, le luci dei semafori scandivano il ritmo di una normalità che a lui sembrava ormai lontana.

Bill inspirò a fondo, cercando di mantenere la calma. Doveva pensare con lucidità, non permettere al panico di prendere il sopravvento. Un passo falso e avrebbe perso tutto.

Sotto la superficie della sua calma apparente, un tumulto ribolliva, un istinto di sopravvivenza che lo spingeva a continuare, a lottare, a non arrendersi.

Il Minnesota era lontano, ma non così lontano da essere irraggiungibile. E se qualcuno voleva impedirgli di arrivarci, avrebbe dovuto fare di meglio. Molto di meglio.

Arrivato al parcheggio sotterraneo custodito dell'aeroporto, Bill cercò di mantenere la calma mentre parcheggiava l'auto tra due SUV neri. Le carrozzerie scure avrebbero offerto una copertura perfetta, nascondendolo alla vista di chiunque lo stesse pedinando.

Scese dall'auto con movimenti misurati, la giacca leggera che si sistemava sulle spalle, le mani che scorrevano lungo i fianchi come per assicurarsi che nulla fosse fuori posto. Si diresse verso gli ascensori con un passo sicuro, cercando di apparire rilassato, un viaggiatore qualunque in procinto di prendere un volo.

Ma dietro la maschera della normalità, la sua mente lavorava febbrilmente. Ogni passo era calcolato, ogni respiro misurato. Analizzava ogni possibile scenario, immaginando uscite di emergenza, percorsi alternativi, ogni possibile minaccia nascosta tra le ombre del parcheggio.

Mentre attendeva l'ascensore, un senso di disagio gli salì lungo la schiena. La pelle del collo formicolava, come se l'aria attorno a lui si fosse fatta improvvisamente più elettrica.

Sapeva di non essere solo.

Trattenne l'istinto di voltarsi. Forse era solo paranoia, o forse era la differenza tra la vita e la morte.

Finalmente, le porte dell'ascensore si aprirono con un suono metallico e Bill fece un passo avanti, il viso impassibile. Ma all'ultimo secondo, si tirò indietro, lasciando che le porte si richiudessero davanti a lui.

In quell'istante rubato, gettò un'occhiata rapida al riflesso sul metallo lucido.

La berlina nera era lì, parcheggiata a poche file di distanza. E il suo inseguitore, una figura indistinta ma inconfondibile, stava uscendo dall'auto.

Il cuore di Bill accelerò, ma il suo viso rimase una maschera impenetrabile.

Non era più il momento delle ipotesi. Ora sapeva che qualcuno lo seguiva davvero.

E se voleva arrivare in Minnesota, doveva fare in modo che il suo inseguitore restasse qui.

Bill trattenne il respiro e si accovacciò rapidamente tra due auto, osservando la scena. Il suo inseguitore era un uomo di media altezza, atletico, con un cappello che gli copriva parzialmente il volto. Mentre si aggiustava la giacca, Bill notò il distintivo dell'FBI appeso vicino alla fondina della pistola.

"Maledetto Johnson," pensò Bill, stringendo i denti. Era chiaro ormai: l'FBI lo stava seguendo. Non poteva permettere che lo tenessero sotto controllo per tutta la durata del viaggio. Se volevano bloccarlo, avrebbero dovuto fare di meglio.

L'agente si fermò nel mezzo del parcheggio sotterraneo, guardandosi intorno con la sicurezza di chi è convinto di avere la situazione sotto controllo. I suoi occhi scandagliavano la zona degli ascensori, probabilmente pensando che Bill fosse già dentro, in viaggio verso l'uscita.

Ma lui era ancora lì, nascosto tra le ombre delle auto, il respiro rallentato, l'adrenalina che gli pompava nelle vene come un tamburo lontano.

Doveva agire in fretta.

Con movimenti lenti e controllati, iniziò a fare un giro largo intorno al parcheggio. Le sue scarpe sfioravano appena il pavimento di cemento. Si muoveva come un'ombra, sfruttando i SUV e le colonne per restare nascosto alla vista dell'agente.

Il suo obiettivo era aggirarlo e sorprenderlo alle spalle. Ogni fibra del suo corpo era concentrata, ogni muscolo pronto a scattare.

In meno di un minuto, si trovò dietro all'uomo, che ancora scrutava la zona degli ascensori, inconsapevole del pericolo imminente.

Non c'era più tempo.

Bill si mosse con la precisione di un predatore. Avanzò furtivamente, ogni passo una carezza silenziosa sul pavimento. Quando fu a pochi passi dall'agente, estrasse il taser dalla tasca, il freddo del metallo che gli dava una strana sensazione di controllo.

Si fermò per un attimo, prendendo fiato. Un solo colpo, un solo movimento e tutto sarebbe finito.

Con uno scatto improvviso, colpì.

Le punte del taser si piantarono nella schiena dell'agente, una scintilla azzurra che illuminò per un attimo il buio del

parcheggio. Il corpo dell'uomo si irrigidì, i muscoli che si contrassero in un arco innaturale.

Poi, crollò a terra, il rumore del suo corpo che colpiva il cemento attutito dalle auto intorno.

Bill restò immobile per un secondo, il cuore che batteva così forte da coprire ogni altro suono.

Quando fu certo che l'agente fosse privo di sensi, ripose il taser e si chinò rapidamente. Controllò che respirasse ancora, poi lo trascinò dietro una colonna, lontano da occhi indiscreti.

«Mi dispiace, amico,» sussurrò, più per sé stesso che per l'uomo steso a terra. «Ma non posso lasciarti rovinare tutto.»

Bill agì con rapidità. Gli tolse la pistola dalla fondina, il distintivo, dal quale risalì al nome, Michael Sullivan, e il cellulare, sapendo di avere pochissimo tempo prima che qualcuno potesse accorgersi di ciò che stava accadendo. Con uno sforzo notevole, sollevò il corpo dell'uomo e lo trascinò verso la sua auto. Aprì il portabagagli e, con un ultimo sforzo, lo infilò dentro, ammanettandogli le mani dietro la schiena.

Prima di chiudere il bagagliaio, si assicurò che ci fosse aria sufficiente per far respirare l'agente. Poi, ripose la pistola e il distintivo di Sullivan nel portaoggetti del SUV, chiuse la portiera e si allontanò con passo rapido ma controllato. Non poteva permettersi di apparire nervoso o sospettoso.

Tornato alla sua auto, lasciò il suo distintivo, il taser e la pistola nel cruscotto, poi spostò il veicolo a un altro piano del parcheggio, cercando di confondere eventuali tracce. Con il cuore che batteva ancora forte per l'adrenalina, si diresse infine verso il terminal per trovare un volo che lo portasse lontano da Salt Lake City.

Entrato nell'aeroporto, cercò il primo volo disponibile e scoprì che c'era un aereo in partenza per il Brainerd Lakes Regional Airport, in Minnesota.

"È perfetto. L'aeroporto non è troppo distante da Penky Grove." Pensò. Comprò il biglietto in fretta e attese l'ultima chiamata per l'imbarco.

Poco prima di spegnere il cellulare, chiamò Robert, il suo uomo di fiducia.

«Robert, ascolta attentamente e ti prego di non fare domande. Poi ti spiegherò,» disse in modo rapido e preciso.

«Fai una chiamata anonima per segnalare un uomo rinchiuso nel bagagliaio di un SUV targato 986 XPT. L'auto si trova nel parcheggio sotterraneo dell'aeroporto di Salt Lake City.»

«Aspetta... un uomo in un bagagliaio?» rispose incredulo Robert.

«Niente domande! Fidati di me. Aspetta due ore però. Il mio volo deve essere atterrato, non voglio sorprese.»

L'agente rimase un attimo sbigottito, ma ormai, con lo sceriffo Evans, aveva imparato a non meravigliarsi più di nulla. Confermò di aver capito e Bill spense il telefono. Finalmente poteva rilassarsi nel sedile dell'aereo mentre il velivolo si preparava al decollo. Guardò fuori dal finestrino mentre l'aereo si staccava dal suolo, lasciando alle spalle Salt Lake City e tutto il pericolo che rappresentava.

Dopo l'atterraggio, Bill noleggiò un'auto senza perdere tempo. L'aria fredda del Minnesota lo accolse appena fuori dall'aeroporto, una brezza tagliente che sembrava attraversargli la pelle. Si sistemò al volante e inserì l'indirizzo di Mark Bennet nel navigatore. Non sapeva cosa avrebbe trovato, ma era consapevole che ogni opzione comportava dei rischi.

Il tragitto fu lungo, il paesaggio che scorreva fuori dal finestrino mutava lentamente, dai sobborghi della città ai tratti rurali, dove la strada si snodava tra campi spogli e boschi invernali.

Mentre guidava, la sua mente si immerse negli eventi degli ultimi giorni. Ogni ricordo era un frammento tagliente che si incastrava nell'altro, componendo un mosaico di dubbi e colpe.

Era passato un anno da quando si era ritrovato in una situazione simile. Allora, però, si trovava nel suo territorio, ad Hallowbridge. Nonostante la follia di ciò che avevano scoperto, lì si sentiva almeno al sicuro. Ogni angolo della cittadina gli era familiare e persino nella tempesta più oscura sapeva di poter contare su compagni inaspettati ma fedeli.

Ora, invece, si sentiva solo. Spaesato. Ogni volto che incrociava era quello di un possibile nemico, ogni ombra un'insidia. Non sapeva più di chi fidarsi e questo gli dava la sensazione di camminare su un filo sottile sospeso sul vuoto.

E poi c'era Sarah. Il suo volto gli si presentava davanti agli occhi, tra un cambio di marcia e l'altro. Si era fidata di lui, gli aveva chiesto aiuto, e lui l'aveva delusa. Aveva ignorato colpevolmente quanto accaduto a Steve e David e ora si stava dirigendo verso l'unica pista che gli era rimasta: Mark Bennet.

Le sue convinzioni, solide come una roccia fino a poco tempo prima, sembravano ora sabbia tra le dita. Venti anni di certezze, di scelte fatte e di giudizi emessi, tutto si era sgretolato.

E poi, un pensiero inaspettato lo colse. Nonostante tutte le sue reticenze e pregiudizi dai tempi della scuola, si rese conto che, in fondo, a modo loro, le uniche persone che erano rimaste coerenti e fedeli a se stesse erano proprio quel gruppo di amici che lui aveva sempre guardato con diffidenza.

Quelli che, a suo tempo, aveva desiderato tanto conoscere, ma che poi lo avevano ferito e allontanato. Eppure, guardando indietro, si rese conto che, a modo loro, erano stati una parte importante della sua vita. Una parte che non poteva cancellare né ignorare.

Mentre l'auto si avvicinava all'indirizzo, Bill sentì il peso di tutto ciò che aveva perso. Ma sentì anche una nuova determinazione crescere in lui. Se voleva ricostruire ciò che era andato in frantumi, doveva iniziare da qui.

Il navigatore annunciò la destinazione con una voce metallica e indifferente. Bill spense il motore e rimase fermo, le mani ancora strette sul volante.

Era arrivato.

Ora non restava che scoprire quale verità si nascondesse dietro quella porta.

Le luci all'interno della baita di fronte a lui erano accese, segno che qualcuno era a casa. Uscì dall'auto, avvicinandosi con cautela alla porta d'ingresso. Bussò e attese.

Quando la porta si aprì, vide Mark. Ma c'era qualcosa di diverso in lui. Il suo sguardo era duro, freddo, quasi pericoloso. Bill non l'aveva mai visto così.

«Bill?» domandò l'uomo con la voce tesa e piena di preoccupazione.

«Cosa ci fai qui? E dov'è Sarah? Ha detto che era venuta da te, ma ora ha il telefono staccato.»

Bill lo osservò, cercando di capire da dove iniziare.

«Posso entrare?» chiese con tono grave. «Forse conviene parlarne dentro.»

I due uomini si sedettero al tavolo della cucina e iniziarono a raccontarsi le ultime novità. Da quel famoso incidente nel cassonetto non avevano mai avuto modo di parlare

apertamente, solo loro due. Ma per qualche strana ragione, ora si trovavano allineati, legati da un destino comune.

Dovevano agire e in fretta.

Bill lo osservava mentre parlava, notando quanto fosse cambiato. L'uomo che aveva di fronte era molto diverso da quello che l'anno prima era arrivato a Hallowbridge, fragile e tormentato. Ora non solo aveva riacquisito lo sguardo, la postura e la voce del leader che era stato al liceo, ma qualcosa in lui incuteva timore. Forse era la consapevolezza di chi non ha più nulla da perdere, di chi non teme nemmeno la morte.

«Bill, partiamo dagli indizi certi che abbiamo,» disse Mark, interrompendo i pensieri del suo amico. «È chiaro che tutto ciò che sta accadendo è collegato in qualche modo. Risolvendo un enigma alla volta, arriveremo più velocemente alla verità. E se Claire ti ha mandato una lettera con degli indizi, potrebbero portarci anche all'altro Barrow.»

Bill annuì. «Concordo. Torniamo a Salt Lake City, ma non possiamo andare in aereo. L'FBI mi starà sicuramente cercando e non ci metteranno molto a capire che sono venuto qui. Cercheranno anche te e non possiamo permetterci di perdere tempo con Johnson.»

«Allora dovremo prendere un treno,» disse Mark con pragmatismo.

Bill annuì e, senza aggiungere altro, si prepararono a uscire.

Appena salirono sull'auto, le prime gocce iniziarono a battere leggere sul parabrezza. Una pioggia sottile, quasi impercettibile, ma insistente, che sfumava le luci della città in aloni tremolanti. Bill avviò il motore e il rumore sordo del tergicristallo iniziò a scandire un ritmo lento e costante, quasi ipnotico.

L'interno dell'auto era impregnato di un odore di umidità e cuoio bagnato. Il cielo, grigio e opprimente, sembrava pesare su di loro come un presagio, soffocante e implacabile.

Sarah era sparita.

Steve e David idem.

Gli indizi lasciati da Claire erano un groviglio di domande senza risposta.

Mark fissava la strada davanti a sé, le pupille dilatate dai riflessi delle luci sbiadite che scivolavano sull'asfalto bagnato. Il battito sommesso della pioggia sulle lamiere era l'unico suono, un ticchettio costante, che sembrava incalzare i loro pensieri.

Ogni cosa in quella notte sembrava sbagliata. L'aria era satura di un'inquietudine sottile, una tensione silenziosa che si insinuava sotto pelle.

Hallowbridge.

Mark si ritrovò a pensarci senza volerlo.

Il bosco avvolto dalla nebbia perenne, il freddo che sembrava insinuarsi nelle ossa, il terreno impregnato di umidità, il fruscio delle foglie bagnate che si muovevano senza un alito di vento. E quella costante sensazione di essere osservato. Intrappolato in qualcosa di oscuro, senza via di fuga.

Strinse la mascella, distogliendo lo sguardo dal finestrino. Non poteva permettersi di farsi risucchiare di nuovo dai ricordi.

Bill guidava in silenzio, le mani serrate sul volante, gli occhi fissi sulla strada. Era chiaro che anche lui era immerso nei suoi pensieri.

«Cosa c'è lì dentro?» domandò all'improvviso, indicando lo zaino che Mark aveva posato sul sedile posteriore.

Lui abbassò lo sguardo, sfiorando la zip dello zaino con le dita. Poi accennò un sorriso ironico.

«Sicuro che vuoi saperlo?»

Bill sbuffò, sollevando appena un angolo della bocca.

«Dimenticavo. Mistero e paranoia sono il tuo stile.»

Il rumore della pioggia divenne più fitto, tamburellando con insistenza sul tetto dell'auto.

Arrivati alla stazione, comprarono i biglietti in contanti e salirono sul treno, cercando un angolo tranquillo. Il viaggio sarebbe stato lungo. Non sapevano cosa li aspettava alla fine, ma ormai non potevano più fermarsi.

La verità era lì fuori, nascosta da qualche parte, sepolta sotto strati di menzogne e sangue.

E loro dovevano trovarla.

CAPITOLO 22

BARBERSHOP

Il treno correva attraverso il paesaggio arido, le rotaie emettevano un sordo lamento che si intrecciava con le preoccupazioni che attanagliavano le menti di Bill e Mark. Il vagone era immerso in una calma ingannevole. Pochi passeggeri occupavano i sedili, avvolti nei loro mondi di pensieri o immersi in un sonno leggero e inconsapevole. Ma per entrambi, ogni singolo istante era carico di tensione.

Bill guardava fuori dal finestrino, le mani intrecciate che tradivano la sua ansia. L'orizzonte, una striscia indefinita di terra bruciata dal sole, si confondeva con il cielo lattiginoso. Sapeva che qualcosa non andava, che un'ombra scura stava calando su di loro. E quell'ombra aveva un volto: un uomo seduto poche file più avanti.

L'uomo li osservava. Non cercava di nascondersi, non fingeva nemmeno di distogliere lo sguardo. Occhi freddi e impassibili scrutavano ogni loro movimento con la pazienza letale di un predatore.

Ogni volta che Bill si voltava, lo trovava lì. Immobile. In agguato.

La sua presenza era un coltello affilato puntato contro la loro schiena.

«Mark,» sussurrò Bill, cercando di mantenere la voce ferma, ma sentendo l'agitazione crescere dentro di sé. «Quell'uomo ci sta seguendo. Lo sento.»

Mark, che fino a quel momento aveva tentato di distrarsi sfogliando una rivista vecchia e stropicciata, alzò lo sguardo con lentezza. Bastò un'occhiata per capire.

Quell'uomo non era un semplice passeggero.

La postura, la calma innaturale, lo sguardo fisso ma privo di curiosità. Era la determinazione glaciale di qualcuno addestrato a quel genere di cose.

«Cazzo...» mormorò, con il respiro che si faceva più corto. «Hai ragione.»

La rivista gli scivolò dalle mani, dimenticata.

«Come diavolo hanno fatto?» La domanda era più rivolta a se stesso che a Bill. Come avevano fatto a trovarli così in fretta?

Il vagone sembrava improvvisamente troppo piccolo. Le pareti troppo vicine, il soffitto più basso. Ogni scossone del treno sui binari amplificava la sensazione di essere in trappola, come un battito scandito da un conto alla rovescia invisibile.

L'hostess passò a distribuire bottigliette d'acqua e pacchetti di snack. La normalità del gesto contrastava nettamente con la tempesta che si agitava dentro di loro. Bill prese meccanicamente l'acqua, cercando di apparire tranquillo, mentre i suoi pensieri correvano veloci, cercando una via d'uscita.

«Sta aspettando il momento giusto,» continuò Mark con la voce ridotta a un sibilo. «Non possiamo permettergli di avvicinarsi. Dobbiamo andarcene prima che sia troppo tardi.»

Il treno cominciò a rallentare, le ruote emettevano un lungo lamento metallico mentre si avvicinava alla stazione successiva. Era una piccola fermata in mezzo al nulla, una di quelle stazioni

dimenticate da Dio e dagli uomini, dove solo qualche vecchio palo arrugginito si ergeva a segnare la presenza di una vita ormai passata.

Bill gettò un'occhiata all'amico. I loro occhi si incontrarono e si intesero senza bisogno di parole. Il piano era semplice, ma rischioso: creare il caos e sfruttare la confusione per scappare.

Mark si alzò con calma, come se nulla fosse e si diresse verso il bagno. Bill rimase seduto, tenendo d'occhio l'uomo. Le mani che stringevano la bottiglietta d'acqua tremavano leggermente, ma il suo volto rimase impassibile, scolpito nella determinazione.

All'interno del bagno si mosse con precisione chirurgica. Prese la carta igienica dal porta-carta e la accartocciò con mani esperte, poi tirò fuori un accendino dalla tasca, uno di quelli da pochi soldi che portava sempre con sé. Anche se aveva smesso di fumare da diversi anni, quell'oggetto era sempre con lui, come una sorta di ricordo delle sue vecchie abitudini. Il piccolo accendino, sebbene consumato dal tempo, sembrava avere un significato particolare per lui, un legame con il passato che non aveva mai voluto davvero abbandonare. Con un clic secco, la fiamma scattò dal piccolo cilindro metallico, illuminando brevemente il suo volto concentrato. Avvicinò il fuoco alla carta, guardandola mentre prendeva rapidamente. Le fiamme si diffusero con un crepitio crescente, divorando l'aria intorno a sé.

Quando la carta cominciò a bruciare sul serio, la gettò rapidamente nel cestino, osservando il fumo denso che iniziava a riempire il piccolo spazio. Uscì dal bagno chiudendo la porta dietro di sé con un colpo deciso.

Appena in tempo.

L'allarme antincendio esplose con un suono acuto e penetrante, un urlo metallico che fece sobbalzare tutti nel vagone. Le luci iniziarono a lampeggiare freneticamente, mentre il fumo filtrava da sotto la porta del bagno, diffondendosi nel corridoio come una nebbia nera e soffocante.

«Adesso!» gridò Bill.

I due uomini si mossero contemporaneamente, sfruttando il caos che si era scatenato tra i passeggeri. La gente si alzava di scatto, cercando di capire cosa stesse succedendo, grida di panico risuonavano lungo tutto il vagone.

I due amici si avvicinarono alla porta del vagone, con movimenti rapidi e decisi. Bill afferrò la maniglia di emergenza, la tirò con tutta la forza e la porta scivolò di lato con un rumore secco. Il treno si era quasi fermato alla stazione e prima che qualcuno potesse fermarli, i due uomini si gettarono fuori, atterrando pesantemente sul terreno ghiaioso della stazione.

La confusione era totale. Bill e Mark corsero come disperati, mescolandosi alla folla di passeggeri che si riversava sulla piattaforma, cercando una via di fuga dal treno in preda al caos. Non si voltarono mai, ma sapevano che l'uomo li stava cercando, cercando di riprenderli, di mettersi sulle loro tracce.

Non c'era tempo per pensare, solo per agire. Si tuffarono tra la folla, schivando persone, bagagli e sguardi curiosi, fino a sparire nei meandri della stazione. Respiravano a fatica con il cuore che martellava nelle orecchie, ma sapevano di aver guadagnato solo un breve vantaggio.

Appena fuori dalla stazione, si fermarono solo un attimo per orientarsi. Videro l'insegna della stazione degli autobus brillare come un faro nella notte. Senza perdere altro tempo, si precipitarono verso di essa. Un autobus per Salt Lake City stava per partire. Era la loro unica possibilità.

Corsero verso il banco dei biglietti, gettando sul bancone una manciata di banconote.

«Due biglietti per Salt Lake City, subito!» disse Bill, con un tono che non ammetteva repliche.

Il venditore, colto alla sprovvista dalla loro urgenza, consegnò rapidamente i biglietti. I due uomini salirono sull'autobus e si sedettero nei posti più arretrati, nascosti tra gli altri passeggeri. Appena le porte si chiusero e l'autobus cominciò a muoversi, si permisero di rilassarsi leggermente.

Ma il sollievo durò poco. Sapevano che erano ancora braccati e che il loro inseguitore non si sarebbe arreso così facilmente.

Il viaggio verso Salt Lake City fu lungo e silenzioso. Le quattro ore sembrarono dilatarsi all'infinito, con ogni miglio che aggiungeva un peso sempre maggiore alla crescente tensione. Ogni fermata, ogni rumore, li faceva sussultare. Non potevano permettersi di abbassare la guardia, nemmeno per un attimo.

Quando finalmente arrivarono a destinazione, il sole stava iniziando a salire all'orizzonte, pronto a illuminare la città. Le strade di Salt Lake City cominciavano a popolarsi di auto e persone, ma nonostante l'apparente normalità, entrambi non riuscivano a scrollarsi di dosso la sensazione di essere esposti, vulnerabili.

La sensazione di essere osservati, seguiti, non li aveva mai abbandonati.

Si diressero verso l'incrocio indicato dalle coordinate lasciate da Claire. Era un crocevia deserto, circondato da edifici alti e imponenti. I semafori lampeggiavano pigramente, le luci arancioni gettavano ombre sinistre sul terreno. C'erano telecamere di sorveglianza ovunque e poche auto attraversavano l'incrocio.

Bill si fermò al centro dell'incrocio, osservando tutto quello che c'era intorno alla ricerca di un riferimento, un indizio, qualunque cosa. Non c'era nulla. Solo la città, che lo guardava dall'alto con i suoi occhi di cemento e vetro.

«Non vedo niente,» disse con la voce intrisa di disperazione.

«Non so neanche cosa stiamo cercando.»

Mark lo raggiunse, osservandolo con preoccupazione. «Claire non ti avrebbe mandato qui per niente. C'è qualcosa, dobbiamo solo capire cosa.» Poi entrambi ritornarono sul marciapiede per evitare di essere investiti da qualche auto.

Proprio in quel momento, un barbone malconcio si avvicinò a loro, camminando con un'andatura traballante. Aveva i vestiti strappati e sporchi e portava con sé un odore pungente di alcool e sporcizia. Si fermò davanti a Bill, tendendo una mano sporca e chiedendo qualche spicciolo con voce roca e tremante.

«Lasciaci stare, non abbiamo soldi.» disse Mark, cercando di allontanarlo con un gesto infastidito. Ma il barbone non si mosse, anzi, si avvicinò ancora di più a Bill, tanto che quest'ultimo poté sentire il suo alito stantio.

«Claire ti aspettava,» sussurrò l'uomo. Le parole impastate ma chiare come un campanello d'allarme.

«Entra nel barbershop in fondo alla strada. Fai presto... sei osservato.»

Il tempo sembrò fermarsi. Bill rimase immobile con lo sguardo fisso sul volto sporco e rugoso del barbone. Non poteva crederci.

«Cosa... cosa hai detto?» chiese, ma l'uomo si allontanò rapidamente, borbottando parole incomprensibili e stringendo una bottiglia di liquore avvolta in un sacchetto di carta.

Mark lo afferrò per un braccio. «Hai sentito?»

«Sì, l'ho sentito,» rispose ancora scosso.

«Dobbiamo andare.»

Si mossero di corsa verso la direzione indicata. Il negozio del barbiere era piccolo, quasi nascosto tra i palazzi circostanti. L'insegna sbiadita e le vetrine piene di polvere suggerivano un'attività che sembrava aver resistito al tempo e al cambiamento.

Quando entrarono, furono accolti da un odore familiare di talco e lozioni da barba. Il barbiere, un uomo anziano con un volto segnato dal tempo, ma con i capelli ancora neri come la pece, stava lavorando su un giovane cliente. L'atmosfera era tranquilla, come un rifugio dal caos esterno, anche se non riuscivano a ignorare la sensazione di essere fuori posto.

Il vecchio barbiere alzò lo sguardo quando sentì il campanello sopra la porta tintinnare.

«Dietro la tenda, a destra e cinque colpi,» disse semplicemente, poi tornò al suo lavoro come se nulla fosse successo.

I due amici erano confusi, ma non persero tempo. Attraversarono la piccola sala, dirigendosi verso la tenda pesante che divideva il negozio dal retrobottega. L'atmosfera cambiò immediatamente. La stanza era buia, illuminata solo da una flebile luce che filtrava da una lampadina appesa al soffitto. Scaffali pieni di vecchi attrezzi e scatole polverose si allineavano lungo le pareti.

In fondo alla stanza, una porta di legno massiccio attendeva, come un guardiano silenzioso. Bill la aprì con cautela, rivelando una scala ripida che scendeva nell'oscurità. L'aria era impregnata di umidità e di una strana energia che sembrava provenire da un tempo lontano.

Con passi decisi ma silenziosi, cominciarono a scendere. Ogni gradino scricchiolava sotto il loro peso, come se fosse

pronto a cedere da un momento all'altro. Quando raggiunsero il fondo, si trovarono davanti a un bivio. Due corridoi si estendevano davanti a loro, uno a sinistra e uno a destra.

Bill fece per girare a sinistra, ma Mark lo fermò con una mano sul braccio. «Ha detto a destra,» ricordò.

«Giusto,» mormorò Bill, cambiando direzione.

Proseguirono lungo il corridoio fino a una pesante porta di metallo. Il cuore di Bill batteva forte nel petto, come se sapesse cosa stava per trovare dall'altra parte. Bussò cinque volte, come indicato. Il suono sordo dei colpi risuonò nel corridoio, echeggiando nell'oscurità.

Dopo un breve silenzio, lo spioncino della porta si aprì con un cigolio, rivelando un paio di occhi scuri che li scrutarono con attenzione. La porta si mosse lentamente, mostrando una stanza che pareva rimasta ferma nel tempo.

Le luci soffuse gettavano ombre morbide sulle pareti rivestite di legno scuro, avvolgendo il locale in un'aura calda e intima. L'aria sapeva di whisky invecchiato, tabacco pregiato e storie sussurrate nel buio. L'atmosfera richiamava i tempi degli speakeasy proibiti, un luogo dove segreti e verità si mescolavano dietro bicchieri di cristallo e sguardi fugaci.

A Bill sembrò di rivivere un déjà-vu, un'ombra del passato che lo riportava al locale del vecchio Williamson.

Dietro il bancone lucidissimo, una donna sulla quarantina sollevò lo sguardo verso di loro. Elegante, con curve morbide che non facevano che accentuare il suo fascino maturo, aveva un portamento sicuro, quasi regale. Eppure, nei suoi occhi si accese un lampo di cautela, un riflesso di qualcosa che non si concedeva spesso di mostrare.

Un sorriso enigmatico incurvò le sue labbra mentre si sporgeva appena in avanti, valutandoli con attenzione.

«Finalmente, Bill.» La sua voce era un equilibrio perfetto tra sollievo e prudenza, come se lo avesse aspettato per molto più tempo di quanto fosse disposta ad ammettere. «Chi è il tuo amico?»

Il suo accento aveva una musicalità antica, un'impronta europea che profumava di notti trascorse in città lontane. Forse italiana. Forse qualcosa di più complesso.

Bill la fissò con diffidenza. Tutto ciò che era accaduto dal loro arrivo all'incrocio fino a quel momento gli pareva troppo strano. *"Come fanno a sapere chi sono? Perché ci stavano aspettando?"* si chiese.

«Lui è Mark,» rispose con voce tesa. «È una persona di cui mi fido.»

La donna lo studiò come se volesse leggergli l'anima. Poi fece un cenno con la mano e, solo allora, i due notarono alcune figure nell'ombra alle loro spalle: uomini che stavano abbassando le armi, ancora puntate contro di loro. Fu in quel preciso istante che capirono quanto fossero stati vicini al pericolo.

«Accomodatevi,» disse la donna, indicando un angolo appartato della sala. «Claire ha lasciato qualcosa per te.»

«Come sapevi chi sono e che sarei arrivato?» domandò Bill, ancora confuso.

«Le telecamere, ovviamente,» rispose lei. «Pensi che siano tutte per il controllo del traffico?» aggiunse con un sorriso ironico. «Dobbiamo monitorare la zona. E poi, abbiamo un ottimo software di riconoscimento facciale. Non farti ingannare dall'arredamento, tesoro... non siamo più negli anni '30.»

Li accompagnò in un privé poco distante e chiese se desiderassero da bere; i due rifiutarono, ancora diffidenti.

Poco dopo, la donna tornò con una scatola di metallo che posò sul tavolo davanti a Bill.

«Claire mi ha spedito un pacco con un breve messaggio. Mi ha chiesto di custodirla per te fino al tuo arrivo. Non l'ho mai aperta, ho seguito alla lettera le sue indicazioni,» disse con un'espressione cupa.

Bill aprì la scatola e rimase a bocca aperta. Al suo interno trovò l'antico volume di Thomas, "Libro delle Leggende e dei Rituali del Bosco", e una lettera scritta con l'inconfondibile calligrafia di Claire.

Prese la busta, sentendo il peso di ciò che stava per scoprire. La aprì e iniziò a leggere a bassa voce, avvertendo ogni parola di Claire come una lama che gli penetrava lentamente nel cuore.

Caro Bill,
se stai leggendo questa lettera, significa che le cose non sono andate come avevo sperato. Spero tu sia al sicuro, anche se il tempo sembra non giocare a nostro favore.
Ho fatto di tutto per tenerti lontano da questa follia, ma sapevo che prima o poi avresti cercato la verità. Nella mia famiglia si celano segreti oscuri, e ciò che un tempo consideravo solo una favola si è rivelato spaventosamente reale.
Il culto di Asmodeo affonda le sue radici in un passato antico. Credevo fosse solo superstizione, un'ombra senza consistenza, ma la realtà si è rivelata molto più sinistra. Per secoli ha cambiato nomi e volti, adattandosi ai tempi senza mai mutare la sua natura malvagia.
La prima volta che mi hanno convocata per la cerimonia del 2024, non sospettavo minimamente l'orrore che si celava dietro quei riti. Quando ho scoperto del rapimento di una ragazza - credo si chiami Amanda - ho capito che non potevo più ignorare la verità. Quello che temevo si stava materializzando. Ti ho tenuto all'oscuro non per

escluderti o perché temessi che mi fermassi, ma perché conoscevo la pericolosità di ciò che avresti scoperto.

Ho lasciato la casa di Thomas per evitare di essere seguita, sperando che tu non riuscissi a mettere insieme tutti i pezzi. Ti ho scritto questa lettera nel caso le cose dovessero volgere al peggio, per spiegarti le ragioni della mia fuga e per aiutarti a comprendere in quale incubo mi sono cacciata, sperando che tu possa restarne fuori.

Il libro che hai tra le mani è uno dei tre testi sacri del culto di Asmodeo. Risale a più di cinquecento anni fa e si è tramandato per generazioni all'interno della setta. Non so come Thomas sia riuscito a ottenere una copia originale, ma so che è autentica.

So anche di averti mentito dicendoti che era un falso, ma dovevo capire come quell'uomo ne fosse entrato in possesso e, soprattutto, come tu lo avessi trovato. La verità era troppo pericolosa e ti avrebbe condotto solo a morte certa.

Le altre due copie sono custodite in luoghi diversi: una si trova nella biblioteca della mia famiglia, i Barrow, a Lisbona, e l'ultima – almeno in teoria – è protetta dagli Smith a Recife, in Brasile. Quella che hai davanti a te apparteneva agli Harrington di New York.

Ho studiato a lungo il culto per cercare di capire in quale follia la mia famiglia mi avesse trascinata, ma non sono mai riuscita a scoprire tutta la verità. Ho solo constatato un dettaglio inquietante: collegando queste città su una mappa, formano un triangolo equilatero. Forse è solo una coincidenza... oppure no.

Le storie contenute in questi libri non sembrano semplici leggende. Il "Sussurratore" è conosciuto in molte culture, con nomi diversi. Non so se sia reale, ma so che, se non viene fermato, il suo potere cresce. Quando il rito che dovrebbe contenerlo fallisce, si verificano calamità che colpiscono popolazioni innocenti. O almeno, questo è ciò che mi raccontavano i miei nonni.

Solo Asmodeo può arrestarlo, ma per farlo ha bisogno dei tre libri e, soprattutto, dei dettagli del rituale contenuti in quello che hai tra le mani. Qualcuno, però, ha strappato proprio quella pagina.

Forse avrei dovuto distruggere questo libro, ma qualcosa mi ha sempre impedito di farlo. Ora lo affido a te.

Decidi tu cosa è giusto fare.

Sappi, però, che se lo terrai, ti cercheranno senza sosta, fino a quando non lo troveranno.

Ma io mi fido di te.

So che farai la scelta giusta.

Perdonami se questa lettera è breve. Ho dovuto scriverla in fretta e consegnarla a Clarissa, un'amica conosciuta durante i miei studi in Europa. Gestisce un locale segreto ed è una delle poche persone di cui mi fido ciecamente. Ha promesso di aiutarti, se ce ne fosse stato bisogno.

Se i Figli di Asmodeo scoprono quello che ti sto rivelando, non esiteranno a ucciderci tutti.

Il tempo stringe.

Con amore,
Claire.

Quando finì di leggere la lettera sentì ogni parola di Claire affondare nel suo cuore. Il mondo intorno a lui sembrava svanire, lasciando solo l'eco delle parole di Claire nella sua mente.

Mark lo osservava con apprensione, aspettando che parlasse. «La pagina... è quella che aveva preso Sarah?»

«Sì, penso di sì,» rispose l'amico, chiudendo la scatola con decisione.

«Non so se ora ce l'ha l'FBI; forse Johnson sa qualcosa. Ma io ne ho sicuramente una copia. Faccio sempre delle foto delle cose che sequestriamo; dovrebbe essere nel mio laptop in ufficio.»

La donna che li aveva accolti si avvicinò di nuovo, con uno sguardo serio e preoccupato.

«Dovete andare via, subito. Non credo che siate soli in questa caccia... qualcuno vi sta cercando. Prendete i tunnel per scappare. Il mio uomo vi guiderà fino alla stazione, poi dovrete cavarvela da soli.»

Bill e Mark si alzarono, consapevoli che il tempo stava scorrendo contro di loro.

«Se avrete bisogno del nostro aiuto, il vecchio Malcolm di Hallowbridge sa come contattarmi. I nostri locali sono gemelli, uniti da un'antica tradizione.»

I due uomini ringraziarono e mentre lasciavano lo speakeasy e si immergevano nei tunnel sotterranei che attraversavano Salt Lake City, sapevano di non potersi più permettere errori.

Poco lontano, l'agente Sullivan dell'FBI osservava nervosamente il barbershop con il telefono stretto tra le mani. La sua chiamata successiva sarebbe stata cruciale.

«Siamo arrivati al punto X, signore. Sono entrati nel negozio di un barbiere in fondo alla strada.»

Dall'altro capo della linea, il direttore Johnson sbraitò furioso: «Non lasciarteli scappare, Sullivan! Scopri cosa cazzo stanno facendo.»

Sullivan degluti a fatica, sentendo il peso della pressione. Avevano lasciato che Evans arrivasse a quel punto per scoprire da solo gli indizi lasciati da Claire Barrow.

L'intelligence teneva d'occhio quella cassetta di sicurezza e quell'incrocio da tempo. Non avevano la chiave, ma erano comunque riusciti ad aprirla, richiuderla e rimetterla al suo posto senza lasciare tracce.

Eppure, non era servito a nulla.

L'incrocio si era rivelato un vicolo cieco, una pista che non portava da nessuna parte.

Ora tutte le speranze erano puntate su Bill. Forse lui avrebbe trovato ciò che a loro era sfuggito, forse sarebbe riuscito a decifrare il prossimo passo. Johnson sapeva bene con chi aveva a che fare: Evans era ostinato, diffidente e non avrebbe mai collaborato spontaneamente.

Ma contavano proprio su quello.

Lui avrebbe indagato comunque, per conto suo. Sarebbe andato fino in fondo, e a loro sarebbe bastato seguirlo nell'ombra, lasciarlo scavare, lasciarlo correre in cerca della verità.

Certo, non si aspettavano che tutto si complicasse così in fretta. Ora dovevano scoprire se quell'uomo aveva trovato qualcosa. E, soprattutto, restava il timore che anche a loro fosse sfuggito un dettaglio nella lettera. Un errore, una parola di troppo o di meno. E in questo gioco, un dettaglio poteva fare la differenza.

«Sì, signore. Non perderemo altro tempo,» rispose Sullivan con determinazione.

Riattaccò, mentre osservava attentamente l'ingresso del barbershop. La missione era chiara: dovevano scoprire cosa Bill stava per trovare, senza farsi notare. Il margine di errore era nullo e Sullivan sapeva che il tempo stava rapidamente scadendo. Il direttore Johnson non gli avrebbe concesso un secondo errore.

Respirò a fondo, sentendo il peso della situazione gravare su di lui come un macigno.

Il direttore era stato chiaro.

Osservava l'ingresso del barbershop, un locale anonimo che, in circostanze normali, non avrebbe attirato alcuna attenzione. Ma sapeva che qualcosa di grosso stava per accadere, qualcosa che non poteva permettersi di lasciar sfuggire. Afferrò la radio

con mano ferma, il tono della sua voce non lasciava spazio a interpretazioni: «Squadra Alpha, è il momento. Entriamo.»

Gli agenti, addestrati a muoversi come un'unità perfettamente sincronizzata, si disposero in formazione attorno a lui, pronti all'azione. Sullivan fece un cenno deciso con la testa e, insieme, sfondarono la porta del barbershop con un colpo secco, il rumore rimbombò tra le mura strette del locale.

All'interno, l'ambiente era tranquillo, quasi surreale. Un vecchio, con un grembiule macchiato di pomata da barba, stava terminando un taglio di capelli a un giovane. La scena era così ordinaria da sembrare assurda in quel contesto. I clienti alzarono appena lo sguardo, per nulla intimoriti dall'invasione.

Sullivan scambiò un'occhiata con uno dei suoi uomini e, senza una parola, si diresse verso il retro del negozio, dove notò subito una porta di legno vecchia e logora che sembrava fuori posto in un ambiente così minimale.

Senza esitazione, spinse la porta con forza. Non era chiusa.

Si aprì con un cigolio sordo, rivelando una scala stretta e buia. L'aria era densa di umidità, satura di un odore di muffa e legno marcio. La luce tremolante delle torce scivolava sulle pareti scrostate.

Quando raggiunsero l'ultimo gradino, si trovarono davanti a un bivio. Due corridoi si aprivano di fronte a loro, uno a sinistra, l'altro a destra.

Sullivan alzò la mano, indicando la necessità di dividersi. Il suo sguardo si spostò rapidamente sugli uomini attorno a lui. «Squadra uno, a sinistra. Noi andiamo a destra.»

Nessuno fece domande.

Il gruppo che imboccò il corridoio di sinistra avanzò con cautela, i passi attutiti dallo strato di polvere che copriva il pavimento. Dopo pochi metri, si ritrovarono in un magazzino.

Un ambiente angusto e opprimente, pieno di vecchi scatoloni accatastati, scaffali traballanti e attrezzature arrugginite. L'aria sapeva di chiuso, di metallo ossidato e cose dimenticate.

Le torce illuminavano solo frammenti di quel caos, lasciando il resto avvolto nell'oscurità.

Gli agenti si mossero in silenzio, controllando ogni angolo, passando le mani sui ripiani impolverati, sfiorando le pareti alla ricerca di qualcosa di fuori posto.

Ma presto fu chiaro.

Quel posto era solo un deposito abbandonato. Nessun rumore, nessuna presenza. Solo il tempo che aveva sedimentato la sua esistenza su tutto.

Uno degli uomini fece scorrere la luce della torcia sul muro più lontano, cercando una traccia, un pannello nascosto, un passaggio segreto.

Nulla.

Solo il silenzio. E la strana sensazione di essere arrivati troppo tardi.

«È un vicolo cieco,» disse uno degli agenti alla radio.

«Qui non c'è niente.»

Sullivan ricevette la comunicazione.

«Tornate indietro e raggiungeteci,» ordinò con un senso di frustrazione palpabile nella sua voce. Aveva sperato di trovare qualcosa di più, ma il tempo stringeva e non poteva permettersi di indugiare.

Nel frattempo, lui e il suo gruppo avevano raggiunto una massiccia porta di metallo. L'aria era diventata più fredda, carica di un silenzio innaturale. Un senso di urgenza gli serrò lo stomaco, spingendolo ad agire senza perdere un solo secondo.

«Forzatela,» ordinò, con un tono che non ammetteva esitazioni.

Con un colpo ben assestato, l'ariete colpì la serratura. Il metallo resistette per un istante, poi cedette con un gemito stridente. La porta si spalancò con un cigolio rauco, rivelando ciò che si nascondeva oltre.

Si trovarono davanti a un locale dall'atmosfera vintage, un tempo vissuto, ora intriso di una strana sensazione di abbandono improvviso.

Sedie rovesciate, bicchieri lasciati a metà sui tavoli, fumo di sigaretta che ancora aleggiava nell'aria stagnante. Come se qualcuno fosse svanito nel nulla pochi istanti prima.

Sullivan entrò per primo, il battito del cuore che accelerava impercettibilmente mentre i suoi occhi setacciavano l'ambiente.

«Non possono essersi volatilizzati,» mormorò tra sé, la mascella tesa. «Erano qui. Fino a pochi minuti fa.»

Gli agenti si dispersero rapidamente, setacciando ogni angolo del locale alla ricerca di indizi.

Poi, un grido interruppe il silenzio teso.

«Signore, qui c'è qualcosa!»

Sullivan si voltò di scatto.

Dietro il bancone del bar, tra le ombre polverose, un agente indicava il pavimento.

Una botola. Nascosta.

Forse, la chiave per capire dove fossero scomparsi.

Sollevarono la botola, rivelando un intricato sistema di tunnel sotterranei. L'aria si fece subito più densa, impregnata di umidità e di un odore terroso che sembrava antico quanto le pareti di pietra scura che li circondavano. La luce delle torce si rifrangeva sulle superfici umide, senza riuscire a dissipare del tutto l'oscurità opprimente.

Non c'era tempo da perdere. Senza esitare, si divisero nuovamente in due squadre. Ogni secondo era prezioso, e

anche se non sapevano con certezza in quale direzione cercare, non potevano permettersi di fermarsi.

Si inoltrarono nel dedalo di gallerie, il silenzio rotto solo dai loro passi e dal battito accelerato del cuore. L'atmosfera era pesante, carica di una tensione che premeva sulle loro spalle come un macigno invisibile.

A una cinquantina di metri di distanza, una porta socchiusa interrompeva il labirinto di corridoi. Si scambiarono uno sguardo, poi la spinsero con cautela.

Troppo tardi.

La stanza era stata svuotata in fretta.

Schermi spenti, cavi strappati con violenza, apparecchi di sorveglianza abbandonati in disordine. Tutta la documentazione utile era sparita.

La fuga era stata rapida, calcolata.

Si guardarono attorno, sperando di trovare un dettaglio, un segno trascurato nella fretta. Ma l'unica certezza era che chiunque stessero inseguendo li aveva anticipati ancora una volta.

Uno sguardo frustrato corse tra gli uomini della squadra.

Qualcuno, nell'ombra, stava aiutando lo sceriffo Bill Evans.

E quel qualcuno era sempre un passo avanti.

Sullivan sentì la rabbia salire, un fuoco che bruciava sotto la sua pelle. Il locale deserto, i tunnel vuoti, tutto urlava fallimento. Afferrò il telefono, sapendo di non avere scelta. Disturbare Johnson mentre si trovava all'ADX Florence era un rischio, ma non aveva alternative.

Digitò il numero con dita rigide, il cuore che batteva a un ritmo irregolare. Non dovette aspettare a lungo.

«Cosa diavolo è successo?» ruggì Johnson, la voce tagliente come una lama.

Sullivan chiuse gli occhi per un istante, sapendo che non ci sarebbe stato spazio per esitazioni.

«Sono scappati, signore.» Cercò di mantenere il tono neutro, ma sapeva che l'altro avrebbe percepito la tensione nella sua voce.

«Come?» Il tono di Johnson si abbassò di un'ottava, ed era molto peggio di quando urlava.

«Hanno portato via tutto. Si sono mossi attraverso dei tunnel. Stiamo cercando di capire dove portano, ma...»

«Ma un cazzo!» sbottò il direttore. «Non mi interessa dove portano! Ti sei fatto fregare sotto il naso. Li avevi in pugno e li hai lasciati scappare.»

Sullivan sentì il proprio respiro diventare più corto. Sapeva che non c'era nulla che potesse dire per placarlo.

«Signore, non avevamo modo di prevedere...»

«Smettila di tentare di giustificarti!» lo interruppe Johnson, la sua voce ora gelida, letale. «Hai fallito, e ci saranno conseguenze per questo. Non ho intenzione di discutere al telefono. Ti voglio al quartier generale immediatamente. E non farmi aspettare.»

Il silenzio si distese per un istante pesante. Sullivan strinse la mascella, trattenendo tutto ciò che avrebbe voluto rispondere. Alla fine, si costrinse a pronunciare solo due parole:

«Sì, signore.»

Chiuse la chiamata e si infilò il telefono in tasca.

Il fallimento gli pesava addosso come un macigno. Sapeva che Johnson non avrebbe dimenticato.

E non avrebbe perdonato.

Ma adesso non c'era tempo per rimuginare. Doveva riportare la squadra alla base e capire, una volta per tutte, dove avevano sbagliato.

Johnson era decisamente nervoso. Era appena arrivato al carcere e stava avendo un acceso confronto con il direttore dell'istituto, Alfred Kerrington. I loro volti erano tesi e l'atmosfera tutt'altro che cordiale.

«Siamo sicuri che Claire Barrow non sia fuggita?» chiese Johnson con sguardo indagatore.

Kerrington annuì, ma nei suoi occhi aleggiava un'inquietudine palpabile.

«Le telecamere l'hanno ripresa nella sua cella subito dopo il blackout. Non si è mossa, era ancora distesa sul letto. Ma c'è un problema... una guardia, Richard Prescott. L'abbiamo trovato morto a casa sua.»

Johnson tacque per un istante, assimilando l'informazione. «C'è un collegamento con questi eventi?» chiese, consapevole che la risposta non gli sarebbe piaciuta.

«Direi di sì,» rispose Kerrington, con tono grave. «La morte risale a prima del blackout ma dai registri risulta che Prescott fosse di servizio quel giorno e che sia scomparso subito dopo.»

«Ma porca puttana!» esplose Johnson, sbattendo un pugno sul tavolo. «Perché non ci avete avvisato subito?»

Le vene sul collo gli si gonfiarono mentre fissava Kerrington, gli occhi freddi come acciaio.

«L'abbiamo scoperto mezz'ora fa,» rispose l'altro, cercando di mantenere la calma. «Un collega è passato da casa sua per capire che fine avesse fatto e l'ha trovato morto. Il medico legale ha stabilito che il decesso è avvenuto prima del blackout.»

Johnson scosse il capo, il respiro pesante, il disprezzo che gli bruciava in gola.

«È un gran casino.» La sua voce era più bassa ora, ma ancora più velenosa. «Non ho mai creduto alle coincidenze e so che la

Barrow ha alleati potenti. Voglio interrogarla di persona. Voglio sapere cosa sa.»

Kerrington esitò, lo sguardo che si spostò per un istante, quasi cercasse un'uscita da quella conversazione.

«Sa che non è legale.»

Johnson si sporse verso di lui, le mani piantate sul tavolo.

«Me ne fotto di cosa è legale... e mi auguro che non sia lei a voler farmi la lezioncina,» ringhiò.

Kerrington trattenne un sospiro, poi annuì con riluttanza.

«Si calmi... Questo attacco ha messo a rischio la sicurezza del carcere. Le concederò quindici minuti.»

Una pausa. Un attimo di silenzio carico di tensione.

«Poi riattiveremo le telecamere.»

Johnson annuì, consapevole del rischio che si stava assumendo.

«Quindici minuti basteranno.»

Claire Barrow fu condotta nella sala d'interrogatorio, le manette che tintinnavano leggermente a ogni passo. Il metallo freddo le stringeva i polsi, lasciando segni rossi sulla pelle.

La stanza era spoglia, gelida, impersonale. Due sedie di metallo fissate al pavimento, un tavolo di cemento al centro, le pareti grigie e spoglie che sembravano chiudersi attorno a lei.

Johnson attese che la porta si chiudesse dietro di loro prima di parlare.

«Claire, Claire, Claire...» Il suo tono era basso, quasi un sussurro velenoso. «Non c'è più tempo per i giochi. Chi sono i tuoi complici? Come hai orchestrato tutto questo?»

Lei non rispose. Il suo sguardo rimase fisso sul pavimento, il volto in ombra, immobile come una statua scolpita nella pietra.

Johnson serrò la mascella. Il tempo stringeva e lui lo sapeva.

Si alzò di scatto, avvicinandosi a lei con passi misurati. Sentiva il sangue pulsargli nelle tempie, le mani tremare leggermente, anche se non voleva ammetterlo.

«Ascoltami bene,» ringhiò, abbassandosi su di lei, «io so esattamente da che razza di famiglia del cazzo vieni.»

Con un gesto rapido le afferrò i capelli, tirandoli indietro con forza.

Claire emise un debole gemito, ma non si ribellò. Non lo guardò nemmeno.

Johnson si piegò ancora di più su di lei, il respiro caldo e carico di disprezzo.

«Vedi di non farmi incazzare più del dovuto,» sibilò, le dita che stringevano ancora più forte, «perché ti giuro che posso farti sparire in una prigione di provincia. Una di quelle in cui la tua organizzazione si divertirà a farti a pezzi. E conciata così, non durerai più di qualche ora.»

Silenzio.

Claire non disse nulla.

Non un battito di ciglia, non un sussulto.

Un gelo sottile si insinuò nella nuca di Johnson.

Spazientito, strattonò di nuovo i suoi capelli, pronto a schiantarla contro il tavolo. Ma fu allora che notò qualcosa.

Piccole cicatrici, sottili, quasi invisibili, lungo l'attaccatura dei capelli.

Un brivido lo percorse.

Un dettaglio insignificante, eppure qualcosa dentro di lui si contorse in un modo che non sapeva spiegarsi.

Claire Barrow era molte cose. Ma forse non era chi lui credeva che fosse.

Con un gesto violento, Johnson afferrò la tuta bianca della detenuta e la strappò di netto. Il tessuto si lacerò con un suono secco, aprendosi sotto la sua stretta.

Sotto non c'era nulla.

Solo pelle.

Claire Barrow, o chiunque fosse quella donna, non indossava nulla oltre la tuta. Il regolamento di sicurezza vietava l'uso di reggiseni o qualsiasi altro indumento che potesse essere utilizzato per farsi del male.

Ma Johnson non si fermò. Non si curò della pelle esposta, né del modo in cui la luce fredda della stanza d'interrogatorio scolpiva la figura della donna.

Lui cercava un segno.

Un dettaglio che aveva ben impresso nella memoria.

Aveva studiato ogni fascicolo inerente Claire, aveva memorizzato ogni suo particolare fisico durante la sua detenzione, cercando punti deboli, caratteristiche distintive, qualsiasi cosa potesse dargli un vantaggio negli interrogatori dell'anno prima.

Tra tutti, un dettaglio non avrebbe mai potuto dimenticarlo: un piccolo neo a forma di cuore, appena sotto la clavicola destra.

E quel neo non c'era.

Il sangue di Johnson si gelò.

Un istante di silenzio assoluto.

Fece un passo indietro, il cuore che martellava nel petto, mentre la realtà gli crollava addosso.

«Tu... tu... Non sei Claire.»

Le parole gli uscirono in un sussurro, quasi senza accorgersene.

La donna alzò lentamente lo sguardo. Occhi vuoti, inespressivi.

Niente paura.

Niente vergogna.

Solo una calma inquietante.

Non disse una parola, ma l'ombra di un sorriso increspò appena le sue labbra. Una sfida silenziosa.

Un brivido freddo scese lungo la schiena di Johnson.

Poi la consapevolezza lo colpì come un pugno allo stomaco.

Aveva appena commesso un errore irreparabile.

Era stata una mossa disperata. E, soprattutto, illegale.

Aveva condotto un interrogatorio improvvisato, senza autorizzazione e senza protocolli. Si era spinto oltre ogni limite, aveva strappato di dosso i vestiti a una detenuta solo per cercare una conferma. O, forse, una speranza.

Se qualcuno lo avesse visto, se qualcuno avesse anche solo sospettato ciò che aveva appena fatto, la sua carriera sarebbe finita all'istante.

Ma in quel momento, il suo futuro era l'ultimo dei problemi.

Perché Claire Barrow, la vera Claire Barrow, non era lì.

Era fuggita.

E quella che aveva davanti...

Non aveva idea di chi cazzo fosse.

Indietreggiò di scatto, come se avesse toccato qualcosa di velenoso.

«Guardia! Apri subito!»

La voce gli uscì più alta di quanto avrebbe voluto, un urlo rabbioso, spaventato.

La porta si spalancò con un tonfo, il rumore rimbombò nella stanza sterile. Johnson uscì di slancio, il respiro affannoso, il

volto contratto dalla furia e da qualcosa che non voleva ammettere neanche con se stesso: paura.

Si voltò di scatto verso gli uomini all'esterno.

«Fategli un esame del DNA. Subito.»

Passò una mano sul volto, cercando di mantenere il controllo, anche se dentro di sé sapeva che lo stava perdendo.

Poi sputò le parole, come se gli bruciassero in gola:

«Claire Barrow è fuggita.»

Indicò la donna nella stanza senza nemmeno guardarla.

«E questa... questa non so chi cazzo sia.»

Le guardie si scambiarono sguardi incerti, per un attimo immobili, incapaci di comprendere cosa fosse appena successo. Poi, senza discutere, si affrettarono a ricoprire la detenuta e a portarla via prima che le telecamere fossero riaccese.

Il gioco era appena diventato molto più pericoloso.

E per la prima volta, Johnson si rese conto di non essere il cacciatore.

Era la preda.

A chilometri di distanza, Mark e Bill sfrecciavano verso Hallowbridge.

Il motore dell'auto fornita dall'uomo di Clarissa ruggiva sotto di loro, divorando l'asfalto bollente. Il sole di mezzogiorno splendeva alto nel cielo, implacabile, riversando un calore opprimente sulla strada deserta. Il vento, che entrava dai finestrini abbassati, portava con sé l'odore acre di polvere e benzina, mescolandosi all'aria densa di elettricità.

Il paesaggio scorreva veloce ai lati della carreggiata, una distesa di campi riarsi e colline lontane che tremolavano sotto il sole cocente.

Mark stringeva il volante con mani ferme, ma la mascella serrata tradiva la sua tensione.

Fu lui a rompere per primo il silenzio carico di pensieri.

«Siamo stati fortunati,» disse, gli occhi fissi sulla strada. «Ma sanno che siamo stati lì. È solo questione di tempo prima che ci raggiungano.»

Bill, seduto accanto a lui, non distolse lo sguardo dall'orizzonte che si allungava davanti a loro, un nastro nero d'asfalto che sembrava non finire mai.

«Abbiamo un vantaggio,» mormorò. «Anche se piccolo.»

Il sole batteva sul cruscotto, proiettando riflessi accecanti sui loro volti sudati.

«Dobbiamo sfruttarlo al massimo.»

CAPITOLO 23
LA PAGINA MANCANTE

Il crepuscolo avvolgeva Hallowbridge in un manto di ombre lunghe e minacciose, trasformando le vie della cittadina in un labirinto di segreti e paure. Bill e Mark, stanchi e segnati dagli eventi recenti, parcheggiarono l'auto di fronte al negozio di alimentari di Malcom, un edificio modesto e apparentemente innocuo. Mark non aveva mai sospettato che sotto di esso si nascondesse un rifugio per chi viveva ai margini della legge.

«Abbiamo bisogno di un posto sicuro per questo,» disse Bill, indicando il libro recuperato a Salt Lake City.

Scesero spediti nel seminterrato del negozio. Li l'aria era densa di odori di tabacco e whisky, una miscela pesante che sembrava impregnarne le pareti. La stanza era immersa in una penombra carica di tensione, resa ancora più inquietante dall'uomo che li attendeva. L'anziano Malcom, con i capelli bianchi e gli occhi nascosti dietro occhiali dalla montatura spessa, li fissava con un'intensità che sembrava trapassare l'anima. Aveva l'aspetto di chi sa troppo e non dimentica mai.

«Perdona il disturbo Malcom,» iniziò Bill, estraendo il libro che aveva riposto in uno zaino. «Abbiamo recuperato questo da Clarissa, a Salt Lake City.»

Malcom alzò un sopracciglio, un lampo di sorpresa attraversò il suo viso scavato dal tempo.

«Clarissa?» ripeté, la voce bassa e ruvida. «Voi due nel suo locale? E come diavolo ci siete finiti?»

Bill sostenne il suo sguardo per un attimo, poi lo evitò con studiata indifferenza.

«È una lunga storia,» rispose, la voce neutra ma con un sottotesto inequivocabile. «E fidati, meno ne sai, meglio è.»

Con una lentezza calcolata, infilò la mano in tasca ed estrasse la chiave che aveva recuperato dall'albero. La porse a Malcom senza dire altro. L'uomo la prese, scrutandola per un attimo con un'espressione indecifrabile.

«Devo chiederti un favore,» riprese Bill. «Tienila al sicuro. Lei e questo libro.» Indicò l'oggetto che aveva con sé. «Al momento, questo è l'unico posto che mi sembra abbastanza lontano da occhi indesiderati.»

Malcom sorrise, ma il suo sorriso non aveva nulla di rassicurante.

«Figliolo...» scosse appena la testa. «Deve essere un bel casino se lo sceriffo della città e un Bennet si presentano qui a chiedere il mio aiuto.»

Mark si irrigidì, il nome pronunciato con una naturalezza che lo colpì dritto nello stomaco.

"Come diavolo fa a sapere chi sono?"

Le parole gli salirono alle labbra, ma si morse la lingua.

Malcom lo guardava con un'intensità che lo metteva a disagio.

Non c'era bisogno di chiedere. C'era qualcosa in quegli occhi che diceva chiaramente:

Non farmi domande a cui non vuoi risposte.

Malcom prese la chiave, studiandola con attenzione. Il riflesso della luce sul metallo illuminò per un istante la sua espressione, che si fece grave.

«Questa chiave e questo libro...» mormorò, come se parlasse più a sé stesso che a loro. Poi sollevò lo sguardo.

«Li conserverò. Non preoccupatevi di Clarissa, né di nessun altro. So come tenere un segreto.»

Le sue parole risuonarono nella stanza, pesanti come una sentenza. E per un attimo, il silenzio parve carico di promesse che nessuno avrebbe osato infrangere.

Bill annuì, sentendo la tensione sciogliersi appena.

Rassicurati dall'aver messo al sicuro il libro recuperato, lasciarono il negozio e si diressero verso la centrale di polizia.

Non appena varcò l'ingresso, Bill si voltò verso il vice sceriffo Anna Taylor e la chiamò con un cenno deciso. «Novità su Sarah?» domandò, e nella sua voce c'era tutta l'urgenza che cercava di trattenere.

Anna abbassò lo sguardo per un istante, come se cercasse un modo per addolcire la risposta. Ma non c'era modo.

«No, capo... sembra svanita nel nulla.»

La sua voce era controllata, ma il senso d'impotenza si percepiva lo stesso. Sapeva bene che non era quello che lo sceriffo voleva sentirsi dire.

Mark scattò in piedi, il volto teso, gli occhi carichi di frustrazione.

«Sparita nel nulla? Che cazzo significa?»

Il tono era più duro di quanto volesse, ma la rabbia gli ribolliva dentro.

«Ora calmati.» La voce di Bill era ferma, un confine che non voleva essere superato. «Nessuno sta trascurando nulla. Si tratta di Sarah, e stai certo che stiamo facendo tutto il possibile.»

Poi i suoi occhi si posarono su Anna, fissi, ma privi di accuse. Era un messaggio silenzioso: *"Mi fido di te. Continua a fare il tuo lavoro"*.

Anna annuì appena, sforzandosi di non farsi sopraffare dall'impazienza dell'altro.

«Vi assicuro che stiamo seguendo ogni pista, controllando ogni singolo dettaglio,» disse con calma. «Non voglio darvi false speranze, ma qualcosa salterà fuori. È solo questione di tempo.»

Mark sospirò, passandosi una mano sul viso.

«Speriamo solo che Sarah abbia quel tempo...» borbottò, più a se stesso che agli altri.

Bill gli lanciò un'occhiata comprensiva, poi tornò a guardarla.

«Grazie, Anna. E scusa la tensione. È un'amica e in certe situazioni la lucidità va a farsi fottere.»

La ragazza accennò un sorriso rassicurante, ma l'inquietudine nei suoi occhi era ancora lì.

«Non c'è problema, capo. Vi aggiorno appena c'è qualcosa.»

Con quelle parole, Anna uscì dall'ufficio, lasciando i due uomini immersi in un silenzio carico di tensione. Per un istante, nessuno dei due parlò, ma entrambi sapevano che il tempo stava scorrendo e ogni secondo perso poteva fare la differenza.

«Non ci resta che trovare noi le risposte,» disse Mark, spezzando il silenzio con un tono deciso che tradiva la sua frustrazione.

Bill annuì lentamente, poi aprì il laptop senza dire una parola. Il clic del coperchio che si alzava sembrò rimbombare nella stanza, mentre le luci continuavano a ronzare debolmente, aggiungendo un sottofondo inquietante. Il monitor si accese,

proiettando una luce fredda e pallida sul volto segnato di Bill, accentuandone le rughe e il peso dei pensieri.

Sullo schermo, l'immagine della pagina rubata da Sarah un anno prima nella casa di Thomas era un enigma complesso, ancora in attesa di essere decifrato.

«Non possiamo tradurla,» sbottò Mark, scorrendo l'immagine con crescente frustrazione. «Queste parole sono una miscela di lingue antiche, un codice che potrebbe richiedere anni per essere svelato.»

Bill fissava lo schermo, lo sguardo determinato di chi sa di non potersi permettere errori.

«Stampo una copia,» disse infine, indicando la fotocopiatrice in fondo al corridoio. «Vai a prenderla. Potremmo averne bisogno presto.»

Mark annuì e uscì dall'ufficio. Mentre attraversava il corridoio, il ronzio delle luci sembrava amplificarsi, un presagio cupo che gli stringeva lo stomaco. Stava per raggiungere la fotocopiatrice quando un frastuono infernale esplose alle sue spalle.

La porta principale della centrale si spalancò con un boato, sbattendo contro il muro. Una ventina di agenti dell'FBI irruppero nell'edificio con le pistole spianate, urlando ordini secchi. Il loro obiettivo era chiaro: l'ufficio dello sceriffo.

Il caos travolse l'intera centrale. Gli agenti si riversarono nei corridoi con volti tesi e determinati e le armi pronte. Bill alzò la testa di scatto, colto di sorpresa dalla violenza dell'irruzione. L'adrenalina gli colpì il petto come un colpo di pistola, ma il suo volto rimase calmo, una maschera di autocontrollo. Sapeva che quel momento poteva arrivare, ma la realtà bruciava più di quanto immaginasse. Il tradimento aveva il sapore del sangue nella sua bocca.

Mark si bloccò di colpo, il foglio stretto tra le mani mentre il fiato gli si mozzava in gola.

Si appiattì contro la parete, il cuore che martellava nel petto mentre osservava gli agenti avanzare con passo deciso verso l'ufficio di Bill. Sapeva che ormai era troppo tardi.

Dentro, il suo amico non ebbe nemmeno il tempo di reagire.

La porta si spalancò con un colpo secco e, prima ancora che potesse capire cosa stava succedendo, mani rudi lo afferrarono, lo strattonarono e lo sbatterono contro la scrivania. Il rumore delle sedie rovesciate riecheggiò nella stanza mentre lo immobilizzavano, stringendogli le braccia dietro la schiena con una presa d'acciaio.

Sullivan entrò per ultimo.

Aveva il solito ghigno soddisfatto stampato in faccia, quello di un uomo che aveva atteso quel momento troppo a lungo.

«Finalmente.»

La parola scivolò fuori dalle sue labbra come un veleno.

Si fermò davanti a lui, scrutandolo con quel suo sguardo sprezzante, inclinando appena la testa, come se volesse assaporare il momento prima di affondare il colpo.

«Pensavi di farla franca, Evans?»

Bill non rispose.

Lo fissò senza distogliere lo sguardo, lasciando che il silenzio parlasse per lui. Nessuna paura, nessuna supplica. Solo disprezzo.

Sullivan attese qualche secondo, poi sorrise, compiaciuto, e senza preavviso gli sferrò un pugno in pieno volto.

La testa di Bill scattò di lato con violenza. Un dolore lancinante esplose lungo la mascella mentre il sapore metallico

del sangue gli riempiva la bocca, ma rimase in piedi. Sputò a terra, ignorando il bruciore che gli pulsava sotto la pelle.

Gli agenti lo tenevano stretto, ma lui non reagì. Sapeva che Sullivan stava cercando di provocarlo, voleva vederlo perdere il controllo, voleva un motivo per infierire. E lui non gli avrebbe dato quella soddisfazione.

Il suo cervello lavorava febbrilmente, ignorando il dolore e la rabbia. Si concentrò su una sola cosa: *"Come cazzo ne esco?"*

Nel corridoio, Robert e Anna erano fermi, impotenti. Osservavano la scena trattenendo il fiato, consapevoli che una mossa sbagliata avrebbe solo peggiorato le cose.

Mark era immobile nell'ombra, i muscoli tesi come una corda pronta a spezzarsi. Non poteva intervenire, non ancora, ma poteva studiare ogni dettaglio, ogni possibilità.

Poteva aspettare.

E per quanto Sullivan fosse convinto di avere vinto, una cosa era certa.

Non era finita.

«Basta!» gridò Anna, cercando di farsi strada tra gli agenti, ma fu respinta bruscamente. L'orrore di vedere il loro capo e amico trattato come un criminale li lasciò senza fiato.

«Portatelo via!» ordinò Sullivan mentre il piacere della vittoria che gli scintillava negli occhi.

Nel momento in cui gli agenti chiusero le manette intorno ai polsi di Bill prima di trascinarlo fuori, Mark scivolò via inosservato.

Con il foglio ancora stretto al petto, si mosse silenzioso lungo il corridoio, costringendosi a non correre, a non attirare attenzione. Il suo cuore batteva forte, il sudore gli imperlava la fronte, ma non poteva fermarsi.

Attraversò la porta sul retro e appena fuori il frastuono della centrale si affievolì. Si fermò un istante, il respiro affannoso, le gambe che sembravano volergli cedere sotto il peso di tutto ciò che era appena successo.

Sapeva che non poteva tornare indietro. Non poteva prendere l'auto, né pensare di rifugiarsi a casa dell'amico. Ogni luogo legato a loro sarebbe stato il primo posto in cui avrebbero cercato.

L'unica destinazione possibile gli balenò in testa come un riflesso istintivo.

Lo speakeasy di Malcom.

L'avevano lasciato da poco, eppure sembrava passata una vita. Era nascosto, protetto, lontano da occhi indiscreti.

Si mise in cammino a passo svelto, sentendo il peso di quella decisione crescere a ogni isolato. La città intorno a lui era come ovattata, un rumore di fondo lontano che non riusciva a percepire davvero. La sua mente lavorava solo su una cosa: sopravvivere.

Una volta arrivato davanti al negozio di Malcom, si fermò un istante per raccogliere i pensieri. Inspirò a fondo, cercando di calmare il battito frenetico del cuore, poi spinse la porta.

Dentro, l'aria era più fresca, ma la tensione non diminuì nemmeno di un millimetro.

La situazione era ormai precipitata.

E sapeva che ogni mossa sbagliata avrebbe potuto costargli cara. Non solo a lui, ma a chiunque fosse abbastanza folle da aiutarlo.

Attraversò rapidamente la stanza principale, dirigendosi verso il retro, dove una porta anonima conduceva al seminterrato, la vera anima dello speakeasy.

I tre colpi sulla porta segreta risuonarono pesanti, un codice che ormai aveva imparato a memoria. L'uomo che gli aprì lo scrutò per un attimo, il volto segnato da una vita di dure prove. Dopo un attimo di esitazione, lo fece entrare senza fare domande.

In fondo al bancone, Malcom era ancora lì, sprofondato nella sua vecchia poltrona di cuoio consumata dal tempo. Non c'era sorpresa nei suoi occhi quando Mark varcò la soglia, solo la solita espressione imperscrutabile e uno sguardo tagliente che sembrava leggere oltre la superficie delle cose.

«Che succede?» chiese con voce bassa e ruvida, senza distogliere lo sguardo da lui.

Mark avanzò fino al bancone, cercando di controllare il respiro. Il cuore gli martellava nel petto, le tempie pulsavano.

«L'hanno preso.»

Alla centrale di polizia, Sullivan assaporava il momento con un ghigno che gli si era inciso sul volto mentre osservava Bill trascinato via in manette. Era il culmine della sua vendetta, il colpo di grazia che aveva atteso a lungo.

Ma non tutti condividevano quella soddisfazione.

Anna era rimasta immobile, lo shock dipinto sul volto. Aveva visto molte cose nella sua carriera, ma la brutalità e l'ingiustizia di quel momento l'avevano colpita nel profondo.

Robert, invece, ribolliva di rabbia. Scrollò via la presa degli agenti e avanzò verso Sullivan con occhi che avrebbero potuto uccidere.

«Che cazzo pensate di fare?» sbottò, la voce carica di furia repressa.

Sullivan si voltò lentamente, il ghigno ancora inchiodato sul volto.

«Stiamo solo facendo giustizia, ragazzo.» Il suo tono trasudava disprezzo. «Finalmente quello stronzo pagherà per quello che ha fatto.»

Robert scoppiò a ridere, ma non c'era traccia di divertimento nel suo sguardo.

«Pagherà? Per cosa? Perché ha fatto il suo lavoro meglio di voi?» Il sangue gli ribolliva nelle vene. «Hai usato il distintivo per vendetta personale. Sei solo un miserabile figlio di puttana.»

Qualcosa si accese negli occhi di Sullivan. Il suo sguardo si incupì mentre faceva un passo avanti, riducendo la distanza tra loro.

«Stai attento a come parli, ragazzo,» minacciò a bassa voce, il tono carico di veleno. «Non sai con chi stai giocando.»

Anna si mosse di scatto, mettendosi tra i due prima che la situazione degenerasse.

«Basta, entrambi!» ordinò, la voce ferma nonostante il tremito appena percettibile. «Questo non è il modo di fare giustizia. Non in questa centrale.»

Sullivan la fissò per un lungo istante, valutando se valesse la pena risponderle. Poi sbuffò e si voltò, allontanandosi con aria indifferente.

«Non c'è giustizia in questo buco di città,» mormorò, ma qualcosa nella sua voce tradiva un'inquietudine crescente.

Robert lo seguì con lo sguardo mentre si allontanava, le mani serrate in pugni bianchi di rabbia.

«Non è finita qui, maledetto,» sibilò tra i denti.

Ma quando tornò a guardare lo sceriffo, che veniva spinto fuori dalla centrale con il volto tumefatto e gli occhi socchiusi per il dolore, sentì un'ombra di impotenza calargli addosso. Non poteva fare nulla per aiutarlo. Non in quel momento.

Bill, con la mascella serrata e i polsi bloccati dalle manette che brillavano sotto i neon, avanzava senza opporre resistenza. Ogni passo era una lotta, non solo fisica, ma anche mentale. Sapeva che quello era solo l'inizio. Un gioco pericoloso, e lui avrebbe dovuto essere più astuto e resistente che mai.

Lo spinsero nel furgone nero dell'FBI e il portellone si chiuse con un tonfo sordo, un rumore che rimbombò come un colpo di martello.

Dall'interno, Bill lanciò un'ultima occhiata alla centrale, un misto di sfida e rimpianto nei suoi occhi. Era caduto in una trappola, ma non sarebbe finita lì. Non poteva permettere che lo fosse.

Mentre il veicolo si allontanava nella luce incerta della città, chiuse gli occhi per un istante e si preparò mentalmente alla battaglia che sapeva sarebbe arrivata.

La vera lotta, pensò, stava appena cominciando.

All'interno dello speakeasy, Malcom fissava Mark con occhi attenti, cercando di metabolizzare la sua presenza e le parole che gli erano appena state dette. Il silenzio tra loro si allungò, pesante come il fumo che aleggiava nell'aria.

Inspirò piano dal naso, senza battere ciglio.

«E tu?» chiese infine, con quella voce ruvida e impassibile che non lasciava trasparire nulla.

Mark strinse la mascella. Sapeva che ogni parola avrebbe potuto scavare un solco più profondo nel caos che già lo circondava.

«Io sono qui.» Cercò di mantenere il tono controllato, anche se sentiva l'adrenalina ancora pulsargli nelle vene. «E ho trovato qualcosa.»

Malcom non rispose subito.

Si limitò a fissarlo, studiandolo come se stesse cercando di pesare ogni suo respiro.

Poi inclinò appena il capo, socchiudendo gli occhi. «Qualcosa di grosso?»

Mark esitò un istante. Più parlava, più metteva Malcom in pericolo. «Diciamo che ho bisogno dell'aiuto di Clarissa.»

Malcom prese una sigaretta dal pacchetto che teneva accanto al bicchiere di whiskey, se la portò alle labbra senza accenderla. «Non sei un po' fuori zona per chiedere favori?»

«Se era davvero amica di Claire ai tempi dell'università, potrebbe sapere più di quanto immaginiamo.» Il tono di Mark si fece più teso. «E se così fosse, forse può aiutarmi a capire che cazzo ho tra le mani.»

Malcom rimase in silenzio per qualche secondo, poi allungò una mano sotto il bancone, prese il telefono e compose un numero. Dopo tre squilli, porse l'apparecchio a Mark senza dire una parola.

«Clarissa.»

Mark afferrò il telefono, si schiarì la voce e cercò di mantenere la calma.

«Clarissa, sono Mark. L'amico di Bill.»

Una pausa. Poi la voce dall'altro capo, bassa e affilata.

«Lo so.»

Mark si irrigidì.

«L'hanno preso. L'FBI sta addosso anche a me. Ho trovato qualcosa, penso abbia a che fare con quello che Claire cercava. Ho bisogno del tuo aiuto.»

Dall'altro lato della linea ci fu un attimo di silenzio.

«Ascoltami bene. Da questo momento, ogni tua mossa è un rischio.»

Lui strinse la mascella, trattenendo l'impulso di rispondere.

«Ci vediamo davanti al museo di storia naturale fra sei ore. Sarò lì, non arrivare in anticipo, non arrivare in ritardo. E soprattutto, non farti notare.»

Click.

La linea si interruppe.

Abbassò lentamente il telefono e lo posò sul bancone. Malcom lo osservava senza dire nulla, la sigaretta ancora tra le labbra, immobile. Poi si alzò con la solita lentezza e aprì un cassetto. Ne tirò fuori una chiave e la posò accanto a lui.

«È della moto parcheggiata fuori.» Il tono era piatto, ma carico di sottintesi.

Mark la prese senza dire nulla.

Malcom lo fissò per un attimo, poi il suo sguardo si fece più duro.

«Ti ho aiutato per Bill. Ti ho aiutato per Clarissa. Ma ora, Mark Bennet, te ne vai e non torni più qui.»

Si limitò ad annuire per far capire che aveva compreso. Non c'era bisogno di aggiungere parole.

Il vecchio prese uno zaino da sotto il bancone e glielo porse.

«Dentro c'è quello che avete lasciato qui prima. Credo sia meglio che lo porti via.»

Mark lo prese, sentendo il peso della solitudine e del pericolo premere sulle spalle. Poi si voltò ed uscì senza dire una parola.

Fuori, la moto era lì, proprio dove Malcom aveva detto. Sulla sella, un casco nero. Lo afferrò senza esitare, se lo infilò e montò in sella.

Il motore ruggì quando lo accese.

Non si voltò, non guardò indietro.

E un attimo dopo stava già sfrecciando via, diretto a Salt Lake City.

Mentre il vento gli sferzava il corpo e la città si allontanava rapidamente, i suoi pensieri volarono verso Isabel e il piccolo Dylan. Pensò a Sarah, a David e Steve e ora anche a Bill. Ogni volto, ogni nome, era un peso che si portava dentro, una responsabilità che non poteva ignorare. Più di un anno fa erano una squadra di amici e vecchie conoscenze contro un gruppo di pazzi, ora era da solo e non sapeva più contro chi stava combattendo. Il senso di oppressione si faceva sempre più forte, ma una determinazione feroce iniziava a prendere il sopravvento.

CAPITOLO 24

LA TRIADE

Bill era rimasto in silenzio durante tutto il viaggio. Gli agenti dell'FBI lo avevano scortato come se fosse un criminale pericoloso e le manette che stringevano i suoi polsi gli facevano male. Tuttavia, il dolore fisico non era nulla rispetto alla rabbia che gli ribolliva dentro, un fuoco che minacciava di divampare incontrollato. Una volta giunto al quartier generale, fu condotto in una stanza spoglia, illuminata solo da una lampada da tavolo. La luce fioca illuminava in maniera sinistra i volti dei presenti, accentuando la durezza dell'ambiente. L'atmosfera era gelida, carica di tensione.

Richard Johnson, il Direttore di Divisione dell'FBI, lo attendeva, seduto dietro un tavolo di metallo. Era un uomo che non aveva mai avuto molta pazienza, ma in quel momento la sua espressione era ancora più dura del solito. Non c'era spazio per scherzi o battute. Johnson lo fissava con un'intensità che dava l'impressione di poterlo trapassare da parte a parte.

«Seduto,» ordinò, la voce bassa ma carica di un'autorità che non lasciava spazio a repliche.

Bill si abbassò lentamente sulla sedia di metallo, sentendo il freddo attraversare il tessuto dei pantaloni e insinuarsi nella pelle. Non era solo una questione di temperatura. L'aria era densa, quasi soffocante, carica di una tensione che sembrava

premere sulle pareti della stanza, come se stesse per esplodere da un momento all'altro.

Rimase in silenzio, aspettando che Johnson rompesse il ghiaccio, anche se sapeva già che il dialogo non avrebbe portato nulla di buono.

«Cosa hai trovato a Salt Lake City?» esordì il direttore con la voce intrisa di un'accusa sottile, priva di cordialità o rispetto.

Bill sollevò lo sguardo, incontrando gli occhi dell'uomo che, in cuor suo, aveva sempre disprezzato. Lo fissò con un'intensità glaciale, senza distogliere nemmeno per un secondo lo sguardo.

«Non so di cosa parli,» rispose con calma, il tono volutamente piatto, quasi indifferente. Ma dentro, la rabbia gli ribolliva sotto la pelle, una tempesta in attesa di esplodere.

Johnson non si lasciò ingannare.

«Non giocare con me.» La voce si fece più dura mentre le sue mani si serravano sul tavolo. «Sappiamo entrambi che non eri a Salt Lake City per una gita di piacere.»

Bill inclinò appena la testa, l'ombra di un sorriso che non aveva nulla di amichevole gli increspò appena le labbra.

«Curioso,» mormorò, il tono carico di veleno. «Dovrei essere io a chiedere spiegazioni. Perché mi avete fatto pedinare?»

Il direttore non batté ciglio, ma la tensione nei suoi muscoli tradiva l'irritazione.

Johnson si sporse appena in avanti, le mani piantate sul tavolo. Il suo sguardo era una lama affilata, la voce un colpo secco, mirato per colpirlo nel punto giusto.

«Vorrei ricordarti che ti sei rifiutato di collaborare. Hai nascosto informazioni vitali su un'indagine federale.»

Le parole rimbombarono nella stanza spoglia, cariche di veleno.

Bill lo fissò, impassibile, ma dentro di sé sentiva la rabbia serpeggiare sotto la pelle.

Johnson inclinò appena il capo, come se stesse valutando la sua prossima mossa.

«Ovviamente, ce lo aspettavamo. Non siamo stupidi. Sapevamo che saresti arrivato fino all'incrocio. Anche noi lo avevamo individuato, ma ci mancava un pezzo.» Fece una pausa, lasciando che le sue parole si insinuassero come spine. «Un pezzo che solo tu potevi recuperare.»

Si avvicinò appena, abbassando la voce fino a renderla un sussurro velenoso.

«Ora vogliamo sapere cos'hai scoperto.»

Bill scosse la testa lentamente, un sorriso amaro increspò le sue labbra.

«Puoi andare al diavolo, Johnson.» Le parole uscirono con una calma che non aveva nulla di pacifico. «Non sono il tuo cagnolino da riporto.»

La stanza piombò in un silenzio teso, rotto solo dal ronzio distante delle luci al neon. L'aria sapeva di chiuso, di sudore e metallo.

Johnson non distolse lo sguardo.

Si alzò lentamente, quasi con teatralità, lo sguardo gelido, il respiro appena più profondo del solito.

«Sai che Claire è evasa?» sibilò, scandendo ogni parola con una precisione chirurgica.

Bill non si mosse, ma sentì il cuore accelerare impercettibilmente.

«Se non collabori,» continuò Johnson, «ti accuserò di favoreggiamento.» Fece una pausa, inclinando la testa di lato con un sorriso privo di umanità. «E farai la sua stessa fine.»

Il suo sguardo si fece ancora più tagliente.

«Marcirai nell'ADX Florence.»

L'ombra della prigione federale di massima sicurezza sembrò insinuarsi nella stanza come una presenza invisibile.

Ma Bill non distolse lo sguardo.

Non avrebbe mai dato a quell'uomo la soddisfazione di vederlo vacillare.

Rimase in silenzio, le parole di Johnson gli rimbombavano nella testa come un martello. La menzione di Claire, il peso delle accuse che avrebbero potuto schiacciarlo... ma non disse nulla. Scelse il silenzio, un muro invalicabile che separava le sue emozioni dalla brutalità della situazione.

Il viso del direttore si fece ancora più scuro, la sua pazienza si era ormai esaurita.

«Bene, hai fatto la tua scelta,» disse freddamente. «Non pensare di uscirne indenne.»

Altrove, Mark arrivò finalmente a Salt Lake City. Il sole sorgeva all'orizzonte, dipingendo il cielo con sfumature di oro e rosa, come se cercasse di cancellare il buio della notte appena trascorsa. La città cominciava a prendere vita: le prime luci illuminavano le strade e l'eco dei passi solitari rimbalzava tra i palazzi silenziosi. Nei dintorni del museo di storia naturale, però, tutto era ancora tranquillo. Solo pochi netturbini erano al lavoro, intenti a pulire i marciapiedi con movimenti meccanici e silenziosi.

Mark sentiva il peso della stanchezza premere sulle sue spalle, gli occhi bruciavano per l'assenza di sonno, ma sapeva di non potersi fermare. Non adesso. Doveva resistere.

Con lo zaino appeso a una spalla, il libro e gli altri oggetti al sicuro al suo interno, si avvicinò al museo. Il grande edificio si ergeva davanti a lui, imponente e solenne, come un guardiano

che custodisce segreti antichi. Le sue mani si strinsero istintivamente sulle cinghie dello zaino, mentre i suoi pensieri tornavano a Bill e alla promessa implicita che aveva fatto: portare avanti ciò che avevano iniziato, a qualunque costo.

Un'auto sfrecciò in lontananza, il suono degli pneumatici che stridevano sull'asfalto sembrò risuonare più forte nel silenzio dell'alba. Fece un respiro profondo e rallentò il passo, osservando con attenzione l'ingresso del museo. *"Se Clarissa è qui, sarà sicuramente molto più discreta di me,"* pensò.

Rimase a una certa distanza, nascondendosi dietro una delle aiuole che costeggiavano l'area. Avrebbe aspettato. anche se il tempo sembrava un nemico spietato.

Il vento freddo del mattino gli sferzò il viso, risvegliandolo appena. La stanchezza e la tensione gli annebbiavano i pensieri, ma una cosa era certa, non sarebbe tornato indietro. Non fino a quando non avesse trovato le risposte che stavano cercando.

All'improvviso la vide.

Una donna con un cappellino, la visiera abbassata a nascondere gli occhi, le mani infilate nelle tasche della giacca.

Clarissa.

Il suo respiro si bloccò per un istante.

Fece per avvicinarsi, ma lei lo fermò con un rapido gesto della mano, quasi impercettibile. Non qui. Non ora. Indicò con un cenno della testa di seguirla a distanza.

Mark non fece domande.

Attraversò la strada con passo rapido e la osservò infilarsi con naturalezza nel portone di una palazzina anonima, senza voltarsi indietro, come se quel movimento fosse stato studiato in anticipo.

Un nodo gli serrò lo stomaco, ma non si fermò.

Raggiunse il portone, lo aprì con cautela e si ritrovò davanti a una scala che scendeva verso un seminterrato. L'aria era più fredda, il corridoio appena illuminato, le pareti screpolate.

Odore di umidità, di problemi.

Clarissa lo aspettava sulla soglia di una porta, immobile e con lo sguardo impassibile. Sollevò un dito alle labbra, intimandogli il silenzio, poi spinse la porta ed entrò senza esitare.

Mark rimase fermo per un istante.

Tutto in lui gli urlava di essere cauto. Non poteva fidarsi. Non ancora. Ma non aveva scelta.

Stringendo i pugni, fece un respiro profondo e la seguì nel buio.

Il percorso si snodava in un labirinto di tunnel sotterranei. Ogni svolta gli ricordava i cunicoli che aveva percorso il giorno prima per sfuggire all'FBI, un intreccio senza fine che sembrava inghiottirlo. I suoi pensieri turbinavano senza sosta: *"E se fosse una trappola? E se Clarissa fosse legata ai loro nemici?"*

«Avete la mania dei tunnel...» sbottò infine con la frustrazione che sfuggì al suo controllo.

Clarissa non si fermò. Si voltò leggermente, accennando un sorriso enigmatico. «Usiamo solo ciò che già esiste e che la gente ha dimenticato. Però sì... confesso che li adoro!»

La sua risposta, apparentemente leggera, non lo tranquillizzò. Ma non disse altro e continuò a seguirla fino a quando non raggiunsero una stanza più ampia. Era scarsamente arredata, ma almeno non aveva l'aria claustrofobica dei cunicoli. Un vecchio tavolo di legno al centro e alcune sedie logore suggerivano che quel posto fosse stato usato molte volte prima del loro arrivo.

La donna si girò verso di lui. I suoi occhi, freddi e analitici, sembravano studiarlo a fondo, come se cercassero di misurare

la verità dietro ogni suo respiro. «Bene, qui siamo al sicuro,» disse infine con voce bassa ma autoritaria. «Ora, dimmi cosa è successo.»

Mark si prese un momento per raccogliere i pensieri, poi iniziò a parlare. Raccontò dell'arresto di Bill, della sua fuga rocambolesca, del caos che aveva lasciato alle spalle. Ogni parola sembrava pesargli sempre di più, ma doveva arrivare al punto. «Ho bisogno del tuo aiuto,» concluse, con la voce che tradiva una disperazione crescente.

Lei lo osservò senza dire nulla, aspettando che continuasse.

«Hai studiato con Claire, giusto?» chiese infine con la speranza che si intrecciava all' ansia. I suoi occhi cercarono un segnale nel volto imperscrutabile della donna.

La donna annuì. «Ci siamo conosciute all'università,» confermò con il tono della voce neutro, quasi distante.

«Dimmi cosa hai trovato.»

Mark aprì lo zaino, tirò fuori la stampa della pagina mancante e il libro recuperato e li poggiò sul tavolo davanti a lei. «Un anno fa pensavamo che fosse un rituale per combattere il *"Sussurratore"*. Forse, pur andando a tentativi, ci avevamo preso.»

Clarissa prese il foglio tra le mani, i suoi occhi che scorrevano rapidi sul testo, studiandolo con un'intensità che lasciava trasparire il suo fervore. Dopo qualche istante, sollevò lo sguardo. «È scritto in una lingua antica,» disse lentamente. «Parla di un rituale per fermare il male... se diventa troppo forte.»

Mark si sporse in avanti, la tensione visibile nei suoi occhi. «Che tipo di rituale?» chiese, non riuscendo a nascondere l'impazienza.

Clarissa esaminò di nuovo il foglio, stringendo le labbra. «Un sacrificio...» disse, mentre il peso delle parole sembrava gravare su di lei. «Testualmente c'è scritto: *"sacrificando la triade"*.»

Mark si raddrizzò di scatto, il viso contratto dalla confusione. «La triade?» ripeté. «Che significa?»

La donna scosse la testa, frustrata. «Non lo so... dovrei leggere l'intero libro per avere un quadro completo. Questo frammento da solo non basta.»

Stava per restituire il foglio, ma qualcosa attirò la sua attenzione. Una nota a piè di pagina, scritta in caratteri ancora più piccoli, quasi invisibile. Socchiuse gli occhi, inclinando il foglio sotto la luce.

«Aspetta un attimo...» mormorò, la voce bassa come se parlasse a sé stessa. «Qui si accenna all'importanza della presenza dei libri durante il rituale.»

Lui la fissò, il cervello che correva veloce mentre cercava di mettere insieme i pezzi. All'improvviso, una scintilla di comprensione attraversò il suo sguardo. «Se è così... forse abbiamo un vantaggio.»

Lei alzò lo sguardo, incuriosita ma scettica. «Che tipo di vantaggio? E su chi?»

Mark esitò per un istante, cercando le parole. «Uno dei libri è in nostro possesso,» spiegò con il tono della voce carico di speranza. Ma poi, come un'ombra che cala su un giorno sereno, la realtà lo colpì. «Anche se...» la sua voce si incrinò. «Anche se questo ci rende un obiettivo.»

Clarissa inclinò la testa, fissandolo con un misto di preoccupazione e curiosità. «Un obiettivo per chi?»

Lui non rispose subito. Le sue mani strinsero i bordi del tavolo e i suoi pensieri divennero un turbinio di ipotesi e timori.

Poi, finalmente alzò gli occhi verso di lei. «Per i Figli di Asmodeo.»

Un silenzio pesante si stese tra loro. Clarissa tornò a fissare il foglio, come se le risposte fossero nascoste tra quelle righe. Ma la verità era chiara a entrambi: il gioco si era appena fatto molto più pericoloso.

Mark si prese un attimo per riflettere, gli occhi fissi su un punto indefinito della stanza. Il silenzio intorno a lui era pesante, carico di tensione.

Non poteva ancora fidarsi completamente di quella donna. Non sapeva da che parte stesse, né quali fossero i suoi veri interessi. Ma c'era qualcosa nel suo modo di fare, quel riserbo attento, la sua apparente discrezione, che lo metteva più a suo agio di quanto avrebbe voluto ammettere.

Aveva imparato sulla propria pelle, l'anno precedente, che affrontare certi pericoli da solo equivaleva a una condanna sicura. Per quanto rischioso, aveva bisogno di alleati. E in quel momento, lei sembrava essere l'unica persona in grado di dargli l'aiuto di cui aveva disperatamente bisogno.

«Clarissa,» iniziò Mark, la voce incerta ma determinata. «Devo chiederti un'altra cosa. Non volevo coinvolgerti così tanto, non era mia intenzione, ma adesso che anche Bill è fuori gioco... non posso farcela da solo. Ho bisogno del tuo aiuto per decifrare gli indizi che ho raccolto.»

Lei lo fissò per un momento, poi inclinò leggermente la testa, un sorriso divertito che gli accese un lampo di ironia negli occhi.

«Carissimo... mi hai appena raccontato che una setta di squilibrati pratica sacrifici umani, che abbiamo tra le mani un libro che fa sbavare un branco di fanatici dell'occulto e che probabilmente tutto questo è solo la punta dell'iceberg.» Fece

una pausa, lo sguardo scintillante di sarcasmo. «E ora ti senti in colpa a chiedermi un favore?»

Mark sospirò, ma un piccolo sorriso gli sfuggì prima che potesse trattenerlo.

Clarissa si appoggiò allo schienale, incrociando le braccia con la solita noncuranza, come se stessero parlando di quale vino scegliere per cena, non di qualcosa che poteva costargli la vita.

«Dimmi pure che tipo di indizi hai trovato,» disse, sollevando un sopracciglio. «Ma se c'è di mezzo un altro libro maledetto, almeno dammi il tempo di bermi un bicchiere di vino prima.»

Mark fece un respiro profondo, cercando le parole giuste. «È una scatola,» disse lentamente, come se stesse analizzando i suoi stessi pensieri. «L'ho trovata nel mio negozio. Dentro ci sono vecchie foto, delle lettere e un nome: Charles Barrow. Non so chi l'abbia lasciata o perché, ma quel nome... sono certo che è legato alla morte di... di una persona a me molto cara.»

Clarissa rimase immobile con il suo volto imperturbabile. Ma nei suoi occhi si accese una scintilla di consapevolezza. «Charles Barrow?» ripeté, con un'ombra di esitazione. «Sei sicuro del nome?»

«Sicurissimo,» rispose con tono deciso. «Perché? Lo conosci?»

Lo fissò per un lungo momento, come se stesse decidendo quanta verità rivelare. Alla fine, sospirò. «Mark... Charles è il fratello gemello di Claire.»

Un brivido gli percorse la schiena. Quelle parole lo colpirono come un pugno allo stomaco, lasciandolo momentaneamente senza fiato. Non si aspettava di sentire quel nome associato a Claire in modo così stretto. Aveva sospettato

un legame, una parentela, ma addirittura un gemello? Quella scoperta ribaltava tutto ciò che pensava di sapere.

«Fratello gemello?» ripeté. La sorpresa gli bloccò ogni altro pensiero.

Clarissa annuì mentre il suo sguardo era vagamente perso nei ricordi. «Sì. Lei non ne parlava mai volentieri, era molto riservata sulla sua famiglia. Ma durante i nostri studi a Londra, una volta lo incontrai. Si era presentata con lui a una riunione tra amici. Fu solo allora che mi confessò di avere un fratello gemello. Non si somigliavano molto, probabilmente sono eterozigoti. Claire sembrava molto legata a Charles, ma, stranamente, evitava di parlarne.»

Mark si passò una mano sul viso, cercando di mettere ordine nei suoi pensieri. «Perché avrebbe nascosto una cosa del genere? Voglio dire, non sapevo neppure che avesse un fratello.»

Lei fece un piccolo sorriso amaro. «Benvenuto nel club. Se può consolarti, non sei l'unico a non sapere tutto su Claire. Era una specialista nel compartimentare la sua vita.»

Mark scosse la testa. «Sì, ma un fratello? Voglio dire, è una cosa grossa.»

«Grossa? È un dannato elefante nella stanza.» Fece una pausa, incrociando le braccia. «E se Charles è coinvolto, allora questa storia è molto più incasinata di quanto pensiamo.»

Il silenzio si allungò tra loro, rotto solo dal ticchettio lontano di un orologio.

Lei lo studiò per un momento, poi si appoggiò al tavolo con fare più serio. «Ascolta, non so cosa ci sia dietro tutto questo, ma so una cosa: se Claire non parlava di lui, aveva un motivo. E a giudicare dal casino in cui siamo finiti, direi che il motivo non era dei migliori.»

Per Mark, era chiaro che il nome Charles Barrow non era apparso per caso. E concordava con Clarissa, se c'era una connessione con Claire, allora stava per immergersi in qualcosa di molto più profondo e oscuro di quanto avesse immaginato.

«Ogni volta che penso di essere vicino alla verità, c'è sempre qualcosa che ribalta tutto,» mormorò Mark con la voce spezzata dalla frustrazione. Si passò una mano sul viso, come per scacciare i pensieri che lo tormentavano. L'unico indizio sulla morte di Isabel era un Barrow e non uno qualsiasi: Charles, il fratello gemello di Claire, la stessa donna che ad Hallowbridge era ai vertici dell'organizzazione che aveva sconvolto le loro vite per sempre.

Clarissa si avvicinò, il suo sguardo era una miscela di comprensione e determinazione, quella fermezza tipica di chi non lascia spazio a esitazioni.

«Ascoltami,» disse con calma, la voce ferma ma priva di durezza. «So che tutto questo è un dannato casino e che dentro di te c'è un tornado che non sai da che parte far girare.»

Si fermò un attimo, lasciando che le sue parole affondassero.

«Ma dobbiamo concentrarci su quello che abbiamo davanti. Se Charles è davvero coinvolto, dobbiamo capire in che modo e, soprattutto, perché.» Lo fissò, cercando il suo sguardo. «E per farlo, dobbiamo restare lucidi. Se ci lasciamo travolgere dal panico, siamo già fregati.»

Mark sollevò lentamente lo sguardo verso di lei. Per un lungo istante rimase in silenzio, gli occhi persi tra le ombre di mille domande senza risposta. Alla fine annuì, un movimento lento, come se il peso della realtà fosse appena calato su di lui con tutta la sua gravità. Non sapeva se fosse pronto a scavare così a fondo, ma ormai non poteva più tirarsi indietro.

E Clarissa, con la sua sicurezza spavalda e la sua capacità di riportarlo con i piedi per terra, era esattamente la spalla di cui aveva bisogno. Forse l'unica persona di cui potesse fidarsi in quel momento.

Lei inclinò leggermente la testa, fissandolo con quel suo sguardo sicuro, senza fronzoli. «Bene, è deciso,» annunciò senza esitazione. «Ti aiuterò io.»

Mark la osservò, sorpreso dalla naturalezza con cui lo diceva, come se non avesse nemmeno preso in considerazione l'idea di non farlo. Eppure, dentro di sé sentì un vago senso di sollievo. Non obiettò. Sapeva che la stava trascinando in qualcosa di pericoloso, che avrebbe potuto costarle la vita. Ma sapeva anche che, senza di lei, non sarebbe mai arrivato fino in fondo.

«Vieni,» disse, sciogliendo la tensione con un sospiro. «Andiamo al mio appartamento. È qui vicino. Ho degli abiti di ricambio che puoi usare. Sono del mio ex compagno, li ha lasciati quando se n'è andato. Ti fai una doccia, ti cambi e riposi un paio d'ore. Dopo mangeremo qualcosa e decideremo il prossimo passo.»

Lui annuì in silenzio e la seguì fuori dal seminterrato, riemergendo alla luce del sole. L'aria fresca gli punse la pelle, riportandolo alla realtà.

L'appartamento di Clarissa non era lontano, un edificio modesto, senza fronzoli, proprio come lei. Ma quando varcò la soglia, Mark rimase sorpreso dalla vista che si apriva dalla finestra principale: la città si estendeva sotto di loro, un intreccio di strade e palazzi che brillavano sotto il sole di metà mattina. Il traffico scorreva pigro in lontananza, un flusso ininterrotto di movimento, mentre le ombre degli edifici si allungavano sui marciapiedi.

L'ambiente dentro era in netto contrasto con il caos là fuori. Pochi mobili, linee essenziali, niente di superfluo. Ogni cosa sembrava al suo posto, come se vivesse in un equilibrio perfetto tra ordine e praticità.

Una volta dentro, Clarissa si sfilò la giacca e gli indicò con un cenno la camera degli ospiti. «Riposa un po'. Il bagno è accanto e gli abiti li trovi nell'armadio vicino il letto.»

Si fermò un attimo sulla soglia, incrociando le braccia e guardandolo con un mezzo sorriso. «E Mark... non prenderti troppo sul serio, eh? Se continui a fare quella faccia, ti si creperà la pelle prima ancora che ci trovino.»

Lui scosse la testa, lasciando andare un piccolo sorriso appena accennato, poi si avviò verso la stanza. Per la prima volta dopo giorni, si concesse di abbassare la guardia, anche solo per un momento. Senza aggiungere altre parole chiuse la porta della stanza con un clic secco, rimanendo da solo con i suoi pensieri. Puntò la sveglia sul telefono e si lasciò cadere sul letto, esausto. Le informazioni raccolte martellavano nella sua mente, frammenti caotici di dubbi, paure e domande senza risposta. Eppure, nonostante tutto, il sonno lo colse quasi subito, trascinandolo in un abisso oscuro di inquietudine.

Anche nel dormiveglia, però, i volti di Sarah e Isabel lo perseguitavano, figure spettrali che si muovevano nei meandri della sua coscienza. Ogni volta che cercava di aggrapparsi a un ricordo, quel filo sembrava sfuggirgli di mano, lasciandolo con un senso di perdita ancora più profondo.

Quando la sveglia suonò, si alzò con movimenti pesanti, il corpo ancora stanco ma la mente già in allerta. Si diresse verso il bagno, aprì il rubinetto della doccia e si infilò sotto il getto di acqua calda. Il calore gli avvolse il corpo, sciogliendo lentamente la tensione accumulata nei muscoli.

Ma mentre l'acqua scorreva, i pensieri ripresero a vorticare. Le domande tornavano incessanti, come un eco che non si spegneva mai. Isabel e Sarah... due nomi, due volti, legati da fili invisibili che non riusciva a districare. Ogni volta che provava a mettere ordine, quei pensieri si attorcigliavano ancora di più, lasciandogli un senso di oppressione che l'acqua calda non riusciva a lavare via.

Quando uscì dalla doccia, si sentì un po' più leggero, ma solo fisicamente. Si asciugò velocemente, si vestì con gli abiti puliti che aveva trovato nell'armadio e si preparò a tornare in azione. Non c'era tempo per fermarsi. Le risposte erano là fuori e lui doveva trovarle.

Mark si diresse verso la cucina, dove Clarissa lo stava aspettando. Sul tavolo era apparecchiato un pasto semplice ma abbondante, segno che, nonostante tutto, aveva previsto di offrirgli un momento di tregua prima di rimettersi in marcia.

Mangiarono in silenzio, il solo rumore nella stanza era quello delle posate che sfioravano i piatti. Di tanto in tanto, i loro sguardi si incrociavano, rapidi, quasi involontari. Mark avvertiva una tensione sottile, ma non era solo dovuta alla situazione. C'era qualcosa in quella donna, nel modo in cui si muoveva con naturalezza anche in mezzo al caos, nella sicurezza con cui affrontava ogni cosa. Gli trasmetteva una calma che non provava da tempo, come se, per la prima volta, avesse accanto qualcuno su cui poter contare davvero.

Quando ebbero finito, lei si alzò e gli fece cenno di seguirla.

Scesero nel garage sotterraneo, le loro scarpe che risuonavano nel silenzio del cemento.

Mark si fermò non appena vide l'auto parcheggiata davanti a loro. Una Mustang nera, lucida, potente.

Il suo sguardo indugiò per un attimo sulle linee perfette della carrozzeria, sulle gomme che sembravano pronte a divorare l'asfalto.

Non poté fare a meno di lasciarsi sfuggire un sorriso appena accennato.

«Bella scelta.»

Clarissa gli lanciò uno sguardo di sottecchi mentre infilava le chiavi nella tasca della giacca.

«Lo so.» Fece scattare le portiere con un clic. «Ti fidi abbastanza da salire?»

Mark incrociò le braccia, inclinandosi leggermente verso di lei.

«Non lo so. Tu guidi come corri rischi? Perché in quel caso, forse mi conviene prendere il bus.»

Lei ridacchiò, scuotendo la testa mentre saliva a bordo.

«Sali. Ti prometto che arriveremo vivi. Il resto... vedremo.»

Lui sospirò, gettò un ultimo sguardo alla Mustang e si infilò al posto del passeggero.

Il motore ruggì non appena Clarissa girò la chiave, un suono che rimbombò nel garage come una promessa.

Era tempo di mettersi in viaggio.

«Dove stiamo andando?» chiese infine Mark, osservandola.

Lei lo guardò di sfuggita, con un'espressione determinata. «A Penky Grove,» disse, premendo l'acceleratore. «È lì che troveremo le risposte.»

L'auto sfrecciò fuori dal garage, lasciandosi alle spalle l'eco del suo ruggito e il peso delle incertezze.

Mentre la Mustang divorava l'asfalto diretta a Penky Grove, a chilometri di distanza George Grant e Jennifer Waisse erano

immersi nelle loro indagini, seguendo ogni possibile traccia che potesse condurli alla verità.

Dopo giorni di ricerche, erano riusciti a risalire agli ultimi spostamenti dell'ex marito di Isabel, scoprendo che gravitava attorno a un indirizzo a Beverly Hills. Non una casa qualunque, ma una villa appartenente a una certa Agata Smith.

Jennifer sfogliò velocemente gli appunti, il sopracciglio appena inarcato in segno di riflessione.

«George, questo cognome lo abbiamo già sentito.»

George sospirò, senza staccare gli occhi dallo schermo del computer.

«Smith? Ovunque, cazzo. Se vado in piazza e lo urlo, si girano almeno tre persone.»

Jennifer sollevò lo sguardo e lo fulminò.

«Non fare il cretino, George.» La sua voce era tagliente. «Mi sembra che fosse in un fascicolo. Controlla.»

Lui sbuffò, lanciando uno sguardo scettico alla pila di documenti sparsi sul tavolo. Ma con un mezzo sorriso rassegnato, iniziò a sfogliare le pagine.

Passarono una ventina di minuti prima che il suo atteggiamento annoiato sparisse di colpo.

«Porca puttana.» La sua voce era tesa, improvvisamente priva di ironia. «Avevi ragione.»

Jennifer smise di scrivere e alzò la testa.

George picchiettò con le dita su un nome stampato nero su bianco nel dossier Bennet.

«La sua ex ragazza scomparsa.» Deglutì. «Si chiamava Lisa Smith.»

Jennifer incrociò le braccia, nascondendo a fatica un lampo di soddisfazione.

«Non so se siano collegate, ma non possiamo permetterci di ignorarlo.» Afferrò il cappotto dalla sedia. «Andiamo a trovare questa Smith.»

George si prese giusto un secondo per chiudere i fascicoli, poi si alzò di scatto.

Mentre i due agenti si mettevano in viaggio verso Beverly Hills, la Mustang di Clarissa e Mark correva lungo la statale. Penky Grove si avvicinava.

Le loro strade erano destinate a incrociarsi.

E il passato non aveva ancora finito di riscuotere i suoi debiti.

CAPITOLO 25

NON CAMBIERÒ NOME

La notte scendeva su Beverly Hills, avvolgendo la città in un'oscurità ovattata mentre Jennifer Waisse e George Grant sedevano in silenzio nella loro auto, osservando la villa di Agata Smith. L'imponente edificio si ergeva dal buio come un gigante addormentato, le sue pareti candide catturavano la luce dei lampioni, proiettando un bagliore inquietante che gli conferiva un'aura di sinistra maestà.

George tamburellava nervosamente le dita sul volante, con ritmo crescente ogni volta che uno dei sorveglianti in abiti scuri attraversava il cortile con passo felpato.

«Non abbiamo un mandato,» sussurrò George, cercando di mantenere la calma, anche se l'ansia gli serrava lo stomaco. Sapeva che si stavano addentrando in acque pericolose.

Jennifer, senza distogliere gli occhi dalla villa, rispose con tono controllato. «Lo so, ma non possiamo attendere di riceverlo. Abbiamo visto nei video la macchina di Barrow entrare in questa strada privata e non è stata più vista uscire. Dobbiamo solo fare qualche domanda e giocare le nostre carte con attenzione.»

I due agenti presero coraggio e si diressero all'ingresso della villa. Il portone si aprì parzialmente e lentamente e si affacciò una guardia. Jennifer prese un respiro profondo, estrasse il

tesserino e parlò: «Agenti Waisse e Grant, FBI. Vorremmo parlare con la signora Smith.»

L'uomo li osservò con calma, senza mostrare alcuna emozione. «Prego, agenti. La signora Smith vi attende.»

«Come cazzo faceva a sapere che eravamo qui?» borbottò George a bassa voce, rivolgendosi a Jennifer.

«Le telecamere, suppongo,» rispose lei mantenendo il tono della voce basso e osservando le imponenti misure di sicurezza che non erano solo all'esterno, ma anche all'interno dell'elegante edificio.

La guardia aprì completamente il portone, rivelando l'ingresso. Lì, ad attenderli, c'era la figura elegante di Agata Smith. La sua bellezza era glaciale, il sorriso cortese ma privo di calore. Ogni suo movimento era calcolato, riflesso di una mente acuta e pericolosa. Quando Jennifer e George varcarono la soglia, si trovarono immersi in un mondo di lusso ostentato, ma sotto quella facciata impeccabile percepivano un'energia opprimente, come se l'intera casa li stesse osservando.

«Benvenuti, agenti,» disse la donna con un tono suadente, che non lasciava trasparire nulla. «Cosa posso fare per voi?"»

«Abbiamo solo alcune domande riguardo a una macchina vista in questa zona,» iniziò Jennifer con un sottile filo di tensione.

Agata inclinò la testa con un sorriso enigmatico.

«Capisco, ma temo di non poter essere di grande aiuto. Questa zona è tranquilla, non accade mai nulla di strano. Non posso di certo controllare il traffico esterno o impedire alle macchine di passare o sostare. Ne passano molte.»

Jennifer osservava attentamente ogni sfumatura di Agata Smith. Il suo volto, i gesti, il tono della voce. Nessuna

esitazione, nessun segno di nervosismo. Tutto perfetto. Forse troppo.

Accanto a lei, George rimase in silenzio ancora per un attimo, poi fece un passo avanti, incalzandola con il suo solito modo diretto.

«Stiamo cercando un'auto, signora Smith. Una macchina appartenente a Charles Barrow. Le dice qualcosa questo nome?»

La donna inclinò appena il capo, un'espressione quasi divertita.

«Oh, certo.» Fece una pausa studiata, come se volesse dare peso alle parole. «I Barrow sono una famiglia ben nota. Il nome mi è familiare, ma... non conosco nessun Charles.»

George la fissò, senza distogliere lo sguardo.

«Quindi, se dovessimo richiedere i video di sorveglianza, non troveremmo nulla?»

Il sorriso di Agata si fece appena più marcato, una piega sottile sulle labbra.

«La sicurezza della sua villa è di alto livello,» intervenne Jennifer, il tono misurato ma diretto. «Difficile credere che qualcosa possa essere sfuggito.»

Agata sollevò appena il mento, un velo di superiorità nel suo sguardo, come se avesse previsto esattamente quella domanda.

«Confermo, il nostro sistema è sofisticato,» rispose con calma. «Ma, come qualsiasi tecnologia, ha i suoi limiti.» Fece un gesto con la mano, un movimento leggero, quasi distratto. «Ad ogni modo, se avete un mandato, sarò lieta di collaborare.»

Jennifer e George si scambiarono un rapido sguardo. Non avevano un mandato.

La frustrazione serpeggiò tra loro, ma sapevano di non poter perdere la calma.

Jennifer si costrinse a un sorriso professionale, anche se dentro sentiva il sangue ribollire.

«Molto bene,» disse, stringendo le labbra in una linea sottile. «Al momento non è necessario un mandato, ma se lo sarà, la informeremo.»

Agata annuì con un sorriso educato, ma il lampo di divertimento nei suoi occhi era inconfondibile.

«È sempre un piacere collaborare con le forze dell'ordine.»

Li seguì con lo sguardo mentre si voltavano e uscivano. Non disse altro, non si mosse, non richiamò la governante a chiudere la porta dietro di loro.

Rimase immobile, a osservarli fino a quando il portone si richiuse con un lieve click.

Solo allora il suo sorriso svanì.

Mentre tornavano alla loro auto, George non riuscì più a trattenere la sua irritazione. «Quella donna ci sta prendendo ovviamente per il culo. Ma senza un mandato, siamo impotenti.»

Jennifer annuì, guardando fuori dal finestrino con la mente ancora avvolta da pensieri tumultuosi. «Abbiamo bisogno di prove e le troveremo. Qualcosa non quadra, lo sento.»

Immersi nei loro pensieri, non si resero conto che qualcuno li stava osservando dall'oscurità. Una macchina nera, senza targa visibile, emerse lentamente da un vicolo laterale, mantenendosi a distanza. I fari spenti, come un predatore che attende con pazienza di fare la sua mossa.

Non molto tempo dopo, all'interno della villa, Agata Smith ricevette una chiamata.

«Siamo al punto di incontro,» disse una voce maschile dall'altro capo della linea. Era fredda, priva di emozioni, come una macchina programmata per eseguire ordini.

«Procediamo come previsto.»

Agata chiuse la chiamata senza aggiungere una parola. Con un rapido cenno, richiamò l'attenzione dei due uomini in giacca scura che la sorvegliavano a distanza ravvicinata. Si stava preparando per uscire quando un suono inatteso la fece voltare: il leggero scatto di una porta che si apriva.

Un uomo entrò nella stanza.

Robusto, dall'aria distinta, con un abito impeccabile che aderiva perfettamente alla sua figura. Con movimenti lenti e misurati si tolse i guanti da golf, ancora sporchi di terra, segno che aveva appena lasciato il campo dove era solito rilassarsi.

«Tesoro, stai già andando?» chiese con voce profonda e pacata. La osservava con affetto, ma lei colse subito un lampo di preoccupazione nei suoi occhi.

«Sì,» rispose, il tono fermo, senza lasciare spazio a discussioni.

Fece una breve pausa, poi aggiunse con la stessa calma glaciale: «Rimani cortesemente a casa con nostra figlia. Non ci metterò molto.»

L'uomo annuì senza discutere. Nessuna domanda, nessuna insistenza. Si fidava di lei.

Ma Agata sapeva bene che quella fiducia non era mai stata priva di ombre.

Il suono deciso dei suoi tacchi rimbombò sul pavimento di marmo, scandendo ogni passo mentre si avviava verso l'uscita. Appena l'auto si mosse, la casa sembrò spegnersi.

Il silenzio che calò era innaturale, quasi solenne, come se la sua presenza fosse stata l'unica a mantenerla viva. Ora che se

n'era andata, tutto appariva vuoto, privo di energia, un guscio senza anima.

Mentre il veicolo scivolava lungo il vialetto, Agata rimase immobile sul sedile posteriore, lo sguardo fisso oltre il finestrino. Ma la sua mente era già proiettata altrove.

Le mani si strinsero attorno alla borsa sulle sue ginocchia. Dentro, qualcosa di prezioso. Qualcosa che poteva cambiare tutto. Non era solo il peso dell'oggetto che sentiva.

Era il peso delle scelte che l'attendevano.

Durante il viaggio verso l'aeroporto privato, lasciò scorrere lo sguardo oltre il finestrino della sua lussuosa auto. La città scivolava via, ma i suoi pensieri erano altrove.

Dopo tanti anni, il suo nome continuava a essere un'ombra che la seguiva ovunque, un'eco che avrebbe sempre attirato attenzioni indesiderate. Pericoli. Minacce.

Ma la verità? Non le importava.

Aveva lottato per mantenere il suo nome e cognome dopo aver assunto il ruolo di Asmodeo. Un nome nuovo significava obbedienza. Sottomissione. E lei non aveva mai avuto intenzione di piegarsi.

Lo ricordava bene.

«Perché è così importante per te? Stai violando una tradizione.»

Glielo avevano detto durante l'assemblea, quando la sua ascesa era stata celebrata tra sussurri e sguardi di disapprovazione.

Ma lei non aveva esitato.

«Non cambierò nome. Così è deciso.»

La sua voce era stata ferma, priva di esitazione. E nessuno aveva osato replicare.

Sapeva che il cerimoniale imponeva di cancellare il passato, di lasciarsi alle spalle ogni legame per abbracciare il nuovo ruolo. Ma per lei, quel nome era l'unica cosa che le restava della famiglia che le avevano strappato via.

E nessuno avrebbe mai potuto portarglielo via.

CAPITOLO 26
L'EX SCERIFFO

A chilometri di distanza, nella piccola e sonnolenta città di Penky Grove, Mark e Clarissa erano immersi in una ricerca frenetica. I documenti trovati nella scatola di scarpe erano solo frammenti di un puzzle più grande e ogni pezzo sembrava raccontare una storia diversa, ma collegata da un filo invisibile. Le foto ingiallite mostravano volti e luoghi ormai dimenticati, che riportavano alla luce eventi tragici accaduti decenni prima. I luoghi, per Mark, erano stranamente familiari: squarci della piccola, fino a qualche tempo fa tranquilla, Penky Grove.

«Forse,» disse Clarissa, «l'unico modo per ottenere qualche informazione in più è dare un'occhiata agli archivi della biblioteca comunale. I giornali locali potrebbero aver registrato qualcosa che è sfuggito altrove.»

Mark annuì. L'idea aveva senso e non avevano tempo da perdere. Raccolsero tutti gli indizi raccolti fino a quel momento e si diressero subito alla biblioteca.

L'edificio aveva l'odore della carta vecchia e della polvere sedimentata nel tempo, un'atmosfera sospesa che sembrava trattenere echi di storie dimenticate. Le alte scaffalature di legno scuro si stagliavano intorno a loro come antiche sentinelle, mentre le lampade fioche illuminavano a malapena i tavoli di lettura, proiettando ombre lunghe e tremolanti.

Il silenzio era interrotto solo dal fruscio delle pagine sfogliate e dal ticchettio monotono di un vecchio orologio a pendolo nell'angolo della sala.

Mark si immerse negli archivi ingialliti, il profumo di inchiostro sbiadito e carta umida impregnava l'aria mentre le sue dita scorrevano tra articoli ormai dimenticati. Le lettere stampate parevano sfidarlo, costringendolo a inseguire dettagli nascosti tra le righe, come se la verità fosse lì, in attesa di essere riportata alla luce.

Gli occhi gli bruciavano per la stanchezza, ma la sua mente lavorava veloce, ricomponendo pezzo dopo pezzo un puzzle che nessuno sembrava aver mai notato prima.

E poi lo vide.

Pagina dopo pagina, anno dopo anno, l'inquietante verità cominciò a emergere, prendendo forma sotto i suoi occhi. Penky Grove non era affatto la cittadina tranquilla che voleva sembrare.

Proprio come ad Hallowbridge, ogni dieci anni, a partire dal 1954 fino al 2014, una serie di sparizioni e omicidi mai risolti aveva scosso la comunità. Ragazzi e ragazze anonimi, provenienti da famiglie in difficoltà, svaniti nel nulla senza lasciare traccia.

Le spiegazioni ufficiali erano sempre le stesse.

"Allontanamenti volontari".

Nessuna denuncia di rapimento, nessuna prova concreta di omicidio. Solo persone che sembravano essere state cancellate dall'esistenza, inghiottite dall'ombra.

Un brivido freddo gli percorse la schiena. Non poteva essere una coincidenza.

Chiunque avesse insabbiato quei casi, lo aveva fatto per decenni, con una precisione chirurgica. Nessuna traccia,

nessuna incrinatura nel muro di omertà e silenzio che avvolgeva quelle sparizioni. Un'ombra perfetta, senza volti né colpevoli.

Poi, all'improvviso, un ricordo lo travolse.

Lisa.

Era da tempo che non la sentiva così vicina.

Aveva provato a dimenticare, a sotterrare quel dolore sotto il peso della vita, ma ogni tentativo era stato inutile. Lisa non voleva lasciarsi dimenticare. O forse, era lui che non voleva lasciarla andare.

Come se fosse mai esistito il pericolo che ciò accadesse.

Era impossibile.

Lisa era in ogni sua scelta, in ogni sua paura, in ogni strada che aveva preso dopo quella maledetta notte. Tutto era legato a lei. E soprattutto, tutto era legato al suo senso di colpa.

Per non averle mai detto fino in fondo quanto la amasse. Per averla delusa. Per averla tradita, in un modo che ancora oggi non riusciva a perdonarsi.

Forse, in qualche modo contorto, l'aveva condotta alla sua tragica fine. Non voleva crederlo, ma il dubbio lo dilaniava da sempre. Eppure, lui voleva solo amarla.

Ma era solo un ragazzo. Un ragazzo che mascherava le sue paure dietro atteggiamenti da ribelle, dietro una corazza da bullo che ingannava tutti—tranne lei.

Lisa sapeva chi era davvero.

E lui? L'unica cosa che aveva sempre desiderato era essere amato da lei. Sempre e per sempre.

Si raddrizzò, inspirando profondamente. Quella storia era molto più grande di quanto avesse immaginato. E ora che aveva trovato il filo da seguire, sapeva che tirarlo significava avvicinarsi pericolosamente all'abisso.

«Guarda qui,» disse Mark, indicando un vecchio ritaglio di giornale, il titolo in grassetto spiccava tra le righe ingiallite: *"Giovane ragazza sparita a Penky Grove"*.

«Questo è stato il primo caso che ha avuto un vero impatto mediatico.»

Clarissa annuì, i suoi occhi seguivano le parole sul foglio con crescente inquietudine.

«Sembra che Simon Butchell sia stato l'unico a occuparsi seriamente di questi eventi,» osservò. «Dal tempo in cui era un semplice agente fino all'ultimo evento del 2014, quando divenne sceriffo. Il suo nome compare in tutti questi articoli.»

«Dobbiamo parlarci,» decretò Mark, senza esitazioni. Conosceva Simon: era stato un suo cliente abituale e, qualche volta, gli aveva portato della merce direttamente a casa.

Entrambi annotarono ogni dettaglio con scrittura rapida e decisa, poi lasciarono la biblioteca.

L'aria fresca della sera sembrava più pesante dopo le scoperte fatte e il silenzio tra loro raccontava più di mille parole.

Arrivati davanti all'abitazione dell'ex sceriffo, parcheggiarono e scesero senza esitazione. Sapevano che quell'uomo poteva avere risposte cruciali, forse la chiave per connettere i frammenti sparsi del loro intricato puzzle.

Sulla veranda, seduto su una vecchia sedia in legno, Simon li aspettava. Non sembrava sorpreso di vederli.

Il tempo lo aveva scavato a fondo: rughe marcate solcavano il suo volto, gli occhi spenti e appesantiti da troppi anni di silenzi e segreti sepolti.

Non era più uno sceriffo.

Era solo un uomo che aveva visto troppo e parlato troppo poco.

Mark non perse tempo.

«Buonasera, Simon. Perdona l'ora.» Il suo tono era diretto, privo di esitazione.

L'ex sceriffo sollevò lo sguardo, un lampo di sollievo nei suoi occhi velati.

«Oh, ciao Mark.» La voce era bassa, quasi un sussurro. «Speravo davvero di vederti.»

Mark e Clarissa si scambiarono un'occhiata. Quel tono... quella frase. Erano sulla strada giusta.

Mark annuì, stringendo la presa sulla scatola che aveva portato con sé.

«Bene, come vedi anche io.» Indicò la donna accanto a lui. «Lei è Clarissa. Mi sta aiutando a rimettere insieme i pezzi di questa storia.»

Fece un passo avanti, lo sguardo fisso su Simon.

«Ti chiedo scusa se vado dritto al punto.»

Posò la scatola sul tavolo della veranda. Il legno vibrò leggermente sotto il peso, amplificando il silenzio tra loro.

«Sei stato tu a lasciarla nel mio negozio?»

L'ex sceriffo rimase immobile, lo sguardo fisso su di lui. Il silenzio si fece denso, quasi tangibile, come se stesse decidendo se parlare o lasciarli fuori dalla sua storia per sempre. Poi, con un filo di voce, rispose: «Accomodatevi. Forse è meglio parlarne dentro.»

Si scambiarono ancora uno sguardo rapido, un'intesa muta. Poi varcarono la soglia.

Simon li guidò verso un salottino che raccontava di anni di solitudine e rimpianti. Il tavolino era ingombro di bicchieri sporchi e un posacenere traboccante di mozziconi, mentre un divano di pelle consunta e due poltrone logore completavano il quadro di una vita trascurata.

«Prego, accomodatevi.»

Poco dopo, tornò con una caraffa d'acqua, una di limonata e dei bicchieri, poggiandoli sul tavolino con una lentezza rassegnata. Non attese domande. Sembrava ansioso di liberarsi di un peso che lo schiacciava da troppo tempo.

«Sì, sono stato io a lasciare quella scatola.» La confessione gli uscì in un soffio, come se ogni parola gli costasse fatica. «Nessuno mi ha mai creduto, nemmeno una volta. Speravo che, dandoti quegli indizi, potessi usarli per arrivare alla verità... per far trovare il colpevole.»

Mark non distolse lo sguardo, la sua voce era un misto di rabbia e curiosità crescente. «Non ti hanno creduto su cosa?»

Simon abbassò le spalle, quasi avesse finalmente accettato l'inevitabile. «Charles Barrow...»

Mark si irrigidì al suono di quel nome.

L'ex sceriffo continuò, gli occhi persi in un vuoto lontano. «È sempre stato il mio principale sospettato. Ma ogni volta che mi avvicinavo, qualcosa o qualcuno mi bloccava.»

Le dita di Mark si serrarono contro il bracciolo della poltrona.

«Aspetta... vuoi dirmi che Charles Barrow è coinvolto in tutto questo?»

Simon inspirò a fondo, come se le parole che stava per pronunciare avessero il potere di riscrivere il passato. Per un attimo, entrambi notarono il peso che gli gravava sulle spalle, il tormento di qualcuno che ha taciuto troppo a lungo.

Poi, finalmente, parlò.

«Charles Barrow non è solo un nome su una lista.»

Un attimo di silenzio.

«Era l'ex marito di Isabel... e il padre di Dylan.»

L'aria nella stanza si fece pesante, quasi irrespirabile.

Il cuore di Mark perse un battito.

Clarissa fu la prima a reagire. «Che cosa?» Il tono di solito scherzoso era sparito, sostituito da un'incredulità tesa.

Mark rimase immobile. Dylan... il figlio di Charles?

La mente gli ronzava, cercando disperatamente di incastrare quell'informazione con tutto il resto. E non riusciva a capire come gli fosse sfuggita.

Simon si passò una mano sulla fronte, il volto segnato dal peso dei ricordi. «Sapevo che, prima o poi, avrebbe fatto un passo falso.» La sua voce era un misto di amarezza e fatalismo. «Certo, non avrei mai immaginato che si spingesse a tanto. Ma non mi sorprende. Non è mai stato un uomo brillante... e probabilmente era anche un marito violento, visto che Isabel lo aveva cacciato di casa.»

Mark sentì una morsa allo stomaco. Una nausea lenta e insidiosa, come se il suo stesso corpo rifiutasse di elaborare quelle parole. Digrignò i denti, le mani che si stringevano a pugno.

«E perché non hai mai detto nulla?» La sua voce tremava di rabbia repressa, frustrazione e un dolore che non aveva ancora un nome.

Simon lo fissò, stanco, rassegnato. «Ho provato ad avvertire tutti.»

Scosse la testa, un sorriso amaro gli increspò appena le labbra. «Mi hanno trattato come un vecchio pazzo ossessionato. E quando Isabel è morta...» la voce gli si spezzò, gli occhi si abbassarono un istante, come per contenere un dolore che ancora lo consumava. «Ho capito che non sarei mai riuscito a fermarlo da solo.»

Un silenzio pesante si posò nella stanza.

Simon si passò una mano tremante sul viso, come a scacciare il fantasma di qualcosa di troppo grande da sopportare.

«Charles non ha mai agito da solo. Questo è sicuro.» Il suo sguardo si fece più tagliente. «Ma lui... lui è l'anello debole. Se qualcuno riuscisse a colpirlo nel modo giusto, tutta la rete che lo protegge potrebbe crollare.»

Mark sentì una stretta gelida attorno al cuore.

Charles Barrow non era solo un uomo con un passato oscuro. Era un ingranaggio di un gioco più grande, malato, perverso.

E se Penky Grove, come Hallowbridge, fosse sotto il controllo dei Figli di Asmodeo?

L'idea lo colpì così violentemente da lasciarlo senza fiato. Ma era l'unica spiegazione plausibile.

Mentre quegli oscuri pensieri si addentravano in un abisso di paura e sospetti, Jennifer e George si affrettarono a tornare alla centrale. Il sole era ormai scomparso dietro l'orizzonte, lasciando spazio a una notte scura e carica di presagi. Entrarono nell'edificio senza scambiare una parola, ma la tensione tra loro era palpabile. Non avevano concluso nulla con Agata, ma sapevano che la loro indagine stava prendendo una piega pericolosa.

«Questo caso sta diventando sempre più complicato,» disse George, gettando la giacca sulla sedia e massaggiandosi la nuca, cercando di allentare la tensione che gli serrava i muscoli. «Abbiamo indagato su Charles solo perché è il padre di Dylan e l'ex marito di Isabel. È uno schema che conosciamo: l'uccisione dell'ex e il rapimento del figlio. Ma qui c'è di più.»

Jennifer si accasciò sulla sedia, i pensieri che vorticosamente si aggrovigliavano nella sua mente. «C'è sempre di più, George. Lei ha negato ogni contatto con Charles e dalle indagini svolte non risulta nessuna parentela o collegamento con Lisa Smith e

Hallowbridge. Risulta essere una cittadina tedesca, con doppio passaporto e dai dati tutto sembra in regola. Ma c'è qualcosa che non quadra. C'è un dettaglio che mi tormenta.»

George la fissò, cercando di cogliere il filo dei suoi pensieri. «Cosa?»

«I suoi occhi,» disse Jennifer. «Sono della stessa tonalità di quelli di Lisa Smith. Può essere anche questa una coincidenza?»

La conversazione fu interrotta bruscamente dal suono tagliente del telefono. George lo prese, e quando sentì la voce dall'altra parte, si irrigidì. «Direttore Johnson,» disse, riconoscendo immediatamente il tono freddo e deciso del loro superiore.

«Cosa avete su Charles Barrow?» chiese Johnson senza preamboli, la sua voce era come un rasoio affilato.

George spiegò rapidamente ciò che avevano scoperto, menzionando la visita ad Agata e i collegamenti sempre più oscuri che stavano emergendo. Ma quando il nome di Mark Bennet fu pronunciato, Johnson tacque per un momento e i due agenti si scambiarono uno sguardo carico di apprensione.

«Mark Bennet...,» ripeté Johnson, come se non potesse credere a ciò che stava sentendo. «È necessario arrestarlo immediatamente.»

Jennifer si irrigidì, incredula. «Arrestare Bennet? Perché? Cosa sta succedendo?»

«Non posso rivelare tutto adesso,» rispose Johnson, il suo tono che non ammetteva repliche. «Ma sappiate che è fuggito da Hallowbridge. È un uomo pericoloso e potrebbe essere coinvolto molto più di quanto immaginiate. Non possiamo permettere che continui a muoversi libero.»

George e Jennifer si guardarono, sapendo che ciò che avevano scoperto era solo la punta di un iceberg molto più grande e oscuro. Le domande si accumulavano e il mistero si infittiva.

CAPITOLO 27

AGENTE GRANT

Mark guidava lungo le strade di Penky Grove, sentendo il battito del proprio cuore sincronizzarsi con il ronzio costante del motore. Clarissa gli aveva concesso l'onore di guidare la sua Mustang e lui si stava godendo il momento, cercando disperatamente di allontanare i pensieri oscuri che lo opprimevano.

La notte avvolgeva la cittadina in un silenzio innaturale, rotto solo dallo scricchiolio degli alberi mossi dal vento. Il paesaggio familiare, che di giorno gli sembrava rassicurante, ora si presentava come un territorio ostile, popolato da ombre minacciose che si allungavano al passaggio dei fari.

Clarissa, accanto a lui, aveva il volto rigido come una maschera, le mani che si aggrappavano nervosamente al bordo del sedile. L'incontro con l'ex sceriffo Butchell li aveva scossi entrambi; c'era qualcosa in quella conversazione che continuava a girargli in testa, un tarlo che non riuscivano a ignorare. Avevano notato il modo in cui quell'uomo li aveva osservati, come se sapesse qualcosa che loro ignoravano.

«Mark,» disse, la voce un sussurro che sembrava perdersi nel rumore del motore, «pensi che possiamo davvero fidarci di lui? C'è qualcosa che non mi convince.»

L'uomo non rispose subito. I suoi occhi erano fissi sulla strada, ma la sua mente era lontana, ripercorrendo gli ultimi anni: i tradimenti, le fughe, le scoperte sciocccanti che avevano cambiato la sua vita. La sensazione che qualcosa di oscuro stesse per abbattersi su di loro era troppo forte per essere ignorata. Il ricordo di quella notte a Hallowbridge, quando tutto era crollato, gli tornò in mente con una violenza inaspettata. La sensazione di essere braccato, di non avere via di scampo, era di nuovo lì, presente come allora.

«Onestamente?» chiese quasi sconsolato, «Non lo so,» ammise infine con la voce carica di una stanchezza profonda. «Ma, comunque, non mi interessa. Non possiamo fidarci di nessuno, non adesso.»

Improvvisamente, nello specchietto retrovisore vide i fari di un'auto in avvicinamento. Erano troppo vicini, troppo aggressivi. Un brivido freddo lo attraversò e senza pensarci due volte, aumentò la velocità. Clarissa si voltò di scatto, seguendo il suo sguardo. «Chi è?» chiese con la paura palpabile nella sua voce.

«Vorrei tanto saperlo», rispose stringendo il volante. «Ma ora non ho tempo né voglia di scoprirlo.»

L'auto dietro di loro accelerò a sua volta, mantenendo la stessa distanza, come se volesse far sentire la propria presenza senza però rivelarsi del tutto. Mark sentiva il sudore iniziare a formarsi sulla fronte, mentre la tensione cresceva. Avevano pochi secondi per decidere cosa fare. La strada davanti a loro si divideva: una direzione li avrebbe portati verso il centro della città, un luogo pieno di vie di fuga ma anche di rischi; l'altra conduceva verso le campagne, dove avrebbero potuto tentare di seminarli tra i sentieri isolati o rischiare di rimanere bloccati in qualche strada senza uscita.

«Devi andare, Clarissa.»

Le parole gli uscirono di bocca più dure di quanto avesse voluto, sorprendendo persino se stesso.

Lei spalancò gli occhi, incredula. «Aspetta, che cazzo stai dicendo?»

«Devi andare.» ripeté, questa volta con ancora più fermezza. Sentiva la freddezza della propria voce, quasi distaccata, come se una parte di lui si fosse già spezzata prima ancora di lasciarla andare.

Clarissa scosse la testa, il volto teso tra rabbia e paura. «Non posso lasciarti qui!»

Mark trattenne il fiato per un secondo, poi lo lasciò andare in un sospiro deciso. «Perdonami, ma non c'è tempo per discutere.»

Il suo sguardo era incrollabile.

«Ci stanno inseguendo, non so chi siano, ma se ci prendono entrambi, tutto quello per cui abbiamo lottato sarà finito.»

Si voltò di scatto, frugando febbrilmente tra gli oggetti sul sedile posteriore. Il cuore gli batteva furiosamente mentre cercava l'unica cosa che contava in quel momento.

«Devi scappare.»

Dopo un attimo di caos, afferrò lo zaino e glielo spinse tra le mani.

Pesante. Importante. Vitale.

Clarissa lo fissò, il respiro incerto, le dita che stringevano il tessuto ruvido dello zaino.

«Questa è la nostra unica speranza.»

Mark le afferrò il polso, costringendola a guardarlo negli occhi.

«Non posso lasciare che lo trovino. Devi proteggerlo, devi sparire per un po' e aspettare che ti contatti.»

Il silenzio tra loro si caricò di qualcosa di feroce, un'intensità che né il pericolo né la paura potevano spezzare.

Sentì il peso dello zaino premere sulle sue ginocchia, ma ancor più opprimente fu il peso della responsabilità che ora gravava su di lei. Il respiro le si bloccò in gola, aprì la bocca per ribattere, ma non trovò le parole.

E Mark sapeva che, nel profondo, anche lei aveva capito che non c'era altra scelta.

«Non posso farlo da sola,» disse infine, con forza. Il timore le scavava la voce. «Ho bisogno di te.»

Lui forzò un sorriso, cercando di infonderle quella sicurezza che nemmeno lui possedeva più.

«Sopravvivrai. Come hai sempre fatto.»

Lei sapeva che aveva ragione. Sapeva che quello era l'unico modo. Ma accettarlo era un'altra storia.

Mark fermò l'auto di colpo, l'asfalto umido rifletté per un istante la luce fioca dei fari. Poi, senza esitare, aprì la portiera e scese, il vento freddo della notte che gli sferzava il volto.

Si girò appena. «Prendi l'auto e lo zaino e vai.»

Clarissa lo fissò, la mascella serrata, il cuore che batteva forte contro le costole. Ogni fibra del suo corpo le diceva di restare. Ma sapeva che restare significava essere catturati o morire.

In un lampo, si spostò al posto di guida e affondò il piede sull'acceleratore. L'auto sfrecciò via, lasciando dietro di sé solo il rombo del motore.

Lo vide correre verso il bosco, inghiottito dall'oscurità degli alberi. Solo allora si permise di respirare.

L'auto degli inseguitori inchiodò bruscamente, il suono stridente delle gomme sull'asfalto umido riecheggiò nella notte. Due figure balzarono fuori senza esitazione, puntando dritto verso il fitto del bosco, dove Mark si era appena addentrato.

Erano veloci. Troppo veloci.

Non era in fuga da semplici uomini.

Gli agenti Jennifer Waisse e George Grant erano addestrati a stanare sospetti con la precisione di un cacciatore sulla sua preda. Nessun movimento superfluo, nessuna esitazione. Solo strategia, resistenza e calcolo.

Mark correva più forte che poteva, il respiro già pesante, il cuore che martellava nel petto. Ogni passo affondava nel terreno umido, ogni secondo guadagnato era un respiro in più, ma sapeva di non poter mantenere quel ritmo per molto. Doveva dare l'impressione di sapere dove stesse andando, di avere una meta precisa, qualcosa da proteggere, un'esca che potesse sviare i suoi inseguitori.

Ma la realtà lo colpì come uno schiaffo in pieno volto, spazzando via ogni illusione, ogni strategia disperata. Non era abbastanza veloce.

Dietro di lui, il suono di un ramo spezzato. Poi un altro. I passi si facevano sempre più vicini, regolari, inarrestabili. Non stava fuggendo. Stava solo rimandando l'inevitabile.

«Mani in alto!»

La voce di Jennifer Waisse squarciò l'aria con una fermezza che non ammetteva repliche. Era il tono di chi ha il pieno controllo della situazione, eppure... Mark colse qualcosa di impercettibile sotto quella sicurezza. Un lieve tremolio, un attimo di esitazione.

Si fermò di colpo. Il respiro affannato, le mani che si sollevavano lentamente.

La luna alta nel cielo gettava una luce fredda e spettrale tra i rami, deformando le ombre e rendendo ancora più surreale la scena. Persino il bosco sembrava assistere a quanto stava accadendo.

Non avrebbe lottato. Sapeva che sarebbe stato inutile.

Quella partita si sarebbe giocata su un altro piano.

Jennifer si avvicinò con cautela, la pistola ancora puntata su di lui. Non era ingenua, era consapevole che anche l'uomo più calmo poteva diventare letale in un attimo.

«Sei...» fece una pausa, cercando di recuperare il fiato, «...sei in arresto.»

Si passò la lingua sulle labbra secche, mentre Grant si muoveva con rapidità alle sue spalle.

«Hai il diritto di rimanere in silenzio. Qualsiasi cosa dirai potrà essere usata contro di te in tribunale. Hai diritto a un avvocato. Se non puoi permettertelo, te ne verrà assegnato uno d'ufficio.»

La voce era sicura, ma Mark colse ancora una leggera inflessione che rivelava qualcosa di più profondo. Forse un dubbio?

Quando Grant gli chiuse le manette attorno ai polsi con un *clic* metallico, sollevò appena lo sguardo, fissando i due agenti con un'intensità che fece vacillare per un istante la tensione nel gruppo.

«Sì, ho capito i miei diritti.» La sua voce era calma, priva di esitazione, senza traccia di paura.

Fece una breve pausa, inclinando leggermente la testa, come se stesse valutando la situazione dall'alto, come se vedesse qualcosa che loro ancora ignoravano.

Poi, con un accenno di sorriso appena percettibile, aggiunse:

«Ma spero che voi sappiate cosa state facendo.»

Silenzio. Non risposero.

Ma nel silenzio c'era qualcosa di più pericoloso di qualsiasi parola. Era il peso dell'incertezza. Era il sospetto che, forse,

avevano appena arrestato l'unica persona che avrebbe potuto aiutarli a capire in che razza di incubo erano finiti.

Mentre lo spingevano all'interno dell'auto, sentì dentro di sé una sensazione di irrealtà. Era questo il suo destino? O era solo un'altra mossa di un gioco che qualcuno stava orchestrando da molto, molto tempo?

Arrivarono in pochi minuti al commissariato di Penky Grove, una struttura modesta, costruita più per mantenere l'ordine in una tranquilla cittadina di provincia che per affrontare vere crisi. Eppure, quella notte, le mura sembravano respirare la stessa tensione che Mark sentiva dentro di sé. Ogni passo sembrava riecheggiare più forte del normale, amplificando l'ansia che cresceva nel suo petto.

Poco dopo, fu condotto nella sala degli interrogatori, un piccolo spazio claustrofobico con pareti spoglie e un tavolo di metallo al centro. Il rumore delle manette che tintinnavano contro la sedia mentre veniva spinto ad accomodarsi su di essa sembrava risuonare in tutta la stanza, accompagnato solo dal ticchettio insistente di un vecchio orologio da parete. George Grant si posizionò accanto alla porta con lo sguardo fisso su di lui, mentre Jennifer, che stava discutendo animatamente al telefono, si affrettava verso l'uscita.

«George, mi raccomando,» disse, fermandosi un istante sulla soglia. «Vado a prendere il direttore Johnson all'aeroporto. Fa in modo che al nostro ritorno il sospettato sia collaborativo.»

Grant accennò un sorriso divertito. «Sì, signora...» rispose, con un tono più ironico che rispettoso.

Jennifer gli lanciò uno sguardo torvo prima di voltarsi ed uscire senza aggiungere altro.

Il silenzio che seguì fu opprimente. Mark si ritrovò a fissare il proprio riflesso distorto sulla superficie lucida del tavolo,

cercando di trovare una logica in tutto ciò che stava accadendo. Ma ogni tentativo di trovare un senso veniva spazzato via dalla consapevolezza che qualcosa continuava a sfuggirgli.

L'agente Grant, rimase stranamente in silenzio per circa 20 minuti, poi finalmente si mosse. Il suo sguardo, che fino ad allora era rimasto imperscrutabile, si fece più duro, più minaccioso. Si avvicinò a Mark con lentezza e con il volto contratto in un'espressione di profondo disprezzo.

«Sai perché sei qui, vero?» chiese, la sua voce bassa e carica di un risentimento antico.

Mark lo fissò, confuso, cercando di capire cosa stesse succedendo. «Non ne sono sicuro,» rispose, cercando di mantenere la calma nonostante l'ansia che gli stringeva il petto. Il suo sguardo poi si posò sui fascicoli presenti sul tavolo di fronte a lui. Su quello in testa c'era il suo nome, ma su quelli sotto intravedeva il nome di Isabel Patterson e quello di Charles Barrow.

"Stanno indagando sull'assassinio di Isabel?" pensò.

"Forse stanno collegando quanto accaduto qui con quanto accaduto ad Hallowbridge e mi vogliono incastrare?"

Infine rispose all'agente «Devo per caso chiamare il mio avvocato?»

«Forse...» rispose con un mezzo sorriso George. Si avvicinò alla telecamera fissata nell'angolo alto della piccola stanza. Posizionandosi esattamente sotto di essa, evitò l'inquadratura e allungò la mano per staccare il cavo. Un lieve *bip* segnalò che il collegamento era interrotto.

Poi si voltò, tornò da lui e, con un movimento rapido e deciso, gli sganciò le manette dai polsi, lasciandole cadere con un clangore metallico sul tavolo.

Mark si massaggiò i polsi, sorpreso, ma non ebbe il tempo di chiedere spiegazioni. L'agente si sedette di fronte a lui, il volto ora era rigido come una maschera, mentre iniziava a parlare, la sua voce si faceva più cupa.

«I corrotti li annuso da lontano,» iniziò, fissandolo con occhi gelidi. «E Johnson puzza di marcio.»

Mark lo guardò sorpreso, cercando di capire dove volesse arrivare. «Non ti seguo... Cosa vuoi dire?»

«Vuoi sapere cosa significa essere fregati da qualcuno di cui ti fidavi?» continuò, senza badare alla sua domanda. «Vuoi sapere cosa significa vedere la tua carriera, la tua vita, distrutta da uno stronzo che si fa strada calpestando gli altri?»

Mark rimase in silenzio, sentendo il peso di quelle parole come un macigno. L'agente si appoggiò allo schienale della sedia con il volto ombrato dai ricordi di un passato doloroso. «Io e Johnson abbiamo lavorato insieme, una vita fa. Ero bravo, molto bravo. Troppo, forse. Poi, un giorno, durante un controllo a sorpresa, trovano una bustina di cocaina nel mio armadietto. Non era mia, ma chi se ne frega, vero? La mia carriera è andata a puttane, e lui... quel bastardo ha preso la promozione al mio posto.»

Mark si sentì avvolto da un'ondata di incredulità. «Vuoi dire che Johnson ti ha incastrato per fare carriera?»

«Purtroppo non ho mai avuto prove concrete,» ammise George, con un sorriso amaro. «Ma so come vanno queste cose. Lui è sempre stato il tipo che si fa strada a spese degli altri. E da quel momento, sono finito in panchina, reintegrato con disonore e costretto a rispondere a ragazzini inesperti... Ma non è questo il punto.»

Si inclinò in avanti con la voce che si abbassò a un sussurro. «La storia di Hallowbridge non quadra. Se Luca Iellamo

passava informazioni a Johnson da 25 anni, perché non è mai intervenuto prima? E poi, quando finalmente decide di fare qualcosa, lo fa solo quando la situazione è ormai compromessa? Quando non c'era più nulla da fare se non coprire le tracce?»

Mark iniziava a comprendere, ma il quadro che stava emergendo era ancora più inquietante di quanto avesse immaginato.

George serrò i pugni, la mascella tesa per la frustrazione.

«E poi, tre su quattro degli arrestati muoiono...» riprese, scandendo le parole come se le stesse assaporando, come se il solo pronunciarle desse loro un peso ancora più inquietante.

«Smith, Harrington e perfino l'unica guardia sopravvissuta, quella che sapeva troppo...»

Si interruppe per un istante, gli occhi fissi nel vuoto, mentre nella sua mente i pezzi del puzzle iniziavano a combaciare in un disegno sempre più oscuro.

«L'unica superstite, Claire Barrow, viene sbattuta in un carcere di massima sicurezza. Non un penitenziario qualunque, ma uno di quelli riservati ai pazzi, ai serial killer.»

Il suo sguardo si fece più cupo. «Perché?»

Lasciò scivolare la domanda nell'aria, una trappola per chiunque fosse disposto a rispondere.

«Cosa sapevano?»

«E soprattutto, perché ora l'ordine di arrestarti?»

Il silenzio che seguì fu denso, pesante come piombo.

Poi, con un respiro profondo, George scosse la testa e si avvicinò di un passo.

«Cosa diavolo hai scoperto a Penky Grove da far muovere un direttore dell'FBI in persona?»

Mark sentì il respiro farsi più pesante, come se ogni parola di George gli stesse schiacciando il petto. Il cuore martellava nelle orecchie, il suono rimbombava nella sua testa.

Era tutto così ovvio... così evidente... Come aveva fatto a non vederlo prima?

Era intrappolato in un gioco di potere più grande di lui, un intricato labirinto di menzogne in cui la verità sembrava una moneta troppo preziosa per essere spesa. Sapeva che I Figli di Asmodeo si erano infiltrati nei posti di comando, ma... anche all'FBI?

All'improvviso il cellulare dell'agente Grant squillò. Lui sollevò gli occhi al cielo e rispose con un tono carico di sarcasmo: «Ti sei persa?» Ci fu un breve silenzio, quindi aggiunse seccamente.

«Capisco...» e riagganciò.

«Era la mia simpaticissima collega...» commentò con un mezzo sorriso, quasi divertito. «Il direttore ha avuto un imprevisto e arriverà soltanto domani. Avrà fatto un bel viaggetto a vuoto, la nostra agente Waisse.»

Poi il suo volto mutò all'improvviso: la rabbia e la frustrazione presero il posto di quell'ironico divertimento. Puntò lo sguardo dritto su Mark. «Devi scappare,» disse in tono risoluto. «E voglio essere chiaro: non lo faccio per te. Lo faccio perché voglio veder cadere quel bastardo di Johnson. Però, se vuoi rendere credibile questa fuga, devi colpirmi. Forte.»

Inspirò a fondo, come per prepararsi al pugno che sapeva sarebbe arrivato e aggiunse con un filo di amara rassegnazione. «Poi sparisci, prima che Mrs. "scopa in culo" faccia di nuovo capolino.»

Mark lo guardò, incredulo. «Ma... ma come faccio? Sei sicuro di questo?»

George annuì, la determinazione scolpita nei suoi lineamenti. «È l'unico modo. Avrai mezz'ora di vantaggio. Usa quel tempo per sparire, perché quando Jennifer tornerà, non ci sarà più tempo per fuggire.»

L'agente si avvicinò di nuovo alla telecamera, tornando esattamente nel punto in cui aveva staccato il cavo. Con un gesto rapido e preciso, lo ricollegò, ripristinando il collegamento.

Poi iniziò a urlargli contro, intimandogli di confessare o lo avrebbe ammanettato di nuovo. La sua voce rimbombò nella stanza, rabbiosa e autoritaria, mentre teneva deliberatamente le spalle rivolte alla telecamera.

Senza voltarsi, gli fece un rapido occhiolino d'intesa.

Quest'ultimo si alzò lentamente, sentendo il peso della decisione che stava per prendere. Ma la sua mente era ormai lucida e senza dire una parola, strinse il pugno destro e lo scagliò con tutta la forza che aveva contro George. Il colpo lo centrò in pieno, facendolo crollare pesantemente a terra.

Il rumore del colpo rimbombò nella stanza, un suono che sembrava rimbalzare contro le pareti spoglie.

George aveva il viso contorto in una smorfia di dolore. Mark si chinò su di lui per un istante con la mente ancora turbata da quello che aveva appena fatto.

Prima di uscire dalla stanza, però, afferrò i tre fascicoli sul tavolo, diede un ultimo sguardo all'agente che giaceva sul pavimento, poi si voltò e uscì, sparendo nel buio del commissariato. Il piccolo corridoio ora gli sembrava un tunnel infinito con ombre che si allungavano come artigli pronti a ghermirlo. Sapeva che doveva fuggire, nascondersi e sperare che Clarissa fosse riuscita a mettersi in salvo. Ma mentre si dirigeva verso l'uscita, una parte di lui era conscia che non

sarebbe stato così semplice. I fantasmi del passato lo stavano inseguendo e il loro richiamo era più forte che mai.

Uscito dall'edificio, sentiva ancora le mani tremare per l'adrenalina. Non aveva tempo da perdere. Appena la porta si chiuse alle sue spalle, si incamminò verso il parcheggio. Sapeva che in quel momento contava solo una cosa: doveva fuggire. E il bosco che si estendeva subito dopo il parcheggio, era la sua unica via di scampo.

All'improvviso, un'auto poco distante accese i fari, squarciando il crepuscolo con un bagliore improvviso. Il rombo del motore ruppe quella flebile quiete e in un istante la vettura gli si affiancò di scatto.

Mark si voltò d'istinto verso il finestrino del guidatore e, con sua enorme sorpresa, vide Clarissa!

Non se n'era andata come da accordi... Qualcosa l'aveva trattenuta lì, forse la paura, forse una premonizione. La vera motivazione però non contava, ora era lì e lui era felice di questo. Per fortuna aveva deciso di aspettarlo, di vedere con i propri occhi cosa stava succedendo.

«Sali subito!» esclamò la donna. Lui non esitò un attimo, aprì la portiera e si infilò nell'abitacolo. Una volta dento lei lo guardò, cercando risposte nei suoi occhi, ma ciò che vide fu solo un caos inespresso.

«Dobbiamo andarcene subito, Clarissa. Non c'è tempo da perdere. Devi portarmi lontano da qui.»

Le parole gli sfuggirono di getto, colme di urgenza, come un ordine disperato.

La donna non esitò. Affondò il piede sull'acceleratore, sterzò bruscamente sulla strada principale e si allontanò il più in fretta possibile. Il respiro le si spezzava in petto mentre, con un rapido sguardo, incrociò il volto di lui. L'ansia le serrava lo

stomaco, gelida e opprimente, mentre un milione di domande le esplodevano in testa.

«Devi spiegarmi tutto. Cos'è successo?»

Mark deglutì a fatica, come se ogni parola che stava per pronunciare avesse il peso di una condanna.

«Forse l'FBI è compromessa.» Si passò una mano tra i capelli, cercando di mettere ordine nel caos della sua mente. «Potrebbero essere in combutta con... con loro. Grant sospetta che il mio arresto sia legato a qualcosa che abbiamo scoperto. Mi ha fatto fuggire.»

Clarissa spalancò gli occhi. «Grant? Chi diavolo è? E perché ti ha fatto fuggire?» La sua voce tradiva una punta di incredulità. «E se fosse una trappola?»

Non rispose subito. L'idea si insinuò nella sua mente come un veleno.

E se lei avesse ragione? Se Grant l'avesse liberato solo per incastrarlo meglio? Ma ormai non poteva più tornare indietro.

«È uno degli agenti che mi aveva arrestato e... spero di no... spero non sia una trappola.» Disse alla fine, con una voce più incerta di quanto avrebbe voluto. «Comunque, ho preso questi dossier... diciamo in prestito.» Strinse i fascicoli tra le mani. «Voglio capire cosa sanno di me. E soprattutto cosa hanno sull'omicidio di Isabel.»

Mentre Clarissa restava concentrata sulla guida, Mark aprì i dossier che aveva rubato. Le dita sfogliavano frenetiche le pagine del fascicolo su Charles Barrow, alla disperata ricerca di un indizio, di qualcosa che potesse dare senso a tutto quell'incubo.

Poi, all'improvviso il suo sguardo si fermò.

C'era una foto allegata a quel fascicolo che lo colpì come un fulmine a ciel sereno.

Quando i suoi occhi si posarono su quell'immagine, sentì il mondo crollargli addosso. Un tremito gli percorse la schiena e la testa gli girò per la vertigine che lo travolse. Il cuore sembrò fermarsi per un istante interminabile.

La foto mostrava una donna. Capelli castani. Un viso che conosceva fin troppo bene. Un sorriso che non avrebbe mai potuto dimenticare. E quegli occhi... quegli occhi verde smeraldo unici nel suo genere.

Sulla foto era indicato un nome: Agata Smith.

Ma lui era certo, era la donna che aveva amato. La donna che aveva perso in circostanze misteriose. La donna che aveva cercato invano.

Era impossibile. Assurdo. Eppure eccola lì, in quella foto. Più adulta. Cambiata. Ma inconfondibile.

«Lisa...» mormorò Mark con la voce incrinata dall'incredulità. Il suo respiro era irregolare, le parole gli si bloccavano in gola.

«È lei, Clarissa... è Lisa.»

Scosse la testa, come se il suo stesso cervello si rifiutasse di accettare quella verità impossibile. «Non può essere vero. Non può essere lei... eppure...»

Lei lo fissò, incapace di parlare. Un silenzio carico di tensione si stese tra di loro. In quell'istante, il resto del mondo svanì.

Era come se tutte le risposte che avevano cercato, tutte le domande rimaste sospese, fossero finalmente emerse dalla profondità dell'oscurità in cui erano rimaste sepolte per troppo tempo.

Ma con le risposte arrivavano anche nuove, inquietanti domande.

Ma se quella era davvero Lisa, allora chi era Agata Smith? E perché Charles Barrow, l'uomo che probabilmente aveva ucciso Isabel e rapito suo figlio, era collegato a lei?

Perché erano stati rapiti i suoi amici? E cosa c'entrava Johnson in tutto questo?

L'agente Grant aveva voluto metterlo in guardia o lo stava conducendo dritto in una trappola?

Mark sentì un nodo stringergli la gola. L'aria divenne pesante, irrespirabile.

Troppe domande. Ma doveva esserci una spiegazione.

Non potevano essere eventi scollegati. Non dopo tutto questo tempo.

Sapeva anche che avvicinarsi alla verità significava affrontare un passato che aveva tentato disperatamente di dimenticare. E quel passato ora stava tornando a prenderlo.

«Dobbiamo andare subito a Beverly Hills, Clarissa. Non possiamo più restare qui.»

I suoi occhi brillavano di una determinazione feroce.

«Ho bisogno di scoprire cosa sta succedendo davvero... e chi è davvero Lisa... o Agata Smith... chiunque sia.»

Clarissa non disse nulla. Il suo sguardo rifletteva lo stesso turbamento di Mark.

Senza ulteriori domande, imboccò l'autostrada a tutta velocità.

Il rombo del motore riempì l'abitacolo, ma non riuscì a coprire il suono del loro respiro affannato, né a dissipare la sensazione che qualcosa di enorme e terribile li stesse per travolgere.

Il mistero si infittiva.

Ma forse, questa volta, erano finalmente più vicini alla verità.

CAPITOLO 28

IL COMPROMESSO

Claire si era concessa appena qualche ora di riposo al motel, giusto il tempo necessario per ricaricare le energie. Non poteva permettersi di abbassare la guardia, ma almeno aveva avuto la possibilità di mangiare qualcosa—un piccolo lusso in quella fuga disperata.

L'Angelo della Morte, però, non le aveva concesso altro tempo.

«Ora basta. Si parte.»

Il tono era stato freddo, indiscutibile. Nessuno metteva in discussione i suoi ordini.

Claire aveva intuito che la loro destinazione non fosse più così lontana. Origliando le sue conversazioni criptiche, era riuscita a cogliere frammenti di istruzioni enigmatiche, scambiate con persone che, dall'altra parte della linea, ascoltavano in silenzio, senza mai contraddirlo.

Nessuno osava farlo.

Non con lui.

Era risaputo che quell'uomo rispondesse direttamente ad Asmodeo, e che le sue parole avessero il peso di una sentenza.

Era il braccio armato dell'organizzazione. L'ombra che tutti temevano.

E se lui era lì con lei, non poteva essere né casuale né positivo.

Non si sarebbe mai scomodato per una semplice evasione.

Nemmeno se si trattava di far evadere qualcuno da una prigione ritenuta inviolabile.

L'organizzazione aveva interi eserciti di seguaci pronti a eseguire ordini senza battere ciglio, disposti a sacrificarsi senza domande. Se lui era lì, significava che la posta in gioco era molto più alta.

Ed era questo il pensiero che non le dava tregua.

Da ore, la stessa domanda le martellava in testa, insistente, spietata. Cosa voleva Asmodeo da lei? Cosa poteva essere così importante, così vitale, da spingerlo a inviare il suo angelo?

Claire sapeva, e in fondo temeva, che presto avrebbe avuto una risposta.

Dopo un'ulteriore sosta in una anonima locanda per rifocillarsi, si diressero verso un vecchio magazzino a ridosso del confine con il Messico, probabilmente un rifugio provvisorio.

Da lontano, sembrava un'enorme struttura abbandonata, con il legno delle pareti esterne scheggiato e sbiadito dal sole implacabile e dalla polvere che il vento trascinava da ogni direzione.

Aveva l'aspetto di una vecchia fattoria, quasi un granaio, con le finestre strette e collocate in alto, come se un tempo servissero solo a far filtrare un po' di luce. La struttura era circondata da alcuni silos, svettanti e ormai arrugginiti, che emanavano un cigolio sinistro ogni volta che la brezza faceva vibrare il metallo.

Sulle pareti esterne, in alcuni punti, si intravedevano vecchie insegne sbiadite e mai del tutto rimosse, tracce di un passato

ormai dimenticato. Il piazzale antistante era coperto da un tappeto di erbacce secche e da detriti, come lamiere contorte e rottami di macchinari agricoli. Il silenzio era rotto soltanto dal frinire stridulo di qualche insetto e l'atmosfera aveva qualcosa di inquietante: sembrava il tipo di posto in cui era facile sparire senza lasciare traccia.

Avvicinandosi, ci si rendeva conto che l'edificio non era del tutto cadente come appariva da lontano. Alcune assi di legno erano state sostituite di recente e, nonostante l'aria trasandata, c'era qualcosa di fin troppo organizzato in quell'abbandono apparente. Solo osservando bene si potevano notare le telecamere di sorveglianza nascoste tra le travi o mezze coperte dalla polvere. Un leggero sentore di muffa e di umidità aleggiava nell'aria, mescolandosi al puzzo acre di carburante.

L'entrata principale, un vecchio portone di legno rinforzato, restava sbarrata da una spranga di metallo. Se non si fosse stati abbastanza vicini, sarebbe stato difficile notare il lucchetto robusto che pendeva dall'interno. Tutto faceva pensare che, nonostante l'aspetto di relitto, l'edificio fosse in realtà un rifugio perfetto per chi volesse muoversi indisturbato: lontano da occhi indiscreti, al confine tra due mondi.

«Qui staremo tranquilli per un po'» disse l'uomo, senza fornire altre spiegazioni. Non appena oltrepassò la soglia, Claire fu investita da un odore di polvere e aria viziata. Avanzava con cautela sulle tavole di legno malconce, i passi così leggeri da risuonare come un sussurro nel silenzio opprimente.

Si sentiva invadere da ansia e terrore mentre i suoi occhi si sforzavano di abituarsi alla debole luce che filtrava tra le travi sconnesse del soffitto.

Ogni respiro sembrava più difficile del precedente.

La paura montava dentro di lei, stratificata, viscerale. Terrore. Incredulità. Come se il solo fatto di trovarsi lì fosse un errore, un'impossibilità trasformata in realtà.

Non avrebbe mai dovuto essere lì.

Non in quelle circostanze.

Non dopo tutto quello che era accaduto.

Davanti a lei, l'uomo che la guidava si fermò di colpo.

Con un movimento lento e misurato, si voltò a guardarla. Uno sguardo penetrante, troppo attento.

Per un istante, Claire ebbe l'illusione che volesse rassicurarla. Ma nei suoi occhi c'era qualcosa di inquietante, un'ombra che non riusciva a dissipare.

Tra loro, nessuna parola.

Solo un silenzio denso, quasi soffocante, carico di una tensione che parlava più di quanto avrebbero mai potuto fare.

Era stata condotta lì dai Figli di Asmodeo.

Una rete clandestina che si muoveva tra le pieghe dell'oscurità, tra regole infrante e moralità ridotta a un'eco lontana, confusa.

Si era lasciata guidare.

Per sopravvivere.

Per disperazione.

E ora, nel cuore di quella notte che sapeva di inganno e pericolo, non aveva idea di chi stesse per incontrare.

L'interno del magazzino era freddo.

Un freddo che non aveva nulla a che fare con la temperatura.

Sembrava che l'intero luogo fosse stato svuotato di calore, di speranza, di qualsiasi traccia di umanità.

Vecchie assi marce sigillavano le finestre, lasciando filtrare solo spiragli di luce sottile, polverosa.

Un grigio perenne avvolgeva ogni cosa.

Le pareti scrostate.

I mobili abbandonati, testimoni di un passato ormai sepolto.

Il silenzio assoluto, rotto solo dal cigolio inquietante del legno sotto i loro passi e dal respiro irregolare di Claire.

Un respiro che non riusciva più a controllare.

«Asmodeo è qui,» disse l'uomo in un sussurro, come se temesse che anche il suono della sua voce potesse rompere l'equilibrio precario di quel luogo. «Sei qui per suo volere. Lei deve parlarti.»

Claire annuì, ma non poté fare a meno di notare che si rivolse ad Asmodeo con "lei". Il suo cuore si fermò per un istante. Non lo aveva mai visto, o forse a questo punto era meglio dire che non la aveva mai vista.

Quando finalmente raggiunsero il centro del magazzino, scorse una figura avvolta nell'ombra, il volto seminascosto dal cappuccio di un mantello bianco. La sagoma si mosse con lentezza, avvicinandosi alla fioca luce di una lampada a olio che l'uomo accanto a lei aveva acceso poco prima.

Claire trattenne il respiro. Era una donna, ma non una donna qualunque.

«Lisa?» sussurrò, a malapena udibile, colma di speranza e timore.

La sconosciuta si fermò un istante, sorpresa. In quel secondo sospeso, Claire credette di intravedere una scintilla di qualcosa, forse dolore, attraversarle lo sguardo. Poi, con un gesto quasi impercettibile, la donna scosse la testa.

«Mi spiace... non sono Lisa» disse, con una voce fredda e distante. «Lisa è morta.»

L'Angelo della Morte si fece avanti, infrangendo la tensione palpabile.

«Ti trovi al cospetto di Asmodeo» dichiarò solennemente. «Sarà lei a guidarci d'ora in poi.»

Claire non poteva staccarle gli occhi di dosso. Sentiva che c'era qualcosa di terribile e contorto in quella donna, un enigma che le sfuggiva. La somiglianza con Lisa era sconvolgente, quasi ipnotica. Ma più la osservava, più l'illusione si sgretolava, lasciando emergere dettagli che non combaciavano. Non era lei. O almeno, non la ragazza che Claire ricordava, quella di cui Bill si era invaghito, quella che un tempo era stata parte della loro vita.

Tra la Lisa che aveva conosciuto e la donna che aveva davanti si apriva un abisso, un baratro fitto di oscurità e segreti, qualcosa di impalpabile che la Lisa di un tempo non avrebbe mai posseduto, né conosciuto. Era come se il tempo non l'avesse solo cambiata, ma l'avesse riscritta, modellata in qualcosa di diverso, di distante, di irriconoscibile.

«Come stai, Claire?» chiese Asmodeo con una freddezza tale da farla rabbrividire. La domanda portava con sé una sottile falsità, un interesse finto che non si preoccupava nemmeno di nascondere del tutto. Stava giocando con lei e Claire lo sapeva bene.

«Bene,» rispose, ma la sua voce tradiva la paura. Cercava di mantenere il controllo, di non lasciar trasparire il terrore che la attanagliava di fronte a quella donna.

Asmodeo la fissò a lungo, come se volesse penetrarle l'anima, scavare dentro di lei, svelare ogni segreto che tentava disperatamente di nascondere. Poi parlò, con un tono piatto, privo di emozioni.

«Spero tu sia consapevole che sei ancora viva solo perché possiedi qualcosa che mi serve.»

Claire capì subito a cosa si riferiva: il libro.

Quel maledetto libro che aveva nascosto con tanta cura, il cui potere le sfuggiva ancora, ma che sapeva essere troppo pericoloso per finire nelle mani sbagliate. Fece appello a tutto il suo autocontrollo per non tradirsi, costringendosi a mantenere un'espressione neutra.

«Non so di cosa parli,» mentì, cercando di suonare convincente. Ma sapeva che Asmodeo non le avrebbe creduto.

La donna la osservò ancora per un istante, poi sorrise. «Lo scopriremo presto,» mormorò, e nella sua voce c'era qualcosa di inquietante: una promessa e una minaccia fuse insieme.

Poi si voltò verso l'Angelo della Morte, il volto tornato impenetrabile. «Adam è ora che il nostro amico faccia la sua parte. Digli di venire qui immediatamente. E di portare il regalo per la nostra ospite.»

L'uomo annuì e infilò una mano nel cappotto, tirando fuori un vecchio cellulare. Claire sentì un brivido di puro terrore correre lungo la schiena.

"Adam. Si chiama Adam..." pensò, imprimendosi quel nome nella mente. Non lo aveva mai sentito prima, ma ora aveva un'identità per quell'uomo tanto temuto.

Poi un'altra domanda la colpì, facendole accelerare il battito. *"Chi sta chiamando? E soprattutto, che tipo di regalo hanno in serbo per me?"*

«La verità verrà alla luce domani mattina,» disse Asmodeo, rivolgendosi a Claire con una calma inquietante. «Ti conviene riposare. L'alba porterà con sé molte risposte.»

Claire annuì appena, ma dentro di sé sentiva montare un terrore incontenibile. Aveva la netta sensazione che qualcosa di terribile stesse per accadere.

La mattina seguente, quando il tenue chiarore dell'alba cominciò a farsi strada, un rumore metallico la destò di

soprassalto dal suo sonno inquieto. Aveva trascorso la notte rannicchiata in un angolo dell'edificio, con l'Angelo della Morte che vegliava su di lei come un guardiano spietato.

La porta del magazzino si spalancò all'improvviso, il rumore metallico rimbombò nello spazio vuoto come un colpo di pistola.

Claire trasalì, il cuore che le martellava nel petto mentre si girava di scatto.

Richard Johnson era lì, fermo sulla soglia, la sua figura imponente incorniciata dalla luce fredda che filtrava dall'esterno.

Per un istante, un'idea assurda, quasi folle, attraversò la mente di Claire.

Era venuto per lei. Per salvarla. Per riportarla indietro, lontano da quell'incubo, persino in carcere, ma almeno al sicuro.

Ma quell'illusione si frantumò in un battito di ciglia.

Gli uomini dietro di lui avanzarono, lenti, misurati, ombre silenziose che sembravano scolpite nel buio.

Non serviva vederne i volti per sapere che erano pericolosi.

Lo capiva dal modo in cui si muovevano, dal silenzio che li avvolgeva come una seconda pelle, dal gelo che sembravano portarsi addosso.

E poi c'era lo sguardo di Johnson. Non era quello di un salvatore. Era quello di un uomo che aveva già deciso il suo destino.

Lo spazio attorno a lei si fece improvvisamente più piccolo, l'aria più densa. Ogni respiro pesava come una condanna. Claire rimase immobile, i muscoli tesi, la mente che correva a mille alla ricerca di una via di fuga che sapeva di non avere.

Era in trappola.

"Anche lui fa parte dell'organizzazione?" si ritrovò a pensare, in un lampo di rabbia e disgusto. Avrebbe dovuto immaginare che quel bastardo fosse un traditore. Istintivamente si ritrasse, ma qualcosa attirò la sua attenzione: gli uomini stavano trascinando con loro una figura incappucciata e ammanettata. L'uomo procedeva a fatica, ogni passo sembrava una tortura e Claire non riuscì a staccargli occhi di dosso.

Quando lo spinsero rudemente a terra, di fronte a lei, un brivido gelido le attraversò la schiena. Johnson, con un gesto secco, strappò il cappuccio a quell'uomo, rivelando un volto che Claire conosceva fin troppo bene.

«Bill!» Il suo grido scoppiò come un singhiozzo soffocato, e in quell'istante sentì il cuore spezzarsi. L'uomo che aveva amato era lì, piegato e vulnerabile.

Lui alzò lo sguardo, cercando la voce che lo aveva chiamato. Per un momento parve che il mondo intero si fermasse. Nei suoi occhi c'erano dolore e una flebile speranza, come se nemmeno lui potesse credere a ciò che stava succedendo.

Un istante dopo, una voce fredda tagliò l'aria. Asmodeo era comparsa alle sue spalle, silenziosa come un'ombra. «Spero tu abbia capito la gravità della situazione» disse, con un tono affilato come una lama. «Abbiamo un accordo da stringere e temo che tu non abbia possibilità di scelta o negoziazione.»

Claire sentì il peso della situazione schiacciarla. Ma sotto la paura, c'era anche una risolutezza che non sapeva di possedere. Non poteva permettere che lui soffrisse per colpa sua. Doveva trovare un modo, qualsiasi modo, per salvarlo.

La luce dell'alba si intensificava, tingendo il magazzino di un pallido rosa, ma per Claire, quella mattina, non portava alcuna speranza. Solo ombre, solo segreti. E un futuro che sembrava farsi inesorabilmente più oscuro.

«Claire, sei tu?! Qualunque cosa vogliono non dargliela. Non dire nulla...» sussurrò Bill con urgenza, cercando di contenere il terrore che lo stava divorando. La sua voce era un avvertimento disperato, una supplica nascosta nelle pieghe del silenzio. Claire lo fissò con gli occhi colmi di angoscia, ma anche di muta comprensione. Fece un piccolo cenno col capo, quanto bastava per fargli capire di aver afferrato il messaggio.

Adam, con un sorriso cinico, si avvicinò a Bill. «Non dire nulla, eh?» ripeté malignamente e senza alcun preavviso gli sferrò un pugno violento allo stomaco. Bill crollò a terra emettendo un gemito strozzato.

Claire si portò una mano alla bocca, trattenendo a stento un grido, mentre l'Angelo della Morte continuava a colpirlo con brutalità spietata. Alla fine lo afferrò per i capelli, sollevandolo di peso e scaraventandolo accanto a Claire, come se fosse un sacco di rifiuti. Con una freddezza inumana estrasse poi una pistola, puntandogliela dritta alla testa.

«Adesso, Claire Barrow» disse con un tono glaciale, «se non parli, lo uccido qui e ora.»

Il mondo di Claire sembrò fermarsi. Le parole si spegnevano in gola prima ancora di formarsi. Cercò un cenno di pietà negli sguardi delle persone che li circondavano, ma non trovò altro che vuoto. Solo Johnson parve esitare per un istante, ma di certo non si sarebbe opposto.

Con la coda dell'occhio, vide Asmodeo dirigersi verso l'uscita, seguita da alcuni uomini di scorta. Poco prima di varcare la soglia la vide fare un gesto di intesa a Adam.

«Hai cinque secondi per cominciare a parlare.» Scandì l'uomo, tenendo la pistola puntata alla testa di Bill. «Fino a oggi ti sei salvata solo grazie a quella prigione... ma ora è arrivato il momento di pagare per il tuo fallimento.»

Claire sentì la gola serrarsi. Avrebbe voluto urlare, supplicare, ma il terrore la privava persino del respiro.

«Cinque... quattro... tre... due... uno...»

Adam sorrise con un ghigno crudele. «Bene,» mormorò, la voce colma di un'oscurità senza fondo, «non mi lasci altra scelta.»

Lo sparo risuonò come un tuono nel silenzio teso e Claire si sentì inghiottita da un vuoto senza fondo. L'eco del colpo continuò a rimbalzare tra le pareti del magazzino, mentre lei, paralizzata, percepiva il frantumarsi di ogni speranza.

Bill rimase immobile, confuso dal silenzio che lo avvolgeva. Aspettava il dolore lancinante di un proiettile conficcato nella carne, ma non giunse nulla di simile. Solo un attimo dopo comprese la verità. Claire si era gettata, all'ultimo istante, al suo posto, facendogli da scudo. Il corpo della donna giaceva sul pavimento, mentre una macchia di sangue si espandeva lentamente sui suoi vestiti.

«Claire, no!» gridò con la voce incrinata, mentre un'ondata di terrore e rabbia lo travolgeva. Si inginocchiò accanto a lei, afferrandole la mano fredda e tremante. Ogni respiro di Claire sembrava indebolirsi ulteriormente e Bill percepiva la vita scivolare via dal suo corpo con una crudeltà inesorabile.

«Perché l'hai fatto? Perché?» rantolò, stringendole le dita come se, in quell'ultimo disperato gesto, potesse trattenerla ancora nel mondo dei vivi.

Gli occhi di Claire, annebbiati dal dolore, lo fissarono. Eppure, in quel bagliore triste, traspariva una scintilla di determinazione. «Perché ti amo...», sussurrò quasi impercettibilmente, «non potevo... non potevo... lasciarti... morire...»

In quell'istante, la disperazione di Bill si tramutò in una furia inarrestabile. Si voltò di scatto verso Adam, che stringeva ancora la pistola fumante.

«Salvatela, vi prego... salvatela e vi dirò dov'è il libro», ringhiò con la voce rotta dal dolore.

Dall'uscio, Asmodeo rimase immobile, la sua figura avvolta da un'aura di assoluta autorità. La luce fredda proveniente dall'esterno si rifletteva sulla sua sagoma, tracciando contorni netti, quasi innaturali, come se il buio stesso le appartenesse.

Adam, fermo accanto a lei, attese in silenzio, senza osare muoversi. Aspettava un ordine, un segnale che solo lei poteva dare, consapevole che ogni sua decisione era legge, ogni parola una sentenza.

Dopo un istante che parve interminabile, la sua voce rieccheggiò nel magazzino, tagliente e definitiva.

«Salvatela.»

Non un'esitazione, non un'ombra di dubbio.

«Claire deve vivere. Non tollererò un fallimento.»

Le guardie si mossero all'istante, rapide, precise, addestrate a obbedire senza fare domande. Uno si inginocchiò accanto a Claire, controllandone le condizioni, mentre un altro correva a prendere il kit di pronto soccorso. Gli ordini rimbalzavano nell'aria come colpi sordi, l'atmosfera satura di tensione.

Bill, ancora stordito, si costrinse a sollevare lo sguardo, cercando di mettere a fuoco ciò che stava accadendo. Il dolore pulsava dietro le tempie, la vista leggermente offuscata, il respiro pesante come se ogni boccata d'aria gli costasse uno sforzo immenso. Ma niente di tutto questo importò quando il suo sguardo incrociò quello di Asmodeo.

E allora la vide.

La luce fioca del magazzino le sfiorava il volto con un gioco crudele di ombre, accentuando la linea elegante degli zigomi e la freddezza delle sue iridi. Era lì, in piedi, a pochi metri da lui, la postura rigida di chi è abituato a dominare, a controllare ogni cosa con una semplice occhiata. Troppo reale per essere un'allucinazione, troppo impossibile per essere vera.

Il suo cuore perse un colpo, poi riprese a battere all'impazzata, un martello impazzito nel petto.

Le parole gli uscirono di bocca senza che riuscisse a fermarle, un sussurro quasi rauco, intriso di incredulità e sgomento.

«Lisa...?»

Gli occhi gli bruciavano per lo shock, la mente rifiutava di accettare ciò che vedeva, ma ogni cellula del suo corpo sapeva che non poteva sbagliarsi. Era lei.

Lisa.

La donna che aveva amato, la ragazza che credeva morta da anni, il volto che lo tormentava nei sogni e nei ricordi.

Si costrinse a sbattere le palpebre, quasi sperando che l'immagine svanisse, che fosse un gioco crudele della sua mente, una distorsione del dolore e della paura. Ma lei era ancora lì, in piedi davanti a lui, imperturbabile, distante, gelida.

Strinse i denti, sentendo la gola chiudersi, la testa girare. Non poteva essere vero.

Eppure, lo era.

«Sei... sei tu?» balbettò, la voce spezzata dalla confusione, dal peso di una verità che non era pronto ad affrontare.

Lei non rispose.

Non un battito di ciglia, non un fremito sul volto perfetto e impassibile. Solo un silenzio assordante, più doloroso di qualsiasi parola.

Bill sentì un brivido gelido scorrergli lungo la schiena.

La Lisa che conosceva, quella che aveva amato, che avrebbe riconosciuto ovunque, non era più lì.

Al suo posto, c'era solo Asmodeo.

Asmodeo lo fissò con uno sguardo in cui si mescolavano sofferenza e una fredda impenetrabilità. «Capisco perché tu lo pensi,» rispose piano, «ma non sono lei.»

Si mosse con una calma calcolata, passi leggeri sul pavimento di cemento, come se il tempo stesso le appartenesse.

Bill avvertì il gelo della sua presenza avvicinarsi, il suo profumo appena percettibile mescolato all'odore di polvere e umidità del magazzino. Tutto dentro di lui gridava di allontanarsi, di non lasciarle spazio, di non permetterle di avvicinarsi oltre. Ma restò fermo. Immobilizzato da qualcosa di più profondo della paura.

Adam, sempre vigile, alzò la pistola d'istinto, il braccio teso, le nocche contratte dalla tensione.

Con un gesto fluido e imperioso, lei gli abbassò l'arma, senza bisogno di una parola. Adam non si oppose. Non avrebbe mai osato.

«Vedi, Bill...»

La sua voce era bassa, misurata, con quella quieta fermezza che sapeva essere più letale della violenza.

«Forse non ci crederai, ma il dio Asmodeo mantiene sempre la parola.»

Fece un passo ancora, sufficiente perché lui potesse percepire il calore del suo respiro sfiorargli la pelle, mentre il suo sguardo si fissava nel suo con una freddezza tagliente.

«Ho già iniziato a fare la mia parte.»

Si interruppe per un attimo, lasciandogli il tempo di metabolizzare ogni singola parola. Poi inclinò appena la testa, il tono che si fece ancora più basso, quasi un sussurro.

«Ora voglio sapere dov'è il libro.»

Un silenzio innaturale calò tra loro.

«Altrimenti, sarai costretto a scoprire l'altro lato di ciò che sono.»

Si avvicinò ancora di qualche millimetro, le labbra appena increspate in un sorriso privo di calore.

«La distruzione.»

Bill sapeva di non avere scelta.

L'istinto gli diceva di resistere, di non cedere a quella pressione, ma la realtà lo teneva inchiodato senza via di fuga: Claire era in fin di vita e ogni secondo perso poteva segnare la sua condanna. Non poteva permetterselo. Non di nuovo.

Inspirò profondamente, cercando di contenere il caos che gli montava dentro, ma il peso della decisione lo opprimeva come un macigno. Doveva tradire la fiducia di un'altra persona per salvarne una che non poteva perdere.

Si passò la lingua sulle labbra secche, la voce sottile ma ferma quando finalmente parlò.

«L'ho dato a Mark Bennet.»

Le parole si dispersero nel silenzio teso della stanza, ogni suono sembrava essere stato inghiottito dall'aria densa di aspettative.

«È lui che ha il libro.»

Non ne aveva la certezza assoluta, ma doveva crederci. Doveva sperare che Mark fosse riuscito a recuperarlo dal vecchio Williamson. Non poteva permettere che quei pazzi arrivassero fino a lui, trascinandolo in un gioco mortale che lo avrebbe condannato senza scampo. Williamson non c'entrava

nulla, e Bill non avrebbe permesso che pagasse per qualcosa più grande di lui.

Se Mark aveva davvero preso il libro, allora c'era ancora una possibilità. Forse era già lontano, forse aveva capito il pericolo prima di tutti e si era mosso nel modo giusto.

Era l'unico, in quel momento, che sapeva davvero con chi stavano combattendo. L'unico che, più di chiunque altro, aveva la forza e la lucidità per resistere.

Se qualcuno poteva farcela, era lui.

Un sorriso compiaciuto si dipinse sul volto di Johnson. «Lo immaginavo...», disse, avvicinandosi ad Asmodeo con aria tronfia. «Ieri sera ho già provveduto a farlo arrestare.» Estrasse il cellulare e compose un numero con gesto deciso. «Agente Waisse, come sta il nostro caro Bennett?» La sua voce era carica di sicurezza, ma il volto gli si fece improvvisamente serio ascoltando la risposta dall'altro capo.

«Come diavolo avete fatto? Siete finiti! Maledetti incompetenti!» sbraitò mentre la rabbia infiammava i suoi occhi. Poi abbassò lo sguardo, mordendosi il labbro: «C'è... un problema. È scappato all'arresto. Lo stanno cercando.»

Asmodeo si voltò verso Johnson, fissandolo con uno sguardo gelido che ridusse i suoi occhi a sottili fessure minacciose. «Ti conviene ritrovarlo entro oggi,» scandì con una freddezza tale da far accapponare la pelle a tutti i presenti, «altrimenti non avrò più alcun bisogno di te.» La sua voce, tanto calma quanto priva di emozione, echeggiò come una condanna a morte.

Nel frattempo, Adam osservava i suoi uomini, impegnati a stabilizzare Claire. Frugavano freneticamente nel kit di pronto soccorso e cercavano disperatamente di arrestare l'emorragia.

Ogni secondo che passava sembrava sottrarre un frammento della vita di Claire, come se un abisso si aprisse sotto di lei.

Bill non poteva che restare a guardare, divorato dall'angoscia e dai sensi di colpa per aver coinvolto il suo amico in quella spirale di violenza.

CAPITOLO 29

SIAMO IN TRAPPOLA

Mark e Clarissa arrivarono a Beverly Hills mentre il sole splendeva alto nel cielo, proiettando ombre nette sui viali perfettamente curati. L'aria era calda, profumata di fiori e asfalto appena scaldato, un contrasto surreale con la tensione che li attanagliava.

Clarissa parcheggiò l'auto in un'area isolata, lontano da occhi indiscreti. Non potevano permettersi di attirare attenzioni indesiderate, non ora.

«Non lasciamo niente qui,» disse Mark con fermezza, mentre la donna spegneva il motore dell'auto.

Lei annuì, le dita strette intorno allo zainetto. Dentro, le prove raccolte fino a quel momento: la chiave, il libro e i documenti ancora da decifrare, pezzi sparsi di una verità ancora sepolta nell'ombra. Non si fidavano a lasciarle nell'auto, non ora, non con tutti quei segreti che pulsavano e reclamavano di essere svelati.

Qualcuno li stava cercando. E qualcuno voleva impedirgli di scoprire la verità.

Senza aggiungere altro, scesero dall'auto con movimenti misurati, sentendo il peso della loro missione gravare su di loro. Beverly Hills poteva sembrare un'oasi sicura, ma Mark sapeva

che era solo un'illusione. Il vero pericolo non era mai stato così vicino.

L'atmosfera che li avvolse non appena varcarono il cancello della villa della signora Smith era carica di un'inquietudine sottile, un'ombra invisibile che sembrava strisciare lungo i vialetti curati e insinuarsi tra le colonne neoclassiche della grande residenza.

L'edificio, maestoso e impeccabile nella sua architettura bianca e austera, si ergeva con un'eleganza quasi ostile, come se volesse tenere lontano chiunque non appartenesse al suo mondo. Il sole californiano illuminava ogni superficie con una luce abbagliante, ma nulla riusciva a dissolvere il gelo che sembrava essersi posato nell'aria.

Ogni passo sul vialetto in pietra era accompagnato da un silenzio quasi surreale. Nessun rumore di uccelli, nessun segno di vita al di fuori del fruscio lieve delle foglie scosse da un vento impercettibile.

Era come se la villa stesse aspettando l'inevitabile.

Un anziano maggiordomo aprì la porta, il viso rigido come una maschera di porcellana.

«Buongiorno», disse a bassa voce, mantenendo un tono formale. «La signora Smith vi aspetta. Accomodatevi, prego.»

Mark si schiarì la gola, cercando di mascherare la tensione con un tono sicuro. «Possiamo incontrarla subito?» chiese con un sorriso misurato, cercando di apparire gentile, nonostante il disagio che gli serrava lo stomaco.

Il maggiordomo li scrutò in silenzio, il viso impassibile, ma lo sguardo attento, come se stesse valutando ogni dettaglio della loro presenza. Dopo un lungo istante, chinò leggermente il capo in un cenno formale.

«La signora Smith arriverà presto. Vi invito a entrare e ad accomodarvi mentre l'attendete.»

Mark lanciò un'occhiata a Clarissa. Uno scambio rapido, quasi impercettibile, ma carico di significato. Era un invito, certo. Ma anche un modo per tenerli sotto controllo.

Senza aggiungere altro, seguirono l'uomo lungo il corridoio illuminato da lampadari di cristallo, il tappeto persiano sotto i loro piedi che soffocava ogni suono, rendendo i loro passi spettrali. L'intera villa sembrava sospesa in una quiete innaturale, studiata per mettere a disagio chiunque non fosse abituato a un ambiente simile.

Quando il maggiordomo aprì la porta della sala per gli ospiti, un'ondata di freddezza quasi tangibile li accolse. L'arredamento era impeccabile: poltrone di velluto, mobili d'epoca, un camino imponente che sembrava non essere mai stato acceso, quadri appesi con precisione maniacale.

«Accomodatevi pure. L'attesa non sarà lunga.»

Con un ultimo sguardo il maggiordomo si ritirò in silenzio, chiudendo la porta con un movimento lento e misurato.

Mark si lasciò cadere su una delle poltrone, passandosi una mano sulla nuca mentre osservava l'ambiente con attenzione.

«Non so se siamo ospiti o prigionieri.»

Clarissa incrociò le braccia, le dita che tamburellavano sul bracciolo della poltrona, lo sguardo che non smetteva di analizzare ogni dettaglio della stanza.

«Forse entrambe le cose.»

Il suo sguardo vagava per la stanza, ogni dettaglio sembrava studiato, troppo perfetto, come se fosse stato preparato in anticipo per il loro arrivo.

«Mark, non mi piace tutto questo.» La sua voce era bassa, ma carica di tensione. «Come faceva a sapere che saremmo venuti?»

Lui non rispose subito. Rimase in piedi vicino alla grande finestra, lo sguardo perso oltre il vetro. Il giardino era impeccabile, troppo curato, come se nessuno lo avesse mai davvero vissuto.

«Non lo so.» La sua voce era controllata, ma lei colse l'inquietudine dietro quelle parole.

«Ma dobbiamo essere pazienti.» Fece un respiro profondo, senza voltarsi. «Almeno per ora.»

Lei lo osservò per un istante, stringendo le labbra. Lui non lo diceva, ma lo sentiva. Qualcosa non quadrava.

Nel frattempo, lontano dalla villa, Agata Smith sedeva con un'eleganza glaciale all'interno della sua limousine nera, parcheggiata nei pressi del confine con il Messico. L'aria condizionata le accarezzava la pelle, un contrasto netto con il calore soffocante dell'esterno. Era in attesa.

Le sue dita, perfettamente curate, sfioravano il display del suo smartphone mentre lo sguardo si posava sull'edificio di legno dall'aspetto dimesso, poco distante. Un luogo insignificante per chiunque, ma non per lei. L'atmosfera all'interno di quella struttura era tesa, elettrica, pericolosa, quasi quanto quella che aleggiava in quel preciso momento nella sua villa di Beverly Hills.

I suoi pensieri si spostarono su Adam e Johnson. Il primo aveva un compito chiaro: salvare Claire. Il secondo, invece, doveva rimediare all'ennesimo disastro che aveva combinato.

All'improvviso, lo schermo del suo smartphone si illuminò.

Con un gesto misurato lo prese, senza fretta. Il nome che apparve sul display le strappò un lieve sorriso. James. Il suo fidato maggiordomo non era tipo da chiamare per cattive notizie.

«Dimmi,» rispose con tono morbido, quasi confidenziale.

Dall'altro lato, la voce pacata di James parlò per pochi istanti. Lei ascoltò in silenzio, senza interromperlo, senza lasciar trapelare alcuna emozione.

Quando la chiamata si chiuse, un sorriso sottile si disegnò sulle sue labbra.

Finalmente una buona notizia.

Si voltò verso una delle sue guardie, il suo sguardo carico della stessa sicurezza con cui aveva sempre mosso le pedine sulla scacchiera del potere.

«Portatemi subito Johnson.»

La sua voce era ferma, il tono quello di chi non chiede, ma ordina.

Dopo pochi minuti, il direttore Johnson salì sull'auto e Agata lo squadrò con uno sguardo severo.

«Direttore Richard Johnson» esordì, con tono fermo, «è ora di rimediare ai casini che hai combinato. Mark Bennett e un'altra donna si trovano nella mia residenza a Beverly Hills. Da qui in avanti non tollererò più errori.»

Johnson, notoriamente un uomo di poche parole, si limitò ad annuire mantenendo l'usuale atteggiamento impassibile. «Vuole che li recuperi subito?»

«Sì, devono essere portati qui» replicò Agata con voce affilata come una lama. «E assicurati di recuperare anche il libro. Sai quanto è importante.» Poi sospirò, come se si stesse preparando a un passo inevitabile.

«Un'ultima cosa. Sii discreto. Non possiamo escludere che l'esterno della villa sia sotto sorveglianza. Questa è la tua ultima possibilità.»

Johnson non rispose, limitandosi a un cenno prima di uscire dalla macchina, lasciando Agata sola con i suoi pensieri. Sapeva che il tempo stava per scadere e ogni mossa doveva essere perfetta.

Nella sala per gli ospiti della villa, l'attesa si prolungava. Mark e Clarissa iniziarono a sentirsi a disagio, come se ogni minuto che passava pesasse sulle loro spalle. Avevano chiesto di poter incontrare subito la signora Smith, ma la risposta era stata un sottile invito ad attendere. L'inquietudine cresceva e il silenzio intorno a loro sembrava farsi più denso, quasi soffocante.

«Perché ci fanno aspettare così a lungo?» sussurrò Clarissa, mentre cercava di tenere a bada l'ansia che le stringeva lo stomaco. «È già passata quasi un'ora... doveva solo venire a salutarci.»

«Non lo so,» rispose Mark, cercando di mantenere la calma. «Non piace neanche a me e non possiamo semplicemente stare qui fermi ad attendere. C'è qualcosa che non va.»

«E se curiosassimo in giro?» gli domandò, visibilmente combattuta tra la prudenza e il crescente istinto di fuggire.

«A questo punto non vedo alternative. Non penso che possiamo permetterci di restare immobili e sperare per il meglio,» rispose lui, risoluto. «Dobbiamo capire cosa sta succedendo.»

Con un'ultima occhiata al corridoio deserto, decisero di agire. Si alzarono dalle poltrone e uscirono dalla stanza, muovendosi con cautela. Ogni loro passo sembrava risuonare nell'aria come un eco inquietante, ma non c'era traccia di

nessuno. Le stanze che incontravano lungo il cammino erano chiuse o, se aperte, mostravano interni vuoti e fin troppo perfetti, come se non fossero mai stati abitati.

Finalmente, raggiunsero una porta più grande e decorata delle altre.

«Proviamo qui,» sussurrò Mark. Con cautela, aprì la porta, che cigolò leggermente sui cardini. Entrarono in una stanza ampia, dominata da una scrivania di cristallo che brillava sotto la luce soffusa delle lampade. Le pareti erano ricoperte di scaffali contenenti libri rilegati in pelle e una vetrina di liquori si trovava di fronte alla scrivania, come a custodire segreti di cui solo pochi erano a conoscenza.

«Non sembra il tipo di posto dove riceve ospiti,» commentò Clarissa, osservando l'ambiente con attenzione. «Sembra più un santuario personale.»

Mentre Mark si avvicinava alla scrivania, cercando qualche indizio, Clarissa sentì improvvisamente dei passi avvicinarsi. Il suono era lieve, ma nel silenzio della villa sembrava amplificato.

«Mark, qualcuno sta arrivando!» esclamò a bassa voce mentre il panico le afferrava lo stomaco.

Si guardarono freneticamente in giro e videro un grande armadio nell'angolo opposto della stanza in cui erano. Senza esitare, si nascosero al suo interno. Il grande mobile sembrava un normale guardaroba, ma le sue porte spesse avrebbero potuto nascondere qualsiasi cosa. L'interno sapeva di legno stagionato e stoffa impolverata. Con un filo d'ansia, chiusero l'anta lasciando appena una fessura per poter sbirciare.

Il vecchio maggiordomo entrò nello studio con passo deciso, i suoi occhi freddi scrutavano l'ambiente con attenzione.

«Mi sembrava di aver sentito delle voci...» mormorò tra sé, il volto contratto in un'espressione dubbiosa. Fece il giro della

stanza, sistemandosi davanti alla scrivania, poi si avvicinò alla vetrina dei liquori, osservando per un lungo istante le bottiglie allineate con precisione quasi maniacale.

Mark trattenne il respiro, ogni muscolo del suo corpo era teso al massimo, pronto a qualsiasi evenienza. Il maggiordomo sembrava in procinto di fare qualcosa, ma dopo un attimo di esitazione, si voltò e lasciò la stanza, chiudendo la porta dietro di sé.

«Ci è mancato un soffio,» bisbigliò Clarissa, ancora intenta a placare il cuore che le batteva all'impazzata.

Lui annuì, allungando la mano verso l'anta dell'armadio per uscire, ma lei gli afferrò il polso. «Aspetta» mormorò, lo sguardo fisso sul pannello posteriore del mobile. «Guarda lì.»

L'uomo seguì la direzione dei suoi occhi e si accorse che quella porzione di legno sembrava fuori posto, come se non fosse saldamente ancorata. Avvicinò la mano e spinse con cautela. Il pannello si ritrasse, quindi si spostò lateralmente in modo automatico, rivelando qualcosa di inaspettato: un passaggio nascosto che conduceva a un ascensore celato all'interno dell'armadio.

I due rimasero immobili, con il fiato sospeso, lo sguardo fisso su quella scoperta che poteva cambiare le carte in tavola.

Entrarono all'interno dell'ascensore e notarono che la cabina, rivestita di acciaio lucido, era fredda e impersonale, senza alcuna indicazione visibile tranne un singolo pulsante sul pannello di controllo.

«Non so dove porti, ma a questo punto, non abbiamo molta scelta,» disse Clarissa con voce tesa ma determinata.

«Speriamo non all'inferno,» rispose Mark, premendo il pulsante senza ulteriori esitazioni.

L'ascensore iniziò a scendere con un movimento fluido e silenzioso, ma il tempo sembrava dilatarsi. Non sapevano cosa li aspettasse alla fine di quel viaggio sotterraneo e l'incertezza era quasi insopportabile.

Le porte si aprirono con un sibilo, rivelando un ambiente che non aveva nulla a che vedere con la stanza che avevano appena lasciato. Di fronte a loro si stendeva un vasto locale ultramoderno, dominato dal bianco luminoso delle pareti e da un arredamento minimalista. Qua e là scintillava un'evidente tecnologia all'avanguardia, quasi fosse un laboratorio segreto. In fondo, oltre la distesa di superfici lucide e linee essenziali, si trovava un imponente parco auto: uno spazio inaspettatamente ampio, popolato di veicoli che sembravano pronti a sfrecciare via in qualsiasi momento.

L'atmosfera era glaciale, priva di ogni traccia di vita, come se tutto in quell'enorme stanza fosse stato creato per uno scopo preciso, oscuro e inconfessabile. Clarissa avanzava con passi misurati tra i riflessi metallici dell'arredamento, quasi timorosa di lasciare impronte in quell'ambiente asettico. Le pareti e il soffitto, di un bianco accecante, riflettevano la luce fredda dei pannelli al neon, amplificando la sensazione di trovarsi in un luogo distaccato dalla realtà, un locale predisposto a voler respingere qualsiasi forma di calore umano.

«Che razza di posto è...?» sussurrò mentre sfiorava un tavolo metallico perfettamente lucido. Non un'impronta, non un granello di polvere: tutto era così meticolosamente ordinato da sembrare irreale.

Uno dei lati della stanza era occupato da una parete di monitor di sorveglianza, ognuno con una piccola didascalia che indicava il luogo ripreso. Le telecamere mostravano ogni angolo della villa, dalle eleganti sale al giardino illuminato, fino

a una dependance vicino alla piscina. Un altro schermo proiettava una piantina dettagliata dell'edificio, segnalando i dispositivi di sicurezza disseminati nei corridoi e in alcune stanze.

Clarissa si fermò di colpo. «Guarda qui...» disse, indicando uno degli schermi. «Quella è la dependance della piscina. C'è un bambino...»

Mark si avvicinò e il suo sguardo si rabbuiò. Non era un semplice bambino. Lo conosceva. Il sangue gli si gelò nelle vene nel riconoscere Dylan, il figlio di Isabel. Era seduto su una sedia, pallido, gli occhi fissi nel vuoto, come se fosse sotto l'effetto di qualcosa.

«È vivo...» sussurrò, sentendo l'adrenalina esplodergli nel petto.

«Chi è? Lo conosci?» gli chiese, confusa.

Mark sentì un nodo serrargli la gola. «Dylan...»

«Dylan?» ripeté lei, cercando nei suoi occhi una risposta.

«Non posso spiegarti tutto adesso,» rispose con la voce incrinata dall'urgenza. Esitò un istante prima di aggiungere: «Dylan è un bambino a cui tengo. Isabel...» Si interruppe, il nome gli si bloccò in gola come una lama. Poi chiuse gli occhi un attimo, incanalando la tensione.

«Devo portarlo via da qui. A qualunque costo.»

Lei lo fissò, colta da una nuova ondata di inquietudine. L'espressione di Mark non lasciava spazio a domande. Quel bambino significava più di quanto lui fosse disposto a rivelare e il suo sguardo era quello di un uomo che avrebbe attraversato l'inferno pur di salvarlo.

Ma l'inferno era già lì, a giudicare dagli schermi. Guardie armate si muovevano in ogni angolo della proprietà. L'idea che, fino a quel momento, avessero incontrato soltanto un

maggiordomo diventava ancora più inquietante. Era una trappola? Un test? Qualcosa non quadrava.

Clarissa strinse le labbra, incrociando le braccia mentre studiava il perimetro di sicurezza sulle telecamere.

«Okay... quindi, per ricapitolare,» mormorò. «Non solo siamo entrati nella tana del lupo, ma il lupo ci sta pure aspettando con la tovaglia apparecchiata.»

Mark non rispose. Stava già elaborando un piano.

Lei si passò una mano tra i capelli, osservando la quantità di uomini armati che pattugliavano la villa.

«Gesù... siamo in trappola.»

CAPITOLO 30

LA MIA MISSIONE

Mark distolse lo sguardo dai monitor e si diresse verso uno scaffale metallico accanto alla parete di controllo. Su di esso erano disposte, in bella vista, pistole, caricatori e coltelli: un vero arsenale, lasciato lì con la stessa cura con cui si esporrebbero oggetti da collezione.

Fece scorrere lo sguardo sugli oggetti disposti davanti a lui, gli occhi attenti a ogni dettaglio, il respiro lento e controllato. «Già... eccole qui le armi,» mormorò, afferrando una pistola con movimenti precisi.

Il metallo freddo gli scivolò tra le dita mentre controllava il caricatore con naturalezza, quasi con automatismo. Senza pensarci troppo, la infilò nella tasca interna della giacca, sentendone il peso contro il petto.

Solo un anno prima non ne aveva mai neanche toccata una. Adesso, invece, ogni gesto gli sembrava familiare, fin troppo naturale.

Come cambiano le cose.

Un velo di malinconia lo attraversò, un riflesso amaro che lo colse alla sprovvista. Non avrebbe mai immaginato di arrivare a questo punto, eppure eccolo lì, con una pistola in tasca e la consapevolezza che avrebbe potuto usarla per togliere una vita.

Continuò a rovistare tra le altre attrezzature, le mani che si muovevano con rapidità, finché le sue dita sfiorarono un set di auricolari professionali. Li sollevò, esaminandoli per un istante. Erano di alta qualità.

«Questi potrebbero tornarci utili.»

Prese un auricolare e lo porse a Clarissa, che lo afferrò senza esitazione. Lo infilò nell' orecchio e poi incrociò il suo sguardo, in attesa.

«Proviamoli,» disse, attivando il microfono con un rapido tocco. Sussurrò una parola nella linea e pochi istanti dopo la voce di Clarissa risuonò nitida nel suo auricolare.

Lei annuì appena, soddisfatta del risultato. «Funzionano. Speriamo solo che il segnale sia chiuso e non intercettabile.»

Mark si passò una mano sulla nuca, lo sguardo già proiettato sul prossimo passo. «Se siamo su una frequenza isolata, potremo tenerci in contatto senza farci sentire.»

Lei gli lanciò un'occhiata rapida, il suo sorriso appena accennato tradiva un lampo di adrenalina. «Allora, vediamo di non sprecarla.»

Lui si voltò verso gli schermi. L'immagine di Dylan lo inchiodò sul posto. Non aveva più tempo da perdere.

«Devo raggiungere la dependance e portarlo via,» disse con tono deciso. «Ma non posso farlo alla cieca. Ho bisogno che tu resti qui e mi guidi attraverso i monitor. Sarai i miei occhi. Solo così ho una possibilità di arrivarci vivo.»

Lei lo fissò, combattuta tra la paura di lasciarlo andare e la consapevolezza che la sua presenza gli sarebbe stata d'impiccio. Infine, si sistemò meglio l'auricolare e si posizionò davanti agli schermi.

«Fai attenzione,» sussurrò. «E cerca di tornare vivo.»

Mark trattenne il fiato un secondo. «Lo farò,» disse, con una sicurezza che non sentiva davvero.

Poi, senza più esitare, si diresse verso l'ascensore. Sapeva che non avrebbe avuto seconde possibilità.

Doveva raggiungere Dylan. Doveva portarlo via da lì.

E niente, nessuno, glielo avrebbe impedito.

Risalì nello studio ed uscì dall'armadio nel quale poco tempo prima si erano rifugiati.

«Sono pronto. Guidami fino alla dependance,» sussurrò nella radio, cercando di mantenere la voce stabile.

«Certo,» rispose Clarissa, con una leggera ansia. La sua voce lo rassicurava, ma sentiva anche il peso della responsabilità che gravava su di lei.

«Ci sono due guardie nel corridoio principale. Stanno chiacchierando... Aspetta... ora! Vai subito a sinistra, poi continua dritto!»

Mark si mosse con l'agilità e la cautela di un predatore, mantenendosi in ombra. Ogni passo lo avvicinava al ragazzino, ma ogni angolo che girava portava con sé il rischio di essere scoperto. Clarissa continuava a monitorare i movimenti delle guardie, dandogli indicazioni precise, ma l'adrenalina correva a mille.

Ad un certo punto, trattenne il fiato. «Fermati!» sibilò nella radio. Lui si bloccò con il cuore in gola. Davanti a lui, due guardie passarono senza accorgersi della sua presenza. «Sono passati. Vai, subito!»

Finalmente, dopo aver schivato diverse guardie per un soffio, raggiunse la porta della dependance. Si fermò per un istante, trattenendo il respiro, le orecchie tese a captare ogni minimo suono dall'interno. Il cuore gli martellava forte nel

petto e la tensione serrava le sue viscere come una morsa d'acciaio. Non poteva permettersi esitazioni.

Con un movimento rapido, aprì la porta ed entrò.

L'interno della dependance era cupo, impregnato di un silenzio innaturale. L'unica fonte di luce proveniva da una piccola lampada accesa su un tavolo, il suo bagliore fioco proiettava ombre allungate e sinistre sulle pareti. Avanzò con cautela. Poi lo vide.

Dylan era seduto su una sedia, le spalle curve, gli occhi spenti e vitrei, come se fosse rimasto in quel luogo per un tempo interminabile. Il suo viso cereo era illuminato solo a tratti dalla luce tremolante della lampada.

Mark si avvicinò piano, senza fare movimenti bruschi, consapevole di quanto fosse fragile in quel momento.

Quando il ragazzino lo vide, il suo volto si illuminò improvvisamente e negli occhi spenti brillò un barlume di speranza. Le lacrime presero a colargli sulle guance mentre la sua voce si spezzava in un sussurro: «Mark!»

La sua voce era debole, incrinata dal terrore e dallo smarrimento.

«Papà mi ha portato qui... ma era strano. Non mi parlava, mi faceva paura... Poi è sparito e mi hanno lasciato qui. Non potevo uscire...»

Mark sentì un brivido corrergli lungo la schiena. Lo prese tra le braccia, stringendolo forte, mentre il petto gli si riempiva di un senso di protezione quasi animalesco.

«Shh, va tutto bene adesso. Sono qui. Ti porto via, te lo prometto.»

Gli accarezzò i capelli, cercando di trasmettergli sicurezza, ma dentro di sé il panico montava inarrestabile. Chiunque lo avesse portato lì non aveva buone intenzioni. Isabel era morta

in circostanze orribili e ora anche lui era finito nel mezzo di qualcosa di spaventoso.

"Dov'è suo padre?" pensò, ma non c'era tempo per farsi domande.

All'improvviso, la voce di Clarissa esplose nell'auricolare.

«Sta arrivando qualcuno! Nasconditi subito!»

Il tempo si congelò.

Mark reagì d'istinto: rimise velocemente Dylan a sedere sulla sedia e gli fece cenno di restare in silenzio. Il bambino annuì, con il fiato corto per la paura.

Senza pensarci due volte, si nascose dietro una pesante tenda vicino alla porta. Poteva sentire il respiro affannoso del ragazzino, mentre la porta si apriva con un cigolio sinistro. Una guardia entrò, reggendo un vassoio di cibo. Si muoveva con gesti metodici, quasi meccanici. Il volto impassibile, lo sguardo spento, come se fosse solo un ingranaggio di una macchina più grande.

Aspettò. La guardia si avvicinò al tavolo e si chinò leggermente per appoggiare il cibo davanti a Dylan. Era il momento. Con un movimento fulmineo afferrò un lungo bastone per la pulizia della piscina, notato poco prima accanto al suo nascondiglio. Scattò fuori dalla tenda e lo abbatté con tutta la forza sulla testa della guardia.

Il colpo lo fece barcollare, ma non bastò. L'uomo cercò di voltarsi, confuso, ma venne colpito di nuovo, con una brutalità dettata dall'istinto di sopravvivenza. Un terzo colpo lo fece crollare in ginocchio, il quarto lo scaraventò a terra, privo di sensi.

Rimase immobile per un secondo. Il respiro gli tremava nel petto, le mani scosse dall'adrenalina.

"Devo muovermi." Pensò.

Con dita veloci, gli legò polsi e caviglie con delle fascette che aveva preso dallo stesso scaffale dove aveva trovato gli auricolari e infine lo imbavagliò, poi gli sottrasse la radio e la pistola.

Dylan lo fissava, gli occhi spalancati dallo shock.

«Dobbiamo andare,» sussurrò Mark, cercando di rimettersi in carreggiata.

Era solo l'inizio. E fuori da quella stanza li attendeva un inferno.

Con le indicazioni precise di Clarissa, e una buona dose di cautela, riuscirono a tornare alla sala dei monitor senza farsi scoprire. Ogni passo era calcolato al millimetro, ogni respiro misurato per non tradire la loro presenza.

Il ragazzino si aggrappava a Mark con tutta la forza che aveva, le dita strette sul tessuto della sua giacca come se lasciarlo significasse precipitare nel vuoto. Il suo respiro era irregolare, spezzato dalla paura, mentre i suoi occhi, ancora sgranati e lucidi di terrore, sembravano incapaci di mettere a fuoco la realtà attorno a lui.

Quando la donna li vide entrare, la tensione si allentò solo per un istante.

«Dobbiamo pensare a come andarcene da qui,» disse con tono concitato mentre scrutava gli schermi. Il suo sguardo si fermò su una delle telecamere e il suo volto si fece ancora più pallido. «Dobbiamo farlo in fretta. Hanno trovato la guardia nella dependance!»

«Se riusciamo a prendere una macchina, possiamo scappare» rispose Mark, costringendosi a mantenere la calma.

Senza perdere altro tempo, iniziarono a rovistare tra armadietti e cassetti, alla ricerca delle chiavi del parco auto che si trovava proprio vicino a loro.

Lei continuava a cercare freneticamente, mentre lui si bloccò davanti a un armadio anonimo, simile agli altri. Ma quando lo aprì, non trovò semplici ripiani. Dietro gli scaffali, una fessura nella parete rivelava un altro passaggio nascosto alla vista.

Si infilò all'interno con cautela e ciò che trovò dall'altra parte gli fece gelare il sangue.

Due libri, quasi identici a quello che avevano recuperato in precedenza, giacevano su un ripiano come reliquie sacre. Avevano le stesse dimensioni, la stessa copertina consumata dal tempo anche se raffiguranti immagini diverse.

Uno era intitolato *"Libro delle Leggende e dei Rituali del Lago"*, l'altro *"Libro delle Leggende e dei Rituali del Deserto"*.

Il cuore di Mark perse un battito. La sua mente corse immediatamente a Penky Grove e al lago... poi ad Hallowbridge e ai boschi.

E se la sua teoria fosse vera? Se in quella cittadina esistesse davvero un luogo nascosto, un rifugio segreto in cui si ripetevano gli stessi orrori di Hallowbridge?

L'idea gli fece venire la nausea.

Non poteva permettersi di fermarsi a riflettere. Qualunque fosse la verità, non era il momento di elaborarla.

I suoi occhi si posarono sui libri. Non sapeva ancora cosa contenessero, ma era certo di una cosa: non potevano restare lì.

Li afferrò senza esitazione, stringendoli come se dalle loro pagine dipendesse ogni possibilità di salvezza.

«Ho trovato le chiavi!» esclamò Clarissa con la voce carica di sollievo e urgenza.

Mark uscì di scatto dalla stanza segreta, stringendo i libri al petto. Non c'era più tempo da perdere.

Si avviarono in fretta verso l'area parcheggio. Le chiavi che avevano recuperato appartenevano a una Maserati, il che significava che avevano un modo per fuggire, ma il tempo giocava, comunque, contro di loro.

Clarissa aprì la portiera con un gesto rapido e silenzioso, pronta a infilarsi nell'abitacolo, ma un rumore improvviso li fece irrigidire.

Passi pesanti.

Si bloccarono all'istante, i muscoli tesi come corde di violino. Qualcuno si stava avvicinando.

Si voltarono appena in tempo per vedere una guardia entrare da una porta laterale che non avevano notato. L'uomo avanzava con circospezione, il volto teso, il respiro controllato. Non aveva ancora estratto l'arma, ma la sua postura tradiva un'inquietudine latente. Forse aveva percepito qualcosa.

Forse un fruscio, il lieve suono dell'apertura della portiera...

Senza scambiarsi una parola, si accucciarono dietro una fila di veicoli, cercando di rendersi il più possibile invisibili. L'aria nella rimessa sembrava essersi fatta densa e soffocante, ogni minimo suono amplificato dall'eco delle pareti in cemento.

Ogni respiro controllato. Ogni movimento misurato.

La guardia si fermò per un attimo, come se stesse ascoltando, annusando la presenza di qualcosa di fuori posto. Il silenzio era un filo teso sul punto di spezzarsi.

La guardia avanzava lentamente, la mano stretta attorno all'arma, lo sguardo che scrutava l'area con diffidenza. Ogni passo era un colpo secco contro il pavimento di cemento, un segnale d'allarme che faceva aumentare la pressione nelle vene di Mark. Ogni movimento, ogni rumore, poteva essere fatale.

Sentiva Dylan tremare accanto a lui, il bambino serrava le labbra per non emettere il minimo suono e Clarissa,

accovacciata al loro fianco, aveva gli occhi sbarrati e la mascella serrata.

Strinse la pistola ancora nascosta nella giacca, il pollice che sfiorava la sicura. Se la guardia li avesse scoperti, avrebbe dovuto agire all'istante. E questa volta, non c'era spazio per esitazioni.

La tensione era insopportabile. Il tempo si dilatava, ogni secondo sembrava eterno. Poi, un'idea.

Con un gesto rapido e silenzioso, sfilò l'auricolare dall'orecchio e lo lanciò oltre una fila di veicoli, facendolo atterrare con un lieve tintinnio metallico.

Il suono rimbalzò nell'autorimessa.

La guardia si girò di scatto. Il suo respiro si fece più rapido mentre puntava l'arma nella direzione del rumore, avanzando con cautela verso il punto in cui era atterrato il piccolo dispositivo.

Era il momento. Si mosse all'istante. Aprì la portiera della Maserati con un gesto rapido e silenzioso.

«Dentro, ora!» sibilò, spingendo Clarissa e Dylan sui sedili posteriori. Lui si fiondò al posto di guida e chiuse la portiera con un colpo secco.

La guardia capì l'inganno un attimo troppo tardi. Si voltò di scatto, il respiro corto, il dito già pronto sul grilletto. Ma in quell'istante, il motore della Maserati ruggì, squarciando il silenzio del garage.

«La porta del garage è chiusa!» gridò Clarissa con la voce carica di paura. Mark la guardò confuso.

«Cerca il telecomando nel portaoggetti!» continuò lei.

Un colpo di pistola esplose. Il vetro posteriore tremò sotto l'impatto, ma non cedette. L'auto era, per loro fortuna,

blindata. Altri spari seguirono, rimbalzando sulla carrozzeria rinforzata.

«Ci stanno sparando! Cazzo... dov'è quel telecomando?!» balbettò Mark, frugando freneticamente tra gli oggetti nel cruscotto.

«Trovalo, maledizione!»

Le mani gli scivolavano sulle superfici lisce, sudate, frenetiche. Poi, finalmente, sentì la plastica fredda tra le dita.

«Eccolo!»

Senza pensarci, schiacciò i pulsanti alla cieca, sperando di trovare quello giusto.

All'improvviso, della musica esplose dallo stereo dell'auto.

Le casse rimbombarono con la chitarra graffiante di un rock duro e incalzante, carico di energia e di un'inconfondibile carica elettrica.

Clarissa lanciò un'occhiata incredula a Mark, che la fissava a sua volta, sbalordito.

«Ma che diavolo...?!»

La guardia era ormai a pochi passi dall'auto.

Mark afferrò il telecomando e premette un altro pulsante.

Un click secco.

La porta del garage iniziò a sollevarsi lentamente, troppo lentamente.

Nel frattempo, la guardia raggiunse il finestrino lato guida e lo colpì con il calcio della pistola, incrinandolo. Un altro colpo e lo avrebbe sfondato.

Mark vide il dito dell'uomo premere il grilletto.

«Vai! Ora!» urlò Clarissa, il terrore che le serrava la gola.

Senza esitare schiacciò l'acceleratore. L'auto schizzò in avanti, le gomme stridettero sul cemento, sollevando un odore acre di gomma bruciata e l'auto sbandò.

La guardia non fece in tempo a spostarsi. Un colpo secco lo mandò a terra, sbilanciandolo. Il proiettile partì, ma la caduta sballò la mira. Un'esplosione secca e il colpo si conficcò nel soffitto del garage.

Clarissa si voltò di scatto e vide che la guardia giaceva a terra, stordita. Ma davanti a loro c'era un problema più grande.

«Dannazione... non ci passeremo mai!» gridò con gli occhi spalancati mentre la porta del garage si avvicinava troppo in fretta.

Mark non rallentò. Non aveva scelta.

Il portone si stava alzando, ma troppo lentamente. Clarissa chiuse gli occhi, aspettandosi l'impatto. Uno stridio assordante di metallo contro metallo. Il tetto strisciò contro la serranda ancora non completamente alzata, lasciando una lunga ammaccatura e una scia di scintille.

Per un secondo, il mondo sembrò tremare attorno a loro.

Poi la Maserati sfrecciò all'esterno, lanciata a tutta velocità sulla strada. Clarissa si voltò verso il garage che avevano appena abbandonato. «Cristo santo...» mormorò, incapace di credere di essere ancora viva.

Il rombo della Maserati si mescolava al sibilo minaccioso dei proiettili, che scheggiavano la carrozzeria e mandavano in frantumi il lunotto posteriore. Mark sterzò di colpo, l'auto scattò in avanti, le gomme stridettero contro l'asfalto mentre imboccavano la strada principale.

Il cuore gli martellava nel petto, il sudore gli colava lungo la schiena, il cervello lavorava più veloce delle ruote che divoravano il terreno sotto di loro.

Fu allora che vide la berlina blu scura comparire improvvisamente davanti a loro, bloccando la strada.

Richard Johnson era al volante.

Era da poco atterrato con un jet privato. Non aveva perso tempo: doveva prelevare Mark e Clarissa dalla villa di Agata Smith. Il piano era chiaro, pulito, calcolato alla perfezione. Ma ora tutto era andato a puttane.

Il tempo sembrò fermarsi per un istante. Gli occhi di Mark incontrarono i suoi attraverso il parabrezza, un lampo di riconoscimento e furia reciproca prima che l'inseguimento li travolgesse entrambi.

Johnson non esitò. Con una manovra precisa, infilò la marcia e si lanciò dietro la Maserati, incollandosi al paraurti con la freddezza di un predatore che aveva finalmente trovato la sua preda.

Le due auto sfrecciavano lungo le curve strette delle colline, la velocità tale da far stridere gli pneumatici a ogni sterzata. L'aria era densa di polvere e asfalto bruciato, ogni curva un rischio, ogni rettilineo una lotta per la sopravvivenza.

Poi, improvvisamente, il suono di una chitarra elettrica lacerò il silenzio teso dell'abitacolo.

Highway to Hell.

Lo stereo, che si era acceso nel tentativo di aprire il garage, continuava a trasmettere a tutto volume.

Mark sbatté le palpebre, incredulo. «Davvero?»

Il ritornello esplose nelle casse, il ritmo martellante della batteria scandiva il battito frenetico del suo cuore.

«Non ci credo...» mormorò, schivando un altro proiettile che colpì lo specchietto laterale.

Come se quella maledetta canzone fosse la colonna sonora perfetta per quello che stava vivendo.

Un folle inseguimento all'inferno.

Johnson non mollava e a un certo punto riuscì ad affiancarsi, cercando di spingere la Maserati verso il guardrail. Oltre, c'era

solo il vuoto e un dirupo che scendeva a picco. Mark serrò i denti, lottando contro il volante per mantenere l'auto in carreggiata. La pressione era insostenibile, ma non poteva permettersi di cedere.

Improvvisamente, dall'altra corsia, apparve un camion. Johnson, colto di sorpresa, sterzò bruscamente per evitare l'impatto. La berlina blu perse il controllo, uscendo di strada e ribaltandosi diverse volte lungo il dirupo, con un rumore sordo e terribile di metallo contro roccia.

Mark frenò bruscamente la Maserati mentre la sua mente cercava di elaborare le prossime mosse.

«Clarissa, resta pronta a ripartire!» disse con la voce spezzata dall'adrenalina. Scese rapidamente dall'auto e si precipitò lungo la scarpata, il fiato corto mentre si avvicinava al relitto.

La scena era caotica: l'auto capovolta, i vetri infranti, il fumo che usciva dal motore. Ma Johnson, miracolosamente, era ancora vivo, seppur gravemente ferito. Lo tirò fuori, lo stese a terra con delicatezza e disperazione

«Resisti... Cazzo! Ma perché volevi buttarci fuori strada?» chiese disperatamente mentre l'uomo respirava a fatica.

Poi udì il suono delle sirene che si avvicinava, sempre più forte. Non c'era tempo.

Con un ultimo sforzo, Johnson sollevò lo sguardo, il dolore e la consapevolezza della fine imminente scolpiti sul volto. «Non puoi sfuggirgli... non ti danno scelta...» sussurrò, mentre con le dita infilava un piccolo foglietto piegato nella mano di Mark. Sul suo viso apparve un sorriso sottile, quasi un ghigno beffardo, prima che l'ultimo respiro lo abbandonasse.

Mark rimase per un attimo paralizzato. Guardò ciò che stringeva nella mano e, con un gesto rapido, lo aprì. C'era un disegno e una sequenza di numeri criptici. Non aveva idea di

cosa significassero, ma sapeva che doveva scoprirlo. Guardò il corpo senza vita di Johnson, un misto di rabbia e confusione negli occhi.

La voce di Clarissa squarciò il torpore che per un attimo l'aveva paralizzato.

«Dobbiamo andare!»

Alzò lo sguardo e la vide. La Maserati avanzava verso di lui, il motore ancora acceso, pronta a scattare via. Il camionista era distratto, ancora al telefono con i soccorsi. Sirene in lontananza si facevano sempre più vicine.

Non poteva permettersi di rimanere lì.

Si lanciò verso l'auto e, con un movimento rapido, aprì la portiera e saltò a bordo. Clarissa premette il piede sull'acceleratore prima ancora che lui chiudesse lo sportello. L'auto sfrecciò via, divorando l'asfalto.

Mark inspirò a fondo, cercando di mettere ordine nel caos che gli ribolliva in testa. Il foglietto nella sua mano sembrava bruciare.

Ma soprattutto, ora la sua missione gli appariva chiara come non mai: non si trattava solo di salvare Bill e di scoprire che fine avessero fatto i suoi amici.

Dopo aver perso Lisa. Dopo aver perso Isabel.

Non avrebbe perso nessun altro.

CAPITOLO 31
UNA NUOVA VOCE

Dopo aver abbandonato la Maserati, non si erano fermati un solo istante. L'auto era troppo riconoscibile, troppo compromessa. Se volevano sparire, dovevano farlo in fretta. Con Dylan stretto tra loro, si erano mescolati tra i passeggeri di un autobus di linea, lasciandosi alle spalle Beverly Hills. Il bambino era silenzioso, gli occhi stanchi e gonfi e il corpo ancora segnato dalla paura. Non parlava, ma Mark sentiva il suo piccolo petto alzarsi e abbassarsi in respiri irregolari, come se dentro di lui il terrore non fosse mai davvero svanito.

Avevano viaggiato nel silenzio, senza scambiarsi troppe parole, osservando ogni volto intorno a loro, attenti a ogni movimento sospetto. La paranoia era la loro unica alleata ora.

Diverse ore dopo, lontani dalla città, noleggiarono un'auto per continuare il viaggio. Clarissa si occupò del noleggio. Mark non poteva permettersi di lasciare tracce. Il suo nome, ormai, era sicuramente su ogni canale della polizia e dell'FBI. Se avesse provato a prenotare qualcosa, si sarebbero trovati addosso una squadra tattica nel giro di pochi minuti.

Forse, se erano fortunati, lei non era ancora finita in quella "esclusiva" lista di ricercati.

Partirono di nuovo, evitando strade principali, caselli, qualsiasi cosa che potesse esporli. Viaggiavano come fantasmi, con la costante sensazione che qualcuno, o qualcosa, li seguisse.

Quando finalmente raggiunsero Penky Grove, il paesaggio intorno a loro sembrava appartenere a un altro mondo. Le luci della città erano un ricordo lontano, sostituite da strade deserte, negozi con le serrande abbassate, lampioni isolati che proiettavano ombre troppo lunghe sulle vie silenziose.

Il lago, che si allargava nero e insondabile nella valle, sembrava quasi attenderli. Era lì che Mark aveva deciso di rifugiarsi. La sua baita si trovava poco oltre la riva, immersa tra gli alberi. Un rifugio sicuro. O almeno così sperava.

La luna piena brillava alta nel cielo, illuminando il sentiero sterrato con una luce argentea inquietante e le ombre degli alberi si allungavano come dita scheletriche sul terreno.

Mark spense il motore e rimase fermo un momento con le mani serrate sul volante. Sentiva il peso di tutto ciò che avevano scoperto, di tutto ciò che ancora non capivano.

Dylan dormiva profondamente sul sedile posteriore, raggomitolato nella giacca troppo grande che Clarissa gli aveva messo addosso. Il bambino sembrava fragile, vulnerabile, ma Mark sapeva che dentro di lui c'era una forza che nemmeno lui riusciva a comprendere.

Clarissa aprì la portiera con cautela. «Dobbiamo farlo riposare in un letto vero,» mormorò mentre continuava a guardare Dylan

Lui annuì, ma la sua mente era già altrove. Dopo aver sistemato il bambino nella piccola camera degli ospiti, Mark uscì sul portico. L'aria fredda del lago lo avvolse come un monito. Si sedette su una vecchia sedia di legno con le gambe che scricchiolavano sotto il suo peso e rimase immobile,

fissando il riflesso della luna sull'acqua scura. Il lago era immobile. Troppo immobile.

Dietro di lui, nella baita, i tre libri erano chiusi nello zaino. Ma li sentiva, come se avessero un peso che andava oltre quello delle pagine. Avrebbero dovuto essere risposte e invece sembravano maledizioni.

Si passò una mano sul viso, provando a scacciare la stanchezza. Ma era qualcosa più della stanchezza. Era qualcosa di diverso. Da quando aveva quei libri, sentiva di non essere più solo. Come se ci fosse un'ombra, un sussurro che non riusciva mai ad afferrare.

Il vento fece increspare la superficie del lago per un istante, poi tornò tutto immobile. Solo suggestione? Oppure qualcosa lo stava davvero osservando. Qualcosa che non apparteneva a questo mondo.

Come programmato, rimasero nascosti nella baita per diversi giorni, mantenendo sempre alta l'attenzione su chiunque si avvicinasse. Ogni rumore insolito, ogni scricchiolio del legno, ogni movimento tra gli alberi era sufficiente a farli tendere i muscoli, pronti a reagire.

Lo zaino era sempre pronto, riempito con l'essenziale per fuggire in un istante. Le chiavi dell'auto erano state lasciate direttamente nel quadro, così da non perdere nemmeno un secondo se le cose si fossero messe male.

Ma Mark non si fidava solo della strada. Aveva anche predisposto la piccola barca che di solito usava per pescare, ormeggiata a pochi metri dalla riva. Se tutto fosse andato storto, il lago sarebbe stata la loro ultima via di fuga.

Ripensandoci, rifugiarsi a Penky Grove non era stata un'idea brillante. Tornare nel posto dove aveva messo radici nell'ultimo anno era alquanto strano per un fuggitivo. Ma forse, proprio

per questo, l'FBI non si sarebbe mai aspettata una mossa così folle. Forse, il nascondiglio più ovvio era diventato l'ultimo posto dove cercarlo.

Di giorno, passavano in rassegna ogni singolo indizio raccolto, tentando di decifrare il mistero legato ai tre libri. Ma ogni pista sembrava condurli nel nulla. Segreti e simboli oscuri, nomi che non riuscivano a collegare, riferimenti a riti antichi. Troppe domande, nessuna risposta.

E così, di notte, quando gli occhi bruciavano per la stanchezza e la mente era un groviglio di frustrazione, Mark usciva sul portico. Fissava il lago, lasciando che il silenzio lo aiutasse a mettere ordine nei pensieri.

Ma quella notte era diversa. Il silenzio era troppo profondo. Troppo innaturale. Nessun gracidare di rane, nessun lontano fruscio d'acqua sulla riva. Solo un vuoto sospeso. Poi un vento gelido si insinuò tra gli alberi, facendo vibrare i rami spogli e sollevando mulinelli di foglie morte dal terreno.

Mark rabbrividì e tirò su il colletto della giacca, ma sapeva che il freddo non era l'unica cosa a disturbarlo. Da giorni ormai, ogni volta che apriva uno di quei libri, sentiva dei sussurri, voci lontane e indistinte che gli riempivano la testa, impedendogli di concentrarsi. All'inizio aveva cercato di ignorarle, convincendosi che fosse solo suggestione, la sua mente troppo provata dalla fuga e dagli orrori vissuti. Ma con il passare del tempo, i sussurri erano diventati più insistenti. Più chiari. Non erano più un semplice brusio. Era come se qualcosa gli parlasse. Poi, all'improvviso, qualcosa cambiò.

L'aria si fece più densa, quasi palpabile, come se il mondo intero stesse trattenendo il fiato. Il silenzio era assoluto, irreale, un vuoto che sembrava inghiottire ogni suono, perfino il battito

del suo cuore. Un brivido gli percorse la schiena. Si sentiva osservato. Da vicino. Troppo vicino.

Si voltò di scatto, il respiro sospeso. Nulla. Solo il lago, piatto come uno specchio d'ossidiana, privo di increspature, come se persino l'acqua rifiutasse di muoversi. La foresta intorno era immobile, i rami contorti come dita tese verso il cielo grigio. Nessun fruscio di animali nascosti, nessun soffio di vento tra le foglie. Solo un silenzio pesante, opprimente.

Mark si sforzò di razionalizzare quella sensazione. Forse era solo la tensione, la stanchezza che gli giocava brutti scherzi. Ma allora perché ogni istinto nel suo corpo gli urlava di andarsene?

Poi lo vide. Due occhi gialli. Brillavano nel buio, lontani ma così intensi da bucare l'oscurità. Non appartenevano a nessun animale che avesse mai visto. Non riflettevano la luce. La emanavano. Sentì il sangue ghiacciarsi nelle vene. Era come essere nudo davanti a una bestia.

Poi la creatura emerse dal buio.

Era un'ombra viva, densa e fluida, più scura della notte stessa. Il suo corpo sembrava un'illusione solida, un vortice di oscurità senza una forma definita. Ma le mani no. Le mani erano bianche, scheletriche, con dita affilate come artigli.

E gli occhi... Quegli occhi gialli colmi di malvagità bruciante lo fissavano, perforandolo fino all'anima. Cercò di muoversi, di scattare in piedi, di correre... Ma non poteva. Era paralizzato. Intrappolato in un incubo ad occhi aperti. Le voci nella sua testa esplosero in un caos assordante. Si accavallavano, gridavano, ridevano, sussurravano segreti proibiti...

Poi, una sola voce si fece chiara.

«Liberami...» Era un sibilo gelido, come il vento tra gli alberi spogli.

«Liberami... e io ti aiuterò a uccidere Asmodeo...»

Mark sentì un'ondata di puro terrore travolgerlo. La creatura avanzò. Le sue mani si tesero verso di lui, artigli pronti a prenderlo.

Tentò di urlare, ma la sua voce era bloccata.

Il buio lo inghiottì.

L'ultima cosa che udì fu la voce nella sua mente, più chiara di tutte le altre. «Liberami... e io salverò i tuoi amici...»

Clarissa si passò una mano tra i capelli, osservando Dylan che fissava il camino, immerso nei suoi pensieri. Il fuoco ondeggiava lentamente, proiettando ombre pulsanti sulle pareti in legno della baita.

"Dov'è Mark?" pensò. *"Di solito non resta fuori così a lungo."*

Il suo sguardo si posò sull'orologio. Era tardi. Lanciò un'occhiata a Dylan. «Aspettami qui, vado a cercarlo.» Attraversò la porta e si diresse verso il lago. Lo trovò seduto su una sedia, ma qualcosa non andava. Mark era immobile con la testa reclinata all'indietro. Gli occhi spalancati e le mani aperte, le dita allargate e rigide, come paralizzate dallo shock.

Clarissa sentì il cuore fermarsi per un istante. Corse verso di lui. «Mark!» Nessuna reazione.

«Mark, mi senti?!» Lo scosse forte, cercando di svegliarlo da quell'incubo ad occhi aperti. Ma non rispondeva. I suoi occhi... erano girati all'indietro, mostrando solo il bianco. Le labbra si muovevano silenziosamente, come se stesse cercando di parlare senza riuscirci. Lo scosse più forte mentre il panico le chiudeva la gola.

Finalmente, il corpo reagì con un sussulto violento. Inspirò bruscamente, come un uomo che riemerge dopo essere stato troppo a lungo sott'acqua. Il respiro era spezzato, irregolare, il

petto che si sollevava freneticamente mentre cercava di riacquistare lucidità.

Si aggrappò a Clarissa con forza, le mani gelide come il marmo, le dita serrate intorno al suo braccio come se temesse di scivolare via dalla realtà stessa. I suoi occhi erano spalancati, colmi di puro terrore, e quando finalmente riuscì a parlare, la sua voce non era altro che un sibilo rauco, spezzato dall'incredulità.

«Il Sussurratore...»

Le parole uscirono a fatica dalle sue labbra, come se pronunciarle desse loro un peso ancora più terribile. Deglutì a vuoto, lo sguardo perso nel vuoto, ancora prigioniero di ciò che aveva visto.

«Esiste... l'ho visto... Dio mio, ma allora è vero!»

Il gelo che traspariva dalla sua voce era più tagliente di qualsiasi tempesta invernale. Clarissa sentì un brivido percorrerle la schiena. Non era solo paura, era qualcosa di più. Era la certezza che avevano appena varcato un confine da cui non avrebbero potuto più tornare indietro.

«Il Sussurratore?» Chiese.

«Non è solo un mito? Un'allucinazione?»

Ma lui non rispose. I suoi occhi fissavano il buio oltre il lago come se ancora vedesse quella cosa. Lei posò le mani sulle sue guance, cercando di ancorarlo alla realtà.

«Ehi, ascoltami. Sei qui. Sei al sicuro.»

Ma era davvero al sicuro? Dietro di loro, nella baita, qualcuno li osservava.

Dylan. Il piccolo Dylan li guardava dalla finestra, nascosto dietro la tenda. Il suo volto era calmo. Troppo calmo. Un sorriso sinistro si aprì lentamente sulle sue labbra. Gli occhi fissi su Mark. Il Sussurratore, forse, aveva trovato una nuova voce.

CAPITOLO 32

I SEMI DELL'OSCURITÀ

La notte in cui Dylan venne al mondo fu una notte di tenebra e sangue, segnata da un rituale che pochi avrebbero mai potuto immaginare. Era il 2014 e mentre Charles Barrow si trovava in una radura isolata sulle rive del lago di Penky Grove, immerso in pensieri che avrebbero segnato per sempre il suo destino, Isabel combatteva da sola, a chilometri di distanza, in una fredda sala parto.

Il respiro affannoso, il corpo scosso dalle contrazioni, il sudore che le colava lungo le tempie. Ogni fibra del suo essere lottava contro il dolore, ma quello fisico era nulla rispetto al vuoto accanto a lei.

Suo marito non c'era.

Non c'erano mani forti a stringere le sue, né parole sussurrate per confortarla. Solo i volti estranei dell'équipe medica e il suono asettico dei macchinari che scandivano il tempo, impassibili alla sua sofferenza. Isabel serrò i denti, ingoiando la paura e il rancore.

Sapeva di non potersi permettere il lusso di cedere.

Charles era immerso in un mondo di ombre e sussurri antichi, il volto illuminato dal bagliore incerto delle torce. Intorno a lui, i suoi confratelli, gli eredi delle famiglie Harrington e Smith, recitavano all'unisono parole che nessun profano avrebbe dovuto ascoltare. Le fiamme danzavano sul

terreno battuto, proiettando figure spettrali sugli alberi intorno a loro. Il rituale era in corso. Il Sussurratore doveva essere contenuto. Come ogni ciclo. Come sempre.

Al centro della radura, un triangolo perfetto era stato tracciato nel terreno con polvere d'ossa e cenere nera. Tre torce, poste ai vertici, ardevano con fiamme innaturalmente alte, alimentate da qualcosa di più profondo del semplice vento. Dentro il triangolo, l'aria tremolava, distorta da una presenza invisibile. Quella notte, però, qualcosa cambiò.

Asmodeo, il demone a cui le loro famiglie erano legate da generazioni, fece qualcosa di inaspettato. Scelse di essere misericordioso.

La vittima designata, una giovane donna dai capelli corvini, non venne sacrificata come le altre prima di lei.

Le fu risparmiata la vita.

Una scelta insolita, inaspettata persino per i membri della setta, tanto più perché veniva direttamente da Asmodeo. Sembrava un atto di grazia, un'eccezione alla regola immutabile del sacrificio, ma in realtà di misericordioso non aveva nulla.

Il suo destino era stato semplicemente riassegnato.

Non sarebbe morta sull'altare di pietra, non quella notte. Sarebbe invece servita a uno scopo diverso, offerta come sposa a un seguace giunto dall'Europa dell'Est, un uomo senza volto nella memoria di chi lo aveva incontrato. Silenzioso. Devoto. Spietato.

Il Sussurratore fu placato. La sua fame, temporaneamente saziata.

Ma ogni debito esige il suo prezzo.

Se il sangue deve essere versato, prima o poi verrà reclamato.

L'alba filtrava a fatica tra i rami degli alberi quando Charles lasciò la radura, il respiro ancora irregolare e il cuore che martellava nel petto. L'adrenalina scorreva nelle sue vene, mescolandosi al senso di esaltazione e al peso del rituale appena concluso. Ogni passo che lo allontanava da quel luogo sembrava liberarlo, come se potesse davvero lasciarsi alle spalle ciò che era appena accaduto.

Aveva solo un pensiero fisso: tornare a casa da Isabel.

Attraversò il bosco con falcate sempre più veloci, i pensieri che si accavallavano nella mente in un groviglio confuso di immagini e parole. Era finita, si ripeteva. Tutto era andato come previsto, il Sussurratore era stato placato e lui poteva finalmente tornare alla sua vita. Ma qualcosa, in fondo al suo stomaco, si contorceva in una strana inquietudine, un senso di disagio che non riusciva a spiegare.

Quando raggiunse la casa, spalancò la porta senza esitazione, il fiato ancora corto, ma l'accoglienza che trovò lo bloccò sul posto. C'era un silenzio innaturale. Salì in camera ma non trovò sua moglie. Il letto era disfatto, gli oggetti lasciati in disordine e un senso di assenza quasi soffocante lo avvolse in un istante.

Isabel non era in casa, era andata via e anche di corsa.

Con mani improvvisamente rigide, estrasse il telefono dalla tasca, lo schermo illuminò l'ombra della stanza e gli bastò un solo sguardo per sentire il cuore stringersi in una morsa.

Chiamate perse. Troppe.

Messaggi carichi di urgenza, di paura.

Le sue dita scivolarono sullo schermo mentre leggeva i numerosi messaggi ricevuti.

Isabel aveva partorito.

Da sola, a chilometri di distanza.

E lui non c'era.

Un'ondata di gelo gli attraversò il petto mentre si lanciava fuori, il corpo che si muoveva d'istinto senza che la mente riuscisse a stargli dietro. Doveva trovarla. Doveva rimediare. Ma era già troppo tardi.

Non aveva visto suo figlio nascere.

E Dylan, venuto alla luce in una notte segnata dal sangue e dalle ombre, avrebbe portato con sé un'eredità che nessuno poteva prevedere.

Perché il Sussurratore non si era mai davvero placato.

Aveva solo atteso.

Quando Charles arrivò in ospedale, Isabel lo guardò con occhi stanchi ma pieni d'amore. Teneva tra le braccia il piccolo Dylan, un neonato dall'aspetto apparentemente innocente, che dormiva pacifico, ignaro del tumulto che lo circondava. Charles si scusò, cercando di giustificare la sua assenza con parole cariche di colpa e scuse vaghe. Isabel, ancora troppo debole per contestare, lo perdonò, anche se una parte di lei iniziava già a dubitare di lui.

Gli anni seguenti portarono con sé ombre sempre più scure sul piccolo Dylan. Fin dai primi anni di vita, il bambino mostrò segni inquietanti. Isabel notò per la prima volta il suo comportamento anomalo quando Dylan aveva solo quattro anni. Lo trovò nel giardino di casa, intento a mutilare una lucertola con una precisione fredda e spietata. I suoi occhi, di un blu glaciale, osservavano l'agonia dell'animale con una curiosità priva di empatia, come se stesse studiando un semplice fenomeno naturale.

«Dylan, cosa stai facendo?» chiese Isabel spaventata.

Lui l'aveva guardata, confuso, come se non comprendesse perché fosse turbata. «Sto solo giocando, mamma,» aveva risposto, lasciando cadere la lucertola morta e tornando in casa

con noncuranza. La donna cercò di convincersi che fosse solo un comportamento infantile, una fase passeggera, ma gli episodi continuarono. Ogni volta che scopriva gli atti crudeli di Dylan, che si tramutavano presto in uccisioni di grilli, farfalle e piccoli animali, il senso di disagio cresceva dentro di lei.

Il culmine arrivò quando, un giorno, trovò tre gatti morti vicino casa. Le povere creature giacevano sul prato, i corpi contorti e spezzati, come vittime di un gioco perverso. Isabel avvertì un brivido gelido lungo la schiena quando vide suo figlio, poco distante, osservare i cadaveri con quello sguardo indifferente. Questa volta, però, un pallido sorriso si stagliava sulle sue labbra.

«Non può essere stato lui,» si disse Isabel, terrorizzata dall'idea che suo figlio fosse capace di tali atrocità. Ma non poteva ignorare l'evidenza. Il terrore che provava si mescolava a un senso di colpa paralizzante. Non trovò mai il coraggio di affrontare apertamente Dylan su ciò che sospettava. Ogni volta che cercava di parlarci, un'inquietudine viscerale la sopraffaceva, impedendole di indagare più a fondo.

L'inclinazione di Dylan verso la crudeltà rimase un segreto inconfessabile che Isabel si portava dentro, un mostro che cresceva silenziosamente nella loro casa.

Per mitigare quelle manifestazioni di rabbia e violenza si rivolsero ai migliori medici e specialisti. Ma nessuno trovò una cura. Solo sedute di psichiatria infantile e medicine per "sedare".

Quando il bambino compì otto anni, Isabel, già logorata dalle preoccupazioni, sorprese Charles a leggere al figlio un libro antico, rilegato in pelle scura. Lo riconobbe subito: uno dei testi proibiti appartenenti alla famiglia Barrow. Era un libro

di leggende e rituali del lago, storie che non avrebbero mai dovuto essere rivelate a un bambino.

«Charles! Cosa stai facendo?» Isabel irruppe nella stanza, strappando il libro dalle mani di Dylan con un gesto furioso.

Il marito alzò lo sguardo, sorpreso dalla furia della moglie. «Sto solo insegnando a nostro figlio ciò che deve sapere per il futuro. Sono storie che fanno parte della sua eredità.»

«Sono storie che tu non avresti mai dovuto raccontargli!» Isabel strinse il libro al petto, il cuore che batteva furiosamente. «Non puoi imporre queste... queste follie a un bambino!»

«Follie?» Charles si alzò, la sua altezza imponente sembrava dominare la stanza. «Tu non capisci nulla. Mio figlio deve sapere chi è e qual è il suo destino. Non possiamo proteggerlo da tutto.»

«Non voglio che tu lo avvicini a questo mondo malato!» Isabel urlò, le lacrime di rabbia e frustrazione che le colavano sul viso. «Non permetterò che diventi come te!»

Quel litigio fu solo l'inizio di una lunga serie. Le settimane successive furono colme di tensioni e conflitti, con Charles e Isabel che si scontravano ogni giorno su come crescere Dylan. La casa, un tempo luogo di amore e sicurezza, si trasformò in un campo di battaglia emotivo. Alla fine, Charles decise di andarsene. Fece i bagagli e, con uno sguardo gelido e privo di rimpianti, lasciò la casa e la sua famiglia, convinto che Isabel stesse commettendo un grave errore.

La donna, rimasta sola con Dylan, sperava che la sua partenza avrebbe portato un po' di pace. Ma si sbagliava. Il bambino sembrava sempre più distaccato e il suo comportamento diventava sempre più irregolare. Anche quando lei incontrò Mark, un uomo che portò un po' di

serenità nella loro vita, non riusciva a scrollarsi di dosso la sensazione che qualcosa di terribile stesse per accadere.

La calma apparente si spezzò il giorno in cui Charles tornò a trovare suo figlio. Isabel non lo aspettava e non lo voleva vedere. Quando aprì la porta e lo trovò lì, in piedi, una rabbia incontrollabile la invase.

«Cosa ci fai qui?» lo aggredì, il volto contratto in una smorfia di disprezzo.

«Sono venuto a vedere mio figlio,» rispose Charles con un tono gelido. «Ho tutto il diritto di farlo.»

«Non sei il benvenuto qui,» Isabel fece per chiudere la porta, ma Charles la bloccò con un gesto fermo.

«Dylan mi ha scritto,» dichiarò, estraendo una lettera dalla tasca. «È stato lui a chiedermi di venire.»

Isabel si girò verso Dylan, che osservava la scena con uno sguardo impassibile. «È vero?» chiese, ma il ragazzo non rispose, limitandosi a guardarla con quegli occhi vuoti, ormai privi di calore.

La rabbia di Isabel esplose. «Vattene via, Charles! Esci dalla nostra vita e non tornare mai più!»

Charles si voltò un'ultima volta, la mascella serrata e gli occhi carichi di una rabbia impotente, poi uscì, chiudendosi la porta alle spalle con un tonfo sordo che riecheggiò nella casa come un presagio funesto. Isabel rimase lì, il respiro irregolare, il corpo teso dalla frustrazione e dalla delusione. Voleva urlare, sbattere i pugni contro la parete, sfogare la sua rabbia. Ma non ne ebbe il tempo.

Un dolore improvviso, acuto, come una lama rovente che le squarciava il ventre, la paralizzò. Per un istante non capì, il suo cervello rifiutava di accettare l'ovvio. Poi abbassò lo sguardo e vide Dylan davanti a lei. Le mani piccole stringevano con forza

il coltello, la lama affondata nel suo addome. Il volto di suo figlio era inespressivo, gli occhi privi di emozione, un baratro oscuro che non aveva mai visto prima.

«Dy...lan...?» Il nome le uscì in un soffio, un sussurro incredulo che si perse nell'aria immobile della stanza. Ma lui non esitò. La lama si sollevò di nuovo e poi ancora, squarciando carne e anima con una precisione spietata. Il dolore era insopportabile, ma era il tradimento a ucciderla davvero. Il suo stesso figlio...

Le gambe le cedettero, il corpo scivolò a terra tra spasmi violenti, le mani che cercavano di fermare il sangue caldo che le impregnava i vestiti. Il mondo si offuscava, la sua vista si annebbiava mentre Dylan rimaneva lì, a osservarla, immobile come una statua, l'ombra del coltello che ancora scintillava tra le sue dita insanguinate.

Charles era appena uscito quando sentì l'urlo. Un grido straziante che gli gelò il sangue nelle vene. Non pensò, non esitò. Si precipitò dentro casa, il cuore che martellava nel petto. E poi la vide.

Isabel era accasciata sul pavimento, il corpo martoriato, il sangue che si allargava in una pozza scura sotto di lei. E davanti a lei, Dylan. Il loro bambino. Con il coltello ancora stretto tra le dita, lo sguardo perso in una dimensione lontana, come se la sua mente fosse stata risucchiata da qualcosa di più grande di lui.

Charles si sentì crollare. Il panico lo divorò dall'interno mentre si inginocchiava accanto a Isabel, premendo disperatamente sulle ferite, cercando di fermare il sangue che scivolava via troppo velocemente. Ma era inutile. Lo sapeva. Lei lo sapeva.

«Isabel, resisti... ti prego...» La sua voce si spezzò, il terrore e la disperazione che gli soffocavano il petto.

Lei tentò di sollevare una mano, le dita sfiorarono per un attimo la guancia di Charles, come se volesse imprimere per l'ultima volta il suo tocco su di lui. Ma il suo sguardo non era rivolto a lui. Guardava Dylan. Il suo bambino. Il loro bambino. E in quegli occhi, in quello sguardo fisso e glaciale, Charles vide qualcosa di innaturale. Qualcosa di maledetto.

Non poteva lasciarlo andare così. Non poteva permettere che il male lo consumasse del tutto.

Con il respiro mozzato dalla paura e dalla certezza di ciò che stava per fare, immerse le dita nel sangue ancora caldo di Isabel e, con un gesto tremante, tracciò sulla sua fronte un simbolo. Un triangolo. Il sigillo per contenere il male. Ai tre vertici incise le iniziali H, B, S: Harrington, Barrow, Smith.

Era l'unica cosa che poteva tentare. L'unico modo per chiudere quella porta prima che fosse troppo tardi. Poi prese Dylan e scappò, non sapeva dove andare, ma sapeva che non potevano rimanere. Isabel non sarebbe sopravvissuta.

Mentre si allontanava pensava a quelle lettere che aveva trascritto, a quei tre cognomi che erano oggi legati indissolubilmente ai rituali di Asmodeo.

Charles sapeva che nei libri non venivano riportati specifici cognomi, bensì solo le iniziali. Le famiglie si erano alternate nei secoli e ora toccava a loro. Ma se Asmodeo avesse deciso di investire un'altra famiglia con un cognome che iniziava con una di quelle lettere, nessuno avrebbe potuto impedirglielo, anche se ciò avrebbe probabilmente comportato lo sterminio della precedente famiglia per mantenere i segreti del culto.

Ora però doveva concentrarsi su ciò che era appena accaduto. Non poteva permettere che il Sussurratore si

manifestasse o, peggio, si impadronisse di Dylan. Doveva proteggere suo figlio, anche se questo significava prendersi la colpa per un crimine che non aveva commesso.

Nessuno doveva conoscere la verità. Nessuno doveva sospettare che Dylan, il loro erede, fosse il responsabile di quell'orribile atto.

Isabel, con gli ultimi respiri, trovò la forza di prendere il suo smartphone e comporre il numero di Mark.

«Mark... aiutami... Dylan...» mormorò con voce flebile, ma non riuscì a dire altro. Il suo ultimo pensiero fu per quel figlio che aveva amato più della sua stessa vita e che ora l'aveva condannata a una morte atroce. Chiuse gli occhi, sapendo che non avrebbe mai trovato pace, almeno non in questa vita.

CAPITOLO 33

CHI NON MUORE SI RIVEDE

Mark sentiva ancora gli echi delle visioni del Sussurratore, la creatura che aveva infestato la sua mente con parole di morte e oscurità. Ora, seduto in auto, stringeva il biglietto di Johnson tra le dita, il foglio leggermente sgualcito, la grafia tracciata in fretta e con urgenza. Un indirizzo di Yuma, in Arizona, vicino al confine con il Messico. Quella semplice nota era diventata la sua ossessione, l'unico indizio concreto che aveva tra le mani. Non poteva più ignorarlo. Dopo tutto quello che aveva vissuto, sapeva che quel luogo desolato nel deserto di Sonora forse era un altro tassello per svelare il mistero che li perseguitava.

Ormai, ogni posto sembrava legato da un filo invisibile: il bosco di Hallowbridge, il lago di Penky Grove e ora il deserto di Sonora. Nessuna di queste coincidenze poteva più essere ignorata.

«Siamo sicuri di volerlo fare? Non che non voglia... e... e che... insomma... non è che abbiamo proprio giocato fino ad ora...» chiese Clarissa, preoccupata, seduta accanto a lui, mentre Dylan dormiva profondamente sui sedili posteriori.

Mark non poteva più aspettare. Le parole del Sussurratore gli si erano impresse nella mente e ogni minuto che passava sentiva che lo avvicinavano sempre di più alla follia.

«Non abbiamo scelta. Non abbiamo altri veri indizi. Johnson ci ha lasciato questo indizio e.... potrebbe essere un buco nell'acqua come la svolta. Cosa abbiamo da perdere ormai?»

Lei annuì con un sorriso teso, incrociando le braccia mentre cercava di mascherare la tensione. «Bene, andiamo allora. Che sarà mai? Un pazzo in più o uno in meno... ormai siamo in pista, tanto vale ballare.» Il tono era sarcastico, ma Mark colse l'ombra di inquietudine dietro le sue parole. Ogni tanto si chiedeva quale fosse il vero motivo che spingeva Clarissa ad aiutarlo. In fondo, lei aveva tutto da perdere. Non era coinvolta direttamente, non era costretta a restare al suo fianco, eppure lo faceva.

Le persone agiscono per le ragioni più disparate: voglia di avventura, sete di giustizia, amore, odio, noia, potere o denaro. C'è sempre un motivo, e spesso non è quello che ci si aspetta. Quale fosse il suo, Mark non lo sapeva. Forse nemmeno lei ne era del tutto consapevole. Ma una cosa era certa: senza di lei non sarebbe mai arrivato così lontano. E per questo, le era grato. Anche se non lo avrebbe mai ammesso ad alta voce.

Poi si voltò e vide il piccolo Dylan. L'idea di portarlo con loro lo metteva a disagio. Ma non poteva lasciarlo, la madre era morta e il padre scomparso. Doveva farsene carico lui ora. Poi avrebbe trovato una soluzione migliore per quel ragazzino.

Anche Clarissa guardava Dylan. Quel bambino era il figlio di Isabel, la donna che Mark gli aveva confessato di aver amato e che era morta tragicamente.

Sembrava innocente, ma c'era qualcosa in lui che non tornava. Un'ombra sottile, quasi impercettibile, si nascondeva dietro i suoi occhi. Forse anche Mark lo aveva notato ma non

ne parlava e lei preferiva non essere la prima a farlo. Non in quel momento. Non con l'FBI alle loro calcagna.

Lasciarono Penky Grove senza voltarsi indietro, consapevoli che il loro viaggio li avrebbe condotti oltre il limite della comprensione umana.

Yuma, Arizona.

Nell'edificio sperduto nel deserto, Adam camminava avanti e indietro, le mani serrate dietro la schiena, il respiro controllato solo per pura disciplina. Fallire non era un'opzione.

In tutti quegli anni, non aveva mai sbagliato. Non avrebbe cominciato ora.

Si fermò accanto al letto, osservando Claire. Il respiro debole, il volto pallido, il corpo ancora segnato dalla sofferenza. Finalmente stabilizzata grazie ai medicinali e all'attrezzatura che aveva fatto arrivare, era viva, ma ancora lontana dall'essere fuori pericolo.

Il problema più grande, però, era quanto accaduto a Beverly Hills e a quell'incompetente di Johnson.

Si voltò verso una delle guardie più vicine e, con un tono che non ammetteva repliche, ordinò: «Rinchiudetelo nei sotterranei.»

Bill, per il momento, non rappresentava una minaccia diretta, ma restava una variabile imprevedibile. E le variabili fuori controllo non erano ammesse. Meglio metterlo fuori gioco, almeno finché non avessero deciso cosa farne.

Era rimasto incatenato per giorni in quella stanza, senza poter fare altro che osservare Claire, sperando che si riprendesse. Aveva capito che qualcosa nel loro piano era andato storto, anche se non sapeva esattamente cosa. Ma una

cosa era certa: non erano riusciti a catturare Mark e Johnson non era più tornato.

Lo sollevarono di peso, trascinandolo lungo corridoi gelidi e sterili, in netto contrasto con la parte superiore dell'edificio. Le pareti d'acciaio riflettevano le luci bianche e fredde, mentre le porte metalliche, tutte uguali e prive di segni distintivi, sembravano fatte apposta per cancellare l'identità di chiunque vi fosse rinchiuso. Quel posto non era stato progettato per ospitare. Era stato costruito per imprigionare.

Bill non disse una parola. Non si oppose. Non lottò. Ma sentiva il gelo dell'aria insinuarsi sotto la pelle e un sospetto crescente prendeva forma nella sua mente.

Quello non era un posto qualsiasi.

Si fermarono davanti a una porta più spessa delle altre. Uno dei suoi carcerieri digitò un codice sul pannello di sicurezza, mentre l'altro lo spinse all'interno.

Nessuna finestra. Nessun mobile. Solo pareti spoglie e un pavimento di cemento.

La porta si richiuse con un tonfo metallico, sigillandolo dentro.

Rimase fermo per un istante, respirando piano, ascoltando il silenzio pesante che lo circondava.

Qualunque fosse il piano di Adam, quella non era solo una prigione. Era qualcosa di molto peggio.

Esasperato, iniziò ad urlare contro le pareti metalliche. «Fatemi uscire!!» La sua voce rimbombava nell'aria soffocante del sotterraneo, ma nessuno rispondeva. Era come se il tempo si fosse fermato.

Improvvisamente, una voce familiare lo scosse.

«Bill? Sei davvero tu?» chiese una voce venata di incredulità.

«Sarah?! Sei qui?» rispose sorpreso. «Oh mio Dio... da quanto tempo sei qui?»

«Non lo so... dipende da che giorno è oggi. Mi sono svegliata qui. Qualcuno mi ha afferrato e poi... il buio.»

Le voci si moltiplicarono. Dalle celle vicine, altre persone iniziarono a farsi sentire.

«Hey, Bill... non posso dire che è un piacere vederti qui, anche perché non ti vedo...» disse una voce roca.

«David?! Ma allora sei vivo!» Bill non poteva crederci. «Stai bene?»

«Se per bene intendi non morto, allora sì. Ma faccio fatica a respirare. E tu? Come sei finito qui?»

«E Steve? Dov'è Steve?» incalzò Bill, sempre più agitato.

«Sono qui,» rispose una voce flebile. «Mi hanno probabilmente rotto un braccio, ma sono ancora vivo.»

Bill scosse la testa, incapace di comprendere la situazione. «Ma che diavolo è successo?»

«La versione breve? Sai, eravamo usciti come al solito.» La voce di David ruppe la tensione, ovattata dal metallo, ma chiara abbastanza da trasmettere la frustrazione nella sua voce. «Poi un'auto ci ha tagliato la strada. Due uomini sono scesi, hanno sfondato il finestrino e ci hanno spruzzato qualcosa in faccia. Dopo, il buio.»

Bill rimase in silenzio, cercando di immaginare la scena, incastrare i pezzi.

«Ma perché ci tengono qui? Cosa vogliono da noi?»

La voce di Steve arrivò da un'altra stanza, roca, segnata dall'esaurimento: «Non lo sappiamo.» Fece un sospiro lungo, carico di tensione. «Ogni tanto ci ricordano che siamo vivi con qualche tortura. Ma non ci chiedono nulla. L'unica cosa che

dicono è che presto arriverà il nostro *giorno di gloria*. Qualunque cazzo di cosa significhi.»

Un brivido gelido gli attraversò la schiena. Quelle parole non erano solo una minaccia. Erano una sentenza.

«Sarah?!» Il suo tono era controllato, ma l'ansia gli serrava la gola. «Tu come stai?»

Dall'altra parte, il rumore leggero di un movimento, poi un respiro profondo.

«Fisicamente bene.» Una pausa. Troppo lunga. «Ma non so quanto resisterò.»

La sua voce era bassa, quasi un sussurro e Bill percepì il peso della paura che la soffocava.

«Un tizio enorme ha provato a mettermi le mani addosso.»

Un'altra pausa, il respiro irregolare.

«Uno con una cicatrice lo ha fermato.»

Bill serrò la mascella. La rabbia gli montò dentro, feroce, come una bestia in gabbia.

«La verità è che ho paura... molta paura.» Le parole le sfuggirono in un soffio, quasi non volesse pronunciarle.

Poi un sussurro appena più forte. «A proposito, ho sentito Mark prima di essere catturata... chiedeva aiuto, era in pericolo.»

«Lo so... L'ho trovato,» disse Bill. «Abbiamo investigato insieme. Claire ci ha lasciato degli indizi.»

«Claire?» intervennero David e Steve dalle celle vicine. «È lei la causa di tutto questo?»

«Non è così semplice,» continuò. «Quando è stata arrestata, Claire ha trovato un modo per aiutarci. Ci ha lasciato degli indizi attraverso una lettera per recuperare il libro di Thomas che si è rivelato essere uno dei tre libri antichi che questa setta

maledetta sta cercando. Oltre, ovviamente, alla pagina che Sarah ha rubato..."

«Preso in prestito,» intervenne Sarah con un debole sorriso dalla sua cella.

«Quella pagina sembra essere cruciale per il rituale,» continuò, ignorando la battuta. «Grazie a lei, io e Mark siamo riusciti a impedir loro di venirne in possesso. Ma ho paura che non sia finita. Siamo qui per un motivo.»

David sospirò. «Quindi è per questo che ci tengono chiusi qui e vivi. Non vogliono ucciderci subito. Stanno aspettando... qualcosa.»

«Già, aspettano il *nostro giorno di gloria*,» rispose Steve, amareggiato. «E qualunque cosa significhi, non sarà nulla di buono.»

«Cosa diavolo possiamo fare?» chiese Sarah. «Siamo rinchiusi qui senza via d'uscita.»

«Non lo so ancora,» rispose Bill, frustrato. «Ma Mark sono sicuro che sta cercando una soluzione. Ci starà cercando. Dobbiamo solo... resistere.»

Adam prese una boccata d'aria, cercando di calmare i nervi. Da quando aveva ricevuto la telefonata dalla villa di Beverly Hills era scosso più di quanto volesse ammettere.

"Un'auto rubata, ma soprattutto la sparizione di Dylan e dei due libri. Merda", continuava a pensare. Non era mai successo qualcosa di simile sotto la sua sorveglianza e la perdita dei libri non era un semplice furto. C'era molto di più in gioco.

Con un gesto furioso, sbatté il pugno sul tavolo. «Come cazzo è potuto accadere?» sbottò, la voce più dura del solito, incrinata per un istante da qualcosa che somigliava alla frustrazione.

Si passò una mano sul viso, cercando di riprendere il controllo, poi si voltò e uscì dalla stanza a passi decisi. Doveva affrontare Agata. Gli aveva dato tre giorni per risolvere la questione e lui aveva fallito. Sapeva che l'avrebbe delusa, e questo lo infastidiva più di quanto avrebbe ammesso.

Entrò nel ristorante con la mascella serrata, lo sguardo gelido e attento. La trovò già seduta al suo solito tavolo, impeccabile come sempre, intenta a tagliare con precisione un pezzo di carne. Ogni suo movimento era misurato, elegante, quasi ipnotico.

Il profumo di spezie si diffondeva nell'aria calda del locale, un aroma invitante che si scontrava con il nodo che gli stringeva lo stomaco. Adam non aveva appetito. Non in quella situazione.

Fece un respiro profondo e si avvicinò al tavolo, sapendo che da quel momento in poi ogni parola avrebbe pesato come un macigno.

«Mark Bennet e Clarissa Scalisi,» esordì senza giri di parole. «Sono stati loro a prendere il bambino e i libri.»

Agata non alzò neanche lo sguardo dal piatto.

«Scalisi?» domandò con apparente sorpresa.

«Sì, è una discendente diretta.»

Agata rimase in silenzio per un momento, poi scosse appena la testa. «Era previsto che prima o poi sarebbe successo.» Nessun allarme nella sua voce. Nessuna fretta. «Ma non posso non notare,» aggiunse con calma «che tu hai sempre pensato che loro fossero un rischio minore.»

Adam sentì la mascella serrarsi. Era vero. Li aveva sottovalutati. E ora aveva deluso lei.

«Non lo sanno.» La sua voce era più bassa, quasi un ringhio trattenuto. «Non sanno cosa hanno in mano... Ma ora non possiamo permetterci errori.»

Lei posò con grazia le posate sul piatto, incrociò le mani sul tavolo.

«Pensavo che la tua squadra fosse preparata per gestire queste situazioni.» Lo fissò con occhi imperturbabili. «Cos'è andato storto?» La calma nel suo tono era più pungente di un rimprovero.

Adam inspirò a fondo. «La colpa è mia. Dovevo sorvegliarli meglio. Mi occuperò io di ucciderli e di recuperare i libri.»

Finalmente, Agata lo guardò. Un sorriso appena accennato le sfiorò le labbra, un sorriso che non rassicurava.

«Calma, Adam.»

Il suo tono si fece più morbido, quasi affettuoso. «Tu sei l'Angelo della Morte, dovresti sapere meglio di tutti che le vite sono sacre. Si tolgono solo per un bene superiore.»

Lasciò una pausa, poi aggiunse con naturalezza: «Dobbiamo dare precedenza al rituale.»

Adam non si mosse.

«Ci servono ancora vivi.»

Le parole gli scivolarono addosso come ghiaccio sulla pelle. «Vivi? Perché?»

Agata prese un sorso di vino, senza fretta. «Lo vedrai... Finché gli lasciamo credere di avere il controllo, ci aiuteranno senza nemmeno rendersene conto.»

Adam sentì il sangue martellargli nelle tempie. «E se parlassero prima che li fermiamo?»

La donna posò il bicchiere. «Non lo faranno.» La sua voce era di una certezza incrollabile. «Stanno venendo da noi.»

Adam aguzzò lo sguardo. «Stanno venendo da noi?»

«È vero, hanno preso Dylan Barrow e i libri,» spiegò con un lieve cenno della testa, «ma non sanno che li ho tenuti sotto controllo fin dall'inizio. Ci porteranno tutto senza nemmeno

saperlo. Sta andando come previsto, solo con qualche giorno di ritardo.»

«Ma... ma io non ne sapevo nulla. Agata...» Adam scosse la testa, incredulo.

Lei gli rivolse uno sguardo indulgente, quasi materno. «Mio adorato Adam,» mormorò, «non temere. Nell'ultimo anno troppi incapaci ci hanno servito. Ho preso direttamente in mano io la situazione. È ora di cambiare strategia.»

Adam si irrigidì. La conosceva troppo bene, era una giocatrice nata e stava muovendo i pezzi sulla scacchiera da molto più tempo di quanto avesse fatto credere.

Abbassò lo sguardo. «Perdonami, è colpa mia. Dovevo proteggerti meglio.»

Agata scosse la testa con dolcezza, poi gli prese la mano con delicatezza.

«No, Adam. Mi hai sempre protetta, ora devi fidarti di me.»

Il suo tocco era caldo, ma il suo sguardo restava freddo come una lama.

«Dobbiamo essere più furbi, loro verranno da noi e quando lo faranno... Noi chiuderemo questa partita.»

Adam rimase immobile. Il suo istinto gridava vendetta, ma lei aveva ragione. Le vite, i libri... tutto stava convergendo verso un unico punto. Doveva lasciarle condurre il gioco.

Con un movimento lento, si alzò dalla sedia.

«Va bene, mia Signora. Io credo in te, io credo in Asmodeo.» Poi il suo sguardo si fece più freddo, più letale.

«Ma se la situazione sfugge di mano... concedimi di ucciderli io stesso.»

Agata sorrise di nuovo, un sorriso che mescolava affetto e calcolo freddo.

«Non servirà. Fidati.»

CAPITOLO 34

VERSO IL PROPRIO DESTINO

La strada si allungava davanti a loro, buia e deserta, illuminata solo dai fari dell'auto che tagliavano l'oscurità. Mark teneva il volante con una presa salda, lo sguardo fisso sull'asfalto mentre il motore ruggiva nel silenzio della notte. Ogni chilometro li avvicinava alla salvezza... o alla catastrofe.

Accanto a lui, Clarissa controllava nervosamente il retrovisore, tamburellando le dita sul cruscotto. Il loro piano sembrava essere andato fin troppo liscio, ma entrambi sapevano che era solo questione di tempo prima che l'illusione di essere al sicuro svanisse. La vera battaglia sarebbe iniziata presto.

«Quanto tempo abbiamo prima che ci trovino?» chiese, stirandosi come se fosse appena sveglia. «Perché, giuro, se non fosse che dicono che in prigione si mangia di merda, quasi mi farei arrestare. Almeno riposerei un po' e qualcuno mi porterebbe la colazione a letto.»

Mark non staccò gli occhi dalla strada, ma l'angolo della sua bocca si increspò in un mezzo sorriso. «Non sarà molto. Dio solo sa cosa faranno per riaverli.»

Il riferimento ai tre libri in loro possesso era sottinteso. Sapevano che portarli con loro era un rischio ma anche nasconderli da qualche parte lo era. In fondo era un rischio folle, ma necessario.

Lei lo osservò di sottecchi, con quel suo solito sguardo scettico. «Ti rendi conto che ci hanno infilato nella lista nera di ogni setta, polizia federale e probabilmente pure di qualche club di lettura?»

Lui scosse la testa, concentrato sulla guida. «Ne vale la pena.»

«Sì, certo. Però magari la prossima volta facciamo un furto meno impegnativo, tipo la Gioconda o la ricetta della Coca-Cola.»

Si voltò di nuovo verso lo specchietto, controllando per l'ennesima volta. Nulla. Nessuna macchina dietro di loro, nessun segno di inseguitori. Il pensiero avrebbe dovuto rassicurarla, ma il silenzio della notte la metteva più a disagio di una sirena di polizia alle spalle.

«Nessuno ci segue, per ora.»

Mark annuì senza distogliere lo sguardo dalla strada. «Non per molto. I Figli di Asmodeo non lasciano nulla al caso.»

Clarissa sbuffò, incrociando le braccia. «Perfetto. Dimmi che almeno che non ci hanno impiantato un GPS nel sedere a nostra insaputa, perché a questo punto non mi sorprenderebbe.»

Non rispose, ma il suo silenzio era sufficiente a confermare che la minaccia era ben più grande di quanto volesse ammettere.

Dylan dormiva sul sedile posteriore, raggomitolato sotto una coperta troppo grande per lui. Sembrava fragile, ma Clarissa sapeva che quel bambino aveva attraversato l'inferno in quei giorni e, in qualche modo, era ancora lì. Osservò il suo viso

rilassato e fece un respiro profondo prima di tornare a guardare Mark.

«Sai cosa? Vada come vada, almeno una cosa la so per certa.»

Lui sollevò un sopracciglio. «Cioè?»

Clarissa si lasciò andare contro il sedile, allungando le gambe. «Se sopravviviamo a questa storia, ti costringerò a offrirmi una cena assurda. Niente fast food, niente panini al volo. Parlo di un ristorante serio, con tovaglie bianche e camerieri con il papillon.»

Mark scosse la testa con un sorrisetto divertito. «E se non sopravviviamo?»

Lei scrollò le spalle. «Allora spero che all'inferno servano almeno un buon caffè.»

Yuma, Arizona.

Adam entrò nel suo ufficio con passi pesanti, il suono degli stivali che rimbombava nel corridoio stretto e silenzioso. L'aria all'interno era soffocante, carica del fumo della sigaretta spenta nel posacenere qualche ora prima.

Le parole di Agata gli martellavano ancora in testa, ma non riusciva a liberarsi da un pensiero più inquietante. Le cose stavano per prendere una piega imprevista e lui odiava le variabili. Si avvicinò alla scrivania, aprì un cassetto con un gesto brusco e ne tirò fuori una mappa ingiallita, piena di segni e note scritte a mano. La distese davanti a sé, scorrendo con lo sguardo le vie d'accesso alla struttura. Sapeva che Mark Bennet non era un uomo da sottovalutare. Non sarebbe rimasto a guardare mentre i suoi amici marcivano nelle loro celle di metallo.

«Non posso restare con le mani in mano.» La sua voce era solo un sussurro mentre analizzava ogni possibile scenario. Con un movimento rapido, prese il telefono e digitò un numero.

«Li intercettiamo prima che si avvicinino troppo.»

Dall'altra parte della linea ci fu un attimo di silenzio, poi una voce sicura rispose: «Quanti uomini servono?»

«Tutti quelli disponibili.» Adam si passò una mano sulla nuca, il respiro controllato ma teso. «Non ci sarà spazio per errori, questa volta.»

Chiuse la chiamata e si voltò verso la finestra, osservando il riflesso del proprio volto nel vetro. I lineamenti erano tesi, lo sguardo più freddo che mai.

Non ci sarebbero stati altri passi falsi.

Era ora di chiudere questa partita. Definitivamente.

CAPITOLO 35

LO SCONTRO

La tensione era palpabile mentre il sole calava dietro l'orizzonte, tingendo il cielo di sfumature infuocate. Mark e Clarissa erano ormai vicini a Yuma, ma un oscuro presagio incombeva su di loro. La strada deserta sembrava stringersi attorno al veicolo e l'atmosfera era resa ancora più opprimente dalle ombre che si allungavano minacciose. Mark, con lo sguardo fisso sulla strada, sentiva crescere dentro di sé un'inquietudine, come se qualcosa di terribile stesse per accadere. Clarissa, seduta accanto a lui, guardava fuori dal finestrino, ma la sua mente vagava altrove, tormentata da pensieri confusi e preoccupazioni che non riusciva a scacciare.

Nel sotterraneo oscuro, Bill, Sarah, Steve e David lottavano contro la disperazione. Le ore passavano lente e l'aria era diventata irrespirabile, carica di tensione e paura. Ogni rumore proveniente dall'alto li faceva trasalire, ma nessuno sembrava intenzionato a liberarsi di loro. Le corde che li immobilizzavano erano strette e dolorose, ma i loro pensieri, invece, correvano frenetici, cercando disperatamente una via di fuga in un labirinto di angoscia.

A poca distanza da loro, Adam era impegnato nei ritocchi finali della sua trappola. Non c'era stato il tempo di pianificare azioni molto evolute ma era convinto che quei due sarebbero

caduti nella sua rete senza scampo. La strada davanti a lui era il fulcro del suo piano e l'attesa era lacerante. Finalmente, dopo tanto tempo, il momento della verità era vicino.

Agata, in una sala operativa segreta dietro la cucina di un ristorante, osservava tutto dallo schermo di un monitor. L'ambiente era immerso in un silenzio surreale, rotto solo dal ronzio dei computer e dal soffio del condizionatore. I suoi occhi non si staccavano dallo schermo, seguendo ogni movimento, ogni dettaglio con una concentrazione quasi sovrumana. Non poteva permettersi errori, non ora che il piano stava per culminare.

A bordo di un'auto che li seguiva a distanza, due adepti dei Figli di Asmodeo monitoravano ogni loro movimento con precisione chirurgica. Il drone sopra di loro garantiva una sorveglianza discreta, sufficiente per seguirli senza bisogno di esporsi. Ogni svolta, ogni rallentamento, ogni deviazione era annotata, analizzata, trasmessa in tempo reale.

Quell'uomo si era dimostrato un avversario imprevedibile, ma questo non cambiava nulla. Lo avrebbero preso.

Ciò che i due uomini non sospettavano, però, era che non erano gli unici sulle sue tracce.

Anche gli agenti George Grant e Jennifer Waisse lo stavano seguendo. Da giorni.

Jennifer, inizialmente diffidente, aveva cominciato a dare credito ai sospetti del collega quando i fatti avevano iniziato ad allinearsi in modo inquietante. Le mosse di Johnson, la visita non autorizzata all'ADX Florence, la sparizione di Bill. Troppe anomalie per essere ignorate.

Ma il vero campanello d'allarme era stato il ritorno di Mark a Penky Grove.

Grant ne era certo: qualcosa di grosso stava per accadere. E non potevano permettersi di stare a guardare.

L'auto di Mark imboccò una strada sterrata, sollevando una scia di polvere sotto le gomme. Il paesaggio intorno era desolato: solo terra secca, cespugli radi e il profilo di un vecchio edificio abbandonato in lontananza.

Fu allora che accadde. Un rumore secco squarciò l'aria. L'auto sbandò. Clarissa si aggrappò alla portiera, Dylan gridò spaventato. Mark cercò di riprendere il controllo, ma era troppo tardi. L'auto si impuntò su un lato: gli pneumatici erano stati distrutti.

Quando scese per controllare, sentì lo stomaco chiudersi in una morsa. Tra la polvere, gli spuntoni d'acciaio mimetizzati nella terra rivelavano la loro presenza con crudele evidenza.

Era una trappola.

Con un'occhiata attenta scrutò l'area circostante. L'edificio abbandonato era l'unico riparo visibile, ma troppo distante per raggiungerlo senza copertura.

Tornò di corsa all'auto e aprì la portiera.

«Scendete,» disse piano, senza lasciar trasparire il panico. «State bassi.»

Clarissa afferrò Dylan e lo strinse a sé mentre uscivano rapidamente dal veicolo.

Mark si infilò lo zaino in spalla, strinse la pistola e cercò di controllare il battito che accelerava. Si stava preparando al peggio.

All'orizzonte, una berlina scura comparve lentamente, avanzando lungo la strada polverosa con un'andatura quasi provocatoria. L'adrenalina cominciò a pulsargli nelle vene, acutizzando ogni senso, mentre sollevavano le armi e le puntavano verso il veicolo in avvicinamento.

Le aveva affidato una seconda pistola, recuperata nella villa di Agata Smith, e ora lei la impugnava con una fermezza che non lasciava spazio a esitazioni. Avevano solo pochi secondi per decidere come muoversi.

Il motore della berlina ronzava piano, come se volesse farsi notare senza risultare ostile, e quel suono, sommato al silenzio del paesaggio intorno, rendeva l'attesa ancora più snervante. Poi, finalmente, la portiera si aprì.

L'agente George Grant scese con cautela, le mani ben visibili e il corpo inclinato in una postura che sembrava voler comunicare assenza di minaccia.

Fece un rapido cenno a Clarissa, ordinandole di restare al riparo, poi si mosse in avanti con passo lento e controllato. Sapeva che non poteva abbassare la guardia. Grant poteva essere un alleato. Oppure il nemico più subdolo di tutti.

Dall'edificio abbandonato, Adam osservava la scena con crescente impazienza.

La mandibola gli si serrò, gli occhi gelidi fissi sulla strada.

«Chi cazzo sono questi? Muovetevi o ve ne pentirete,» sibilò nell'auricolare con un tono carico di minaccia.

Non avrebbe permesso che quel contrattempo mandasse all'aria tutto. Dovevano sistemare la faccenda. E subito.

Mark non fece in tempo ad avvicinarsi all'agente Grant o a dire una parola.

Un altro veicolo sfrecciò verso di loro, rombando sulla strada sterrata come un predatore pronto a colpire.

Grant urlò. «Copritevi!» Mark tornò verso la sua auto, si gettò a terra, afferrando Dylan e trascinandolo al riparo.

Il caos esplose. Una raffica di proiettili si abbatté sulla berlina, il fragore dei vetri infranti squarciò l'aria. L'auto tremò sotto l'impatto, i fori dei colpi disegnarono una pioggia di metallo sulla carrozzeria.

Due uomini armati saltarono giù dall'altro veicolo, avanzando con passo sicuro e le armi puntate.

Gli agenti dell'FBI reagirono con prontezza.

Jennifer Waisse, ancora seduta nell'auto, estrasse l'arma e aprì il fuoco senza esitazione, mentre Grant, nonostante fosse stato ferito, rispose con una precisione letale. Il loro addestramento prese il sopravvento, trasformando la scena in un caos di spari e urla soffocate.

Lo scontro fu feroce, rapido, brutale.

Poi, il silenzio calò improvviso, denso e opprimente.

Mark si rialzò lentamente, la pistola ancora stretta tra le dita. Il suo respiro era irregolare, il cuore martellava nel petto, ma i suoi occhi si muovevano attenti, scrutando l'area circostante alla ricerca di qualsiasi segnale di movimento.

I due aggressori giacevano a terra, immobili. Ma il prezzo era stato alto.

Gli agenti dell'FBI erano entrambi feriti.

Jennifer sanguinava dalla spalla, il volto teso dal dolore, ma i suoi occhi lucidi rivelavano che poteva ancora combattere.

George Grant, invece, stava molto peggio. Una ferita profonda all'addome. Il sangue impregnava la sua camicia, colorando il terreno di rosso.

Mark corse da lui, afferrò il kit di pronto soccorso che Jennifer aveva tirato fuori da sotto il sedile e premette con forza sulla ferita, cercando di fermare l'emorragia.

Grant ghignò debolmente, il sudore che gli colava lungo la tempia. «Non pensavo che la mia giornata sarebbe finita così.»

Jennifer si inginocchiò accanto a loro, strappandosi un pezzo della camicia per aiutare a tamponare la ferita. Il respiro era affannato, ma il suo sguardo era ancora lucido.

«Non è finita,» sibilò Mark, con il cuore che martellava. «Non ancora. Resisti.»

Un suono di motore interruppe la loro disperata lotta contro il tempo.

Clarissa urlò disperata attirando la loro attenzione.

Un veicolo stava uscendo dall'edificio abbandonato, dirigendosi a tutta velocità verso di loro.

Jennifer strinse i denti e prese una decisione.

«Chiamo rinforzi. Voi prendete Dylan e sparite...»

Mark la guardò, indeciso.

«Andate!» ringhiò lei, correndo verso il bagagliaio della berlina. Estrasse un fucile di precisione, lo caricò con gesti rapidi, precisi.

Mark si girò verso Clarissa, il respiro ancora irregolare.

«Dobbiamo muoverci,» disse, afferrando Dylan e trascinandolo con sé dietro l'auto.

Grant cercò di sollevarsi, ansimando dal dolore ma Jennifer gli mise una mano sul petto, fermandolo.

«Non puoi aiutarmi così, idiota,» sussurrò, il tono fermo ma carico di qualcosa di più profondo. «E io ho bisogno che tu resti in vita per insegnarmi a diventare un agente migliore.»

Lui la guardò con un debole sorriso.

Lei non attese risposta. Prese posizione, mirò con calma glaciale.

Il nemico stava arrivando. Era pronta.

CAPITOLO 36

LA DECISIONE DI ADAM

L'aria era carica di elettricità e ogni rumore, per quanto lieve, sembrava amplificato. Mark, Clarissa e gli altri si muovevano cautamente, consapevoli che ogni passo poteva essere l'ultimo. Il terreno sotto i loro piedi scricchiolava e la polvere si sollevava a ogni movimento.

A poca distanza, Adam stringeva il volante del SUV con mani sudate. Il motore rombava contro il silenzio della notte, mentre le luci dei fari tagliavano la strada davanti a lui come lame affilate. La sua mente era un vortice di pensieri, ma uno solo prevaleva: vendetta. Accanto a lui, l'ultima guardia rimasta si preparava al peggio, caricando il fucile con lo sguardo fisso sulla strada deserta.

«Devo farlo io. Non c'è altra scelta,» pensava Adam, mentre i ricordi lo travolgevano. Aveva promesso al suo amico d'infanzia che avrebbe salvato e protetto le sue figlie, ma aveva già fallito con Lisa. Non avrebbe permesso a nessuno di avvicinarsi ad Agata. Anche se non capiva appieno la follia del culto di Asmodeo, aveva sempre creduto in lei. Suo padre l'aveva protetto e gli aveva dato un luogo dove sentirsi in famiglia; ora era il suo turno di ripagare quel debito.

Nella sala operativa all'interno del ristorante, Agata osservava ogni movimento sul monitor con occhi penetranti. La

stanza era immersa in una penombra rotta solo dal bagliore dei computer e il suono monotono del condizionatore aggiungeva una nota di inquietudine all'ambiente. Seduta eretta come una regina sul suo trono, con un gesto deciso, prese la radio e chiamò Adam.

«Fermati,» ordinò con voce fredda e autoritaria. «Non hai bisogno di farlo. Fermati prima che sia troppo tardi.»

La voce di Agata risuonava metallica nelle sue orecchie, ma lui la ignorò. «Non questa volta,» rispose secco, gli occhi fissi sulla strada che si estendeva come un nastro nero davanti a lui. «Ho già fallito una volta. Ho già perso Lisa. Non posso permettermi di fallire di nuovo.»

«Capisci davvero cosa stai facendo?» continuò lei, cercando di mantenere il controllo. «Non è così che risolverai tutto questo... non serve il tuo intervento.»

Adam rimase in silenzio per un lungo istante, mentre il ruggito del motore riempiva il vuoto tra loro. Poi, con un gesto improvviso e risoluto, spense l'auricolare, isolandosi dalla voce che cercava di trattenerlo. Sentiva il cuore battere forte, ma ormai non poteva più tornare indietro. Aveva fatto una promessa e l'avrebbe mantenuta, costi quel che costi.

Nel frattempo, Jennifer osservava il SUV avvicinarsi, il respiro calmo e controllato. Era consapevole che, se avesse fallito, sarebbe stata la fine per lei e per tutti quelli che erano lì. Aveva passato anni ad allenarsi per momenti come questo, e ora doveva dimostrare di essere all'altezza. Il fucile era saldo tra le sue mani, il metallo freddo che si sincronizzava con il suo respiro. Il dolore alla spalla, che fino a pochi istanti prima era stato lancinante, ora sembrava svanito, lasciando spazio solo a una calma glaciale.

Il SUV si stagliò nitido contro l'orizzonte, una sagoma minacciosa che avanzava troppo velocemente.

Jennifer strinse il calcio del fucile, inspirando lentamente, calcolando ogni dettaglio. La distanza, la velocità, il vento. Un solo colpo. Uno solo.

Il dito si posò delicatamente sul grilletto. Aspettò. Ancora un secondo. Poi sparò.

Il suono squarciò l'aria come un tuono, un'esplosione che sembrò fermare il tempo.

Il proiettile colpì in pieno la gomma anteriore del SUV.

Il veicolo sbandò brutalmente, gli pneumatici stridettero sull'asfalto, sollevando una nube di polvere. Il conducente cercò di riprendere il controllo, ma era troppo tardi.

L'auto si ribaltò. Una, due, tre volte, fino a schiantarsi con un tonfo assordante sul terreno polveroso. Poi, il silenzio.

Jennifer trattenne il respiro, gli occhi fissi sulla carcassa fumante poi allentò la presa sul fucile, scrutando l'orizzonte con gli occhi socchiusi.

Un corpo era stato sbalzato fuori dal veicolo, atterrando con un suono sordo sulla terra dura. Non si muoveva. La sua posizione innaturale diceva tutto.

Mark si avvicinò all'agente Waisse e insieme avanzarono cautamente. La polvere sospesa nell'aria rendeva tutto surreale, come in un incubo.

Quando arrivarono a pochi passi, videro il volto dell'uomo proiettato verso il cielo, gli occhi spalancati e vitrei. Morto sul colpo. Jennifer passò accanto a lui senza fermarsi, poi entrambi fecero un passo avanti, scrutando l'interno del SUV ribaltato. Tra le lamiere contorte, il corpo di Adam era incastrato nel cruscotto, il viso sporco di sangue e polvere.

Non si muoveva.

Lei non abbassò la guardia. Osservò quell'uomo con uno sguardo freddo e il dito ancora pronto sul grilletto.

«È vivo?» chiese con voce neutra.

Mark lo scrutò per qualche secondo, poi annuì lentamente.

«Per ora.»

L'agente inspirò profondamente, valutando il da farsi. L'aria sapeva di benzina e metallo bruciato.

Mark si voltò verso di lei, il sollievo e la tristezza che si mescolavano nei suoi occhi. «È finita,» sussurrò, anche se dentro di sé sapeva che quella era solo una parte della battaglia.

Decisero di lasciare George, Clarissa e Dylan ad attendere i rinforzi e si diressero verso l'edificio abbandonato.

Entrarono attraverso una porta cigolante e furono accolti da un silenzio inquietante, rotto solo dal suono dei loro passi che rimbombava nelle stanza vuota. Ogni angolo sembrava celare una minaccia invisibile.

Con torce in mano, iniziarono a perlustrare l'edificio, i fasci di luce che tagliavano l'oscurità e rivelavano frammenti di un passato dimenticato. Mobili rotti, pareti segnate dal tempo, e ragnatele che si avvolgevano attorno a tutto ciò che trovavano sul loro cammino. Finalmente, trovarono una piccola porta di legno nascosta dietro alcune balle di fieno, come se qualcuno avesse cercato di nasconderla.

Mark spinse la porta con forza, rivelando una stanza buia, illuminata solo dalla debole luce che filtrava dalle finestre rotte. Al centro della stanza, su una barella, giaceva una donna.

«Non è possibile...» bisbigliò sorpreso... «Claire?»

Il volto era pallido, quasi cadaverico e una flebo pendeva dal braccio, collegata a un monitor che mostrava un battito cardiaco lento ma costante.

«Che cazzo è successo qui?» mormorò, avvicinandosi a lei con cautela. La voce tremava leggermente, ma cercava di mantenere la calma.

Jennifer, confusa dalla scena, fece un passo indietro.

«Aspetta un attimo... Claire Barrow? Ma non era in prigione? Che storia è questa?» chiese con un misto di incredulità e paura.

Mark si avvicinò ancora di più, guardando Claire da vicino. La sua pelle era fredda al tatto, ma il monitor indicava che era ancora viva. «Se lei è qui... forse anche i miei amici sono in questo posto,» disse, con una determinazione crescente.

Si girò per uscire dalla stanza, ma fu fermato da un sussurro flebile: «Sotto... Bill... sotto...» Era Claire, che con le ultime forze cercava di comunicare qualcosa.

Si chinò vicino a lei, cercando di capire. «Sotto cosa? Claire, cosa vuoi dire?»

Claire sussurrò di nuovo, con un filo di voce: «Qui... sotto...»

Mark guardò sotto la barella e notò una botola nascosta, una cosa che non aveva visto prima. Con l'aiuto di Jennifer, spostò delicatamente la barella e aprì la botola, rivelando una scala che scendeva in un sotterraneo freddo e asettico.

«Vai tu, io controllo che non arrivi nessuno» gli disse l'agente Waisse.

L'odore di disinfettante e metallo gli riempì le narici mentre scendeva e ogni passo rimbombava nel silenzio.

Lungo il corridoio sentì delle voci ovattate ma familiari. «Fateci uscire! Maledetti!!» urlò una voce che riconobbe immediatamente.

«Bill? Sei tu? Dove sei? Sono Mark!» gridò, la speranza e la paura che si mescolavano nel suo petto.

«Mark? Mark! Siamo qui!» rispose Bill.

"Siamo?" pensò mentre correva lungo il corridoio, trovando una serie di porte di metallo chiuse. Aprì la porta della prima cella, ma la stanza era vuota. «Dove sei?»

«Le stanze in fondo... Siamo tutti qui!» rispose Bill, la voce che si alzava sopra il rumore del metallo.

«Dai, muoviti! Ok che ti piace arrivare sempre per ultimo e tirartela, ma noi siamo qui da un bel po'!!» ribatté con la solita ironia David.

«David?! Maledetto figlio di puttana!! Sei qui?»

«Non mi muovo, tranquillo.»

«Ci siamo anche io e Steve,» urlò Sarah. «Grazie a Dio sei arrivato. Apri queste porte! Ti prego!»

Per fortuna, le porte erano congeniate per aprirsi solo dall'esterno con una maniglia e Mark riuscì a liberare i suoi amici. Bill, Sarah, Steve e David uscirono uno dopo l'altro, deboli ma vivi. Il sollievo lo travolse, ma c'era ancora una nota di preoccupazione nel suo sguardo.

Steve era visibilmente provato, il volto scavato dalla fatica e un braccio rotto. David, pur dimagrito e ferito, cercava di mantenere il suo solito sguardo brillante, ma i segni della reclusione erano evidenti. Sarah, nonostante fosse quella messa meglio fisicamente, aveva gli occhi sconvolti dalla paura, ma riusciva a mantenere il suo fascino anche in quella situazione. Bill, con il corpo segnato da percosse recenti, sembrava reggersi in piedi solo per la forza della volontà.

Mark li liberò dalle corde e li aiutò a risalire fino all'ufficio dove avevano trovato Claire. Lì, ad attenderli, c'era Jennifer, ma qualcosa nel suo volto tradiva una preoccupazione crescente.

«Sto provando a contattare George, ma non risponde,» disse con voce tesa.

«Magari non prende qui dentro,» rispose Mark, cercando di razionalizzare.

«No, non credo. Ho paura che sia successo qualcosa. Stiamo attenti,» insistette Jennifer, mentre il suo sguardo si faceva più cupo.

Mentre parlavano, Bill si avvicinò a Claire, accarezzandole dolcemente la fronte. Il suo viso era segnato dal dolore, ma c'era anche una determinazione feroce nei suoi occhi.

«Ti salverò...» sussurrò, mentre le stringeva la mano. «Questa volta tocca a me.»

Quel giorno non era ancora finito, e la sensazione che qualcosa di terribile stesse per accadere non li abbandonava. Mark sapeva che la battaglia era in procinto di raggiungere il suo culmine. Doveva essere pronto per ciò che sarebbe venuto dopo. E quel dopo era sicuramente oltre la porta da cui erano entrati.

CAPITOLO 37

IL PREZZO DELLA
SALVEZZA

L'odore di sangue fu il primo a raggiungerli, denso e metallico nell'aria.

Quando Mark aprì la porta, sembrò che il mondo trattenesse il respiro. Adam era lì, in piedi di fronte a loro, claudicante e coperto di sangue. I suoi vestiti strappati, il volto segnato da tagli profondi e un ghigno distorto che gli increspava le labbra. Uno zaino, lo zaino di Mark, pesante e deformato, pendeva dalla sua schiena. Dietro di lui, il piccolo Dylan tremava, pallido e terrorizzato con il respiro affannoso e irregolare.

La scena sembrava un quadro macabro. Il sangue colava dalla gamba ferita di Adam, ma lui non sembrava accorgersene. I suoi occhi, carichi di una tensione selvaggia, li fissavano come lame pronte a colpire.

«Non muovetevi.» La voce di Adam era bassa, tagliente come vetro infranto. «Ho finalmente quello che ci serve... ed ho lui...»

Sollevò leggermente il coltello, premendo la lama fredda contro la gola di Dylan. La luce lo fece scintillare per un istante, sottile e letale.

Poi, un ronzio sottile pervase l'aria, sospendendo il momento in un silenzio surreale. Da dietro l'angolo della strada, una limousine nera, lunga e lucida come una serpe, avanzava lentamente. Si fermò e quattro guardie ne uscirono con movimenti rapidi e precisi, posizionandosi alle spalle di Adam. Erano giganti, vestiti di nero, con sguardi freddi e impassibili.

Con la grazia di un predatore, Agata Smith emerse dall'ombra. Avvolta in una tunica cerimoniale, con un cappuccio che le copriva il volto, il suo portamento emanava un'aura di potere. Ora, era evidente: aveva assunto pienamente il ruolo del dio Asmodeo.

Si avvicinò con calma inquietante, i suoi occhi, verdi e innaturali, brillavano sotto la luce tremula della strada. Ogni passo era lento, misurato, come se sapesse che il tempo giocava solo a suo favore.

«Vedi, Adam...» La sua voce era morbida, ipnotica. «Te l'avevo detto di avere pazienza. Loro avrebbero portato tutto ciò di cui avevamo bisogno.»

I suoi occhi scivolarono su Mark e gli altri, il suo sorriso gelido li fece rabbrividire. «Così è scritto... e così avverrà.»

Adam abbassò la testa, annuendo debolmente.

«Sì, mia Signora.» La sua voce era triste, come se qualcosa dentro di lui fosse andato in frantumi. Con movimenti lenti, sfilò lo zaino dalle spalle e lo lasciò cadere delicatamente ai piedi di Agata. I libri, ingialliti e pesanti, scivolarono fuori con un tonfo sordo.

Il cuore di Mark batteva all'impazzata. Fece un passo avanti. *"Cosa hanno fatto a Clarissa e all'agente Grant?"* pensò. I suoi occhi bruciavano di rabbia. Non poteva accettare di averli persi.

Mentre il caos gli ribolliva dentro, Adam si voltò lentamente, con la calma di chi sa di avere il controllo assoluto della situazione. Un ghigno crudele si allargò sul suo volto, una smorfia gelida che sembrava tagliare l'aria stessa.

Lo fissò per un lungo istante, come se avesse intuito esattamente cosa gli stesse passando per la testa. E il suo sguardo non lasciava spazio a dubbi.

Quell'espressione bastava a dargli la risposta che temeva.

«Abbassate le armi.» La voce della donna era un comando sussurrato che sembrava attraversare ogni fibra del loro corpo. Le guardie si mossero silenziose, circondando il gruppo come predatori pronti all'assalto. I laser rossi tracciavano cerchi letali sui loro corpi. Jennifer e Mark erano gli unici armati, ma sapevano che non avevano alcuna possibilità.

«Rendete grazia a questo giorno,» continuò Adam, con un sorriso che trasudava morte. «Siate testimoni della potenza del dio Asmodeo.»

«Non lo farò mai!» urlò Mark mentre le sue mani stringevano convulsamente la pistola. Sentiva il terrore strisciare dentro di lui, ma era determinato a resistere.

Adam fece un gesto secco alle guardie e i laser si concentrarono sui loro petti.

«Inginocchiatevi o il ragazzo morirà. Morirete tutti...»

Il sudore scorreva lungo la fronte di Mark. L'adrenalina gli pulsava nelle vene come un fiume in piena. Stava per cedere, stava per mollare la pistola... quando un suono improvviso squarciò l'aria.

BANG!

Il colpo di pistola rimbombò tra di loro, fermando ogni movimento, ogni respiro. Adam si accasciò a terra senza un suono, il sangue che si allargava sul suo petto come un fiore

rosso. Il coltello scivolò via dalle sue dita morte, tintinnando sul pavimento.

Tutti rimasero fermi, attoniti. Dylan, con gli occhi vuoti, fissava il corpo senza vita di Adam. Nella sua piccola mano tremava una pistola, la stessa che Mark aveva consegnato a Clarissa. Chissà quando l'aveva presa, forse prima che lo portassero via. Forse l'aveva tenuta nascosta per tutto quel tempo, aspettando l'occasione.

Il suo sguardo era distaccato, quasi assente. Non c'era traccia di paura, solo un vuoto agghiacciante.

«Dylan...» mormorò Agata, senza mostrare alcun segno di sorpresa, solo una calma inquietante. Il suo sguardo sembrava scrutare la situazione con uno strano compiacimento.

Le guardie si mossero immediatamente, puntando i mirini su di lui. Dylan era a meno di due metri da Asmodeo, troppo vicino per non essere considerato una minaccia.

Lei si avvicinò di qualche passo, il suo viso incorniciato dal cappuccio.

«Sei venuto qui attraverso lui?» sussurrò, quasi per sé stessa. «Hai trovato una porta, maledetto demone?»

Dylan non rispose. Il suo sguardo rimase fisso sul cadavere di Adam, immobile, come se fosse in un'altra realtà, distante dal caos che lo circondava.

«Disarmatelo ma non fategli del male.» Ordinò come se fosse la cosa più naturale che potesse pronunciare. Due guardie si lanciarono su di lui, disarmandolo con movimenti rapidi. Dylan non reagì, rimase impassibile, come paralizzato. Il suo corpo era lì, ma la sua mente sembrava altrove, prigioniera di qualcosa di oscuro.

«Non possiamo ucciderlo,» continuò. «Il demone dentro di lui deve essere contenuto...»

Il gruppo rimase in silenzio, incapace di comprendere appieno il significato di quelle parole. Mark sentì la tensione crescere dentro di sé come una marea impetuosa. Sapeva che Agata stava parlando del Sussurratore, il demone che aveva già causato tanta distruzione.

CAPITOLO 38

IL SACRIFICIO

L'aria nella sala era quasi soffocante, satura di tensione e aspettativa. Le pareti di legno scuro assorbivano ogni suono, come se quel posto fosse un essere vivente, pronto a divorare qualsiasi speranza.

Solo il battito accelerato dei cuori spaventati dei presenti scandiva il tempo.

Poi Mark lo vide.

Sul pavimento, un triangolo tracciato con vernice rosso sangue brillava sinistramente sotto la luce tremolante delle torce. Un simbolo antico. Maledetto. Un marchio di morte.

Come aveva fatto a non notarlo prima? L'enormità della situazione gli esplose addosso come un pugno nello stomaco. Erano al centro di un rituale. E non uno qualsiasi.

Il piano di Asmodeo era cambiato o forse era sempre stato questo fin dall'inizio.

Mark si voltò di scatto, gli occhi in fiamme. Al centro della stanza, come una regina sul suo trono maledetto, Agata Smith li osservava con calma glaciale. Poi sollevò una mano.

«Adempite al vostro ruolo. Prelevate i tre sacrifici e posizionateli al loro posto.»

Infine si voltò leggermente, abbassando la voce mentre parlava a una guardia dietro di lei.

«Porta via l'Angelo della Morte... assicurati che il suo corpo non subisca ulteriori affronti. Penseremo dopo a onorare la sua memoria.»

Mark sentì il sangue gelarsi nelle vene. Quell'uomo spaventoso che era stato colpito da Dylan... *"Era l'Angelo della Morte?"* pensò.

Il dubbio lo scosse, ma non ebbe tempo di elaborarlo. Uno strattone spezzò il silenzio. David Bradley, Steve Harrington e Sarah Spencer furono trascinati con violenza al centro del simbolo maledetto. Le loro urla rimbalzarono sulle pareti come pugnalate nell'aria. Le guardie li costrinsero ai tre angoli del triangolo, legandoli con corde spesse e nodi serrati.

Mark lottò contro l'impulso di lanciarsi su di loro. Era troppo tardi. Avevano troppa forza.

David si dimenò con tutta la rabbia che aveva in corpo, ma il colpo di un fucile sullo stomaco lo piegò in due.

Sarah con gli occhi spalancati, cercava disperatamente di liberarsi.

Steve, pallido ma con il solito coraggio che lo definiva, fissava Mark con un'espressione che diceva tutto.

"Non fare cazzate." Pensò Mark, come se Steve potesse sentirlo. Ma come poteva non farle? Li stavano legando. Preparandoli.

Il respiro di Mark si fece corto, la sua mente era in fiamme. Le vite dei suoi amici stavano per essere spezzate e lui non aveva alcun modo di fermarli. Osservava la scena con impotenza.

Lui e l'agente Waisse erano stati disarmati, costretti a cedere ogni speranza di reazione. Bill, debilitato, tentò inutilmente di opporsi, ma venne rapidamente schiacciato dalla superiorità delle guardie.

Anche Dylan fu trascinato verso il centro del triangolo, le catene che lo avvolgevano erano pesanti, fredde e le sue mani tremavano. La paura nel suo sguardo era chiara, ma c'era qualcosa di più: un'ombra, un riflesso oscuro che Mark non riusciva a decifrare.

Agata si avvicinò al bambino con una calma inquietante e lo osservava con i suoi occhi freddi come il ghiaccio.

«Da Barrow a Barrow,» sussurrò, accarezzando la lama affilata che teneva in mano. Poi indicò Claire, ancora priva di sensi sulla barella e le guardie la sollevarono, portandola vicino al bambino.

«Alla fine sei servita,» continuò con un sorriso perverso.

«È stata una scelta saggia non ucciderti subito.»

Il sangue di Mark ribolliva. Voleva reagire, ma le sue mani erano legate dall'impotenza e il terrore lo paralizzava. Jennifer fissava la porta, nella speranza che qualcuno rispondesse alla loro richiesta d'aiuto. Ma se fosse stato un traditore dei Figli di Asmodeo ad averla ricevuta? La paura di essere stati traditi le attraversava la mente come una lama.

La tensione raggiunse un livello quasi insopportabile quando, pochi minuti dopo, il rumore di motori nel piazzale annunciò l'arrivo degli invitati.

Uno dopo l'altro, uomini e donne emersero dall'oscurità, i loro volti nascosti sotto cappucci scuri, le lunghe vesti nere che sfioravano il terreno con movimenti spettrali. Non c'era esitazione nei loro gesti, nessuna incertezza nei loro passi. Erano i rappresentanti delle famiglie più influenti legate al culto di Asmodeo, coloro che, per generazioni, avevano custodito e tramandato i segreti più oscuri della setta.

Senza scambiarsi una parola, assunsero le loro posizioni, disponendosi in cerchio attorno al triangolo tracciato sul

terreno. Il rituale richiedeva ordine, precisione. Ogni dettaglio era stato pianificato con meticolosa attenzione.

Poi, con un unico respiro collettivo, il silenzio si spezzò. Un sussurro, appena percettibile all'inizio, iniziò a serpeggiare tra loro. Parole in una lingua antica, incomprensibile, che si intrecciavano come fili invisibili in un incantesimo carico di presagi.

Le voci, dapprima appena udibili, crebbero d'intensità, un canto ipnotico che sembrava vibrare nell'aria stessa, come se la notte si facesse più densa, il tempo più lento.

Mark sentì un brivido lungo la schiena. Non era solo la scena davanti a lui, né il peso del rituale che stava per compiersi. Era l'energia che permeava il luogo, il senso di qualcosa di ineluttabile che si stava mettendo in moto.

Qualunque cosa stessero evocando... stava per rispondere.

Agata fece un passo deciso verso il centro del cerchio e immediatamente ogni sguardo si posò su di lei. L'aria nella sala si fece più pesante, carica di aspettativa e paura, mentre il crepitio delle torce gettava ombre lunghe e contorte sulle pareti.

Con movimenti misurati e precisi, dispose i tre libri antichi su altrettanti leggii, collocandoli agli angoli di un triangolo più piccolo, perfettamente inscritto all'interno del grande simbolo sacrificale. Le pagine logore, intrise di segreti dimenticati, sembravano fremere sotto la luce tremolante.

Ai vertici del triangolo principale, Steve, David e Sarah erano ancora legati, le corde serrate attorno ai loro corpi come catene invisibili. I loro volti erano esangui, gli occhi spalancati dal terrore muto di chi sa che ogni respiro potrebbe essere l'ultimo.

Agata, con movimenti misurati, prese un foglio e lo posò all'interno di un libro. Mark strinse i denti, cercando di cogliere

anche solo un dettaglio, ma la distanza e l'oscurità non gli permisero di distinguere il contenuto della pagina. Tuttavia, non aveva dubbi: doveva essere la stessa che avevano strappato, il tassello mancante che probabilmente erano riusciti a recuperare.

Poi la vide voltarsi, lentamente, con la compostezza glaciale di chi regna incontrastato. Il suo sguardo percorse l'assemblea silenziosa, le vesti nere che si muovevano appena nel vento della notte.

Quando parlò, la sua voce risuonò chiara, solenne, intrisa di un'autorità antica e oscura.

«Il ciclo deve essere completato. La conoscenza deve essere trasmessa. Il sangue deve essere versato. L'Ordine deve essere rispettato.»

Un brivido serpeggiò tra i presenti.

I discepoli abbassarono il capo in segno di riverenza, mentre la melodia ipnotica del rituale riprendeva, sussurrata in una lingua dimenticata.

L'aria vibrava, il confine tra il mondo terreno e quello che stava per essere risvegliato si assottigliava sempre di più.

Fece una lunga pausa, poi si rivolse nuovamente ai suoi adepti.

«Miei figli, sapete perché siete qui. È giunto il momento di porre rimedio al fallimento di Hallowbridge, causato dai vostri designati.»

Si fermò un attimo, scrutando attentamente i volti dei presenti.

«Quello che non vi è stato rivelato è che il demone cammina già tra noi.»

Un fremito percorse la cerchia; alcuni alzarono lo sguardo, visibilmente scossi. Le preghiere si interruppero per un istante, ma con un cenno del capo lei invitò a riprendere.

«Il ragazzo,» proseguì, indicando Dylan, «porta i segni della possessione. Il rituale di Penky Grove non lo ha placato... anzi, lo ha liberato. Ora lo ricacceremo da dove è venuto.»

La sua voce si fece sempre più intensa, raggiungendo un crescendo di potenza. Con un gesto solenne, si inginocchiò accanto al triangolo ed estrasse una lunga lama, che sollevò verso il cielo come per consacrarla. Nel frattempo, il coro dei discepoli si fece più impetuoso, trasformandosi in una sinfonia oscura e maligna.

«Oggi eseguiremo il rituale di contenimento; doneremo un Barrow,» annunciò, indicando Claire, «e sacrificheremo la triade... così com'è previsto... e sarà un giorno di gloria!»

Poi si voltò verso Mark e, con una calma glaciale che fece rabbrividire chiunque, aggiunse:

«Presta attenzione... non esiste punizione più crudele dell'eterna disperazione. Le hai spezzato il cuore... e io spezzerò il tuo.»

Infine si alzò, il viso impassibile e iniziò a camminare verso Steve Harrington. «H, B, S....» mormorava ripetutamente, la cantilena rimbombava nella testa di Mark. «H, B, S....» ripeteva come in trance, avvicinandosi sempre di più alla sua vittima.

Il suono però non era quello che ci si aspettava, ma assomigliava più a *"Hu-Bri-S"*.

"Hubris? Cosa sta dicendo?" pensò Mark non riuscendo a distogliere lo sguardo da quella donna.

Ma quando la donna fu a meno di un metro da Steve, qualcosa cambiò. Steve, che fino a quel momento era rimasto in silenzio, alzò improvvisamente la testa, gridando: «Non sei tu

Asmodeo. Lisa è la prescelta, lei è Asmodeo. E se voi, dannati pazzi, credete a questa farsa, sappiate che non funzionerà! Lisa Smith è viva!»

Un sussurro di shock attraversò la stanza. Agata si fermò, il viso contorto da un'espressione di dubbio e rabbia. «Tu menti!» urlò, la lama tremava tra le sue mani. «Profanare la sua memoria non ti salverà.»

Mark, David, Sarah e Bill guardarono Steve con occhi sgranati. *"Lisa è viva?"* Pensarono all'unisono. Era davvero possibile o si trattava di un bluff disperato?

La cantilena si affievolì, alcuni dei presenti iniziarono a borbottare tra loro, chiedendosi se fosse vero.

Agata, per la prima volta apparve palesemente agitata. Si voltò verso il gruppo.

«Non fatevi distrarre da questo miscredente! O farete la stessa fine!» Gridò, minacciando gli astanti di continuare con il rituale.

«Steve... Lisa è viva? Dimmi la verità!» urlò Mark, la sua voce disperata.

Steve lo guardò negli occhi per un istante, con un misto di tristezza e consapevolezza.

CAPITOLO 39

I RICORDI
NON MUOIONO MAI

Hallowbridge, 2004

L'aria del bosco era pesante, pregna dell'odore di resina e terra umida. Le foglie mosse dal vento frusciavano come sussurri sinistri, ma Steve non riusciva a sentirle. Il suo mondo era ovattato, immerso in un torpore tossico. La droga scorreva nelle sue vene, rendendo i movimenti lenti, i pensieri distorti, il respiro incerto.

Cercò di muoversi, ma il suo corpo si rifiutava di rispondere, come se non gli appartenesse più. Ogni comando che gli impartiva cadeva nel vuoto, dissolvendosi nell'inerzia. Poi, con un lento e agghiacciante risveglio della consapevolezza, notò un dettaglio. Piccolo, ma cruciale. Forse non avrebbe cambiato nulla, forse anche senza di esso non sarebbe riuscito a fuggire... ma era la conferma che ogni speranza di liberarsi era vana: era legato.

"Come sono finito qui?" si chiese, ma la risposta gli sfuggiva, come sabbia tra le dita.

Nella sua mente si accavallavano immagini vaghe, frammenti di attimi sfocati, schegge di una notte che sembrava dissolversi nell'oblio. Ogni tentativo di mettere insieme i pezzi si scontrava

con un muro di nebbia, una confusione densa e opprimente che lo lasciava smarrito. Nulla aveva un senso. Nulla sembrava reale.

Le corde gli segavano la pelle, il palo di legno a cui era stato assicurato premeva contro la sua schiena. Sopra di lui, il cielo notturno sembrava oscillare, le stelle sfocate, inghiottite dalle fiamme del falò davanti a lui.

Sentiva delle voci, forse un canto. Era ipnotico, strisciante, come il veleno che gli si insinuava nelle ossa.

Davanti al fuoco, figure oscure si muovevano in un'oscillazione ipnotica, seguendo il ritmo della melodia come ombre vive, distorte dalla luce tremolante delle fiamme. I loro corpi si fondevano con il buio, creando sagome mutevoli che sembravano danzare in un rituale antico e inquietante.

Tra loro, Steve riconobbe lo zio di Lisa. Il volto illuminato dal bagliore arancione del fuoco era una maschera di fanatismo, gli occhi fissi su qualcosa di invisibile, le mani alzate al cielo mentre intonava parole in una lingua sconosciuta. Ogni sillaba era un colpo nel silenzio della notte, un richiamo a forze che Steve non riusciva a comprendere, ma che sentiva insinuarsi sotto la pelle, strisciando come serpi nel buio.

Accanto a lui c'era, invece, la zia di Lisa. Non partecipava attivamente al rituale, ma sembrava comunque immersa in esso, prigioniera di una trance profonda. Le sue labbra si muovevano in una preghiera silenziosa, le mani giunte come se fosse in contemplazione di qualcosa di sacro e maledetto al tempo stesso.

Steve cercò di urlare, di ribellarsi a quella prigionia, ma la sua bocca non obbediva ai comandi, la lingua si attorcigliava senza produrre alcun suono. I muscoli erano rigidi, inerti, come se un peso invisibile li avesse resi inutilizzabili.

Voleva scappare.

Voleva strapparsi da quella morsa, correre via e dimenticare ogni cosa, ma era imprigionato in un corpo che non rispondeva, schiacciato in una condizione di impotenza che lo soffocava.

E poi, nel mezzo di quella lotta silenziosa, un barlume di speranza squarciò l'oscurità.

Dal fitto del bosco emerse una figura familiare: Lisa Smith.

Il suo volto era teso, i capelli sciolti sulle spalle, gli occhi spalancati dal terrore e il respiro affannoso mentre avanzava verso la scena. La sua presenza sembrava un miracolo, ma anche un presagio.

Perché Lisa non doveva essere lì.

Eppure, c'era.

«Zia, ti prego... fermati.» La sua voce era un sussurro spezzato, carico di disperazione.

Nessuna risposta.

Lisa avanzò di un passo, il respiro affannoso, le mani tese verso lo zio in un gesto disperato. I suoi occhi, lucidi di terrore, imploravano una risposta, un minimo segno di riconoscimento.

«Zio, ascoltami! Lui non c'entra niente! È solo un ragazzo! È mio amico... vi prego, fermatevi!»

La sua voce si spezzò nell'aria densa di incenso e sangue, sovrastata dal canto monotono e inquietante che continuava a fluire dalle labbra di suo zio.

L'uomo non le rivolse neanche uno sguardo, non un cenno, non un'esitazione. Le sue mani erano ancora sollevate, le palme rivolte al cielo, la voce che saliva sempre più di tono, diventando un'invocazione, un richiamo a qualcosa che Steve non riusciva a comprendere, ma che sentiva serpeggiare tra loro, nell'aria, nelle ombre che sembravano vive.

Lisa tremò, il terrore si trasformò in rabbia, un fuoco improvviso che le accese gli occhi.

Fece un altro passo avanti, con la furia di chi non ha più nulla da perdere.

«Maledizione, guardami! Io sono la prescelta, vero? Sono io che dovete servire... Allora ascoltatemi!»

Ma il silenzio fu l'unica risposta.

Lisa deglutì, il petto che si sollevava rapidamente, il respiro sempre più corto. Steve la osservava attraverso la nebbia della droga che gli appannava la mente, incapace di muoversi, incapace di gridare.

E poi, tutto accadde in un lampo.

Un rombo di motore squarciò l'aria e i fari accecanti di un'auto irruppero nella radura, gettando lunghe ombre distorte sul terreno.

Per un attimo, tutto si fermò. Poi il caos esplose: Urla, spari.

Intravide Lisa rimanere immobile accanto a lui, con il viso deformato dal terrore. Cercò di capire cosa stesse succedendo, ma il mondo si muoveva troppo velocemente.

Il suono dei proiettili si abbatté sulla notte come un tuono, un boato assordante che fece tremare il terreno.

Steve avrebbe voluto capire, avrebbe voluto gridare, ma la sua mente era un vortice in frantumi.

Di nuovo il silenzio.

Vide corpi cadere, sangue spruzzare sulle foglie umide e ombre contorcersi sotto il bagliore intermittente dei fari.

Infine qualcuno lo afferrò

Sentì il gelo del metallo contro la pelle, mani che lo spingevano, il ruggito del motore che lo avvolgeva mentre veniva scaraventato nell'oscurità e poi tutto diventò nuovamente un turbinio di luci, rumore e caos.

Steve cercò di dire qualcosa, ma la droga ancora lo teneva in ostaggio. Il suo corpo non era il suo. I suoi occhi si aprivano e si chiudevano senza il suo controllo, cogliendo solo frammenti sconnessi di realtà. Lisa era accanto a lui, la percepiva.

Quando Steve riaprì nuovamente gli occhi, era a casa sua. La stanza era immersa in una penombra soffocante e l'aria era tesa. Sua madre, però, era lì con lui.

Per un attimo Steve si sentì rassicurato anche se ancora inerme. La madre aveva le mani nei capelli, il respiro corto e il volto segnato dalla paura.

Poi intravide anche Lisa. Era accovacciata in un angolo, le ginocchia strette al petto, i singhiozzi soffocati tra le mani.

E poi c'era lui: l'uomo della camionetta.

Uno sconosciuto con gli occhi scuri e il viso segnato da troppe notti insonni. Aveva ancora la pistola nella fondina, il corpo teso come una molla. Disse qualcosa a sua madre e poi sparì nella notte.

Sua madre tremava mentre sollevava il telefono. Compose un numero con dita incerte.

«Robert... ti prego.... vieni subito.»

Steve avrebbe voluto urlarle di non farlo, di non fidarsi di quell'uomo, ma non poteva. Era ancora prigioniero del suo corpo, intrappolato in un limbo tra coscienza e incubo.

Quando Don Robert arrivò, la stanza divenne ancora più piccola e l'aria ancora più opprimente.

Lisa singhiozzava con le mani nei capelli.

«Vi prego...» sussurrò. «Vi prego, salvatemi... Io non voglio prendere il posto di Asmodeo... Non voglio più diventare lui...»

Steve sentì un brivido scorrergli lungo la spina dorsale.

"Asmodeo?" Si chiese. *"Cosa vuol dire?"*

Sua madre e Don Robert parlavano, le loro voci basse e cariche di tensione, come un filo teso sul punto di spezzarsi. Steve, ancora intrappolato tra coscienza e incubo, li sentiva discutere, ma le parole gli arrivavano ovattate, spezzate, senza un senso preciso. Lisa, accovacciata nell'angolo della stanza, tremava come una foglia, il viso rigato di lacrime e il respiro spezzato.

Poi, improvvisamente, tutto si fermò.

Don Robert si voltò verso di lei. La sua espressione era indecifrabile, uno sguardo che nascondeva troppe cose.

Lisa lo fissò con occhi lucidi, il labbro tremante.

Il prete le tese la mano.

Per un attimo, lei rimase immobile, il fiato sospeso, come se fosse sull'orlo di un precipizio. Poi, lentamente, con un'esitazione che tradiva il terrore che la divorava, le sue dita sfiorarono quelle dell'uomo.

Si voltò verso Steve. C'era qualcosa nei suoi occhi. Qualcosa che lui non riuscì a decifrare del tutto. Rassegnazione, dolore, forse addirittura un accenno di speranza.

«Addio,» sussurrò e poi se ne andò.

Steve rimase a guardarla sparire con il cuore che gli martellava nel petto senza che potesse fare nulla per fermarla.

Voleva gridare, voleva inseguirla, ma il suo corpo era ancora ostaggio di quella torpida prigione, il veleno della droga che gli scorreva nelle vene lo teneva incatenato a quel letto come un dannato. E così, Lisa svanì.

Passarono giorni. Giorni in cui Steve si perse in un dormiveglia senza fine, sospeso tra incubi e realtà, popolato da immagini confuse e distorte.

Quando finalmente si riprese, quando il veleno lasciò il suo corpo abbastanza da permettergli di alzarsi, guardò sua madre.

Quella donna era fragile, distrutta. Non osò chiederle nulla. La vedeva spegnersi giorno dopo giorno, aggrappata alla bottiglia come unica ancora di salvezza e non poteva darle un altro dolore.

Non aveva scelta, doveva dimenticare. Qualunque cosa fosse successa, qualunque orrore si celasse dietro quella notte, doveva sotterrarlo.

Si ripromise di cercare Lisa, un giorno.

Qualche settimana dopo, quando le acque si furono calmate, quando le voci avevano smesso di sussurrare il suo nome nei vicoli di Hallowbridge, Steve decise di agire.

C'era una domanda che non riusciva a ignorare. Dov'era nascosta Lisa?

Si recò in chiesa, sperando di trovare Don Robert ed avere risposte. Il prete che per anni aveva frequentato casa sua, quell'uomo che sua madre aveva accolto con troppa fiducia, era sparito da quella notte. Nessuno sapeva dove fosse andato, nessuno sapeva quando, o se, sarebbe tornato.

Steve rimase immobile davanti all'altare, con il cuore pesante e il respiro irregolare. La speranza che aveva conservato era svanita: Lisa non era lì.

Non c'era nessuna traccia, niente risposte, ma solo un silenzio assordante che lo schiacciava come una condanna.

«Com'è possibile?» sussurrò tra sé.

Mentre usciva, ancora con più dubbi che certezze, lo vide.

All'inizio era solo una figura sfocata in fondo al corridoio, una presenza indistinta. Ma bastarono pochi passi, un'inclinazione della testa, uno sguardo di traverso, e il cuore di Steve mancò un colpo.

Era proprio lui. David.

Si nascose tra le ombre, osservandolo da lontano. Cosa ci faceva lì il suo amico? Era una coincidenza? Oppure David stava cercando Lisa? Oppure... faceva parte di qualcosa di molto più grande?

Steve non lo scoprì mai.

Qualche giorno dopo, sua madre morì e allora prese una decisione: Dimenticare.

Sotterrare tutto sotto il peso degli anni, fingere che nulla di quella notte fosse mai accaduto.

Ma la verità è che i ricordi non muoiono mai.

Yuma, Arizona - 2025

«Steve! Dimmi la verità... ti prego... Lisa è davvero viva?» continuò a chiedere Mark.

«Sì,» sussurrò. «Mi spiace...» Furono le sue ultime parole.

Agata, con gli occhi colmi di una furia glaciale, alzò la lama sopra la sua testa e per un attimo il tempo sembrò congelarsi. Il metallo brillò alla luce tremolante delle torce, riflettendo il bagliore malato del rituale.

Poi, senza esitazione, affondò la lama nel petto di Steve.

Il suono della carne lacerata si mescolò al gemito soffocato dell'uomo, mentre il suo corpo si irrigidiva in un ultimo spasmo. Il suo sguardo si spense istantaneamente, le labbra si schiusero in un sussurro incompiuto e il sangue esplose dal suo corpo in una cascata scarlatta, scorrendo lungo la lama e imbrattando il simbolo sacrificale inciso sul pavimento.

Per un attimo, nessuno si mosse.

David rimase pietrificato, incapace di respirare, incapace di comprendere davvero ciò che aveva appena visto. Il mondo attorno a lui sembrava svanire, ridursi a quel singolo istante, al

sangue che si riversava a terra come un'offerta imposta con la forza.

Sarah urlò. Il suono squarciò l'aria come un lamento disperato, rimbalzò contro le pareti e si insinuò nelle ossa di tutti i presenti, carico di terrore, di orrore puro.

Mark e Bill rimasero immobili, prigionieri di un'agonia muta, i loro corpi rigidi, le mani serrate in pugni impotenti mentre le guardie, senza alcuna esitazione, puntavano i fucili contro di loro, minacciandoli di una fine altrettanto brutale.

Dylan e Claire, legati al centro del triangolo, tremavano, i loro volti pallidi come cera, gli occhi dilatati da un terrore muto. Non avevano via di scampo. La fine sembrava inevitabile.

L'odore del sangue impregnava l'aria, il rituale si stava compiendo.

E loro, spettatori prigionieri, non potevano fare nulla per fermarlo.

Ma qualcosa dentro Mark si risvegliò. Non era la feroce determinazione che lo aveva spinto a combattere dopo la morte di Isabel, né l'odio cieco verso la setta che lo aveva trascinato in quell'incubo. Non era neanche il terrore che lo attanagliava ogni volta che pensava ai suoi amici in pericolo, né l'amore che lo legava a loro.

Era qualcosa di più profondo, più antico.

Una scintilla dimenticata da troppo tempo.

Era la **speranza**.

"Lisa è viva..." Si ripeteva in mente. Poi, senza pensare, mosso dall'istinto primordiale di sopravvivenza, si lanciò contro la guardia più vicina. Il movimento fu improvviso e inaspettato. La guardia, sorpresa, non riuscì a sparare in tempo. Mark la spinse a terra con tutta la forza che aveva.

Bill e Jennifer si bloccarono per un istante, ma il loro addestramento prese subito il sopravvento. Con movimenti sincronizzati, si scagliarono sulla guardia, riuscendo a disarmarla nonostante la sua stazza imponente.

Mark non perse tempo. Afferrò il fucile, lo puntò dritto al petto della guardia riversa sul pavimento e, senza alcuna esitazione, premette il grilletto. Lo sparo squarciò l'aria con un boato assordante, rimbalzando sulle pareti della sala. Un corpo si afflosciò, una vita si spezzò.

L'improvviso tumulto aveva cambiato le carte in tavola. Bill raccolse velocemente le armi sequestrate e ne consegnò una a Jennifer. Ora erano armati e pronti. Il numero delle guardie era ridotto e con il caos che si stava creando, finalmente, avevano una possibilità.

CAPITOLO 40

MEGLIO TARDI CHE MAI

Il capanno vibrava di una tensione insopportabile quanto inaspettata. L'odore di polvere da sparo e legno marcio si mescolava al sangue e al sudore, impregnando l'aria di morte. Ogni crepitio, ogni rumore, sembrava amplificato in quello spazio divenuto angusto, dove la vita e la morte si fronteggiavano senza pietà. I proiettili rimbombavano contro le pareti di legno, lasciandosi dietro schegge e frammenti di paura.

Mark, Jennifer e Bill erano accovacciati dietro una cassa di legno logora, il respiro affannoso, le armi strette tra le mani sudate. Ogni sparo faceva vibrare l'aria, le schegge di legno esplodevano attorno a loro, la polvere saturava i polmoni. Il rifugio che avevano scelto era tutt'altro che sicuro: erano in trappola. Facili bersagli.

Mark sentiva la testa pulsare, il battito martellargli nelle tempie mentre i suoi occhi si muovevano frenetici, cercando una via d'uscita. La situazione era chiara: stavano perdendo terreno. I colpi delle guardie li costringevano sempre più nell'angolo, riducendo ogni possibilità di fuga.

Poi lo sentì.

Non gli spari. Non le urla. Ma i passi.

Le guardie si stavano avvicinando. Veloci, decise, quasi più rumorose dei proiettili che continuavano a fendere l'aria. Stavano arrivando.

«Non ce la facciamo così...» sibilò Bill, ansimante, mentre si affacciava appena per vedere meglio la situazione. «Ci stanno circondando!»

Mark annuì con fatica, la gola secca come se avesse ingoiato sabbia. Sapeva che Bill aveva ragione. Avevano avuto una breve finestra di vantaggio quando avevano preso il controllo di una guardia, ma ora si trovavano nuovamente con le spalle al muro.

«Dobbiamo trovare un modo...» iniziò a dire, ma la voce gli si spezzò in un sospiro disperato.

Jennifer era accovacciata a terra, stringeva il fucile e cercava un punto di osservazione, un angolo da cui poter sparare, ma ogni volta che sollevava la testa, una pioggia di proiettili la costringeva a ritirarsi.

«Non ci danno tregua! Appena provo a uscire, mi bombardano... Maledetti!» esclamò frustrata, stringendo il calcio dell'arma con forza. Sentiva il cuore batterle in gola. Il tempo scivolava via e sapeva che non potevano restare lì per sempre.

Ma l'orrore non si limitava ai proiettili. Al centro del capanno, Agata Smith, o meglio, Asmodeo, proseguiva il suo rituale, indifferente al caos che la circondava. La sua concentrazione era spietata, focalizzata sulla lama scintillante che brandiva con fredda determinazione. Steve Harrington, con la "H" incisa nella carne e la vita spezzata, giaceva a terra, sacrificato per placare l'avidità del demone.

L'aria era densa di tensione, il respiro di David era affannoso e ogni muscolo del suo corpo teso. Il sangue di Steve era ancora caldo sul pavimento, una macchia scura che si insinuava tra le

linee del simbolo sacrificale, consacrando il rituale con la vita strappata al suo migliore amico.

Ora toccava a lui.

Agata avanzava lentamente, i passi misurati, il mantello che sfiorava appena il triangolo disegnato con la vernice rossa, un marchio di morte ormai divenuto realtà. La fioca luce tremolava sulle sue mani ancora sporche di sangue, sulle pieghe del suo volto impassibile, sugli occhi che brillavano di un'esaltazione folle e inumana.

David sentì la paura risalire lungo la schiena come un'ombra gelida. Cercò di muoversi, ma le sue mani legate si tendevano invano contro il palo a cui era fissato. Il respiro gli si spezzava in petto come una lama affondata nei polmoni, la visione del corpo senza vita di Steve ancora impressa nelle pupille.

Non poteva finire così. Non per lui. Non dopo tutto quello che aveva perso.

«L'ordine deve essere rispettato,» sussurrò Agata, la sua voce carica di un'oscura potenza. «La "B"... è il tuo turno, David. Potrai finalmente espiare i tuoi peccati.»

Le sue dita si strinsero attorno all'elsa della lama ancora intrisa di sangue, il metallo che scintillava per un istante prima di calare su di lui come un destino già scritto.

Ma David non era pronto a morire.

"Non ora. Non così." Pensò.

Con un grido di pura disperazione, il suo corpo reagì prima ancora che la mente potesse comprendere l'azione. In un colpo di reni, sollevò le gambe e sferrò un calcio con tutta la forza che gli restava.

Il piede a martello impattò con violenza contro il ginocchio di Agata, e il suono netto di ossa spezzate lacerò l'aria come un colpo di frusta.

L'urlo che ne seguì fu primordiale, un misto di dolore e furia cieca. La donna crollò a terra, il viso stravolto da una smorfia di pura agonia. La lama le scivolò dalle mani, tintinnando sul pavimento con un suono freddo e metallico.

Per un istante, il capanno sembrò ammutolirsi. Anche il tempo sembrava sospeso, in bilico tra la sopravvivenza e l'annientamento.

Mark, Bill e Jennifer si voltarono di scatto, increduli. L'urlo di Agata riecheggiava ancora nelle loro orecchie, un suono così forte e inaspettato da congelare per un istante l'intera scena. Persino i guardiani di Asmodeo esitarono, scambiandosi sguardi sioccati, come se il colpo inferto alla loro sacerdotessa avesse incrinato la loro fede.

Uno di loro, dopo un rapido cenno d'intesa con gli altri, si staccò dall'accerchiamento e corse verso Asmodeo.

Doveva proteggerla.

Ma proprio in quel momento, una luce intensa squarciò il buio all'interno del capanno.

Un fascio luminoso esplose dalla porta, accecante come il giorno. Per un attimo, sembrò che fosse la luna a illuminare il sangue versato, ma il rombo di motori e il suono aggressivo di pneumatici sul terreno spezzò quell'illusione.

«Maledizione...» urlò Agata, serrando i denti mentre il dolore le strappava il fiato.

Un boato assordante riempì l'aria, seguito da una voce metallica, amplificata da un altoparlante.

«Siete circondati! Uscite immediatamente con le mani in alto! Avete 30 secondi!»

Il panico si diffuse tra i seguaci di Asmodeo come un incendio incontrollato.

Alcuni tentarono di fuggire, ma vennero immediatamente placcati dagli agenti che circondavano l'area. Altri rimasero immobili, ancora incapaci di comprendere se ciò che stava accadendo fosse reale o il frutto di una punizione divina.

Jennifer lasciò trasparire un sorriso nervoso.

«Meglio tardi che mai...» mormorò, sentendo finalmente il suo corpo rilassarsi per un istante.

Ma i guardiani di Asmodeo non esitarono neanche per un istante.

Uno dei guardiani si chinò rapidamente, afferrando Agata con mani salde e sollevandola da terra. Il corpo della donna era piegato dal dolore, il respiro affannoso e irregolare, ma nei suoi occhi brillava ancora una fiamma inestinguibile, un fuoco che non si sarebbe spento tanto facilmente.

Stringendo i denti, si aggrappò al braccio del suo seguace, cercando di mantenere l'equilibrio mentre, con passo incerto ma determinato, si incamminava verso la salvezza. Ogni movimento era un tormento, ma la sua volontà restava incrollabile.

«I libri!» intimò con un sibilo velenoso e alcuni dei suoi fedeli, senza esitare, si precipitarono a recuperarli.

I volumi antichi, logori ma intrisi di conoscenze proibite, vennero prelevati con una cura, le loro pagine sfiorate con una riverenza tipica di chi comprendeva la loro inestimabile importanza. Ogni gesto era misurato, privo di esitazione, carico del peso della consapevolezza. Non potevano permettersi di perderli.

Uno dei guardiani aprì con cautela una valigetta nera, rinforzata da robuste fibbie metalliche e ornata da sigilli arcani incisi lungo i bordi. L'interno era rivestito da uno spesso strato di velluto scuro, un guscio protettivo per i testi che vi vennero

deposti con un rispetto quasi religioso, come se racchiudessero un potere vivo e pulsante anziché essere semplici pagine inchiostrate.

Quando il coperchio si abbassò, il suono secco del metallo che si bloccava in posizione riecheggiò nella stanza, simile a un sigillo definitivo, un giuramento silenzioso che prometteva: nulla sarebbe andato perduto.

Poi, senza il minimo indugio, si voltarono verso Agata.

La loro missione non era ancora conclusa.

Lentamente, con estrema cautela vista la condizione della loro leader, i guardiani la scortarono in direzione di un vecchio container arrugginito, nascosto nell'angolo più remoto del capanno.

Una via di fuga pianificata con meticolosa precisione, un passaggio che li avrebbe condotti lontano, al sicuro.

I suoi protettori si mossero attorno a lei con disciplina perfetta, disponendosi in una formazione stretta, trasformandosi in uno scudo umano. Le loro sagome imponenti si muovevano con precisione, proteggendola mentre la scortavano verso l'uscita segreta, come un'ombra collettiva pronta a dissolversi nel buio.

Mark e Bill colsero l'attimo.

Si lanciarono fuori dal loro nascondiglio, ignorando il frastuono e il caos attorno a loro.

Bill si precipitò verso Claire e si inginocchiò accanto cercarono il battito della ragazza.

Un sollievo quasi insopportabile lo travolse quando sentì il suo respiro, debole, ma presente.

«Respira ancora,» sussurrò, accarezzandole il viso pallido.

Nel frattempo, Dylan rimase immobile al centro del triangolo, come una statua. Il bambino tremava, i suoi occhi

vuoti di fronte all'orrore che lo circondava. Poi si accasciò, stringendosi il petto, il viso rigato da lacrime silenziose.

Mark lo raggiunse in pochi passi, inginocchiandosi anche lui.

«Dylan, ci sono io... Sei al sicuro.»

Le sue parole erano un sussurro, ma il bambino sembrò aggrapparsi a esse con tutta la forza che gli rimaneva.

Dopo essersi assicurato che Dylan fosse in salvo, si voltò e corse verso David.

Osservò i suoi polsi ancora legati, il viso segnato dalla fatica e i muscoli tesi dalla battaglia appena combattuta.

«Stai bene?» chiese con il fiato corto e la voce carica di preoccupazione.

David annuì debolmente.

«Sto bene... vai da Sarah. Io me la cavo,» rispose con un filo di voce.

Il dolore e la paura non lo avevano ancora abbandonato, ma la determinazione di sopravvivere, di non finire come Steve, brillava ancora nei suoi occhi.

Esitò solo un secondo prima di voltarsi e correre verso l'amica, che ancora si dimenava contro le corde che la trattenevano. I suoi occhi spalancati dal terrore lo trovarono nell'istante in cui lui la raggiunse, il volto pallido e segnato da lacrime silenziose.

La tensione che aveva accumulato nel petto fino a quel momento si sciolse di colpo, come un nodo che finalmente si allentava. Sarah lo vide e non riuscì più a trattenersi, con un filo di voce gridò: «Mark!»

Non c'era bisogno di parole.

Lui la afferrò e la strinse forte, sentendo il battito frenetico del cuore di lei pulsargli contro il petto. La donna tremava, il

suo respiro era irregolare, ma anche Mark si accorse che il suo stesso respiro era agitato e confuso.

«È finita, Sarah. È finita,» le sussurrò, stringendola ancora di più, come se potesse proteggerla dal dolore, dal terrore, da tutto ciò che avevano appena vissuto.

Ma sapeva che non era vero. Non era finita.

Il pericolo era ancora lì, annidato tra le ombre del capanno, pronto a riaffiorare come una bestia ferita che si rifiuta di morire.

All'esterno, il caos della battaglia continuava.

Le forze dell'ordine avevano ormai circondato l'edificio, un assedio di luci abbaglianti e ordini gridati. I veicoli schiacciavano il terreno con i loro pneumatici pesanti, mentre le sagome degli agenti si muovevano rapide, puntando le armi verso chiunque cercasse di scappare.

Ma all'interno, la lotta non era ancora conclusa.

Mark, ancora con Sarah stretta contro di sé, percepì un movimento tra le ombre. Un bagliore dorato di una torcia rivelò per un istante ciò che il buio cercava di celare.

Agata, o meglio, *Asmodeo*, era ancora viva. Ferita, sì. Piegata dal dolore del colpo subito, ma non sconfitta.

I suoi guardiani la stavano portando via, come se avessero pianificato la fuga ancor prima che la polizia arrivasse. Si muovevano senza esitazione, come ombre che conoscevano perfettamente il piano da seguire.

Lui li osservò e capì.

Se avessero permesso loro di scappare, tutto sarebbe stato vano. Avrebbero perso ogni speranza di fermare il culto, avrebbero solo rimandato l'incubo.

«Jennifer! Bill!» gridò. «Asmodeo sta scappando!»

Indicò il container arrugginito che celava la porta segreta.

«Non possiamo lasciarla andare!»

La sua voce rimbombò nel capanno, sopra il caos, sopra il rumore della battaglia che ancora infuriava. Era il loro ultimo momento, la loro ultima possibilità e non era disposto a sprecarla.

Jennifer, ancora concentrata sulla situazione, si voltò di scatto, seguendo lo sguardo di Mark. Vedeva chiaramente Agata che veniva trasportata via dai suoi fedeli guardiani. Il suo corpo si irrigidì. Si alzò di scatto, imbracciando il fucile.

«Dannazione, ci sta sfuggendo!» urlò. Cercò una posizione da cui potesse prendere la mira, ma appena sollevò la testa, una scarica di proiettili proveniente dai guardiani la costrinse a buttarsi di nuovo a terra.

«Non riesco a prendere la mira...» sibilò Jennifer, frustrazione e rabbia che si mescolavano nel suo tono.

Mark si sentiva sopraffatto dall'impotenza. Ogni secondo che passava sembrava allontanare sempre di più la possibilità di fermare Asmodeo e i suoi scagnozzi. Il caos attorno a loro sembrava congelato in un loop eterno, come se il tempo stesso fosse rallentato.

"Non posso lasciarla andare. Non ora, non dopo tutto questo". pensò

Mentre cercava disperatamente una soluzione, dall'altra parte del capanno, David, sebbene ferito e debilitato, si stava risollevando. Il suo sguardo era fisso nella direzione di Agata e il dolore e la rabbia si leggevano chiaramente sul suo volto. Non poteva finire così. Non avrebbe permesso che anche questo sacrificio fosse vano. Aveva già perso Steve, ma non avrebbe perso anche la speranza.

Con uno sforzo sovrumano, David riuscì a piegarsi verso il coltello che Agata aveva lasciato cadere. Le sue mani ancora

legate dietro la schiena si mossero con una destrezza alimentata dalla disperazione. Riuscì a sollevare il coltello e, con un ultimo sforzo, tagliò le corde che lo tenevano imprigionato.

Proprio in quel momento, le porte del capanno vennero spalancate completamente dalle forze dell'ordine. Uomini in uniforme entrarono come un'ondata inarrestabile, le armi puntate su ogni movimento sospetto. Le luci lampeggianti dei veicoli illuminavano l'interno come se fosse giorno, portando con sé una sensazione di sollievo. Ma il terrore era ancora vivo nei cuori di chi era sopravvissuto.

Mentre i restanti seguaci di Asmodeo venivano catturati, le guardie di Agata si stavano avvicinando sempre di più alla porta. Jennifer, Mark e Bill sapevano che la loro unica speranza era fermarli prima che scomparissero nel nulla. Non potevano permettersi di perdere la loro nemesi, non ora.

Mark scambiò uno sguardo con Jennifer. Lei annuì e insieme corsero verso la porta nascosta. Ma prima che potessero raggiungerli, uno dei guardiani si voltò, alzando il fucile e puntandolo verso di loro.

Jennifer si gettò a terra per evitare il proiettile.

«Merda!» gridò, rialzandosi con un rapido scatto e sollevando il fucile di precisione. Questa volta non ci sarebbero stati errori. Le sue mani si fermarono, il respiro si fece calmo e preciso. Puntò l'arma, prese la mira e premette il grilletto.

Il proiettile sibilò nell'aria, centrando il bersaglio. Uno dei guardiani, colpito in pieno petto, cadde all'istante. Gli altri si fermarono per un attimo, disorientati. Era l'opportunità che Mark e Bill stavano aspettando. Si lanciarono all'attacco, sparando contro i guardiani rimasti, che cercavano disperatamente di difendersi mentre portavano via Agata.

Mark e Bill si avvicinarono sempre di più, le armi puntate sui nemici rimasti.

Le forze dell'ordine erano ormai dietro di loro, il cerchio si stava chiudendo.

Tuttavia, Agata, anche in quel momento di apparente sconfitta, sorrideva come se sapesse qualcosa che loro ancora ignoravano.

CAPITOLO 41

INFERNO

Le guardie spinsero con forza la pesante porta di metallo, che si rivelò molto più spessa di quanto inizialmente sembrasse. Un varco oscuro si aprì davanti a loro, un passaggio segreto che prometteva la fuga. Agata, ancora piegata dal dolore ma guidata da una volontà incrollabile, si lasciò trascinare oltre la soglia, sparendo nelle ombre.

Mark e Bill si lanciarono in avanti, disperati, tentando di fermarli, ma fu tutto inutile.

La porta si richiuse con un clangore sordo, sigillando il loro destino con un confine di metallo invalicabile.

Una via di fuga che apparve definitiva.

Per un attimo, sembrò che nulla potesse più accadere.

Poi, improvvisamente, l'inferno si scatenò.

Un'esplosione violentissima ruggì dal cuore del vecchio container. L'onda d'urto fu devastante. Una palla di fuoco si riversò nella notte, illuminando il cielo come se il sole fosse sorto all'improvviso. L'aria stessa sembrò spezzarsi, risucchiata dall'onda di calore che lacerava ogni cosa sul suo cammino.

Il boato fu assordante e il vecchio capanno, già provato dagli anni e dalle battaglie di quella notte, cedette sotto la potenza dell'urto. Il tetto si spezzò come vetro infranto, i muri

scricchiolarono in un ultimo, disperato lamento prima di crollare su se stessi.

Mark non ebbe neanche il tempo di reagire. La forza dell'esplosione lo colpì come un pugno invisibile, sollevandolo da terra e scagliandolo a metri di distanza.

Il mondo si spense. Ci fu silenzio e poi il vuoto.

Poi, lentamente, il dolore lo riportò indietro.

Un dolore sordo e profondo, che gli attraversava il corpo come un'ondata di spine infuocate. Un sibilo acuto gli martellava le orecchie, trasformando ogni altro suono in un lontano eco indistinto. Respirare era difficile. Ogni respiro sembrava un'agonia.

Con uno sforzo immane riuscì a muovere le dita, poi le mani. Pian piano, il suo corpo tornò sotto il suo controllo. Si mise a carponi, con un lamento soffocato, sentendo il sapore ferroso del sangue sulle labbra e si obbligò ad alzare lo sguardo.

Doveva vedere, doveva capire cosa fosse successo e ciò che vide gli strinse il cuore in una morsa gelida.

La scena che gli si presentò davanti agli occhi era irreale.

Il capanno era diventato un inferno di fumo e fiamme. Ovunque c'erano detriti, pezzi del tetto e delle pareti sparsi come cadaveri smembrati. Il fumo denso gli bruciava i polmoni a ogni respiro, mentre le urla e i lamenti dei sopravvissuti si confondevano con il suono stridente delle sirene provenienti dall'esterno.

Gli occhi di Mark si posarono sui corpi. Molti agenti erano stati dilaniati dall'esplosione, così come diversi seguaci di Asmodeo che si trovavano troppo vicini al container nel momento fatale. I loro corpi giacevano devastati, spezzati, macabri monumenti di un caos inarrestabile. L'orrore gli salì

rapidamente alla gola e con esso un conato di vomito che si sforzò di trattenere.

"Non ora. Non posso cedere ora." Pensò.

Si fece forza e si costrinse a concentrarsi. Doveva trovare i suoi amici. Ma il fumo denso, le urla e le fiamme che continuavano a lambire i resti del capanno rendevano difficile qualsiasi movimento. Sentiva la disperazione farsi strada dentro di lui, ma non poteva arrendersi. Si alzò in piedi, traballante e iniziò a cercare tra i detriti.

"Sarah... devo trovarla."

Si fece largo tra le macerie, spostando detriti con una foga quasi animalesca. A un certo punto, un pezzo di trave cadde vicino a lui, mancandolo di poco. Ma lui non si fermò. Ogni secondo era prezioso. Alla fine, tra il fumo e i pezzi di legno, vide un corpo.

«Sarah!»

Iniziò a scavare con le mani, spostando pezzi di travi e macerie con tutta la forza che gli rimaneva. Finalmente, la trovò: rannicchiata sotto assi di legno e calcinacci ma con il corpo apparentemente intatto.

Si inginocchiò accanto a lei. Appoggiò la mano sul suo petto, pregando in silenzio. Sentì il suo respiro, debole ma costante. Era viva. Un'ondata di sollievo lo travolse, ma sapeva che non era finita. Doveva trovare gli altri.

Si rialzò, cercando di ignorare il dolore che gli irradiava il corpo e si guardò attorno.

"David... dove sei?"

Poi, all'improvviso, udì una voce. Debole, ma inconfondibile.

«Mark... aiutami, sono qui!» La voce di David risuonò in mezzo al caos.

Mark corse verso il suono. Lo trovò a terra, ferito, con un grosso pezzo di legno conficcato nella gamba. Si inginocchiò accanto a lui, cercando di non farsi travolgere dal panico.

«David, stai calmo,» disse con un tono che cercava di essere rassicurante. «Ci sono i soccorsi, tieni duro!»

David lo guardava, ma i suoi occhi erano velati, quasi assenti. «Non... non ce la faccio...» mormorò con un filo di voce, mentre cercava di combattere il dolore che gli attanagliava la gamba. Il sangue gli colava lentamente sulla pelle, mischiandosi alla polvere e ai detriti. «Non lasciarmi... ti prego.»

Mark scosse la testa con forza, stringendo le mani attorno alla spalla di David. «Non ti lascio, David. Stai calmo. Tieni duro, okay? Sarah è viva. Tu devi resistere.»

Le sue parole sembrarono riportare David alla realtà per un attimo. «Sarah... Sarah sta bene? E Bill?» chiese con un filo di voce, cercando di trattenere le lacrime.

«Bill... Bill! Lo devo trovare...» Mark si fermò per un istante, guardando David dritto negli occhi.

«Ti prometto che non ti lascio qui. Torno a prenderti.»

David annuì debolmente, lottando contro il dolore.

«Vai... cercalo... ma torna presto.»

Mark si alzò di scatto, cercando disperatamente Bill tra le rovine.

"Se è vivo, sarà con Claire." Con il cuore che gli martellava nel petto, corse verso il centro dell'edificio, dove li aveva visti l'ultima volta.

Quello che trovò lo colpì come un pugno allo stomaco.

L'amico era inginocchiato a terra, il corpo senza vita di Claire stretto fra le braccia. Era immobile, quasi paralizzato dal dolore. Accanto a loro, giaceva il corpo del piccolo Dylan, schiacciato da una trave di legno. La scena era straziante. Mark

poteva solo immaginare cosa stesse provando Bill, ma non osò disturbarlo. Decise di lasciargli vivere quel dolore in silenzio.

Mentre osservava la scena, sentì una voce familiare dietro di lui. L'agente Jennifer Waisse era sopravvissuta e stava coordinando freneticamente i soccorsi, muovendosi nel caos di quello che era rimasto. Si avvicinò a fatica all'agente e le indicò i punti dove si trovavano Sarah e David. Lei annuì velocemente, chiamando una squadra di soccorso che, poco dopo, portò entrambi fuori dall'edificio.

Mark si girò di nuovo verso l'amico, che non si era mosso di un millimetro. Sapeva che non poteva più lasciarlo solo. Si avvicinò lentamente e, senza dire una parola, gli appoggiò una mano sulla spalla.

Bill si girò verso di lui, gli occhi rossi e rigati da lacrime copiose. Stringeva ancora forte al petto il corpo senza vita di Claire, come se volesse impedirle di andarsene per sempre.

«Bill...» sussurrò Mark con la voce carica di dolore. «Prenditi il tempo che ti serve. Quando vorrai... io ci sarò.»

Lui lo guardò fisso negli occhi, senza dire nulla, ma il suo sguardo era pieno di sofferenza e di gratitudine. Annuì lentamente, incapace di parlare, mentre le sue lacrime continuavano a scorrere. Il silenzio tra di loro diceva tutto.

Mark sapeva che il loro dolore era solo l'inizio.

"Sappiamo entrambi cosa dobbiamo fare", pensò, ma per ora, l'unica cosa che potevano fare era affrontare il dolore.

Uno accanto all'altro.

CAPITOLO 42

I MOSTRI
CAMMINANO TRA NOI

2 giorno dopo: Headquarters dell'FBI - Washington, D.C

Bill e Mark sedevano in silenzio nella sala riunioni del quartier generale dell'FBI, le spalle appesantite dal peso insostenibile degli ultimi giorni. Anche se fisicamente erano lì, le loro menti erano ancora intrappolate tra i ricordi di ciò che avevano vissuto. L'orrore di quelle notti, il sangue versato, le persone che non erano riusciti a salvare. E poi i segreti, quelli che avrebbero voluto ignorare, ma che ormai li avevano marchiati per sempre.

Il ticchettio dell'orologio sulla parete riempiva il silenzio della stanza, un ritmo costante che scandiva il tempo mentre loro restavano immobili, persi nei pensieri. Entrambi sapevano che, nonostante fossero sopravvissuti, una parte di loro era morta con i loro amici.

Per quasi quarantotto ore erano stati trattenuti sotto stretta sorveglianza, costretti in una sorta di limbo tra il sollievo di essere ancora vivi e la frustrazione di non sapere cosa sarebbe successo dopo. Nessuno si era preso la briga di informarli, nessuno aveva detto loro se il massacro della setta fosse davvero

terminato o se un nuovo orrore stesse già prendendo forma nell'ombra.

E poi, all'improvviso, senza spiegazioni, erano stati trasferiti all'Headquarters dell'FBI.

Il viaggio era stato lungo e silenzioso. Nessuno dei due aveva parlato. Cosa c'era da dire, del resto?

Avevano visto troppo. Forse vissuto troppo.

Ora erano lì, in quella stanza austera illuminata da fredde luci, con le mani posate sulle ginocchia e lo sguardo fisso sul tavolo di metallo davanti a loro, aspettando.

Aspettando risposte. Aspettando di capire se tutto quel sangue versato fosse servito a qualcosa.

Accanto a loro, in piedi con la rigidità di chi non ammette esitazioni, c'era il Direttore Generale Steven Knight. Un uomo sulla sessantina, la pelle chiara e liscia, completamente calvo, ma con un fisico ancora imponente, di chi non aveva mai ceduto al passare del tempo. I suoi occhi, freddi e implacabili, scandagliavano la stanza con la precisione di un predatore. Non tradivano alcuna emozione, come se il peso di tutto ciò che era accaduto non fosse mai riuscito a scalfirlo.

Al suo fianco, l'agente speciale Jennifer Waisse, più giovane ma altrettanto determinata, sedeva con la schiena dritta e le mani intrecciate sul tavolo. La sua postura rigida tradiva la tensione che ancora le scorreva nelle vene, nonostante il volto fosse impassibile. Portava una vistosa fasciatura sul braccio, segno tangibile dello scontro che avevano affrontato. Eppure, non dava segni di fastidio né di dolore. Se ne stava lì, immobile, con lo sguardo vigile, come se fosse pronta a rimettersi in gioco in qualsiasi momento.

Il Direttore Generale Steven Knight prese la parola con la fermezza di chi era abituato a pesare ogni singola sillaba. La sua

voce, bassa ma carica di autorità, ruppe il silenzio nella sala con una dichiarazione netta, priva di esitazioni.

«Questa volta è la fine per i Figli di Asmodeo.»

Le sue parole riecheggiarono, pesanti come un macigno, impregnate della consapevolezza di quanto fosse costato arrivare a quel momento.

«Li abbiamo colpiti duramente. Venti arresti, tra cui politici e imprenditori di alto livello. Altri sono morti o rimasti gravemente feriti durante l'operazione. Ma soprattutto, ora sappiamo chi c'è a capo di questa maledetta setta. I tasselli del domino stanno finalmente crollando.»

Il suo tono era saldo, privo di incertezze. Eppure, sotto quella facciata granitica, si insinuava la stanchezza di chi sa che una guerra non finisce solo perché una battaglia è stata vinta.

La rete di omertà che per anni aveva protetto i Figli di Asmodeo si stava finalmente sgretolando sotto il peso delle indagini, della violenza che si erano lasciati alle spalle, del sangue versato senza pietà.

Ma a quale costo?

L'FBI aveva vinto, sì. Ma il prezzo era stato devastante.

L'agente George Grant, Steve Harrington, Claire Barrow, Dylan Barrow. Nomi che non sarebbero mai più stati pronunciati senza il peso della perdita. E poi c'era Clarissa Scalisi, svanita nel nulla. Un'incognita, un'anomalia che aleggiava ancora su di loro, sospesa tra il dubbio e la paura che fosse solo questione di tempo prima che un altro incubo prendesse forma.

L'ottimismo velato nelle parole del Direttore fu troppo per Mark. Sentì il sangue ribollire, un'ondata di rabbia mescolata alla frustrazione esplodergli dentro.

«Forse dimentica che abbiamo perso degli amici. Persone innocenti. È morto un bambino cazzo!» Ringhiò con il tono carico di rancore. «E Agata Smith è fuggita! Se questa la chiama vittoria lei è fuori di testa.»

Nella stanza calò un silenzio pesante.

Il volto impassibile di Knight si irrigidì, ma non si lasciò scalfire dall'attacco. Rimase perfettamente composto, i suoi occhi azzurro ghiaccio fissi su Mark, come se stesse valutando ogni singola emozione che gli scorreva nel corpo.

«Di Agata Smith, in effetti, non ci sono tracce,» ammise con un tono più basso, quasi di frustrazione. «Ma abbiamo arrestato il personale della sua villa e sequestrato il suo yacht tramite l'Interpol a Barcellona.»

Prese un respiro profondo e continuò. «La sua foto è ovunque e le frontiere sono sorvegliate. Se è viva, la troveremo.»

Ma Mark non riusciva a crederci. Finché lei fosse stata là fuori, nulla era davvero finito. Abbassò lo sguardo, le mani strette a pugno contro il tavolo. Il pensiero di Steve, della sua ultima rivelazione, continuava a martellargli la mente: *"Lisa è viva"*.

"E se fosse tutto collegato?" Pensò.

Bill, che fino a quel momento aveva ascoltato in silenzio, intervenne con una domanda che colpì il nervo scoperto del Direttore Knight.

«Cosa ci dice di Richard Johnson? Ha agito da solo?»

Un'altra pausa, un'esitazione quasi impercettibile. Per la prima volta Knight sembrò scosso, ma solo per un istante. Poi tornò a comporsi e rispose con voce controllata.

«La falla all'interno dell'FBI, causata dagli agenti corrotti come Johnson e Sullivan, è chiusa.»

Fece questa volta una pausa più lunga, come se stesse scegliendo le parole con estrema attenzione.

«Johnson è morto. Sullivan, insieme agli altri agenti implicati, è agli arresti e sta collaborando.»

L'ombra della sfiducia attraversò lo sguardo di Bill.

«E lei ci crede davvero?» chiese, incrociando le braccia.

Knight serrò la mascella.

«Per la prima volta, abbiamo il controllo totale della situazione. Non possiamo escludere nulla ma neanche minimizzare il fatto che stiamo ottenendo risultati tangibili.»

Il silenzio cadde nuovamente nella stanza, questa volta ancora più pesante. Non c'era bisogno di dire altro. Nessuno credeva davvero che fosse tutto finito.

Dopo alcuni secondi, Knight abbassò appena lo sguardo, come se stesse pesando le sue prossime parole. Quando parlò, la sua voce era più bassa, quasi un sussurro.

«Forse, però, avete ragione.»

Il suo sguardo si spostò su Mark, poi su Bill, come se volesse imprimere quelle parole nelle loro anime.

«Non possiamo parlare di vittoria totale. Non dopo tutto questo sangue.»

Strinse le mani dietro la schiena, ora il suo tono era privo di trionfo, privo di illusione.

«Ma siamo più vicini che mai a mettere fine a questa maledetta organizzazione.»

Quella dichiarazione riecheggiò nella stanza. Ma nessuno, in quel momento, aveva il coraggio di crederci davvero.

Poi il Direttore, fissò Bill.

«Prima che andiate via, c'è qualcosa che voglio mostrarvi.»
Prese un telecomando e accese il monitor della sala.

«Questo video è stato registrato nel carcere dove era detenuta Claire Barrow.»

La schermata mostrava Claire, distesa sul letto della sua cella, con lo sguardo rivolto fisso verso la telecamera. Il cuore di Bill si strinse nel vederla. Claire, con voce calma e stanca, iniziò a parlare: *"Bill, mi spiace. So che non mi puoi sentire, ma mi piace immaginare che tu sia qui. È l'unica cosa che mi dà forza e mi fa andare avanti. Spero che un giorno tu possa capire e perdonarmi".*

Il Direttore fermò il video. «Ha ripetuto queste parole ogni sera per un anno intero prima di andare a dormire. Ma la sera prima della sua evasione, la frase è cambiata.»

Riavviò il video, mostrando nuovamente Claire. Questa volta, però, la sua voce era più bassa, quasi un sussurro.

"Bill, non so cosa ci riserverà il futuro... Questa potrebbe essere la mia ultima sera... Spero davvero che le mie parole ti siano arrivate. Usale per ritornare al momento in cui tutto è cambiato. I miei sogni sono rimasti lì, rinchiusi in una cassetta e solo tu sai come liberarli".

Il Direttore si voltò verso di lui con il volto serio.

«Sa di cosa parla?»

Bill fissò lo schermo, il cuore in tumulto.

«L'ultima volta che qualcuno mi ha parlato di una lettera o di un messaggio in codice, mi sono ritrovato in mezzo a questo casino,» disse, con una punta di sarcasmo nella voce. «Immagino che si riferisca a quando ci siamo visti l'ultima volta, vent'anni fa, prima che io partissi. Claire era innamorata di me, come io lo ero di lei, ma non potevo abbandonare Hallowbridge. Ciò che aveva da dirmi me lo ha scritto nella lettera. Probabilmente quella sera temeva di essere uccisa e ha voluto lasciarmi un addio. Nulla di più.»

Il Direttore Knight annuì. «Può essere. Sapeva che la sua vita era appesa a un filo. I Figli di Asmodeo probabilmente volevano il libro che aveva nascosto. Per questo l'hanno tenuta in vita e l'hanno fatta evadere.»

Mentre i due amici si preparavano a congedarsi, Mark non riuscì a trattenersi.

«E Lisa Smith?» chiese. «Steve ha detto che è viva. Avete informazioni che noi non conosciamo?»

Il Direttore lo fissò dritto negli occhi, freddo e calcolatore. «Non abbiamo mai trovato Lisa Smith. Se non ci sono riusciti nemmeno loro, direi che purtroppo le è accaduto qualcosa di terribile.»

Mark abbassò lo sguardo, sconfitto.

«Mi spiace non potervi dare una speranza,» concluse Knight. «Ma è tutto ciò che abbiamo.»

Mentre si avviavano verso l'uscita, l'agente Jennifer Waisse si alzò per la prima volta, interrompendo il silenzio.

«Direttore, con il suo permesso, vorrei fornire a Mark alcune informazioni riservate su Dylan Patterson... o meglio Barrow.»

Knight le fece cenno di proseguire. Jennifer posò dei fascicoli sulla scrivania di fronte a Mark. Prese un respiro profondo prima di iniziare, guardando negli occhi l'uomo con serietà.

«Quello che sto per dirti è riservato, ma credo che tu debba conoscere la verità su Dylan.»

Aprì il fascicolo di fronte a lei, le mani ferme sul tavolo.

«Dylan non era posseduto, come quei pazzi avevano ipotizzato. Soffriva di un disturbo schizoaffettivo.»

Fece una breve pausa, osservando la reazione di Mark, che ascoltava con attenzione.

«Il disturbo schizoaffettivo è una malattia mentale cronica che combina i sintomi della schizofrenia, come allucinazioni e deliri, con quelli dei disturbi dell'umore, come depressione e mania. È una condizione rara e complessa, spesso difficile da diagnosticare correttamente, soprattutto nei bambini, poiché i sintomi possono sovrapporsi o alternarsi.»

Mark la fissò cercando di capire dove volesse arrivare.

Jennifer continuò. «Nel caso di Dylan, la situazione era particolarmente grave. Sin da quando era molto piccolo, i medici gli avevano prescritto potenti antipsicotici per gestire i suoi sintomi. Il farmaco principale che assumeva era la *clozapina*, uno degli antipsicotici più efficaci per trattare la schizofrenia resistente, ossia quei pazienti che non rispondono ad altri farmaci. Tuttavia, è anche uno dei farmaci più rischiosi. Tra gli effetti collaterali, può provocare tremori, rigidità muscolare e, nel peggiore dei casi, allucinazioni e deliri in caso di sovradosaggio o sospensione improvvisa.»

Mark era visibilmente turbato, cercando di processare tutte le informazioni.

«Dylan era sotto psicofarmaci da anni? Era solo un bambino...» disse, quasi incredulo.

Jennifer annuì. «Sì. E negli ultimi anni, il dosaggio era stato aumentato in modo significativo, probabilmente a causa di un recente trauma o stress che ha peggiorato il suo quadro clinico. Questo aumento potrebbe aver scatenato una reazione a catena nel suo sistema nervoso, destabilizzandolo e facendogli perdere il controllo.» Fece una pausa, lasciando che le sue parole colpissero Mark nel profondo. «Ma c'è di più. Abbiamo trovato tracce di clozapina anche nel tuo sangue.»

Mark spalancò gli occhi, incredulo. «Clozapina? Nel mio sangue? Ma io non l'ho mai presa!»

«È possibile che qualcuno te l'abbia somministrata a tua insaputa?» chiese Jennifer. «Nel giacchetto di Dylan abbiamo trovato un barattolo di clozapina idrosolubile. Essendo solubile in acqua, può essere facilmente mescolata in una bevanda senza che la vittima se ne accorga. Una dose eccessiva può indurre confusione, deliri e persino allucinazioni visive.» Jennifer fece una pausa, osservò Mark per qualche attimo prima di continuare.

«Hai avuto sintomi del genere negli ultimi giorni?»

Mark rimase in silenzio per un attimo, assorbendo l'idea che Dylan potesse averlo drogato. «Io... io... non mi sembra» mentì ricordandosi la sera in cui vide il Sussurratore.

«Meglio così...» tagliò corto l'agente Waisse.

«C'è, però, un'altra questione ancora più importante di cui vorrei parlarti.»

Jennifer sfogliò il fascicolo e tirò fuori un referto medico-legale. «Abbiamo condotto un'autopsia approfondita su Isabel Patterson, e il medico legale ha stabilito con certezza che non è stato Charles Barrow a ucciderla.»

«In che senso non è stato lui? Avete trovato l'assassino?» domandò sbalordito Mark.

«Le ferite che Isabel ha riportato sono molto particolari. Sono superficiali, disordinate, inflitte dal basso verso l'alto, il che suggerisce che l'aggressore fosse di bassa statura.» Continuò Jennifer ignorando la domanda diretta di Mark.

«Un bambino...» mormorò Mark, quasi senza voce.

Jennifer annuì. «Esatto. L'aggressore, con molta probabilità, è Dylan.»

«Dylan? Ma come può essere? Era suo figlio... Dio mio! Che cazzo stai dicendo?»

«Le prove sono schiaccianti. Le ferite sono numerose e inflitte con una forza irregolare, come se fossero il risultato di una rabbia incontrollata. Ma c'è un altro dettaglio ancora più importante. Non ci sono segni di lotta sul corpo di Isabel. Non ha cercato di difendersi, non ha lottato. È come se avesse accettato il suo destino... o come se non volesse fermare il suo aggressore... suo figlio.» Concluse la donna.

Le parole colpirono Mark come un pugno nello stomaco. Ricordava la chiamata di Isabel, la sua voce tremante: *"Mark... aiutami... Dylan..."*

Forse Isabel voleva dirgli che era stato suo figlio? Voleva dirgli che non era riuscita a fermarlo?

«La mancanza di segni di difesa è una prova forte,» continuò Jennifer. «Isabel sapeva che era il suo bambino. Non ha reagito, e questo ha portato alla sua morte.»

Mark abbassò lo sguardo, le mani strette a pugno.

«Dylan... è stato Dylan?»

Jennifer annuì, con uno sguardo comprensivo.

«Sì, quasi certamente. Il bambino, vittima della sua malattia e dell'ambiente in cui è cresciuto, è stato trascinato in un vortice di violenza e follia. Nascere con un disturbo schizoaffettivo e crescere sotto l'influenza di un padre come Charles Barrow, con il peso di una madre che cercava disperatamente di salvarlo, è stato come camminare in un deposito di dinamite con una torcia accesa.»

Mark sentiva la testa girare, il peso della realtà che si svelava davanti a lui lo travolgeva. Dylan era stato una vittima, sì, ma anche un carnefice. E lui, Mark, aveva cercato di salvare una situazione che ormai era già esplosa.

Jennifer chiuse il fascicolo con un'espressione grave.

«Era giusto che tu lo sapessi. La verità sulla morte di Isabel e la tragedia di Dylan meritano di essere comprese, anche se non possono essere cambiate.»

Bill sbottò, esasperato.

«È assurdo... Tutta questa follia ci ha reso ciechi. Vediamo mostri dove non ci sono e ignoriamo quelli che camminano tra noi.»

Jennifer annuì. «La suggestione e le droghe sono sempre state parte del gioco dei Figli di Asmodeo.»

Poi il silenzio calò nuovamente nella stanza.

CAPITOLO 43

SALUTI

Bill e Mark lasciarono il quartier generale dell'FBI con un senso di oppressione nel petto. Sebbene avessero colpito duramente i Figli di Asmodeo e ritrovato i loro amici, l'idea di una vittoria sembrava irrilevante, poiché la loro missione era stata segnata da troppe perdite. Le morti di Steve e Claire, in particolare, continuavano a gravare su di loro, così come la misteriosa rivelazione che aveva il loro amico prima di morire: *"Lisa è viva."*

Questa frase, pronunciata con la consapevolezza della sua imminente fine, si era impressa come un fulmine nella mente di Mark.

Steve aveva gridato, inoltre, che Lisa era Asmodeo e questo aveva sollevato nuove domande, dubbi ancora più oscuri. Era possibile che Lisa fosse davvero dietro a tutto ciò? O era solo l'ennesima bugia per confondere le acque? Non c'era tempo per fermarsi a riflettere, ma quel dubbio persistente non poteva essere cancellato o taciuto. Steve era morto per quella verità, pugnalato da Agata Smith e ora spettava a loro portare avanti la ricerca.

Nel taxi diretto all'ospedale, il silenzio tra i due uomini era teso, quasi palpabile. Mark fissava fuori dal finestrino, cercando di dare un senso alla tempesta che si agitava dentro di lui. Steve

aveva sacrificato la propria vita e la confessione su Lisa era come il pugnale che gli aveva trafitto il cuore.

"Deve essere viva... e noi dobbiamo trovarla", pensò.

Quando i due amici varcarono la soglia della stanza dell'ospedale, il silenzio era quasi tangibile. Sarah era seduta sul letto, le gambe coperte dal lenzuolo bianco, lo sguardo perso nel vuoto. Sembrava altrove, come se la sua mente fosse ancora intrappolata negli eventi di quella notte maledetta.

Non si accorse subito della loro presenza, ma quando li vide, il suo volto si illuminò per un istante, prima che il dolore la spegnesse di nuovo.

«Bill, Mark...» mormorò, la voce rotta da un misto di sollievo e disperazione. «Non posso crederci!»

Bill annuì, cercando di mascherare la preoccupazione con un sorriso tirato. «Siamo qui.» La sua voce era bassa, quasi fragile. «Come stai?»

Sarah abbassò lo sguardo, stringendo le mani in grembo, come se volesse trattenere qualcosa dentro di sé.

«Sto... bene. O almeno, così dicono.» Il suo tono era incerto, quasi ironico. Poi la voce le si incrinò. «Ma tutto quello che è successo...»

Si fermò, il respiro irregolare, mentre gli occhi le si riempivano di lacrime.

«Steve...» sussurrò. «È morto.»

Quelle parole furono un pugno nello stomaco per entrambi.

Sarah si passò una mano sul viso, cercando di mantenere la compostezza. Ma il dolore era troppo.

«Non riesco a smettere di pensare a lui.» Si asciugò le lacrime con il dorso della mano, poi prese un respiro tremante. «E quello che ha detto... Lisa... è davvero viva?»

Mark si avvicinò e, con un gesto istintivo, le prese la mano tra le sue. «È quello che ha detto Steve. Ma non sappiamo a cosa credere.» Fece una pausa, scuotendo la testa. «Tutto è così... confuso.»

Sarah scosse il capo, cercando di ritrovare un briciolo di lucidità.

«Steve non avrebbe mai mentito. Non in quel momento.»

I suoi occhi si riempirono di nuovo di lacrime, ma questa volta riuscì a trattenerle.

«E se Lisa fosse davvero dietro tutto questo? Se fosse Asmodeo...» Il respiro divenne irregolare e la sua voce rauca. «Allora tutto ciò che abbiamo passato è per colpa sua.»

Mark strinse la presa sulla sua mano. «Non lo sappiamo ancora.» Rispose voce era calma e rassicurante. «Dobbiamo trovare delle risposte. Ma quello che ha detto Steve... non può essere ignorato ma neanche dato per certo.»

Restarono in silenzio per qualche istante, poi Bill si schiarì la voce. «Ora riposa, Sarah. Torneremo presto...»

Lei annuì, senza aggiungere altro. Il peso della conversazione era stato già abbastanza.

Quando raggiunsero la stanza di David, il contrasto con l'atmosfera precedente fu quasi surreale.

La TV era accesa su un canale sportivo, il volume basso, e David, con la gamba fasciata e un'espressione esausta, li accolse con un sorriso stanco.

«Ragazzi,» disse, cercando di mettersi seduto. «Sapete... non avrei mai pensato di finire in un letto d'ospedale per così tanto tempo.» Fece una smorfia. «Ma immagino che guardare soap opera tutto il giorno non sia il peggio che potesse capitarmi.»

Bill e Mark sorrisero appena. La battuta era debole, ma era il suo modo per sdrammatizzare.

«Sapete ragazzi... Steve...» La voce di David cambiò improvvisamente, più seria. «Mi manca già.»

Un nodo si strinse nello stomaco di Mark, sapeva che quella perdita sarebbe stata dura per tutti loro.

David abbassò lo sguardo, come se stesse lottando con qualcosa dentro di sé. «E ciò che ha detto su Lisa...»

Sollevò lo sguardo su di loro. «Vi siete già fatti un'idea?»

Mark sospirò. «Non lo sappiamo ancora.»

La sua voce era piena di incertezza. «Ma andremo fino in fondo.»

David si passò una mano sul viso. «Già...»

Rimase in silenzio per un istante, poi annuì lentamente. «Spero solo che, alla fine, troveremo almeno una parte della verità.»

Fece un respiro profondo, come se volesse liberarsi di un peso. «Lo dobbiamo a Steve.»

Bill gli appoggiò una mano sulla spalla, come più volte David aveva fatto con lui per rincuorarlo.

«Cerca di riprenderti presto. Abbiamo bisogno di te.»

David lo fissò con un sorriso ed annuì.

Infine lo salutarono con una promessa.

«Torneremo presto non ti annoiare troppo.»

Appena uscirono, il cielo grigio sembrava ancora più pesante. L'aria fredda li colpì come una doccia gelata, spazzando via per un attimo la nebbia di pensieri che affollava la loro mente.

Mark si fermò, inspirando profondamente.

«Non è finita, vero?»

Bill scosse la testa. «No.»

Ci fu una pausa, un istante di silenzio carico di significato.

Poi Bill riprese. «Dobbiamo tornare a Hallowbridge. Claire ha lasciato un messaggio e dobbiamo decifrarlo.»

Guardò Mark negli occhi. «E poi... c'è ancora Lisa.»

Un brivido percorse la schiena di Mark. Il passato stava tornando a galla e, con esso, risposte che forse avrebbero voluto non trovare.

Si avviarono verso l'aeroporto, consapevoli che Hallowbridge non aveva ancora finito con loro.

CAPITOLO 44

LA CASSETTA

L'aria di Salt Lake City era fresca, vibrante, carica di un'energia quasi elettrica che sembrava attraversare ogni cosa. Bill e Mark avanzavano nel terminal con un'ansia sottile che cresceva a ogni passo, una tensione invisibile che li spingeva avanti senza concedergli tregua. Non si erano fermati nemmeno per riprendere fiato dopo l'atterraggio, come se fermarsi significasse rischiare di perdere qualcosa di essenziale.

Le parole di Claire continuavano a riecheggiare nella mente di Bill.

"Usale per ritornare al momento in cui tutto è cambiato. I miei sogni sono rimasti lì, rinchiusi in una cassetta e solo tu sai come liberarli."

Un messaggio criptico, ma che ora gli appariva più chiaro che mai. La risposta era lì.

In quel luogo che aveva segnato la fine di tutto. L'aeroporto.

Mark camminava accanto a lui, il passo sicuro, ma lo sguardo carico di incertezza. «Sei sicuro che sia qui?»

Bill non esitò. «Claire parlava di sogni rimasti lì... e questo è il posto dove tutto si è fermato fra di noi. Dove i nostri sogni di vivere insieme si sono infranti.»

Si fermò un istante, scrutando il terminal come se cercasse un fantasma del passato. Attorno a loro la folla si muoveva con la solita indifferenza dei viaggiatori, troppo presi dalle proprie vite per accorgersi della tensione che li attraversava.

«È qui che lei ha capito che non l'avrei seguita, che sarei rimasto a Hallowbridge.» La sua voce si abbassò, velata da un rimpianto ormai radicato. «È qui che tutto è cambiato tra noi.»

Abbassò lo sguardo, perso nei ricordi. Quella decisione, presa tanti anni prima, lo aveva condannato a un'esistenza che non aveva mai davvero capito fino a quel momento.

Poi i suoi occhi si posarono su un'insegna: American First Credit Union.

Bill si irrigidì appena. «E guarda caso, c'è una filiale della stessa banca proprio qui...»

Si voltò verso Mark, il pensiero che gli attraversava la mente era fin troppo ovvio. «Potrebbe esserci un'altra cassetta di sicurezza ad aspettarci.»

Fece una pausa. Solo in quel momento lo colpì lo sconforto. Non ci aveva riflettuto abbastanza, era andato avanti a testa bassa, come un treno senza freni. «Anche se...» sospirò, «non ho più la chiave.»

Mark si fermò, infilando istintivamente la mano nella tasca del giubbotto. Poi, senza dire nulla, estrasse un piccolo oggetto e lo mostrò all'amico.

Una chiave metallica brillava tra le sue dita.

«Tranquillo.» Gli rivolse un sorriso appena accennato. «Ce l'ho io.»

Lui lo fissò, incredulo. «Aspetta... l'hai conservata?»

Mark annuì, il suo tono più serio. «Sì. Da quando me l'hai data a Hallowbridge... prima che ci separassimo.»

Per un attimo, Bill non riuscì a trovare le parole. «Hai tenuto la chiave per tutto questo tempo?»

Mark lo fissò dritto negli occhi, senza esitare. «Sì.» Fece un piccolo cenno con la testa. «E, onestamente, nemmeno io so perché.»

Un'ombra di sollievo attraversò il volto di Bill.

«E per fortuna, insieme alla giacca, l'FBI mi ha restituito anche tutto il contenuto delle tasche.»

Mark fece una breve pausa, gli occhi socchiusi come se stesse recuperando un dettaglio dalla memoria. «Se non ricordo male, la cassetta era la numero 693. Giusto?»

Bill prese un respiro profondo. Sentiva l'agitazione crescere dentro di sé, un miscuglio di ansia ed eccitazione che gli serrava il petto. «Esatto... Speriamo che questa chiave apra più di una cassetta.»

Non c'era tempo da perdere.

Si scambiarono un rapido sguardo carico di tensione, poi partirono. Camminavano con passo deciso, le gambe che si muovevano da sole, spinte dall'urgenza e dalla consapevolezza che quel momento poteva cambiare tutto.

Ogni passo risuonava sul pavimento lucido dell'aeroporto, mentre intorno a loro il mondo continuava a scorrere come se nulla fosse. Le voci negli altoparlanti annunciavano voli in partenza, famiglie si abbracciavano, passeggeri si affrettavano ai gate. Ma loro due non erano lì per un volo.

Superarono i controlli senza esitare e si diressero dritti verso la filiale della American First Credit Union, dove sapevano che li attendeva la verità.

L'aria all'interno della piccola sala delle cassette di sicurezza era fredda, quasi sterile. Le luci gettavano ombre taglienti sulle pareti e facevano scintillare il metallo degli scaffali allineati con

precisione chirurgica. L'odore del posto era una combinazione di carta vecchia, acciaio e un vago sentore di disinfettante.

Mark avanzò senza esitazione, fino a fermarsi davanti a una fila precisa di compartimenti. Il numero 693 brillava sulla targhetta dorata.

Con mani ferme, ma lo stomaco annodato dall'ansia, infilò la chiave nella serratura.

Per un attimo, la tensione si fece palpabile, cristallizzandosi nell'aria densa di attesa.

Poi, un clic metallico ruppe il silenzio.

Mark estrasse lentamente la cassetta di sicurezza e la posò sul piccolo tavolino di fronte a loro. Scambiò un'occhiata con Bill, prese un respiro profondo e aprì lo sportello.

All'interno, avvolto dalla polvere del tempo e dal silenzio degli anni, c'era un unico oggetto.

Bill si chinò per osservarlo meglio, poi lo prese con delicatezza. Era una vecchia cassetta musicale, il nastro ancora intatto, con un'etichetta scritta a mano ormai leggermente sbiadita.

La rigirò tra le dita, incapace di credere che quello fosse il segreto che Claire aveva nascosto per lui.

«Una cassetta? Davvero?» mormorò, incredulo.

Mark sollevò un sopracciglio, un mezzo sorriso teso increspò il suo volto. «Forse contiene più di quello che sembra.»

Un nuovo silenzio si insinuò tra loro. Per un istante, il tempo sembrò cristallizzarsi.

Poi, senza bisogno di parole, entrambi capirono cosa dovevano fare.

Senza perdere tempo, lasciarono l'aeroporto e si misero alla ricerca di un negozio di antiquariato. Dopo una breve ricerca

online, trovarono un piccolo negozio di elettronica vintage, nascosto tra le strade secondarie della città.

Appena entrarono, l'odore di legno antico e polvere li avvolse. Scaffali colmi di radio d'epoca, giradischi e vecchie TV CRT fiancheggiavano le pareti, creando un'atmosfera sospesa nel tempo. Dietro il bancone, un uomo sulla settantina, occhiali spessi e camicia di flanella, li osservò con un misto di curiosità e diffidenza.

«Cercate qualcosa di particolare?» chiese con voce roca.

Mark tirò fuori la cassetta e la posò sul bancone. «Abbiamo bisogno di un lettore per questa.»

L'uomo li fissò per un attimo, poi si voltò senza dire nulla e scomparve nel retro del negozio. Dopo qualche minuto tornò con un vecchio mangiacassette portatile, uno di quei modelli degli anni '90 con i pulsanti in plastica dura e il vano trasparente per il nastro.

«È un pezzo d'epoca,» disse, posandolo davanti a loro. «Ma funziona perfettamente.»

Bill pagò in contanti senza fare domande e i due uscirono dal negozio.

Percorsero la strada in silenzio, diretti verso l'appartamento di Bill ad Hallowbridge. Non c'era bisogno di parlare. Tutto ciò che contava era dentro quella cassetta. E presto, finalmente, avrebbero scoperto cosa Claire aveva voluto dire loro.

Una volta arrivati a casa, si chiusero nel soggiorno. L'aria sembrava più pesante, come se avesse assorbito la tensione che li accompagnava da giorni. Bill si sedette sul divano, il mangiacassette tra le mani. Guardò Mark, poi abbassò lo sguardo sul piccolo nastro. L'etichetta sbiadita riportava solo due parole: "Per Bill".

Rimase fermo per un attimo, come se quel semplice gesto richiedesse più coraggio di quanto volesse ammettere. Poi prese un respiro profondo e inserì la cassetta nel lettore.

Un fruscio statico riempì la stanza, seguito dal suono meccanico del nastro che iniziava a girare. Per qualche secondo, solo il silenzio. Poi, all'improvviso, una voce.

Bill...

Era Claire.

Ma non era la Claire che ricordava. Non quella piena di vita e determinazione. La sua voce era diversa: più bassa, segnata dalla stanchezza, scavata dalla sofferenza. Aveva il tono di qualcuno che aveva sopportato un peso troppo grande per troppo tempo. Un'angoscia che sembrava essersi conservata negli anni, attraversando il tempo per arrivare fino a loro.

Ci fu un altro lieve fruscio, poi finalmente le parole.

Se stai ascoltando questa cassetta, significa che hai trovato la chiave.

L'uomo sentì un brivido lungo la schiena. Un nodo gli strinse la gola. Claire non parlava solo di una chiave fisica. C'era qualcosa di più. Qualcosa di sepolto nel passato. E ora, inevitabilmente, stava tornando a galla.

È passato tanto tempo, lo so, e molte cose sono cambiate. Ma ora è il momento di dire la verità. La verità su Lisa Smith, su di me e su ciò che è accaduto a Hallowbridge.

I due amici si irrigidirono. Stava finalmente confessando il segreto che aveva custodito per così tanto tempo.

La mia famiglia si trasferì a Hallowbridge per proteggere Lisa Smith. Ma lei… come hai sempre percepito, non era una ragazza qualunque. Era destinata a diventare la guida dei Figli di Asmodeo.

Bill trattenne il fiato mentre le parole di Claire affondavano nei ricordi sepolti.

Per loro, il lignaggio è tutto. Non importava il grado di parentela, ma solo il cognome. Mio padre era un cugino di Lisa. Non saprei dirti con precisione il nostro grado di parentela, ma per la setta non aveva alcuna importanza. Il nome Barrow che ci accomunava era l'unica cosa che contava.

Il silenzio nella stanza divenne ancora più denso. Per troppo tempo avevano vissuto immersi nel dubbio, nell'ombra di domande senza risposta. Ora, finalmente, stavano per scoprire la verità.
Lisa Smith discendeva da un esponente degli Smith e da una Barrow. Chi meglio di lei avrebbe potuto guidare questa follia?
Ma la sua infanzia…
Fu tutt'altro che normale. Suo zio, a cui era stata affidata dopo la morte dei genitori, era un uomo malato, ossessionato dal potere della setta.

Fece una breve pausa. Anche dopo anni, parlare di quel passato sembrava ancora una ferita aperta.

Fu lui a crescerla, a manipolarla, a plasmarla per il destino che le avevano imposto. Ma non era solo. Anche mio padre era coinvolto.

*Il suo compito era sorvegliare Lisa, assicurarsi che non scappasse
dal destino che le avevano imposto.*
*Ma quella notte, quando lei sparì, mio padre fallì. E
l'organizzazione non perdona.*

I due amici si scambiarono uno sguardo teso. Quella non
era solo una storia. Era una confessione.

*Devi sapere che Lisa non voleva quella vita, ma sapeva che, se avesse
provato a sottrarsi, non si sarebbero fermati. L'avrebbero uccisa. E
con lei, chiunque le fosse stato vicino.*
*Ricordo perfettamente quella notte... la notte che ha cambiato tutto.
Non solo per te, Bill. Anche per me e la mia famiglia.*

Bill si irrigidì. Ora capiva. Ora tutto aveva senso. Il motivo
per cui Claire evitava di parlare di Lisa, perché aveva sempre
cercato di fargliela dimenticare, perché anche lei era cambiata
dopo quella sera.

*Non so perché lo feci, ma ero ossessionata. Volevo capire perché tutti
la trovassero così magnetica, perché fosse così speciale per te.*
Non lo sopportavo.
Decisi di seguirla. Volevo scoprire se nascondeva qualcosa.
Così la pedinai fino alla scuola... e vidi tutto.

Mark chiuse gli occhi per un istante, lasciando che le parole
lo riportassero indietro.

*Vidi Mark con Sarah... vidi le sue scuse disperate dopo essere stato
smascherato, dopo averla tradita e umiliata. Vidi Lisa fissarli, il
cuore spezzato, il viso deformato dal dolore. I suoi occhi... per un*

attimo brillarono di qualcosa di oscuro, prima che girasse i tacchi e fuggisse via.

Claire abbassò la voce, come se ogni parola fosse un coltello che le lacerava il petto.

Ma c'era qualcos'altro. Qualcuno… Non eravamo soli.
C'era qualcun altro nascosto nell'ombra. Il loro amico, David.
Non so perché fosse lì… ma so che per poco non mi scoprì.

Le dita di Bill si serrarono attorno al mangiacassette, la mascella rigida. Claire riprese a parlare, la sua voce carica di un peso che sembrava schiacciarla.

Continuai a seguirla nei boschi. Poi la vidi tornare indietro, affrontare Sarah. Prima furono parole, poi Lisa la spinse contro la cancellata, ferendola. Infine scappò di nuovo, ma questa volta si addentrò ancora di più nel buio.
Sembrava impazzita, ma io… io non potevo fare nulla. Non potevo fermarla. Potevo solo guardare.
Se qualcuno avesse scoperto che la stavo pedinando, le conseguenze sarebbero state tremende.
Ma il peggio doveva ancora arrivare.

Mark lo sapeva bene.

Più si inoltrava nel bosco, più avevo paura. Poi, all'improvviso, arrivò in una radura. Io mi fermai a distanza, ma anche da lì vidi i suoi zii… e non erano soli. Con loro c'era un membro della famiglia Smith e uno della famiglia Harrington.

Bill serrò la mascella. La sua mente era ancora incagliata su quello che aveva appena sentito. Sarah e David sapevano. Perché non avevano mai detto nulla?

Li avevo già visti ai raduni della setta, ma quella notte era diverso. Quella notte c'era anche Steve.
Era legato. Volevano sacrificarlo. Lisa cercava di fermarli, li supplicava, ma nessuno l'ascoltava.

Claire si interruppe, il silenzio che seguì fu assordante e il respiro di Bill si fermò, il suo cuore batteva così forte che riusciva quasi a sentirlo rimbombare nella stanza.

Poi arrivò una camionetta. Spari. Caos. Sangue.
Steve e Lisa vennero portati via. Io scappai... Corsi via... Tornai a casa. Dissi a mia madre quello che avevo visto. Che c'erano stati dei feriti. Ma non menzionai né Steve né Lisa.
Non sapevo cosa sarebbe successo se lo avessi fatto, ma qualcosa mi diceva che il silenzio fosse l'unica opzione possibile.
Mia madre chiamò qualcuno. Non so chi.
So solo che, il giorno dopo, tutti quegli uomini erano spariti. O, per meglio dire, ero certa che fossero stati eliminati. Lisa, invece, era stata ufficialmente dichiarata scomparsa.
Ma io sapevo la verità. L'avevo vista con i miei occhi.
Era salita su quella camionetta insieme a Steve.
Così, senza sapere nemmeno bene perché, iniziai a sorvegliare la sua casa... e col tempo, la mia intuizione si rivelò giusta.

Mark impallidì. Un brivido di sudore freddo gli scivolò lungo la schiena mentre Bill sentì la gola seccarsi.

Una notte, dal retro della casa, uscì un prete. Con lui c'era una
ragazza. Aveva la testa coperta, ma quando la luce la colpì...
I suoi occhi si illuminarono. Un accecante verde smeraldo.
Era lei. Non avevo dubbi.

Mark impallidì ancora di più. «Lisa è viva...» mormorò.
Ci fu un attimo di silenzio prima che la voce di Claire
aggiungesse:

Purtroppo, quando capii la verità, era già troppo tardi.
Mio padre era stato ucciso per il suo fallimento.
E io... io non avevo avuto modo di impedirlo. Anche volendo non
avevo alcuna prova per fermare ciò che stava per accadere.
Ma i problemi non erano finiti.
Mio fratello Charles venne scelto per prendere il posto di nostro
padre. Lui era instabile, ma questo per loro non aveva importanza.
Contava solo che avesse il sangue giusto.
Lo mandarono a studiare in Europa, lontano dagli occhi di chi
avrebbe potuto capire cosa stava succedendo.
E io? Io ero destinata a seguirlo. A diventare parte di quell'orrore.
Per questo volevo che tu venissi con me."

Bill sentì un dolore sordo nel petto, una morsa che gli
toglieva il respiro.

Speravo che mi salvassi. Ma non posso biasimarti per questo. Era
solo una mia speranza, forse illusoria, e non avrei mai potuto
chiederti di portarne il peso...
Se stai ascoltando questo nastro, significa che ormai è troppo tardi.
Probabilmente sono morta.

Mi ero ripromessa di trovare un modo per farti arrivare fin qui, per farti sapere la verità. Ma forse il vero errore è stato non avere mai trovato il coraggio di dirtela di persona.
Perdonami.
Ricordati che ti amo, Bill. Tua, per sempre. Claire.

Il nastro si interruppe bruscamente.

Il silenzio che seguì fu assordante. Bill e Mark si fissarono, sconvolti dalle rivelazioni appena ascoltate. Non erano solo frammenti di un passato dimenticato, erano crepe profonde nella realtà che avevano sempre creduto di conoscere. Quelle parole non raccontavano solo una storia di tradimenti e legami oscuri... stavano riscrivendo ogni cosa.

Lentamente, Bill chiuse gli occhi.

Lisa era viva.

E la verità... era appena iniziata.

Respirò a fondo, cercando di placare il vortice che gli si agitava dentro, poi ruppe il silenzio. «Se Lisa è ancora viva, dobbiamo trovarla. Non posso lasciare che tutto questo rimanga sepolto. Non dopo quello che abbiamo scoperto.»

Mark lo fissò a lungo, il volto ombroso, prima di scuotere lentamente la testa. «No.»

La sua voce era bassa, carica di un'amarezza che Bill non gli aveva mai sentito prima. «Lisa ha fatto la sua scelta. Chi siamo noi per riportarla indietro da un inferno dal quale ha deciso di fuggire? Non capisci? Non possiamo combattere contro le ombre. Questa storia... non finirà mai. Loro non ci lasceranno mai andare.»

Bill serrò la mascella, il cuore in tumulto. «Non possiamo semplicemente far finta che non sia mai successo. Claire...

Lisa... Steve. E se fosse lei a cercarci? E se Lisa fosse in pericolo?»

Mark si avvicinò, il viso a pochi centimetri dal suo, gli occhi scuri e tesi come una condanna. «Ascoltami bene. Ci sono cose, persone... che non possiamo comprendere. Claire è morta perché, a modo suo, ha provato a ribellarsi e a svelare la verità. Steve ha passato tutta la sua vita a scappare da questo incubo e guarda dov'è finito. Non possiamo combattere questo. Non possiamo vincere.»

L'amico distolse lo sguardo, fissando il vuoto. Sentiva il peso di ogni parola premere sulle sue spalle come una sentenza.

«E quindi cosa facciamo?» chiese con voce rauca. «Lasciamo perdere? Lasciamo che ci consumi da dentro fino a non restare più niente di noi?»

Mark inspirò a fondo, poi abbassò la voce, come se temesse che qualcuno potesse sentirli. «No. Noi sopravviviamo. Dimentichiamo. Lasciamo che siano gli altri a vivere nel buio, mentre noi ci teniamo stretti la nostra vita. Abbiamo ancora una possibilità. Prendiamola.»

Abbassò lo sguardo, come se stesse cercando le parole giuste per farlo capire a entrambi.

«Lisa... se davvero voleva farsi trovare, lo avrebbe fatto. Non trasciniamoci in un altro abisso.»

Per un lungo istante, Bill rimase immobile, la cassetta ancora stretta tra le dita, fredda e opprimente come il passato che aveva cercato di seppellire. Il silenzio nella stanza era pesante, quasi soffocante. Poi un sospiro profondo gli sfuggì dalle labbra, un soffio rassegnato ma carico di una consapevolezza dolorosa.

«Forse hai ragione.» La sua voce era bassa, intrisa di un'amarezza che sembrava non avere fine. «Forse è davvero il

momento di andare avanti. Ma... se un giorno dovesse tornare? Se il passato bussasse di nuovo alla nostra porta?»

Mark lo fissò a lungo, il suo sguardo un misto di stanchezza e cinismo. Poi pronunciò le ultime parole con la freddezza di una sentenza.

«Allora speriamo solo di essere abbastanza forti da non aprire quella porta.»

Per un attimo rimasero così, intrappolati tra le ombre del passato e le incertezze del futuro. Poi, senza un'altra parola, si alzarono e lasciarono la stanza.

Sul tavolo, la cassetta rimase abbandonata come una reliquia maledetta, un testimone silenzioso di segreti che forse sarebbe stato meglio non svelare mai.

Fuori, l'aria era fredda e tagliente. Mark si tirò su il colletto della giacca, cercando riparo dal gelo. Il vapore del suo respiro si mescolava alla nebbia della sera, creando volute spettrali che si dissolsero rapidamente.

«Vado via. Torno a casa. Addio, amico mio.»

Si allontanò senza voltarsi, ma mentre camminava, la sua mente continuava a ruminare pensieri che non aveva voluto condividere con Bill.

Dopo tutto quello che avevano attraversato, dopo aver perso Claire, sapeva che aveva bisogno di chiudere quella storia per sempre. Ma la verità era che non poteva farlo. Non ancora.

Troppe domande rimanevano senza risposta. Domande che aveva evitato per troppo tempo, forse per paura di scoprire qualcosa di insopportabile.

Era davvero solo un caso che la sua famiglia fosse originaria di Penky Grove e poi si fosse trasferita a Hallowbridge? O c'era un disegno dietro?

Da tutto ciò che aveva imparato, sapeva che il caso era solo un modo gentile per mascherare la follia.

E poi c'era David. Il suo amico d'infanzia.

Da quella notte in cella, Mark aveva sempre avuto il sospetto che volesse confessare qualcosa. Ma cosa?

All'epoca avevano liquidato tutto come stress, una reazione emotiva alla tragedia, ma ora... ora gli sembrava improbabile. Steve, con le sue risposte vaghe, aveva forse nascosto la verità quel giorno?

E Sarah? Anche lei era stata coinvolta più di quanto avesse mai ammesso?

Le rivelazioni di Claire avevano svelato dettagli che né David né Sarah avevano mai condiviso. Perché? Cosa stavano nascondendo?

Più ci pensava, più sentiva che quella storia non era affatto finita.

Per tutti gli altri, quello era il capitolo finale.

Per lui, forse, era solo l'inizio di qualcos'altro.

CAPITOLO 45

OSCURITÀ

Palermo, Italia

Le campane della Cattedrale di Palermo rintoccarono solenni, il loro suono profondo si diffuse nell'aria mentre il sole al tramonto avvolgeva la facciata di una calda luce dorata. Il profilo maestoso della cattedrale, con le sue torri gemelle e l'elegante portico gotico aggiunto nel XV secolo, dominava il panorama urbano. Un capolavoro di architettura arabo-normanna, un luogo dove secoli di storia si intrecciavano nelle pietre scolpite e nelle intricate decorazioni.

Nel piazzale antistante, pavimentato in antica pietra levigata dal tempo, turisti e fedeli si muovevano tra le palme, il cui verde vibrante contrastava con le tonalità calde dell'edificio. Una donna si fece largo tra la folla, dirigendosi con passo sicuro verso l'ingresso principale, incorniciato dalle tre arcate ogivali di ispirazione arabeggiante e fiancheggiato dalle due torri laterali. Acquistò il biglietto senza esitare e si incamminò lungo il passaggio stretto che conduceva ai tetti della cattedrale. Il percorso, composto da ripide scale in pietra consunta, permetteva di ammirare da vicino le tarsie laviche e i dettagli architettonici che adornavano le pareti della navata centrale.

Quando raggiunse la sommità, si fermò un istante a riprendere fiato. Davanti a lei si apriva una vista mozzafiato: un

mosaico di tetti in terracotta, le cupole delle chiese che spuntavano come isole tra le strade della città, e oltre, il profilo scuro del Monte Pellegrino, che si stagliava contro il cielo ormai in dissolvenza tra il rosso e l'indaco della sera. Il vento le scompigliò i capelli mentre percorreva il camminamento stretto, delimitato da una ringhiera in ferro battuto. Lassù, l'aria era più fresca, e il brusio della piazza sottostante arrivava come un'eco lontana, ovattata dal respiro della pietra antica.

Superò la grande cupola centrale, le cui lastre di rame ossidato riflettevano sfumature verdastre, e si spinse oltre, verso la zona più appartata. Qui, tra le merlature medievali, nascoste dalle ombre lunghe del tramonto, una figura l'attendeva.

Indossava un cappello con la visiera abbassata, il volto celato nella penombra. Il vento sollevava leggermente il bordo della sua giacca, lasciando intravedere un guanto di pelle nera sulla mano sinistra.

La donna si fermò a pochi passi da lui. Non esitò. Sapeva che era lì per lei.

«Agata ha fallito.» La voce era piatta, priva di emozioni.

La donna con la visiera abbassata inspirò profondamente, senza sollevare lo sguardo. Il vento giocava con i suoi capelli castani, facendoli danzare per un istante tra le ombre della sera, un dettaglio fugace nella penombra.

«Sospettano qualcosa?» sussurrò, il tono appena un soffio d'aria tra loro.

«Steve Harrington ha insinuato il dubbio...» rispose l'altra, con un velo di irritazione nella voce.

Un lungo silenzio calò tra loro, rotto solo dal lontano mormorio della città sottostante. Il tramonto dipingeva di rosso e oro le cupole della cattedrale, ma lassù, tra le merlature, il mondo sembrava sospeso nel nulla.

«Steve...» mormorò l'altra, quasi assaporando quel nome sulle labbra. Poi sollevò leggermente il capo, senza mai rivelare completamente il viso. «Agata deve riprendere il controllo. Il tempo stringe...»

«Sarà fatto.» L'inclinazione appena percettibile del capo fu l'unico segno di obbedienza.

Un sorriso sottile sfiorò le labbra della figura nell'ombra. «Bene.»

Ancora silenzio. Poi, la domanda più temuta.

«E gli altri? Li lasciamo in vita?»

La seconda donna esitò un istante. Il vento sembrava sussurrare segreti rimasti troppo a lungo sepolti. Poi, sollevò appena il mento, lasciando che la luce morente del sole sfiorasse i contorni del suo volto ancora nascosto.

«Il loro destino è scritto. Verrà il momento.» Sussurrò.

Fece un passo indietro, il suo profilo si allungò sulla pietra antica, un'ombra più scura tra le ombre. La sua voce, ora, si fece un filo d'acciaio nell'aria tiepida.

«Ora vai, Clarissa... non deludermi anche tu.»

La donna abbassò il capo in un cenno rispettoso, poi si voltò e scomparve lungo il passaggio stretto, il suono dei suoi passi che svaniva nell'eco della cattedrale.

La donna con la visiera rimase immobile ancora per un istante, gli occhi fissi sul sole che scivolava oltre l'orizzonte. Poi, senza un suono, si voltò e si dissolse tra le ombre.

L'oscurità avvolse Palermo.

E con essa, il destino di chi ancora si illudeva di essere al sicuro.

Carissimo/a lettore/lettrice,

Sei arrivato/a all'ultima pagina, hai attraversato il buio e la luce, hai seguito i personaggi tra enigmi, segreti e rivelazioni sconvolgenti. Ora è il momento di fermarti un istante... e dire la tua!

Se questa storia ti ha tenuto con il fiato sospeso, emozionato, sorpreso o semplicemente fatto compagnia, c'è un piccolo gesto che può fare la differenza: **lascia una recensione!**

Che sia su Amazon, Goodreads o ovunque tu voglia, bastano poche parole sincere. Il self-publishing vive grazie ai lettori come te, e ogni opinione aiuta questa storia a raggiungere nuove menti curiose.

Se il libro ti è piaciuto, **condividilo!** Parlane con amici, consiglialo, diffondi il mistero... ma magari senza evocare antichi culti, ok? ☺ Ogni parola conta più di quanto immagini.

Quale scena ti ha colpito di più? Quale rivelazione ti ha lasciato senza fiato? **Mi piacerebbe saperlo!** Puoi contattarmi per condividere le tue impressioni, i tuoi dubbi o le tue teorie (perché so che ne hai!).

Se invece qualcosa non ti ha convinto, grazie comunque per aver dato una possibilità a questa storia. Ogni critica costruttiva è preziosa: se hai suggerimenti o riflessioni, sarò felice di ascoltarli. Scrivere è un viaggio, e tu, lettore/lettrice, ne sei parte.

Grazie di cuore per aver affrontato questo viaggio insieme ai protagonisti. Sei parte di questa avventura più di quanto immagini.

A presto e... attento/a alle ombre.

Con gratitudine e un pizzico di emozione,

Antonio Terzo

Sommario

1. Buio
2. Un nuovo inizio
3. ADX Florence
4. La cena
5. Fiducia
6. Johnson
7. Williamson's Grocery
8. Bastava poco per chiederci scusa
9. Via col vento
10. Il simbolo
11. Riflesso
12. Festa di compleanno
13. La scatola di scarpe
14. Amici
15. Estate 1995
16. Una pausa necessaria
17. Hotel Lux
18. Gli indizi
19. Tracce sbiadite
20. Il salto
21. La strana alleanza
22. Barbershop
23. La pagina mancante
24. La triade
25. Non cambierò nome
26. L'ex sceriffo
27. Agente Grant
28. Il compromesso
29. Siamo in trappola
30. La mia missione
31. Una nuova voce
32. I semi dell'oscurità
33. Chi non muore si rivede
34. Verso il proprio destino
35. Lo scontro
36. La decisione di Adam
37. Il prezzo della salvezza
38. Il sacrificio
39. I ricordi non muoiono mai
40. Meglio tardi che mai
41. Inferno
42. I mostri camminano tra noi
43. Saluti
44. La cassetta
45. Oscurità

*«La realtà è sempre stata davanti ai tuoi occhi...
eppure hai deciso di guardare altrove»*

Printed in Great Britain
by Amazon